U0152435

【劉再復文集】⑦〔人文思想部〕

教育論語

劉再復
劉劍梅 著

題贈知己摯友再復兄

古今中外，洞察人文。
睿智明澈，神思飛揚。

——高行健，著名作家，諾貝爾文學獎獲得者。

煌煌大著，燦若星辰。
光耀海南，特此祝賀。

——李澤厚，著名哲學家、思想家。

一枝巨筆，兩度人生。
三十大卷，四海長存。

——劉劍梅，劉再復長女，香港科技大學人文學部教授。

出版說明

劉再復

香港天地圖書有限公司即將出版我的文集，二零二二年出齊三十卷，這是何等見識、何等作為、何等氣魄呵！天地出「文集」，此乃是香港文化史上的盛舉，當然也是我個人的幸事、大事，我為此感到衷心的喜悅。

我要特別感謝天地圖書有限公司。「天地」對我一貫友善，我對天地圖書也一貫信賴，我曾為天地圖書的傳統題詞：「天地遼闊，所向單純，向真，向善，向美。圖書紛繁，索求簡明，求質，求精，求好。」天地圖書的前董事長陳松齡先生和執行董事劉文良先生都是我的好友。和我情同手足的文良好兄弟雖然英年早逝，但他的夫人林青茹女士承繼先生遺願，繼續大力支持我的事業。此文集啟動之初，她就聲明：由她主持的印刷廠將全力支持文集的出版。三四十年來，「天地」歷經多次風雲變幻，對我始終不離不棄，不僅出版我的《漂流手記》十卷和《潔白的燈芯草》、《尋找的悲歌》等，還印發了《放逐諸神》和八版的《告別革命》，影響深遠。現在又着手出版我的文集，實在是情深意篤。此次文集的策劃和啟動乃是北京三聯前總編李昕（現為商務顧問）和天地圖書的董事長曾協泰二兄，他們怎麼動起出版文集的念頭我不知道，但我知道他們都是性情中人，都是出版界老將，眼光如炬，深知文集的價值。協泰兄和李昕兄商定之後，請我到天地圖書和他們聚會，決定了此事。讓我特別高興的是協泰兄拍板之後，天地圖書的全部脊樑人物，全都支持此事。天地圖書總經理陳儉雯小姐（陳松齡的女兒）直接代表天地掌管此事，編輯主任陳幹持小姐擔任責任編輯。其他參與「文集」編製工作的「天地」同仁經驗豐富，有責任感且好學深思，具體負責收集書籍、資料和編輯、打字、印刷、出版等事宜，讓我特別放心。天地圖書全部精英投入此事，保證了「文集」成功問世，在此我要鄭重地對他們說一聲謝謝。

閱讀天地圖書初編的文集三十卷的目錄之後，我的摯友、榮獲諾貝爾文學獎的著名作家高行健特寫了「題贈知己摯友再復兄：古今中外，洞察人文。睿智明澈，神思飛揚。」十六字評價，一言九鼎，讓我高興得好久。爾後，著名哲學家李澤厚先生又致賀，他在「微信」上寫道：「煌煌大著，燦若星辰。光耀海南，特此祝賀。」我的長女劉劍梅（香港科技大學人文學部教授）也發來賀詞：「一枝巨筆，兩度人生。三十大卷，四海長存。」我則想到四五十年來，數十卷書籍，至今之所以不會過時，多年不衰，值得天地圖書出版，乃是因為三十卷文集都是純粹的學術探索與文學創作，而非政治與時務。政治以權力角逐和利益平衡為基本性質，即使民主政治也改變不了政治的這一基本性質。我的所有著述，所有作品都不涉足政治，也不涉足時務，所以站得住腳，贏得相對的長久性。

我個人雖然在三十年前選擇了漂流之路，但我一再説，我不是反抗性的政治流亡，而是自然性的美學流亡。所謂美學流亡，就是贏得時間，創造美的價值。今天我對自己感到滿意的就是這一選擇沒有錯。追求真理，追求價值理性，追求真善美，乃是我永遠的嚮往。我對此無愧無悔。我的文集分兩大部份，一部份是學術著述，一部份是散文創作。無論是人文學術還是文學創作，我都追求同一個目標，持守價值中立，崇尚中道智慧，既不媚左，也不媚右；既不媚上，也不媚下；既不媚俗，也不媚雅；既不媚東，也不媚西；既不媚古，也不媚今。所謂中道，其實是正道，是直道，是大道。

最後，我還想說明三點：一是本「文集」，原稱為「劉再復全集」，後來覺得此名不符合實際，因為收錄的文章不全。尤其是非專著類的文章與訪談錄。出國之前，特別是上世紀七十年代末與八十年代初的文字，因為查閱困難，幾乎沒有收錄集子之中。所以還是稱為「文集」較好，可留有餘地。待日後有條件時再作「全集」。二是因為「文集」篇幅浩瀚，所以成立了一個編委會，我們不請學術權威加入，只重實際貢獻。這編委會包括李昕、林崗、潘耀明、陳松齡、曾協泰、陳儉雯、梅子、陳幹持、林青茹、林榮城、劉賢賢、孫立川、李以建、葉鴻基、劉劍梅、劉蓮。「文集」啟動前後，編委們從各自的角度對「文集」提出許多很好的意見，所有的意見都非常珍貴。謝謝編委們！第三，本集子所有的封面書名，全由屠新時先生一人書寫完成。屠先生是《美中郵報》總編。他是很有才華的追求美感的書法家。他的作品曾獲國內書法比賽中的金獎。

「文集」出版之際，僅此說明。

於美國科羅拉多州波德
二零一九年十二月三日

目錄

第二輯　教育講演

讀書十日談

劉再復、劉劍梅、劉蓮

第一輯　與大女兒劍梅談讀書

第二輯　與小女兒劉蓮談讀書

第三輯　與劍梅再談讀書與寫作

人生十倫

劉再復

第二講　個人與他者

第三講　個人與國家

第四講　個人與家庭

教育論語

劉再復、劉劍梅

從工具理性到價值理性

——《教育論語》序

劉再復

（一）

二零一一年四月，我應廈門大學朱崇實校長之邀，回國參加母校創立九十週年的慶祝活動，之後又到汕頭、泉州、成都、首爾（韓國）諸地講學，最後一站到了上海。剛踏上久別的上海，就見到特從福州前來約稿的福建教育出版社副總編孫漢生先生。他開門見山地說，此次遠道專程而來，就為了向您約定一部談論教育的書稿。我愣了一下，便自然地提問：「我從事文學，你們怎麼約我談論教育？」他說，他讀了我不少講述教育的文章，把這些文章集中起來就可成書。這才讓我意識到多年來自己有一種對教育的自然關懷，這是人文關懷的一部份。為此，也的確寫下了不少文字。沒想到的是這些並不系統的隨感而發的文字竟讓有識者所注目。也許因為被這種「注目」所感動，我就答應編著這部《教育論語》。也因為有福建教育出版社的「逼迫」與期待，就趁今年春節到馬里蘭探親之時，和具有十三年美國教學經驗的大女兒（劍梅）作了一番教育對話，並以此對話為主幹而組織成一本文學之外的書籍。因是門外談教育，也就難免會有許多疏漏，所以要特別敬請教育界的老師和朋友指教。

〔二〕

參加母校校慶時，我作了幾場講演。在中文系作了「告慰老師」的發言，我說自己的第二人生已不再走向概念，而是走向生命。與此「大方向」相應，我在今年為兩本新的書稿做自序，所用的題目也對自己的人生走向作了概括性的描述。一是為《劉再復文學選集》（美國西雅圖華盛頓大學沈志佳博士編）作的序，題為《從熱愛文學到信仰文學》；二是為這兩年的文章結集《隨心集》（北京三聯）作的序，題為《從「作文」時代到「隨心」時代》。前序的意思容易明瞭，無需解釋。後序則須作幾句說明：我以往的著述可以說是「作文」，既是「作」，總難免有刻意建構的痕跡。現在的「隨心」講述則是無腔無調、無相無姿的心靈訴說，是心中流出，不是筆端所「作」。這部《教育論語》也屬這種性質，即並非刻意建構，而是隨心而論，就像一部讀書心得和上學筆記。但就主題而言，則又可以加上一個精神走向性的題目，這一題目便是《從工具理性到價值理性》。這兩個概念的內涵都極為豐富，從教育學上說，工具理性是指知識，指數據，指邏輯，指人之外的物理、業理、原理等等，而價值理性則是指「人」本身的真、善、美等主體價值。兩種理性都重要，但價值理性應是第一位。如果說「智育」的重心是培育工具理性，那麼，德育、美育、體育乃至整個教育的要義則應是培育價值理性。當下的地球正在向物質傾斜，向工具理性傾斜。這是上世紀後期至本世紀初的世界性「文化偏至」，與一百年前魯迅在「文化偏至論」中所批評的偏向相似。這部《教育論語》雖是「論述」但並非空談，便是它帶有歷史具體性與歷史針對性，所強調的是價值理性的教育，也就是全面優秀人性的塑造和整體生命質量的提升。不過，強調之下，也不忽視工具理性的培育，即不忽視系統知識的「灌輸」、認知能力的生長與專業技能的訓練。邏輯、程序、判斷、專業技能等均屬工具理性，「五四」新文化運動一大歷史功績是它發現中國邏輯文化即工具理性的闕如，所以，才有「科學」的呼喚，才有八十多年來「知識就是力量」的吶喊。這全然沒有錯。但在電腦程式和經濟數字統治一切的當今時代裏，我們則不能不與時代潮流保持批判性的距離，把教育的重心拉回到價值理性的關注上。

從嚴格的意義上說，中國並沒有宗教。從寬鬆的意義上說，中國的儒與道，乃是半宗教半哲學。在中國的大文化系統裏，有意志、有人格的神始終不在場。雖然上帝缺席，但中國人不能沒有信仰和敬畏，所以近代的賢者們才想出「以道德代宗教」（章太炎）或「以美育代宗教」（蔡元培）等命題，其指歸也正是要以價值理性來代替宗教理性。我的《教育論語》其主題與近代先賢們的大思路相通，關切的也是價值理性的培養。這不一定是教育真理，但可供獻身於教育事業的老師們和其他教育工作者們討論。

謝謝孫漢生先生和福建教育出版社，謝謝打印這一書稿的葉鴻基表弟和黎明大學的劉平等執教朋友。

是為序。

二零一二年七月十七日
科羅拉多

第一輯　父女教育論語

關於教育的父女對話

劉再復、劉劍梅

（一）教師職業

劉劍梅：（以下簡稱「**梅**」）您知道，我有可能移居東方，到香港科技大學教書。不管在哪裏，我都是一個「教書匠」。趁您在這裏，我想和您交流一下教育問題。我畢竟在美國的大學裏教了十二三年書了，有些感受。

劉再復：（以下簡稱「**劉**」）你到香港科技大學人文學部競爭「副教授」位置，可能有希望，因為你有三個優勢，一是相對比較年輕；二是有美國的教學經驗；三是有不少英文與中文的著述。

梅：香港的大學與國內的大學有所不同，它反而與美國的大學相似，用英語教學，沒有統一的教材，所以擁有美國的教學經驗，確實可能算是優勢，但我的教學年齡不長，也不敢太樂觀。

劉：香港的大學與美國的大學也有許多不同。美國那種純啟發式的教學，香港的學生恐怕還不習慣，他們還要求某些灌輸，對老師的「依附」可能會比美國強一些。你從小就「好為人師」。在美國，白天當大學教授，教美國的大孩子，晚上當小學老師，教自己的小孩子，總是在教書。不管人家稱教師為「教書匠」還是「教師爺」，總之，教師是人類世界最光榮、最受尊重的職業。不一定要當大學教授，當中學、小學老師，也是最光榮的職業。我覺得當中小學老師比當大學老師更有意思。我一直認為，從事政治和從事商業活動，倘若不警惕，往往要付出人性的代價，純樸之心很容易變成機心、野心，也就是人性較容易變質。但從事教學，當個好教師，則必須時時為人師表，而且職業的內容也比較單純，因此，一般地說，它比較能夠守持美好的、優秀的人性。

梅：我相信您的這一判斷。儘管教師隊伍中也有蛻化分子，各國校園裏也有校園政治的複雜性，但相對而言，教師這一職業比較單純，比較能夠保持美好的人性。

劉：你選擇「教師」這一職業，生活在校園裏，我就放心了。其實，學校就像個堡壘，只要風氣正，只要你自己身正、心正，這就是最安全的地方了。我把學校、寺廟、醫院視為人間的三大淨土，而學校則是第一淨土。何況你教的是文學，是你熱愛的專業，你生活在心愛的崗位之上，是非常幸福的人。

梅：教師職業是神聖的，我有神聖感，而我「教」的內容又是我自己喜歡的文學，因此，又有幸福感。您說，學校是「淨土」，不錯，而對於我來說，它又是一片「樂土」。

劉：有這種心態就好。我在香港城市大學「客座」了兩年多，也到其他學校「客座」過、演講過，知道在香港的大學裏工作比較繁忙、緊張，你如果真的進入了香港的校園，開始一定會感到沉重的壓力，但有較好的心態就不怕。出國前，我生活在研究機構中，未從事教學。出國後，我雖然屬於「客座」，但還是講了不少課，在校園裏生活了多年。因此，對於教師這個職業，我又有些新的認識。覺得這個職業不僅有益於自身保持美好的人性，而且還會為能夠培養出好學生而感到光榮。你一定也會有光榮感。大學的目標不僅要培養一般的職業人才，而且還要培養各領域的傑出人才，甚至領袖人物。當你看到自己的學生出色地站立於社會，你會感到人生很有意義。

(二) 關注教育的家庭原因

梅：爸爸，我發現您儘管一心追求文學，但又特別關注教育，為甚麼？

劉：其實，每個關懷國家、關懷人類的人，都會關注教育。我從事文學，認定文學就是人學、心靈學，終極關懷還是人，這本就與教育學相通。出國之後，我讀了一些佛學書，特別喜歡禪宗，這才發現，佛學其實就是教育學。從釋迦牟尼開始，他們傳道、授道，講的都是做人的道理，都是教人向善向慈向悲的道理。佛教找到的最後實在是心靈，講的是心靈狀態決定一切的道理。佛教也強調「學」，強調「修煉」，這也是教育。但絕大多數人不能通過寺廟，只能通過學校進行修煉，學會做人。

梅：除了這種理性原因之外，是不是還與您從小生活在教師之家的氛圍中有關？

劉：不錯。我的生活環境很特別。七歲時父親（也就是你爺爺）就去世了。那時，我一面生活在農村，和叔伯堂兄弟這些農民在一起，算是「農家子」，另一方面又和母親（即你奶奶）在一起，常生活在外婆家。外公外婆家不是農家，而是教育之家，大舅舅葉重青是中學老師，舅母呂惠芳也是中學老師（均在國光中學），二舅舅葉重雲是小學老師，他英年早逝，你從未見過。還有我的阿姨葉瓊芳，她畢業於南安師範學校，一直當小學老師。我和你媽媽結婚後，岳父家又是「教師群落」。你外公陳英烈是我們中學（成功中學）的生物、體育老師，你媽媽（陳菲亞）是廈門師範學院畢業的中學地理老師（連城一中），教了十六年書。你從小就生活在「教師大院」裏。你媽媽的阿姨（林清華）、姨夫（陳宗聘）、堂哥（陳文廣）全是教師。如果連鴻基表叔、表嬸陳新華（黎明大學）和你以及你同輩的兄弟姐妹都算進去，和我人生密切相關的教師群落，人數達二十人左右。所以，我對學校的狀況相當了解。大約是這種家庭關係與社會關係，使我從小就與「學校」息息相關，也自然地關注教育。

梅：出國後，您在芝加哥大學、科羅拉多大學、斯德哥爾摩大學、卑詩大學以及香港城市大學、台灣的中央大學、東海大學「客座」過，還訪問了國內外五十多所大學，對世界各地的大學也有不少認識，您真的有資格講講教育。

劉：我的經歷的確很特別。但我英文不好，不能像你那樣，進入美國教學的中心地帶，屬於「中心人」。我每次「講座」後便退入邊緣，終歸只是個「邊緣人」。

（三）高舉心靈的旗幟

梅：我讀了您許多關於教育的講話和文章，看到您床邊還掛着香港「課堂發展議會」（CDC）贈給您的精美小獎旗。您關於教育的論說、論語，給我印象較深刻的是三個思想：（一）「生命質量」的目的大於「生存技能」的目的。您認為，教育應以提高人的生命質量為第一目的，以培育生存技能即職業技能為第二目的，也就是說，應以培育人的全面優秀人性為最高目的。（二）學生應品學兼優，而「品」為第一，這一點是否可用「品格大於知識」來表述。（三）靈魂的健康大於體魄的健康。學校當然要培育學生健康的體魄，但身體的健康包括外在的生理健康和內在的心理健康。心理的健康也可稱為靈魂的健康。內部健康與外部健康是互動和互相促進的，但靈魂的健康比身體的健康更為重要。我概說的這三個方面，您覺得準確嗎？

劉：相當準確。我的這些理念，受孔子的教育思想影響極深。孔子把「學為人」作為教育宗旨。很明顯，他是把學做人作為教育的第一目的，也是最高目的。魯迅在《摩羅詩力學》中提出一個觀點，說「立國先立人」。其實，教育事業正是「立人」的事業。魯迅的原名叫作「周樹人」，教育也可以說是「樹人」的事業。立國先立人，而立人則必須先立心，先立魂，因此，通過教育，全面提升人的生命質量，尤其是心靈質量、靈魂質量，這是最重要的。靈魂質量不是抽象的，它很具體地首先呈現為人的立身態度和道德品質，我們可簡稱它為「品格」。孔子所以是偉大的教育家，是因為他抓住了教育的「硬核」，這個硬核，就是品格。用他的語言表述，就是「德」。現在全世界都在發生「教育的迷失」，即失去教育的方向，而最根本的迷失便是丟失了這個硬核，顛倒了位置，未能把「立德」、「立心」、「立魂」放在第一位。除此之外，知識教育也發生迷失，未抓住要領。這一點，等會兒再說。

梅：您的教育理念是高舉心靈旗幟的理念，也就是高舉「做德才兼備優秀人」的理念，這是孔子建立的中國教育大傳統，而您又賦予它許多新的現代內涵。

劉：「五四」新文化運動高喊「打倒孔家店」的口號，對儒家學說展開空前激烈的批判和討伐。然而，即使在那個時候，「五四」文化運動的主將們也不否認孔子是一個偉大的教育家。孔子很了不起，兩千五百年前就能提出「有教無類」的打破貴族壟斷的平等教育思想。剛才我們所講的他把「學為人」當作教育的宗旨，更是顛撲不破的偉大教育思想。這是全世界都應當認真面對的思想。

梅：美國教育的致命弱點正是缺少這種「以人為核」的教育意識，中國也逐步遺忘了。

劉：你說得對，我是在高舉心靈的旗幟。突出心靈，突出提升心靈與培育心靈的天職。中國的教育傳統本是如此，可是現在至少可以說是忽略了這一旗幟。但我必須聲明的是，培養學生畢竟與培養和尚、教徒不同，他們不能只有心靈的修養，而沒有社會生活能力的訓練。學生走出校門之後畢竟要面對社會的挑戰，甚至要改善某些社會方式。所以我說高舉心靈的旗幟，乃是高舉以心靈為內核的「全面優秀人」的旗幟。

梅：突出心靈，也可以說是突出人的根本，對嗎？

劉：對。例如《三國演義》中的梟雄們，他們都很有本領，都很聰明，但心靈大有問題。我們的教育目標，就不能培育曹操、劉備、孫權、司馬懿這類佈滿心機的「三國中人」，也不能培養滿身破壞性格的嗜殺好鬥的「水滸中人」。

（四）中國與美國的教育結構

梅：我記得您說過，從教育內涵上說，中國的教育結構比美國教育結構更為合理，因為它是三維結構，即包括德育、智育、體育三維，而美國只有智育與體育兩維，沒有德育這一維。

劉：十幾年前我就提出這個看法，覺得中國的三維教育結構比較合理，是很好的傳統，要守持住，不可變更，不可放棄。尤其是中小學教育，更要守住這種三維結構。你妹妹在國內讀了初一，之後就到美國讀完初中和高中，我每天送她上學，關注她每學期的課程，才發現沒有德育課。當時我很驚訝，問過她：怎麼沒有德育課？她說美國老師不管德育，老師說有教堂在管。其實，教堂取代不了學校。一是許多學生不信教，根本不上教堂；二是即使上教堂並成了虔誠的信徒，但也只能接受宗教性道德的教育，而不能接受社會性道德的教育。這兩種道德的區別李澤厚伯伯講得最清楚。宗教性道德的教育可以淨化人性情感，但它並不提供人處於社會中的基本規範。宗教情感代替不了社會規範等理性原則，上帝並不具體地指導人類的行為規範。一九四九年之後，中國的教育體系仍然保持三維結構，這是好的。然而，德育一維逐步變形變質了，變成意識形態教育。但是意識形態教育說到底只能解決立場問題，而不能解決「做人」的全面問題，例如如何對待社會、如何對待大自然、如何對待他者，如何對待強者、如何對待弱者，如何對待長者，如何對待成功，如何對待失敗，如何對待婚姻，如何對待朋友等諸多問題。面對這一切，都需要有一種心靈原則和道德底線。進行這種教育是非常艱辛的使命。可惜我們的德育變形變質了。

梅：關於教育的三維結構，等會兒我還有許多問題想問您，這裏談到美國與中國的教育區別，我想先問一下，您認為，除了結構有三維與二維的不同之外，就教育的整體而言，您覺得兩者（中、美）各有甚麼長處與短處呢？或者說，兩者還有甚麼大的不同？

劉：這個問題本應做些社會學的計量分析，才能回答得比較準確。但我沒有這種功夫，只能根據自己的觀察、體驗與感受，做些宏觀性的判斷。

從總體上說，無論是中小學教育，還是大學教育，美國的自由度比中國的自由度大得多。但中國的基礎教育比美國的基礎教育強，中國許多小留學生，即那些讀了中小學之後到美國讀大學的留學生，他們的數學、物理、化學都比美國的同學強。要是進行比賽，冠亞軍肯定屬於中國。但是，美國學校的自我發展空間卻遠比中國的學校寬闊、寬廣，無論是中小學，還是大學均是如此。

梅：自我發展的空間較大，或者說，自我發展的自由度較大，這確實是美國教育的長處。自我空間也可以稱作個性空間。我在美國學校這麼多年，在當學生的時候感受到，在當教師的時候也感受到。最近十年，當了教師，大約是受整個教育環境和教育氛圍的影響，也自覺或不自覺地比較尊重學生的個性空間，就是不要對他們管得太嚴，太死，要鼓勵他們多提問題，鼓勵他們發展質疑能力，包括對我的質疑。教育當然需要「灌輸」，但不可「灌滿」，所以我的課堂，除了認真講授必要的專業知識之外，就是騰出時間讓學生們討論，讓他們提出問題並引導學生進入問題。能質疑就鼓勵，教師對於質疑的回應，既要保護學生的質疑熱情，還要提高學生的分析能力與判斷能力。

劉：美國學校留給學生更多「自我空間」，這是培養學生自生長、自組織、自選擇、自判斷的能力。美國這一長處值得中國借鑒。中國學校的「自我發展空間」過於狹小，除了教師對學生管得太嚴、太死之外，還有一個制度性原因，這就是整個教育制度太注重學生的「分數」，把考試成績視為衡量學生的唯一標準。這樣就把學生的全部精力引向分數，引向成績表格，引向與其他同學的數量競爭。這種制度的目標不是引導學生對某一學科的濃厚興趣和求索精神，而是引導學生「死記硬背」。以「高分」為樂和以「有所發現」為樂是完全不同的方向。應試能力不等於自生長、自組織的能力。教育的初衷，是要讓學生更聰明，愈學愈聰明，可是如果一味讓學生去追求分數，整天為分數而焦慮而痛苦，從而喪失對學科的興趣，就會使學生愈學愈愚蠢。錢學森臨終前曾發出一個提問：為甚麼中國的學校產生不了大人才？對於這個問題，我們的回答便是：「因為中國學校缺少個性發展空間。」當然，解決這個問題需要過程，不是一道行政命令就可解決的。

梅：您說中國的基礎教育比美國強，這一點我也有感受。就文學專業而言，從小學、中學到大學，我們反覆讀的是「歷史」，文學史又包括西方文學史、俄國文學史、中國文學史。而中國文學史則有古代文學史、近代文學史、現代文學史，這些都是基礎知識，而且相當系統。來美國後，與出身於美國的同學交談，總覺得文學知識比他們全面，知道得比他們多。至於文學鑒賞能力、審美判斷能力，獨立思考能力，我則不敢說比他們強。他們常有一些特殊的批評視角和特殊的作家作品評論，這些評論很有個性，很不一般化，對我常有啟迪。

劉：美國學校「自我發展空間」大，這是極大的長處。但是，它也帶來短處，尤其是中小學期間，學生過於寬鬆。換句話説，是太放任，太自由。現在中國的中小學過於嚴，壓力太大，而美國則相反，壓力太小，太不嚴格。如何掌握寬嚴的分寸和度數，即不可太嚴酷也不可太放鬆，這恐怕是今後必須探尋的「教育藝術」，兩國的教育家可以一起探討一下這個問題。而「基礎教育」，中國雖然較強，但也要注意，這基礎不是死背公式、原理和常識，還要特別注意培養基礎學習能力和行為能力，例如表達能力（語言能力）、交往能力、閱讀能力等，這方面的基礎教育，美國也不差。知識浩如煙海，圖書館裏的藏書幾輩子也讀不完，因此，重要的不是背下記下某些知識，而是知道知識在哪裏（查閱與考證能力）和如何穿透知識以及對知識進行再創造（分析判斷能力與原創能力）。

梅：美國中小學的「放鬆」狀態，可能受杜威的教育思想所影響，您覺得杜威的教育思想用於中國，可行嗎？

劉：不可行，不可以。即使應用於美國，也有很大的弊病。我認為，杜威的教育思想儘管也有可取之處，但基本上是錯誤的。

梅：您如此鮮明地否認杜威的教育思想，我過去還不知道。您能説説理由嗎？

劉：杜威是美國最傑出的哲學家，這一點我不否認。但他的教育思想核心強調的是「教育即生活」，學校如社會，「學校必須有某種社會方向」[1]，即學校必須與社會相結合。教育的使命就在於培養擁有

1 「教師和他的世界」，《人的問題》中譯本，第八二頁，上海人民出版社，一九八六年版。

社會經驗畢業後能夠改良社會的學生，他這樣的概說自己的教育宗旨：「我提出的問題是：教育家的職務是否在使學校給予的教育能使畢業生離校後能考察現有的改良社會的知識。」[1]他解釋說：「只有當學校使青年了解社會勢力的運動與方向，了解社會需要和滿足這些需要所能用的資源的時候，學校才能迎接民主主義的挑戰。」[2]他直截了當地說：「教育學說是社會學說的一部份。」[3]杜威的教育思想，針對的是「灌輸教義」的舊教育路線，反對的是理論與實際分裂、個人與社會隔離的學校現狀，所以引起了「革命性」的震撼。杜威的教育思想在上世紀前期提出之後，果然逐步成為美國教育的「方向」。這一方向打破了學校與社會的分離，使學校「社會化」。從教育哲學上說，他先把實用主義徹底地貫徹到教育之中，社會經驗取代形而上實體甚至取代教育的基本功能。他把社會經驗強調到極端，說「教育即生活」，而「生活乃是不斷地重組和改變」，教育過程便是個體生命（學生）和環境之間不斷互動的生活過程。在此過程中，學生獲得社會經驗，這就是教育的成果。從這一總思想出發，他把教育的主體從教師移向學生，他認為：「把學生包含在教育自由這個觀念中去，比把教師包含在這個觀念中去尤為重要；如果這兩者是可能分開的話，至少它會是重要些。教師的自由是學生學習自由的必要條件。」[4]從這種觀念出發，他主張課程應以學生的活動為重心，凡是生活中所涵蓋的活動都可以作為教育的材料。更極端的是，他認為這些活動應由學生自己來決定，不能由教師主導。因為生活中的問題層出不窮，學生就在解決問題的過程中形成獨立解決問題的能力和習慣。杜威這套教育思想對美國的中小學影響極大。它

1 「民主對教育的挑戰」，《人的問題》，第四一頁。
2 《人的問題》，第三六頁。
3 同上，第五八頁。
4 同上，第五九頁。

確實有益於少年兒童從小就養成獨立生活的能力，但是，他卻否定了教育之所以成為教育的中心環節，這就是無論如何，學生必須要讀書，要學習，要培育，要修煉，在此過程中，教師必須主導學生，引導學生，必須通過課堂幫助學生立心、立德、立智，包括樹立理性的人生觀、理性的世界觀等，所有這一切，都不是「社會經驗」可以代替的。總之，杜威強調的是「經驗」，不是「人」；是職業準備，不是生命質量。

梅：杜威也講心靈，但他強調的是心靈主動性在於心靈對環境的適應與改造。「五四」時期，胡適把杜威的實驗主義引入中國，實驗主義追求的教育目的就在於培養學生解決實際生活的能力。杜威的教育思想也影響了現代中國。

劉：杜威把心靈也實用化了，這不足為訓。三四十年代，中國有一位著名的教育家，叫作陶行知。陶先生於二十年代留學美國，研究教育，回國後擔任南京高等師範學校教授、教務主任，之後又擔任東吳大學教育科主任（陶行知先生與東吳大學校長敦秉文博士，皆曾受教於杜威）。他一生推動平民教育，倡導「生活教育」，但從教育理念上說，他顯然受到杜威的影響。從正面看，他改造了杜威的教育思想；從負面看，我則認為他把杜威的「教育即生活」極端化。杜威的教育即生活、學校即社會，已經把教育生活化、社會化了，可是陶先生更徹底，他把杜威的命題倒轉過來，變成為「生活即教育」、「社會即學校」。這一轉換，豈不是學校存在不存在也無所謂。他的這一理念在一九二九年於曉莊師範學校所舉行的討論會上表述得極為鮮明。他說：

今天我要講的是「生活即教育」。中國從前有一個很流行的口號，我們也用得很多而且很熟的，就是「教育即生活」。「教育即生活」這句話，是從杜威先生那裏來的，我們過去是常常用它，但是，從來沒有問過這裏面有甚麼用意。現在，我把它翻了半個筋斗，改為「生活即教育」。在這裏我們就要問：「甚麼是生活？」有生命的東西，在一個環境裏生生不已的就是生活。

接着，陶先生又說：

與「生活即教育」有連帶關係的就是「社會即學校」。「學校即社會」也就是跟着「教育即生活」而來的，現在我也把它翻了半個筋斗，變成「社會即學校」。整個社會的活動，就是我們的教育的範圍，不消談甚麼聯絡而它的血脈是自然流通的。不要說「學校社會化」。譬如說現在某人革命化，就是某人本來不革命的。假使某人本來是革命的，還要「化」甚麼呢？講「學校社會化」，也是犯同樣的毛病。「社會即學校」，我們的社會就是學校，還要甚麼社會化呢？

說生活就是教育，社會就是學校，那麼，我們只要在社會中生活着就行，學校完全可以取消，難怪「文化大革命」差點取消學校。那時，最高指示說：「大學還是要辦的，我指的是理工科大學。」至於文科大學，那好像就可有可無。

梅：「文化大革命」初期進行了「教育革命」，那時我剛出生。讀小學時「文化大革命」還沒有結束。

我知道教育革命正是把老師與學生的主體位置進行了互換，學生主導了學校，不好好讀書，倒是教師和學生常常一起上山下鄉，向社會學習。這一套教育革命內容，與杜威很相近，更是把陶行知先生推向極端。

劉：「文革」期間，思想很激進。在中國的眼裏，杜威是資產階級哲學家，當然不會承認無產階級的教育革命與資產階級教育思想有甚麼關聯。但究其「實質」，「文革」「教育革命」的路向倒真的是和杜威「如出一轍」。兩者都強調生活，強調經驗，強調向社會學習，強調社會經驗比課堂知識更為重要。因此，兩者都把學校等同於社會，都取消教師的主導地位。我所以對杜威這套教育思想保持警惕，並認定他的錯誤，與我在六七十年代教育革命中的體驗與感受有關。儘管我知道杜威並不採取「革命」形式，而是採取不斷累積經驗的「改良形式」，不可完全同日而語，但杜威那種否認教育中心環節（育人、樹人、立人）的大思路，是絕對不可取的。中國絕對不可走杜威的教育只為學生做職業嫁衣裳的實用主義道路。

梅：今天聽您這麼一講，我就比較明確了。確實不可以「放任」。美國是很自由的，但自由也不可以濫用。美國學校擁有廣闊的自我發展空間，但也不可讓學生們太自我。美國學生好像沒有「師道尊嚴」的意識，這確實不好。對老師不知道尊敬，不懷深深的敬意，怎麼能從老師那裏學到一些東西呢？杜威放掉「以人為核」這個中心環節，的確造成許多負面效果。

劉：孩子好玩不好學，這是天性，無可非議。哪個孩子不是這樣？像我這樣的一貫「好學生」，一說放假也高興得不得了。你二叔很聰明，小時候就逃過學而挨了奶奶的狠揍。正視孩子這種天性才能對孩子嚴格要求。從某種意義上說，就得強制孩子認真學習。你有今天，還不是我逼出來的？

梅：嚴格是必要的，但不要嚴酷。

劉：這就得掌握好適度。嚴格度，自由度，都得有分寸。「度」不是理念，而是實踐，是主觀對客觀的把握。難就難在這裏。我認為，馬克思講「自然的人化」，比杜威講學校的社會化深刻。兒童屬於生命自然，他們上幼兒園，上小學、中學，實際上在經歷「自然的人化」過程。所謂「人化」，也就是理性化、人性化、道德化、知識化。自然的人化，只有兩條途徑，一是人類集體的歷史實踐；二是人類個體的接受教育。前者不能代替後者，杜威實際上就是這種代替論者。

梅：杜威強調生活、強調社會經驗，是不是也有合理的一面？

劉：剛才我已說過了。杜威的教育思想有益於學生養育獨立的生活能力，避免死讀書，避免愈讀愈傻。「文化大革命」中我們天天都聽到走向社會、學習社會的呼喚。就我個人的體驗而言，讀書人到社會中去，到工農大眾中去，不僅可以了解社會，形成關心民間疾苦的情懷，而且也的確可以增長許多知識，這對「全面優秀人性」的培育的確很有好處。但是，不能強制學生這麼做，不能把「上山下鄉」作為一種「懲罰制度」與「改造制度」，更不能以「五七幹校」取代正規學校。中國儒家教育傳統裏的「學」，不僅是課堂裏的「學」，還包括在社會中的「學」。在社會中經風雨，見世面是必要的一課。順便和你說一下。杜威曾在你就讀的哥倫比亞大學任教二十六年，一九三零年才在哥大退休。他一生的著述很多，共寫了八百一十五篇論文，三十六種專著。有關教育的論述也很多，甚至寫過《德育原理》。他的思想很豐富，值得研究。只是他的「學校即社會」理念太偏頗，我無法認同。

梅：杜威除了有《我的教育信條》、《德育原理》、《教育上的興趣與努力》、《民主主義與教育》、《經驗與教育》、《今日之教育》等教育學著作之外，還有許多心理學、倫理學與哲學著作。他一生好學深思，成就巨大，確實值得我們認真面對。前些時，我在鳳凰電視台的《世紀大講壇》節目裏，聽杜維明教授講儒家思想，他說，儒家文化乃是一種學習的文化。

劉： 可是，他沒有指出，孔子講「學」，有狹義的「學」，即課堂裏的學，還有廣義的「學」，即課堂外的「學」，社會中的學。後來禪宗講處處可以「悟」道，也是指課堂外處處可以學。孔子主張「每事問」，課堂外善於求教各種人，也是非常重要的學習。我覺得孔夫子把兩種學結合起來比較正確。但作為中小學生，還是要以課堂裏的學為主。而且一定要讓學生認真學、刻苦學。要教導學生「珍惜」兒童時代、少年時代，少年，兒童時代決定人生的面貌。

梅： 學書本和學社會要平衡，對學生的要求要嚴，又不能嚴酷，要給孩子們有一定壓力，又不能把他們壓死，看來處處都有一個掌握分寸，掌握「度」的問題，確實要緊，難怪李澤厚伯老是強調「度」。

劉： 優秀的老師正是掌握好「度」的老師。我喜歡講「中道」智慧，其實也是一個把握「度」的問題，不可「放任」，也不可「過嚴」；不可不讀書，也不可死讀書；總之，是不可偏執一端。你有中國受教育的經驗，也有美國接受教育又當教師的經驗，不妨吸收兩邊的長處，避免兩邊的短處，身體力行地做些實驗，這應是一項很有意思的工作。

（五）美育與情感教育

梅： 前邊我們已討論過教育的三維結構，這實際上是教育內涵的三個基本範疇。每個教育家似乎都要在這個根本問題上思索。我國現代的著名教育家蔡元培先生就認為應當再增添「美育」一維。

劉：一九一一年（即民國元年二月），擔任教育總長的蔡元培先生就在《教育雜誌》上，發表他對教育結構的看法，他不僅認為應當增加美育，還主張應當實行五維教育，即「軍國民教育、實利主義教育、公民道德教育、世界觀教育、美感教育」。同年七月十四日，教育部召開全國臨時教育會議，他在致辭中又說：「當民國成立之始，而教育家欲盡此任務，不外乎五種主義：即軍國民教育、實利主義教育、公民教育、世界觀、美育是也。五者以公民道德為中堅，蓋世界觀及美育皆所以完成道德，而軍國民教育及實利教育，則必以道德為根本。」蔡元培先生一直是最受崇敬的現代啟蒙家和教育家。他的這一主張對二十世紀的中國教育影響極大。我認為，蔡先生在民國首次教育會議上的講話，兩點最有價值，一是強調德育即公民道德教育是諸教育大範疇的中堅。他明確地說，軍國民教育及實利教育（即智育）「必以道德為根本」。這兩項教育是民國初期國家面臨內憂外患的歷史語境下提出來的。當時離甲午戰敗不遠，中國仍被失敗的大恥辱籠罩着，啟蒙家如梁啟超等在反省失敗原因時，都指出原因之一是缺少「尚武精神」。蔡先生提出「軍國民教育」乃是形勢所逼，是自強的需要。亡國危機消退之後，這一項就不必再加上一個「軍」字。至於「實利教育」，則有點與杜威的獲得經驗以適應和改良社會的實用主義思路相近，在中國也難以行得通，所以也未被後人所採納。幸而他聲明這兩者都必須以道德為根本，所以後來只講德育、智育。我覺得，這兩育不僅可以涵蓋「軍國民教育」和「實利教育」的某些內容，而且可以涵蓋「世界觀教育」。如何看世界看人生，如何對待世界、對待自然、對待社會、對待人生，都可以放入德育的範疇中。不過，如果有學校願意把「它」獨立出來，強調世界觀教育也無不可。因為世界觀問題是個哲學問題，它包括看世界的態度、視角、方法等宏觀思維。有世界觀，才有人生高度。狹義的道德教育無法涵蓋它，但廣義的德育則可涵蓋。廣義的德育應包括說明德育的哲學基點，即世界觀的基點。蔡元培先生提倡「美育」，倒是一項首創。中國教育自此之後便有了「美育」的自覺。但「美育」要不要與「德育、智育、體育」並立，變成這三維之外獨立的第四維，則有待討論與實驗。

梅：美育的內容，除了屬於「藝術」的美術、音樂、舞蹈、電影、建築之外，還包括屬於「文學」的小說、詩歌、散文、戲劇等，甚至還包括對大自然的欣賞，但這些似乎也可以納入「智育」的大範疇中。

劉：不錯，有些可納入「智育」範疇，有些也可納入「德育」範疇。培育審美能力，屬於智育的使命，培育生活情感和道德情感，則屬於德育範疇。道德原則要轉化為內心的需求，需要情感中介。只有當你把「地上的道德律」看得像「天上星辰」那麼美那麼崇高而產生無限敬畏之情時，這「道德」才是你靈魂的一部份，你才會把道德律令化為內心的絕對命令。康德的龐大哲學體系，道破認識如何可能，自由如何可能，道德如何可能，並說出「天上星辰，地上道德律」的石破天驚之語，這一語，既包含着「德」的內容，也包含着「美」的內容。如果為了簡化教育內涵，可以不另立「美育」，不開闢第四維，但如果有學校要開闢第四維，突出美育，也應歡迎他們做實驗。

梅：如果「美育」形成獨立的一維，那麼其教育的內容就可能會很突出文學和藝術了。

劉：美育的目的不是讓學生增加一些文學史、藝術史的知識，也不僅僅是培育學生的繪畫、音樂、舞蹈、戲劇表演等技能。美育的宗旨應是這樣兩個目的：一是培養學生成為具有審美能力的審美主體，即馬克思所說，要有「審美的眼睛」和「音樂的耳朵」。二是培養學生的人生擁有「審美境界」。我一再說，人與人的差別，最根本的是境界的差別。學生擁有「審美的眼睛」和「音樂的耳朵」，其生命質量就大不相同，如果又具有「審美境界」，那就會進一步「飛升」。審美境界，乃是一種超世俗、超功利、超得失的境界。馮友蘭先生把中國文化概説為從低到高的四大境界，即自然境界、功利境界、道德境界、天地境界。那麼，可以説，審美境界屬於天地境界。它不僅高於自然境界、功利境界，甚至高於道德境界。也就是説，它能超越善惡的道德判斷而站在更高的精神的層面上來審視人間的是非善惡從而擁有一種大慈悲、大寬容的精神。用蔡元培先生的語言説，它是一種超越「現象世界」而進入「實體世界」（本體世界）的境界。

梅：我早已讀過蔡元培先生關於美育的哲學論述，也就是現象世界與實體世界二者關係以及美感作用的論述，但始終不甚了然，您能講得更明白一些嗎？

劉：蔡元培先生所講的「實體世界」，這一概念今天哲學界已不太用了，取而代之用的大概念是「本體世界」。所謂本體，是指事物的根本，事物的本源、本質。蔡先生認為「現象」和「實體」（本體）乃是同一個世界的兩面。現象世界相對而有限，它受制於因果與時空，我們可以通過經驗和邏輯去認知；而實體（本體）世界則是絕對與無限，它無法憑經驗去認知，只能憑「直覺」（或稱「直觀」）去把握。只有具備美感能力的人，才能通過「直覺」、「直觀」而從現象世界進入本體世界。美育便是培養學生這種直覺直觀能力。法國大作家福樓拜有部小説，名為《情感教育》，美育又是一種情感教育。蔡元培先生説美感可以陶冶人的情感，使人擺脱現象世界功利得失的羈絆，所以它比宗教更帶普遍性。某一宗教的語言很難成為普世的語言，而「美」的語言則可成為全世界共同的普世語言。康德的「永久和平」理想，康有為「世界大同」的理想，最後都得通過審美這一「橋樑」來實現。我常説，音樂可以直達心靈，也可以直達宇宙，意思也正是蔡先生所説的，美感可以直觀宇宙，可以抵達本體世界。

梅：如果把美育放在「德育」的範疇中，也可以提高德育的境界。

劉：美育的使命在於培育高尚的情感，美育的本質不是藝術教育，而是情感教育。這種情感乃是道德的動力。道德要成為真道德而不是偽道德，關鍵是一個「誠」字。必須真誠，才是真道德。也就是說，真道德不是道德理念，更不是道德説教，它必須是一種發自內心的道德命令與道德情感，而道德情感又導致道德行為，這種道德才真實可靠。所以德育可以與美育結合起來。

梅：在美國的中文系課堂裏，除了講解小説、詩歌文本之外，還時行開設電影課和戲劇課，美國學生很喜歡。我也開設這一課程。但只給學生放映某一影片和講解某一劇作的內容和藝術技巧。現在想起來，覺得還缺少「美育意識」，缺少培養審美主體和提升審美境界的意識。

劉：有電影課與戲劇課，可以讓課堂生動活潑一些，也讓學生減少些負擔和壓力。美國的學生學中國文學，很不容易。他們本就不像中國學生那樣「刻苦耐勞」，千萬別把他們嚇壞了。有興趣，就好辦了。你不教，他們課外也會自己去學習去探討。培養興趣，是件要務，不可看輕。

梅：這種課程，我的評分很寬很靈活，這樣可保護他們的興趣。「興趣」比「分數」重要。「分數」可能會摧毀「興趣」，這一點我倒是有所警惕。您很早就讓我閱讀意大利亞米契斯《愛的教育——一個意大利小學生的日記》，這本書的所有故事，既是道德教育，又是情感教育。

劉：你讀的是一九八零年田雅青的譯本。葉君健先生在為這一譯本所作的序言中說，這本書的名字，原叫作「心」，意大利文為「Coure」。葉先生說，「心」這個字又可作「情感」解釋，也可以把它的意思加以引申而譯為「愛的教育」。他特別說明，「愛」並不抽象，這裏「愛」的對象非常具體：祖國、人民、父母、師長、同學、勞動者和一切為正義事業而獻身的人。這本書所以感人，就因為它不是道德說教，而是以情感（愛）為出發點去實踐道德，去做具體的道德行為。

我在五十年前就讀這本書，那是夏丏尊先生的譯本。我記得夏先生說他讀了這本書的日譯版，讀了三天三夜，流了三天三夜的淚，被感動得難以自持。後來他才把日譯本（還參照英文版）翻譯成中文版。他說本想把書名譯為「情感教育」，但因為法國福樓拜已有一部著名小說叫作《情感教育》，所以才命名為《愛的教育》。夏丏尊先生說，這本原名為《心》的書在一九零四年竟然印了三百版，各國都有譯本。我第一次讀到夏先生的譯本時身心受了極大的震撼，覺得這位意大利小學生的心靈太美了。有這樣美的心，這麼美的愛（情感），才有那樣美的行為。美與善是相通的。真、善、美本為一體。學校的價值教育，就應當是培育這種三位一體的價值理性。工具理性屬於智育範疇，價值理性則屬於德育範疇，但它也屬於美育範疇。

梅：情感真是道德的動力。道德如果只有善惡理念，就不容易讓學生明白，而《愛的教育》所以具有那麼大的力量，就因為它是情感。

劉：五十年過去了，我到現在還老是想到《愛的教育》中那些語言，那些使我永遠愛祖國、愛母親、愛工農大眾、愛朋友、愛弱者的語言。為甚麼愛意大利這個祖國？作者說：

> 我為甚麼要愛意大利？因為我的母親是意大利人，因為我的血管裏流的是意大利的血，因為意大利的土地上埋葬着我的父親和母親所敬重的人，因為我出生在意大利，我說的是意大利話，我讀的書是意大利文，我的兄弟姊妹、我的同學和朋友、生活在我周圍的偉大的人們是意大利人，環繞着我的美麗的大自然，我看見的、熱愛的每一樣東西以及我所研究和崇拜的一切

都是意大利的。

特別難忘的是，在這段話之後，還有一則父親寫給孩子安利柯的信。信上的話我一直默誦於心：

安利柯啊，你現在還不能充份體會到這種對於祖國的情感，等你長大以後你就會懂得了。當你長期遠離祖國、遠洋歸來、終於有一天早晨你從甲板上遠遠望見地平線上故國的青山的時候，你的心會突然間充滿了柔情，你的眼裏會湧出熱淚，或從心底發出一聲喊叫來。又如，你在異國的大都會中，偶爾在街上聽見有人說意大利話時，你會感到特別的親切，立刻奔到他的面前去。再如，你聽見外國人污衊你的祖國時，你一定會義憤填膺。特別是當外國軍隊進犯你的國家的時候，你看到青年人自告奮勇去前線打仗，父母吻別自己的兒子，鼓勵他們頑強殺敵，那時，你會更加明確，更加強烈地體會到對祖國的愛。當戰爭結束、軍隊凱旋歸來的時候，你看見被子彈洞穿的軍旗和殘破的武器，看見那些為保衛祖國而負傷的勇士們，頭上裹着繃帶，但他們的眼睛裏卻閃耀着勝利者的光芒，你看着夾道歡迎的群眾不停地向他們拋擲鮮花和親吻，向他們致以無數的祝福，那時你將會真正理解愛國的含義。這是一種極為崇高而神聖的感情。

這是「愛國情感」，再看看「母親情感」。書中有一段朱賽普．瑪志尼（意大利革命先驅）寫給摯友、安慰摯友失去母親的信：

人世間，母親的位置是神聖不可代替的。無論在悲傷還是安樂中，你都不會忘記自己的母親。但你必須以一種崇高的方式來愛她和悼念她。……昨天你有一個塵世間的母親，今天你卻有一個彼世的天使。你要記住，凡是好的東西都不會死的，而且它的生命力將隨着時間的流逝而日趨強大。母親的愛也是如此。她現在比以往更愛你，所以你的行為對她所負的責任也就更重大。你能否在另一個世界再看到她，就取決於你自己的行為了。所以為了敬愛你的母親，你就必須不斷地使自己變得更加完善，使她能更喜歡你。從現在起，你每做一件事的時候，都應該問一問自己：「這是我母親所讚許的嗎？」母親雖然離去了，但她卻在這世界上安置了一個天使來守護你，你的所作所為都必須和守護你的天使商量。要堅強，要勇敢，不要讓絕望和庸俗的憂愁壓倒你，要保持偉大的靈魂在經受苦難時的豁達與平靜，因為這是母親所喜歡的。

還有一段關於要愛底層勞動人民的話，那種情感之美，也讓我終生難忘。這是卡隆父親寫給卡隆的信，最後一節如此說：

……同學之中，你尤其要愛那些勞動者的兒子，要尊重他們父母的勞動和對社會所做的犧牲。不要以財富和階級的高下來衡量人，那樣做是卑鄙的。澆灌我們土地的那些神聖的血液，不正是從工廠和鄉村的勞動者的血管裏流出來的嗎？

愛卡隆、可萊諦、潑來可西和小石匠吧！在他們勞動者的身上有着非常高貴的品德。你要發誓說，不論將來個人的前途怎樣，你永遠不會忘記這兒時的友情。再過四十年，當你在車站上認出那個穿着司機服裝、臉黑黑的人就是卡隆時——啊，那時候，即使你已經做了議員，你也一定會跳上去摟住他的脖子的，我相信你會這樣做的。

——你的父親

這是父親對兒子的教育，不是說教，是情感教育，但其中包含着做人的最重要道理。我覺得，這就是美育的方式，用至真至美的情感去推動至善的道德，通過情感的陶冶抵達倫理的深處。

梅：您剛才讀了這幾段文字，確實非常感人。這種情感不僅屬於意大利，不僅屬於一個國家，它也應當屬於我們中國，顯然具有普世價值。說到這裏，我有一個問題想問您，您一再批評民族主義，可是您又很喜歡《愛的教育》，書中洋溢的是愛國情感。既批評民族主義，又講民族情感，這兩種表現有矛盾嗎？

劉：沒有矛盾。我覺得，應當分清「民族情感」與「民族主義」這兩大概念。民族情感，是心靈；民族主義，是意識形態。每一個人都會熱愛他生於斯、長於斯的山河土地，都會熱愛他的父母之邦，這是自然情感，正如亞米契斯筆下的人物所言，他所以愛意大利，是「因為我的母親是意大利人，因為我的血管裏流的是意大利的血，因為意大利的土地上埋葬着我的父親和母親所敬重的人，因為我出生在意大利，我說的是意大利話，我讀的書是意大利文，我的兄弟姊妹、我的同學和朋友、生活在我周圍的偉大的人們是意大利人……」我們只要把「意大利」換成「中國」，同樣也是具有這些愛中國的顛撲不破的理由。這就是民族情感，愛國情感，這種情感從小就在我的血脈深處，至今仍在我的血脈深處。不管走到哪個天涯海角，這種情感都在我的身上沸騰。所以，人有民族情感、愛國情感，這是無可非議的。「美育」、「德育」均需要進行這一內容的情感教育。但是民族主義則不是「自然」的，它是人為製造的意識形態。它往往是政治需要。弱小民族用來凝聚自己的力量就講「民族主義」，這種民族主義可以理解。但民族主義很容易走向狹隘化與極端化。二十世紀出現了納粹民族主義、大和民族主義和南斯拉夫、盧旺達的種族主義都非常可怕，在「主義」旗下是大屠殺、大流血，這種排他性極強的民族主義要不得。「非我族類，必予滅之」，這種民族主義既對人類社會造成破壞，也對本國本土造成破壞。納粹統治下的德國，軍國主義統治下的日本，先從民族主義發展成民族帝國主義，最後則自取滅亡，於一九四五年全變成一片廢墟，所以我們要抵制民族主義，揚棄狹隘與淺薄的「義和團」情緒，在美育與德育課中，要批判民族主義意識形態。

梅：區分「民族情感」與「民族主義」非常重要。像我們這種經歷的人，天然地愛中國，也天然地愛人類。既有民族情感，又有人類情感，兩者都是身上的血脈。

劉：這裏涉及一個教育境界的問題。教育的高境界應教育學生既愛自己的祖國，也應愛全人類。既培育學生的愛國情感，又培育學生的人類情感。對於中國學生來說，中國是母親，但地球也是母親，是中國與全人類共同的母親。由於文明的迅速發展和文化對時空的廣泛跨越，各國的知識精英，其身份其實都是雙重身份：既是其出身的民族群體的一員，又是人類總體的一員。對於中國知識精英而言，前者是中國公民，後者是世界公民，這就意味着，既對中國負有責任，也對全人類負有責任。愛因斯坦是猶太人，但他把自己又定義為「世界公民」，這不是矯情，而是他表明了一種視野，一種情懷，一種境界。

（六）「德育」的內涵

梅：按照您的意見，教育的整體結構還是維持「德育、智育、體育」三維為好。

劉：對，還是堅守三維結構為好。我認定這是非常科學的「三維教育空間」。我相信美國今後也會為他們的教育空間的缺憾而「補天缺」。

梅：那麼，您是不是給我講講這三維的具體內涵？可不可從「德育」講起。

劉：既然你願意聽，我就詳細一點說。德育是教育之本，或者說，是教育的根基。這一點，蔡元培先生在一九一一年就講明了，從那時算起，至今正好整整一百年。蔡先生不愧是偉大的教育家，他抓住了根本。我認為，杜威的問題是沒有抓住這一根本。孔子之所以是我國的第一偉大教育家，也是抓住這一根本，並以此為根基建立了我國的教育傳統。

梅：《論語》整部書可以說就是孔子的道德經，也就是孔子的德育內涵，德育教材。

劉：可以這麼看。老子的五千言稱《道德經》，孔子的《論語》其實也是「道德經」。不過，時間畢竟過去兩千多年了，今天的倫理內容與道德內容已發生了很大變化。就道德而言，「五四」運動「啟蒙」的是現代道德，是自由、平等、博愛、「尊重每一個人的價值與尊嚴」「遵守社會契約」等新的道德內容。這種道德內容與《論語》所講的「仁義禮智」等傳統道德內容有很大區別。我們今天的「德育」需要兼顧傳統道德與現代道德。對於傳統道德要做些現代闡釋，或者說，要做些現代性的洗禮和提升。現代社會是法治社會。它的進步性在於它把人與人的關係從僱傭關係轉化為契約關係。在現代社會中，尊重法律、尊重契約，便成為一種最基本的倫理，一種最基本的社會性道德。這是孔子時代所沒有的道德內容。孔子的「德育」不可能有這種內容。德育的內容有時代性，但道德的形式卻超朝代、超時代，甚至超越中西（方），這是維繫人類社會所需要的共同品格，例如「誠實」、「正直」、「勇敢」、「剛毅」、「刻苦」、「善良」、尊重老人、扶助弱者幼者等，這種道德形式帶有永恆性。

梅：現代道德，好像更帶普世性，它發端於西方，到了近現代被我國的啟蒙家們引進，所以也被稱作新道德。「五四」新文化運動打破舊道德，樹立新道德，立的是現代道德。那麼，今天的德育教材是不是只能選擇現代道德內容呢？

劉：不。既要選擇現代道德，又要選擇傳統道德。我國傳統道德，包括孔子、孟子、老子、荀子等的道德原典，是非常深厚、非常難得的道德教科書，他們所講的做人的基本道理永遠顛撲不破，永遠不會過時。「五四」批判舊道德，實際上是批判「偽道德」，即傳統道德的變形和偽形。例如孔孟講「孝」，這是尊重父母，這種道德永遠是必要的，現在仍然需要。問題是「孝德」後來被偽形化了，變成《二十四孝圖》這種偽形道德。魯迅本身是個孝子，他並不反對孝道，但他批判《二十四孝圖》，其中《郭巨埋兒》《曹娥投江》的故事特別讓人反感。為了讓父母吃得飽，就殺掉自己的兒子，這種「孝道」顯得很虛偽，很不人道。對此進行批判，天經地義。但這不等於說，「孝道」是錯誤的。所以，我們今天的教材仍然應當給孝道適當的位置。不過，在二十一世紀講「孝道」與在公元前講「孝道」應有不同，今天應當加入一些現代闡釋，例如不再講「父為子綱」，而要講父親與兒子的人格平等和相互應盡的義務，包括兒子孝順照顧父母的義務。

梅：「父為子綱」、「君為臣綱」、「夫為妻綱」，這種「三綱」是我國兩千多年來最重要的倫理內容，在今天的「德育」中應當徹底摒棄，可是「忠」「孝」「誠」等，又好像不能輕易否定，這裏邊的選擇和解說，有一定難度，我很想聽您細談。

劉：講傳統道德，不可籠統。例如，「三綱」可以摒棄，「五常」（仁、義、禮、智、信）就不可摒棄。關於這一點，當代兩位哲學家的思想對我有啟發。一位是馮友蘭先生，一位是李澤厚先生。馮友蘭先生在六十年代初曾提出「抽象繼承法」的理念，提出之後立即受到關鋒等激進派的批判，因此未產生廣泛影響。當時我讀了馮先生的文章，覺得他的理念很有道理。他探討的是如何繼承傳統文化的問題，全盤繼承固然不對，但全盤否認也不對。那時都說批判地繼承，可是只批判卻不繼承。在此語境下，馮先生提出一種繼承方法，叫作「抽象繼承法」。其要點是把傳統文化尤其是倫理文化的內容與形式分開，有些倫理內容不能繼承，但道德形式可以繼承，例如「忠誠」文化，現代中國人當然不能再去繼承「忠於皇上」的忠君思想，但是可以繼承「忠誠」的形式，只是內容必須有所轉換。轉換後「忠誠」的品格形式還是可以繼承下來，這就是抽象繼承。後來李澤厚先生把中國人一向敬畏的「天地君親師」，改為「天地國親師」，也正是把倫理內容改了，但敬畏的形式還是繼承下來。過去敬的是「君」，現在改為「國」，從敬畏皇帝到敬畏祖國，內容變化很大，但敬畏的形式還在。人總是要有所敬畏，西方敬畏的是「天主」，中國敬畏的是「天道」。天道體現在「天地君親師」上面，我們把對「天地君親師」的敬畏形式先抽象地繼承下來，然後再做些現代性的調整和闡釋，這種方法很有建設性，可惜馮先生一提出就遭到批判。李澤厚先生的倫理學更為精彩深刻，他的《倫理學綱要》，你讀了沒有？

梅：還沒有。這兩年一直埋頭寫作《現代莊子的命運》，還來不及學習李澤厚伯伯的《倫理學綱要》。

劉：這本書非常重要，你一定要讀。學界只知道李澤厚是美學家，只知道他的美學研究很有成就，很有貢獻，卻不知道他的倫理學也很有成就，很有貢獻。我甚至認為，他的倫理學比美學更為重要。我已出版了《李澤厚美學概論》，還很想寫一本《李澤厚倫理學概論》。

梅：李澤厚伯伯的倫理學要點是甚麼？

劉：說來話長，所以必須用專著來表述。這裏我只說與「德育」有關的理念。從哲學上佔領倫理學的高峰應是康德。但康德沒有把「倫理」和「道德」這兩個大範疇分開。而李澤厚把它分開了。他把「倫理」界定為外在社會對人的行為規範和要求（通常指社會的秩序、制度、法律、習俗等），而把「道德」界定為人的內在規範，即個人的行為、態度及其心理狀態。首先是「外在規範」與「內在規範」之分。其次是作為外在規範的倫理，它是相對的，隨着時空的變化而變化，例如原始部落有的殺老、棄老，有的尊老、敬老，這全取決於當時當地的經驗與功利需要。倫理是歷史的產物，也隨着歷史的變遷而變遷。而道德則是人之所以成為人的基本規範。康德稱之為不同於動物的「心理形式」，李澤厚則稱之為「人性能力」或「文化心理結構」，這就是道德。孩子生下來之後像小動物（原始人群也是如此），通過教育，才強迫他們接受倫理秩序、倫理規範，然後又把這些外在規範轉化為內在的心理形式（包括道德行為），因此，「德育」至少必須包括兩大內容：

第一，明確外在社會對人的行為規範和要求，並自覺地遵循這些規範和要求，從而成為人類社會基本秩序的維護者。

第二，明確並建構個人內在的道德心理形式，培育自身富有絕對道德感的「人性能力」。

梅：李澤厚伯伯所講的「人性能力」就是指「道德能力」嗎？

劉：不，他所說的「人性能力」，包括認知能力、道德能力和情感能力。他所說的「心理形式」也包括認知形式、道德形式和情感形式。不過，培育「道德心理形式」，才是「德育」的根本使命。

梅：李澤厚伯伯說「倫理」具有明顯的相對性，那麼道德形式就具有絕對性，對嗎？

劉：對，所以康德稱道德為「絕對律令」。這是人區別於動物的絕對「人性能力」，它不同於人性情感。例如見到一個人掉到水裏，你就會產生憐憫之心、不忍之心而去救他，或呼救或跳到水裏去救，不會考慮掉下去的是甚麼人（內容），是地主、資本家，還是工人、貧下中農。悲憫——救援——行動，這就是道德形式，人性能力。即使你知道掉到水裏的人是你不愛的人（沒有情感），你也會去救他，因為這是你區別於動物的「人性能力」，這種能力讓你的內心發出絕對命令：去救他。「德育」就得培育這種「絕對律令」，這種心理形式。

梅：那麼，孟子所講的「四端」：惻隱之心，羞惡之心，辭讓之心，是非之心；還有「富貴不能淫，貧賤不能移，威武不能屈」的立身態度，是不是也是一種「道德心理形式」？

劉：我認為是。不管你持甚麼立場，為哪個政治營壘而戰，但作為區別於「禽獸」的人，都應當具有「四端」。所以孟子才說「人皆有不忍之心」，看到一個孩子掉入井裏，心裏一定會產生惻隱之心，有這種心理，並不是因為和這孩子的父母有交情，也不是想要在鄉黨朋友中博得好名聲，更不是害怕落得不好的惡名，而是人之所以成為人的那種天性的命令。守住不能淫、不能移、不能屈這些道德底線即道德形式，也是絕對道德律令。中國人喜歡講「氣節」、「人格」，其實，這些都是道德形式。西方人喜歡講「正直」、「誠信」，這也是道德形式。

梅：但是形式往往無法與內容完全分開，例如「氣節」。一個頑抗到底的「敵人」，敵方會認為他保持了氣節，而我方卻會認為他「頑固不化」。

劉：這裏涉及倫理內容與道德內容。道德形式確實與倫理內容有相關的一面，但也有獨立的一面。「氣節」就因為它具有獨立的道德價值，所以在你死我活的兩個營壘的搏鬥中，雙方的將領都會欣賞對方那些寧死不屈的戰士和英雄，這方面的例子很多。《三國演義》裏，呂布和陳宮同時被俘，曹操只敬重陳宮，卻瞧不起呂布，因為呂布、陳宮表現出完全不同的「人格」，儘管都是「敵人」（內容一樣），但在曹操眼裏，二者卻是不同的「人格」。在敵對的雙方，有一些將才，各為其主，表現出不同的政治立場與倫理立場，這是內容。但其中有的義無反顧，有的則貪生怕死，表現出來的道德形式全然不同。這一層面具有獨立性。

梅：「德育」課程如果具有「道德心理形式」這種意識，就會幫助學生努力去建構「誠實」、「正直」、「勇敢」、「坦率」、「同情心」、「悲憫心」、「羞恥心」等心理形式。

劉：我讀你的《現代莊子的命運》，很喜歡你用毫不含糊的態度批判和譴責周作人的附逆投敵，充當漢奸的行為。道德不是抽象的理念，它總是具體表現在行為之上。在中國人民慘遭日本軍國主義踐踏和蹂躪的苦難歲月，作為一個著名作家的周作人對日本侵略罪行不僅不置一詞，而且助紂為虐，充當偽政府的教育總監，這種「行為」，不管從內容上說，還是從形式上說都是極不道德的。在這個重要的歷史瞬間，如果周作人富有道德感，那麼，他就應當像康德所說的那樣，通過「絕對律令、自由意志、實踐理性」三個方面在行為語言上充份表達出來。他首先應當對自己發出「絕對律令」：絕對不能與屠殺最大人類群體的劊子手站在一邊。然後克服自己的慾望慾念，不留戀北平的安樂窩，表達自己的「自由意志」（自由意志不是為所欲為，而是克服本能的人性能力）；最後響應眾多作家詩人的呼籲，逃離與侵略者合作的歷史陷阱，實現「實踐理性」。但是，他的行為語言卻完全與此背道而馳，表現出來的是令人噁心的無氣節、無人格。周作人這種形象，和中國歷史上的文天祥、史可法等形象相比，我們會覺得他不真、不善、不美，不足為訓。文天祥等可做「德育」的正面教材，而周作人連同汪精衛等，則只能做「德育」的反面教材。這種選擇，一點也不可以含糊。前些年，學界曾掀起一陣吹捧周作人的小高潮，竭力為他的漢奸行為辯護，這就完全錯了。在錯誤的辯護中，暴露出辯護者缺少「道德絕對性」的意識。周作人在「五四」新文化運動中確實是高舉人文主義旗幟的主將之一，而且在散文創作上也確有實績（但缺少魯迅似的靈魂力度），本來在文學史上還原給他應有的地位是合理的，但是，對周作人進行整體評價時，卻不能不面對他後來的附逆投敵重大行為。我一再提倡文學批評應當面對雙重文本，即書面文本和行為文本，既觀察作品的文學語言又觀察作家的行為語言。文天祥的詩寫得不多，但一首《正氣歌》就足以震撼千古，這就因為他的行為語言極為精彩，雙重文本都感動人，打動人。而汪精衛的詩雖然也寫得好，但他的行為語言太黑暗、太污濁，影響和危害太大，所以在他當了漢奸之後，其詩也就難以打動人心了。中國文學史上從錢謙益到鄭孝胥，他們的詩名都被其氣節與人格敗壞了。現在誰還會去欣賞秦檜的「狀元文章」，誰還會去欣賞希特勒的「元首繪畫」？真善美的精神內核是相通的，違背人類道德絕對律令的「詩人」，不可能是真詩人，即使他曾寫過一些美詩美文，也會因為後來被染上斑斑血跡而失去感人的力量。不管在甚麼時代，塑造學生心靈的「德育」課，其嚴肅性就在於必須說明道德律令的絕對性。用形象的語言表述，那就是德育課必須高舉「道德律令」這一面偉大旗幟。立人、立德、立心，就是要立內在絕對道德律令。我在城市大學給學生講座中國文化課，第一節課是動員課，我告訴他們，千萬不要在學校裏讀了四年書，走出校門時，還不知道人生的根本是甚麼。我現在就告訴大家，人生的根本不是金錢，不是權力，不是功名，也不是謀取一個好職業，人生的根本是要做一個有心靈的人，有道德的人，有質量的人，有全面優秀人性的人。也是高舉絕對律令旗幟的人。

梅：我在《現代莊子的命運》中的確對周作人進行了旗幟鮮明的批判，但又是很理性的批判。而批判的武器也是借用您的「雙重文本」、「雙重語言」的批評法。您的方法是中國傳統的方法，並非西方把文本與人本分離的方法。我覺得您的分析很有道理，特別是對於曾經做出重大行為語言並廣泛影響過社會歷史的作家，他們的行為語言確實已和書面語言「重疊」而密不可分了，臭名昭著的、惡劣的行為語言一定會影響讀者的閱讀心理。其實，歷史一直在執行雙重文本的評價，我們作為文學論者無論怎樣別出心裁，也難以「扭轉乾坤」呵。今天聽您一說，更覺得「德育」課不簡單，不僅內容極為豐富，而且極為重要，它確實是教育的根基。

劉：我已說過，「德育」的內涵一是幫助學生明瞭和遵循外在的社會規範和要求；二是培育學生內在的道德能力。除此之外，「德育」還有一個重大使命，這就是培養學生對道德的敬畏感即永遠保持高度敬畏的道德情感。情感既起着道德動力的作用，又把道德理性內在化。在道德結構中，情感應是第一性的。有了情感，就可以把「我必須」（如必須去救落水者）變成「我願意」。此時，道德就不是善惡理念，而是內心的需要。

梅：這一點，我能理解。情感真的是道德動力。比如說，我有了愛國的情感，就會去為國家而戰鬥而犧牲，就會擁有高度的勇敢、氣節和犧牲精神。僅僅知道「國家興亡，匹夫有責」，那還是道德理念，一旦有了愛國的情感，那就不僅是盡義務，而且會滿懷激情、滿懷熱血去奮鬥，而且奮鬥時真的會感到「其樂無窮」。

劉：我所理解的道德情感，還有一層更重要、更根本的意思，就是對偉大的、崇高的道德行為，包括剛才你所說的為國家利益和人類利益去犧牲、去獻身的行為，應當懷有一種衷心的敬畏、敬佩、敬重之情，這種情感與我們平常說的「我愛」、「我喜歡」、「我有興趣」等日常情感不同，它是一種仰慕之情、仰止之情，是對道德本身的敬仰和崇高評價。如果受了教育，培養出這種對道德的敬畏、敬仰之情，自己就會去追求道德，實踐道德。李澤厚伯伯把道德分為宗教性道德和社會性道德，前者更多地表現為道德情感，後者更多地表現為道德行為。做了這種區分之後，我們就要以宗教性的情感來推動社會性的道德。西方有宗教，有上帝，中國沒有宗教，沒有上帝，但不能沒有敬畏，所以應當以道德敬畏來替代上帝敬畏。用更徹底的語言表述，便是把道德視為「神」與「上帝」，或者說，視為星辰與太陽。

梅：這樣看來，康德的「天上星辰，地上的道德律」所包含的思想情感真是博大至極，深刻至極。

劉：尤其是他通過這一比喻和對照，讓我們明白，必須像敬畏「天上星辰」一樣地敬畏「地上的道德律」，確認道德的無比崇高性和偉大性，千萬不要因為歷史上發生過道德偽形化和設置過太嚴酷的道德法庭而動搖對道德本身的敬畏。有了這種敬畏之情，才有「德育」的前提，也才能培育出真正有道德的高尚的人。學生走出校門之時，如果具有這種敬畏感，那便是「德育」課的成功。

「天上星辰，地上的道德律」還有一種譯法是「位我上者，燦爛星空；道德律令，在我心中。」李澤厚伯伯覺得這也譯得很好。他在《倫理學綱要》中對此講了一段很精彩的話，這就是我說的要培育學生對於道德的敬畏之情。這段話如下：

> 「富貴不能淫，貧賤不能移，威武不能屈」。這種人性能力、心理形式的形成對人類的生存、延續具有極其重大的獨立價值，而超乎一時一地的時空和因果。而這也就是中國傳統所說

的「太上立德」。這「德」即這人性能力超乎和高出於任何事業功績和學說著述（立功、立言）之上；它之所以如此重要和崇高，就在於它在不斷樹立人之所以為人的本體實在。它也就是一般所謂的道德精神。我以為，康德道德哲學之所以不是任何「最大多數的最大幸福」之類的功利主義倫理學所能比擬，就因為康德揭示的是人的道德行為這一本體特徵。它的崇高、偉大可以與天地媲美，「位我上者，燦爛星空；道德律令，在我心中」，是我最愛的康德名言，我自以為譯得很好。[1]

（七）「德育」不可復古倒退

梅：剛才聽您講「德育」內涵，我明確了一點，這就是「德育」的重心是講述現代新道德，是關於現代社會的基本道德規範，但也應講述我國傳統道德中的精華，尤其是可以繼承其普世性的道德形式和倫理內容，但都必須經過現代性的洗禮和轉化性的創造。這樣看來，「德育」課還真的需要下功夫，建構「德育」教材也絕不是一件輕而易舉的事。最近有人主張，說德育課應以「國學」為重心，並以「六經」（詩、書、禮、樂、易、春秋）為基本內容，向學生灌輸「敬、恕、仁、愛、誠、信」等古典倫理價值，您覺得這種主張可行嗎？

劉：這種主張並不新鮮。我國的現代教育一開始就遇到了抵制和反抗。新教育體系與舊教育體系激

1 《倫理學綱要》，第一零四頁，人民日報出版社，二零一零年版。

烈衝突的焦點就是德育課是否還要「尊孔讀經」。辛亥革命後，作為現代教育的先賢、南京臨時政府教育總長蔡元培先生首先提出來的便是「忠君與共和政體不合，尊孔與信教自由相違」的除舊辦學原則。一九一二年一月，教育部草擬《中華民國教育部普通教育暫行辦法》，經蔡元培審定，並於十九日通令發佈。這便是現代教育的開端。《暫行辦法》共十四條，其中一條特別宣佈「小學讀經科，一律廢止」。通令廢止小學讀經科，意義非同小可，這不僅是對以尊孔讀經為核心的傳統教育內容進行根本性的改革，而且是中國少年兒童經過幾千年精神禁錮之後的一次解放。我所以特別敬佩蔡元培先生，第一原因便是因為他開天闢地為苦難的中國人民做了這件好事，之後還有他擔任北京大學校長時所表現出來的兼容並包的偉大文化情懷。蔡元培先生廢止讀經的改革，自然不會那麼順利。當時企圖恢復帝制、恢復專制制度的袁世凱很快就做出反措施。一九一三年六月二十二日，他以「總統」身份發表了《尊孔祀孔令》，確定舉行「祀孔典禮」。他還在《尊崇倫常文》中要求全國恪循孝悌忠信禮義廉恥的禮法。同年九月十七日，教育部又致電各省，指令「舊曆八月十七日為孔子生日，應定是日為聖節，令各學校放假一日，並在該校行禮」。九月二十七日，副總統黎元洪親自到武昌舉行孔子誕辰祭奠，湖北省中學以上校長，均至孔廟行三跪九叩首禮。一九一四年二月七日，取代蔡元培的新教育總長湯化龍在《上大總統言教育書》中公然提出要「中小學校課讀全經」。一九一六年便全面恢復讀經課程，演出一場復辟的鬧劇。

梅：袁世凱如此倒行逆施，恢復讀經，看來完全是復辟專制制度的需要。

劉：不錯，一九一五年十二月十二日，袁世凱明目張膽地復辟帝制，改國號為「中華帝國」，並把一九一六年改稱「洪憲元年」。而「開元」的第一天，袁世凱就將孔子後裔「衍聖公」孔令貽加封為「郡王」。元月八日，教育部便公佈《國民學校令施行細則》和《高等小學校令施行細則》，突出強調要「讀經兩課」，回到清末學堂讀經講經的舊道上去。

梅：中國兩千年來的專制帝王實行專制制度，總是要借孔子借經書的名義。孔子真是可憐，表面上被吹捧，實際上是被利用。魯迅說，孔子是權勢者們的「敲門磚」，真是如此。袁世凱也是利用這一「敲門磚」企圖敲開帝制之門。

劉：孔子的《論語》原典是極有價值的，「六經」的原典也很有價值。六經中的「樂經」早已失傳，只剩「五經」。所以東漢只有「五經博士」。宋以後又衍生為十三經，總之是經書。我們不否認經書原典的價值，但對於那些打着孔子與讀經的旗號製造宗教（如康有為製造「孔教會」），製造奴隸式的「三跪九叩」，製造麻木孩子神經的讀經課程，我們要警惕，即要保持批判性的態度。

梅：提起東漢的「五經博士」，我又想到教育的本質。教育到底是「教人」還是「教書」。「五經博士」好像只是教書，教經，並不教人。這種「經師」不做「人師」，只管傳授經學條文，並不管學生的品格陶冶。如果現代學校開設五經課程，而五經教授或五經教師只唸經，不知教導學生在現代社會中如何做人，如何執行社會公德，那麼，德育又要發生變質。

劉：東漢的「五經博士」，以傳授經學為自己的使命。他們只管講經，並不管「德育」。漢代最高的學府叫作「太學」，五經博士便是太學中的教師。這種博士也並不是五經皆通，只要通達一經，便稱博士，如果通達詩經，就稱詩經師；如果通達書經，就稱書經師；如果通達禮經，就稱禮經師。如果讓現代的中國知識分子再來充當這種經師和經博士，那將是歷史倒退的鬧劇。「五經」中《春秋》，講的是歷史，與「德育」、「價值觀教育」沾不上邊，《詩經》也與現代人生的意義教育沾不上邊。這樣，「六經」就只剩下「三經」，我不知道倡導「六經」教育如何處理？你說「教書」與「教人」不同，這一點說得很對。現代學校應當以現代理性為前提，要教現代學生如何做一個優秀的全面發展的現代人，但「六經」所指涉的「敬、恕、誠、信、禮、義、仁、愛」等，只有道德情感，並無道德理性，它不涉及現代的社會性道德規範。我不知道，熟讀「五經」的學生走出校門之後怎麼面對法制社會、契約社會和民主社會？你剛才把「讀經」與教育的本質聯繫起來思考，對我有啟發。教育的本質到底是「教書」還是「教人」，這是一個大問題。

梅：教書，就是只管傳授知識、講解經典；教人則必須培育學生具有完整的現代人格。

劉：教育的本質應當培育高生命質量的現代人格，或者說是具有全面優秀人性的完整的現代人格。前些時，我讀到芝加哥大學哲學、法學教授 Martha Nussbaum 的一篇論述教育的文章。用他的語言說，教育的目標應是培育這樣一種公民——人。這種人既能「理性地自我考察」，又是「世界公民」。他還說：「這種公民（人）最根本的特徵是他不是風俗習慣或者流行言論的盲從者，而是一個能夠對最重要的事件進行獨立思考的人。」也就是說，這種人不是習慣的奴隸和習慣性思維的俘虜，而是一個善於獨立思考的人。這就是理性的現代人。我不贊成在現代學校裏再塞進「六經」課程，最重要的原因，就在於「六經」與這種教育目標完全背道而馳。它只能把現代的青少年加以「馴化」與「奴化」。

梅：我覺得最失敗的教育就是馴化教育與奴化教育了。把一個人變成馴服工具和馴服的綿羊，這「人」還像「人」嗎？袁世凱一想當皇帝就重提「尊孔讀經」，還不是要中國老百姓乖乖地聽他的話，服從他的統治。再讓中國的官員們像在清朝皇帝面前那樣，口口聲聲自稱「奴才，奴才」。

我也讀過 Martha Nussbaum 關於教育的論說。他批評過美國教育的「市儈性傾向」，太看重物質。

所以他強調價值觀的教育是教導學生，說明人類尊嚴的來源不是金錢和地位，而是理性，是理性的自我考察與理性地對待社會。他很欣賞古希臘斯多葛派的教育哲學。這一哲學派別比亞里士多德更重視培育具有偉大抱負的人才。他們認為，倫理學老師的使命也就是我們所說的「德育」的使命，不僅是培養一些到社會群體中生活的人，而且要培養社會生活的領導者與設計者，這些人走出校門後可能去制訂法律甚至制訂憲法，這些人明白人生的最重要目標是甚麼。想起Martha和他推崇的這些古希臘教育理念，我總是激動不已，總覺得我們中國的教師任重道遠。我們的前方多麼廣闊，我們所需要的人才應有多大的抱負與志向，他們怎麼能回到兩千多年前的「六經」之中呢。

劉：十多年前，我就講「返回古典」，但這種「返回」並不是「復古」，而是對我國的古典資源進行現代性的提升。其靈魂是提升與創造。現在「國學」大興，「復古」的思潮氾濫，我恐怕要暫停講述「返回古典」了，否則就與復古的「時髦」劃不清界限了。

梅：關於「德育」的內涵，您已講得很清楚。現在是不是可以講一下「智育」的內涵？

（八）「智育」的內涵

劉：「智育」是智慧的「智」，不是知識的「知」。我曾和一些朋友交談過這個題目，發現有朋友把「智育」理解得過於簡單，以為智育就是知識教育，甚至就是「知識灌輸」。智育的第一要義當然是傳授知識。不傳授知識還成甚麼學校？決不能否認智育理所當然地要傳授知識和灌輸知識，這大約就是韓愈所說的「授業」。講述專業知識，傳授專業知識，這是智育的基本內容。但是在傳授知識的過程中，智育的目標，是讓學生得到一些知識重要呢？還是培育學生的認知能力和創造能力重要呢？這裏有很大區別。認知能力是一種本領，創造能力更是一種大本領。所以，我的問題也可做這樣的表述：是掌握學科已有的專業知識重要呢？還是培育對於專業的興趣、信仰和「再創造」的本領重要？雖說兩者都重要，但後者比前者更重要。正像你說過的，在藝術系讀書，掌握藝術史知識固然重要，但培育審美能力、鑒賞能力和藝術創造能力更為重要。善於審美，善於鑒賞，善於選擇，善於藝術批評，善於藝術創造，這是一種很大的本領，這比背熟藝術史，知道中國有哪些畫派、歐洲有哪些畫派、俄國有哪些畫派更為重要。

梅：如果藝術史知識考試得一百分，卻沒有藝術鑒賞能力，這確實不算藝術人才。

劉：已有的知識，可以說是「死知識」，或者說是各種辭典辭書裏的知識，但「死知識」可以激活。要激活就得靠學生靠新人的質疑能力和提升能力，這就是本領。所以應當培育學生「激活知識」的能力，而不應當要求學生成為「知識庫」。

梅：和中國的學校相比，美國的學校，特別是大學，更注意培養學生叩問能力和質疑能力。

劉：這是很大的優點。認知能力包括理解能力、分析能力、邏輯能力、思辨能力、判斷能力等，當然也包括叩問能力、質疑能力和「解惑」的能力。「解惑」是韓愈的語言，他指的是教師幫助學生解決困惑，未必意識到應當培育學生的質疑能力。

梅：我在北大中文系讀書的時候，您就告訴我要多寫作，（但不要急於發表）努力提高寫作能力，努力掌握駕馭論文寫作的本領，特別是要多讀中國和西方的文學經典，多讀各類文學作品，而不是死背文學史講義。這一方向是對的，這裏有「死知識」與「活能力」之分。

劉：知識灌輸也是必要的。我認為學校的「智育」必須注意給學生以「系統性」知識，大學更應如此。因此，作為文學系，傳授各種文學史知識，包括中國文學史與西方文學史，都是必要的。美國的中文系似乎缺少文學史的系統性教育。我甚至認為，中文系學生，了解「中國通史」和「世界通史」以及中國哲學史和西方哲學史也是必要的。問題是不要死背歷史知識（史料），而是要努力培育「史識」的能力。你知道「五四」時期有哪些文學團體、文學期刊、文學流派？知道創造社產生的時間、場合、文學主張、主要成員等，這都屬於必要的「知識」，而你如果能對創造社的興衰、離合、自我否定等現象做出自己的批評與判斷，則是你的能力、你的本事。創造社產生於哪一年？結束於哪一年？忘了，你可以翻翻辭書，舉手之勞便可以解決，但創造社本是個性極強的社團，「五四」時提出「為自我而藝術」和「為藝術而藝術」，為甚麼它會自我否定，為甚麼會發生個性崩潰的悲劇？如果你能深刻說明，那就是文學本領、文學批評能力。我覺得「智育」應側重培育這種能力與本領。

梅：讀大學閱讀《紅樓夢》時，我拚命做知識筆記，生怕考試時交不了卷。因此把注意力放在曹雪芹的生卒年月，人物數字，版本歷史等等，甚至還下了一些統計的功夫，例如《紅樓》裏有多少精美食品？賈寶玉和林黛玉作過多少詩……讀了您的《紅樓夢悟》之後，我才恍然大悟，覺得應當用生命去感受，用心靈去發現心靈。那麼，對於我們這些中文系的學生，甚至包括人文學院各類的學生，在「智育」中除了應培育認知能力之外，是不是還應當培育感悟能力，或者說，直覺能力。

劉：前邊我們已經講到蔡元培先生倡導美育時就特別指出要培育學生的直觀能力。文學與審美息息相關，當然也需要直觀、直覺能力。文學藝術之外的其他人文學科，如歷史、哲學等，主要是靠邏輯能力、分析能力，但直覺能力也會幫助他們思索和解決難點。去年我們一起去聽數學家丘成桐先生演講。

他說他從小熱愛詩歌，並從詩歌中獲得直覺力與想像力，沒想到，正是直覺能力幫助他穿越數學的高難點，完成了重大突破。我聽他演講之後，最深刻的印象是，他是詩人而不是公式中人，渾身充滿思維的活力，難怪他能成功。反過來說，中文系的學生則不僅要有感悟能力、直覺能力等，也需要增長一點邏輯能力、思辨能力、分析能力，否則就難以寫好論文。邏輯與直覺雖不同，但並不是水火不相容。

梅：您在《紅樓四書》裏說，世上有兩種真理，一種是實在性真理，一種是啟迪性真理。還說過，有兩種知識類型：一種是重在邏輯思辨的雅典型；一種是重在直覺感悟的耶路撒冷型。前者自然是更需要分析能力，後者自然是更需要直覺能力。

劉：我說教育的總目的是提升人的生命質量，也就是多方面的、優秀的人性能力。在「智育」中，不應當培養單一能力，而應當培育全面能力。所以，如果把「智育」理解為啟迪智慧和培育智慧，可能比理解為「傳授知識、灌輸知識」更好。儘管兩者都是必需的。

梅：我記得您把「識」分為好幾個等級，認為「見識」比「知識」更高級。

劉：是的。我把「識」分為「常識」、「知識」、「見識」、「卓識」（或稱睿識）、「天識」。對於智育而言，我的意見是學校理所當然必須給學生灌輸「常識」和「知識」，但更要緊的是培育學生應有自己的「見識」、「卓識」，甚至「天識」。「天識」是天才之識，創造性思維。

梅：平素常聽您說「知識精神」即學習態度，在「智育」中是否也包括這一內涵？

劉：當然。不僅要「包括」，而且應當貫徹始終。你說的知識精神，在我的心目中乃是「智育哲學」。我的智育哲學主要是兩點：一是剛才說的學本領即提高認知能力比灌輸知識更重要；二是崇尚真理比崇尚老師更為重要。第一點已講述，我再講第二點。亞里士多德最著名的一句格言是：「吾愛吾師，但更愛真理。」這句話是一種對待知識的根本精神。「智育」就得培育這種精神。曾有人問起我的人生哲學，我回答說：我的人生哲學，其第一要義是對真理的崇尚。我覺得這一要義也應是智育的根本精神。我一向敬重老師，維護「師道尊嚴」的教育傳統，但是，我總是把真理放在第一位。這就意味着為了真理要敢於叩問老師、質疑老師、挑戰老師。當然一切都在充份尊重老師的前提下進行。尊重老師不等於盡信老師。能認真思考老師的所言所教，然後又以恭敬的態度與老師商討，這種「請教」態度既是對老師的尊重又是對真理的尊重。所謂「青出於藍而勝於藍」，只能在這種態度中產生。如果一生只步老師的後塵，不敢越過老師的雷池一步，甚至對老師三叩四拜，只知幫老師構築稱霸一方的山寨，這就很沒有出息。也說明持這種態度的學生，只有私心，而沒有對真理的崇尚之心。

梅：現在學界構築山寨的風氣又興起。

劉：凡是熱衷於構築山寨的一般都只有白衣秀才王倫的狹小氣量，絕對不會有崇尚真理的情懷。前面我說過知識傳授過程中最怕的是引導學生去競爭「分數」，在評分表格之前格鬥，而不知引導學生對知識的興趣和對專業的興趣。現在需要補充說明的是，光有興趣還不行，還必須對自己選擇的專業擁有熱愛之情，甚至把專業作為自己的信仰。進了大學之後尤其應當如此。我對於文學專業，也是一個從興趣到熱愛再到信仰的過程。最近沈志佳編好了我的文學選集，並讓我作一篇自序。我的序文題目就叫作《從熱愛文學到信仰文學》。信仰，意味着崇尚，意味着敬畏，意味着可以為之奮鬥和為之犧牲。如果在學生時代就立志要為某一學科、某一種專業而奮鬥終生，而敢於為此而犧牲自己的一切外在利益，包括功名、權力、財富等，那麼，他就能以獻身精神投入其中。實現對某一學科難點的突破，創造出某一專業的新成就，這是很艱難的。其中必定會經受許多挫折與失敗，也一定會遭到命運的打擊，但是有了信仰，他就不會在乎一切失敗與榮辱，就會守持自己的目標而孜孜不倦地學習、探索、試驗。當一個博士、教授並不難，難的是在某一專業領域裏真有創造，真有建樹。而要做到這一點，非有對專業的信仰不可。

梅：就像對道德的敬畏會產生道德的力量一樣，對真理和專業的信仰也會產生巨大的力量。

劉：對，信仰會產生智力，而且會產生膽力、魄力、毅力、定力，這多種力的合力才導致成功，才構成境界。

梅：魯迅所說的「韌性」即持之以恆的精神看來都來自對文學的信仰。您到海外之後心態一直很好，我想這正是信仰在起作用。我發現您不僅有毅力、膽力等，還有特別難得的「定力」，坐得下來。您說「坐着就是力量」，還寫了《面壁沉思錄》，能讓自己處於面壁狀態、沉浸狀態，這就是「定力」。我自己感到慚愧的是缺少您這種定力，看來，這定力也來自信仰。

劉：信仰的確會產生力量，會產生不屈不撓的力量，不被任何命運所擊倒的力量。有着對文學的信仰，那就甚麼都可以放下，功名、財富、權力等一切外在之物都可以放下，榮華富貴也可以放下。至高無上的東西一旦立了起來，那就甚麼都想得開，甚麼都想得清，就專心致志，聚精會神，就沉浸得下去，就可處於十年面壁狀態，讀書就會有心得。不僅知識會不斷生長，心靈也會不斷生長，思考力與原創力也會不斷生長。我所以要強調「智育」必須培育崇尚真理的精神，原因就是「智育」本身也需要有靈魂。去年我參加母校廈門大學九十年校慶，在中文系裏發表了一篇《告慰老師》的講話，我的主題是說，最感謝老師的不是因為老師給我文學知識，而是感謝老師幫助我確立了文學信仰，尤其是感謝真的為文學犧牲了生命的彭柏山老師。

梅：聽您這一席話，我明白「智育」也有個境界問題，也有大知識和小知識的區別。以後，我開課之前，也得講述這些「智育」哲學。

劉：剛才你說魯迅一再提倡從事文學必須有一種「韌性」，這是鍥而不捨的精神，持之以恆、百折不撓的精神。但實踐這種精神很不容易。這種精神從哪裏來？就來自對於文學的信仰。魯迅批評一些文學青年，出了一兩本詩集就半途而廢了，為甚麼會逃之夭夭，就因為對於文學沒有信仰。倘若把文學當作裝潢門面的人生點綴品或當作謀生工具，那就早晚會拋棄原先所掌握的那點文學知識和技巧，從文學場上敗退下來。從事其他專業的人，也是這樣，倘若沒有信仰，早晚會打「退堂鼓」。

（九）「體育」的內涵

梅：蔡元培先生提出的「軍國民教育」，他好像沒有做過闡釋。您說掛上一個「軍」字，與「尚武」精神有關，倘若真的如此，那麼「體育」自然是最重要的課程之一了。

劉：不管是「軍國民教育」還是「非軍國民教育」，「體育」都應當成為重要的一環、一維。軍國民教育，當然要培育有知識的「戰士」，當然要有健康的體魄，而「非軍國民教育」，難道就不需要健全的體魄嗎？我在學生時代裏，最大的失誤是不重視「體育」課，後來有所反省。幸而，我遇上知識分子「下放勞動」的年代，用「體力勞動」代替了「體育運動」，並形成愛勞動的習慣，因此至今身體還很好。

梅：學生時代您為甚麼不重視「體育」？

劉：因為我沒有養成對「體育」的興趣。不像我舅舅，對體育有興趣，現在活到九十歲了還能打羽毛球。在青少年時代，我完全不知道有健康的體魄才有健康的靈魂這一道理。不能説身體健康就一定會有靈魂健康，但兩者是互動的。有健全的體魄，會更熱愛生活，會更有力量擁抱生活，這就涉及精神與靈魂。反之，如果有抱負，有崇高的生活目的，心理上非常健康，這又有益於生理的健康。

梅：也許您太用功，以為「體育」是浪費時間。

劉：確實如此。我和我的同一代人，政治意識和事業意識都很強，但缺少健康意識。現在想做的事很多，才覺得力不從心，體力跟不上心力，才想到要好好鍛鍊身體。如果從小學開始有這種意識與覺悟就好了。

梅：您別看美國的學校把籃球隊、橄欖球隊建設得風風火火，好像很重視體育，其實，一般的學生體育意識也不強。中國現在的小學、中學，壓力太大，老師、家長忙於競爭，其實也缺少清醒的健康意識。他們讓孩子學游泳、學拳擊，完全是為了爭取榮譽，並非真有健康意識。

劉：如果有清醒的健康意識，就會把「體育」放在非常重要的地位，把學生的「健康」看成教育大事。

梅：您在散文中兩次提到王強在新東方英語學校裏提出的三個「H」的教育方針，「Happy, Health, Helpful」，即「快樂、健康、樂於助人」，很支持這種低要求、低標準，和您剛才所講的「健康意識」十分相通。

劉：王強三個「H」的方針，很適用於幼兒園、小學，中學也可吸收其精神。兒童時期能養成讀書、學習和鍛鍊身體的興趣和習慣就很好了，不要要求過高。現在中國的學生（小學、中學）的壓力太大，年少時就超負荷。這既剝奪兒童的快樂，也影響身心的健康，即不僅會讓孩子失去學習的興趣，而且會讓孩子的生理、心理兩方面的健康都受到損害。讓學生對讀書產生厭倦感和恐懼感，是教育的失敗。

梅：孩子們一方面承受來自學校的壓力，另一方面又埋頭於電腦機器中，身體的健康就成了問題。您說得很對，二十世紀和二十一世紀的孩子贏得了機器，卻失去山脈、河流、星辰、月亮以及整個大自然。這樣，怎能會有健康呢？

劉：我說孩子們贏得了機器，還是太客氣，實際上孩子已成了機器的奴隸和電腦的附件，是孩子們被機器所控制、所掌握、所奴役、所剝奪，包括剝奪健康，這個問題已到了必須鄭重面對的時候了。而學校、家長給學生不斷加壓，只有競爭意識，沒有健康意識，這種現象也到了應當「知止」的時候了。我說「人類的童年正在縮短」，正是指人類過早地丟失孩提王國的快樂與身心的活潑。

梅：體育課能否幫助學生擺脫這種狀況，能否讓學生輕鬆一些？

劉：體育課至少可以讓學生暫時離開課桌和機器，見見大自然，呼吸一下新鮮空氣。但體育課還有其他重大意義，可是體育教師往往沒有充份認識到。例如，如果說德育可以培養學生的道德能力，智育可以培養學生的認知能力，那麼，體育則可以培養學生的「意志能力」，這一點就未必能充份認識到。無論是西方還是中國，一般都以為體育課的內涵在於傳授和訓練學生的「體育技能」，例如怎麼打球、怎麼游泳、怎麼拳擊、怎麼體操等，學習這些技能當然是需要的，但是，體育課更重要的使命在於提高學生的「健康意識」和增強學生的「生活意志」這兩點，常常被忽視了。一個人，不會倒立，不會踢足球，不會撐竿跳高，其實不要緊，但沒有健康意識，沒有鍛鍊身體的自覺，沒有健康身體支撐的耐力、意志力，倒是致命弱點。英國大哲學家休謨說過，人最糟糕的狀態是懶洋洋的狀態，這既不利於生理健康，也不利於心理健康。具有健康意識的人絕對不會安於懶洋洋的狀態。他總會想辦法去活動，打球、賽馬、游泳，即使技術很差，能運動就好。運動可以激發身心的各種活力，包括意志力。從小學、中學到大學，我每年都上體育課，但沒有一個體育老師和我講述體育的意義和健康的意義。一上體育課，不是打球，就是跳高、跳遠、賽跑或體操訓練。

梅：您說體育可以培育人的意志能力，我聽了覺得新鮮，您再說說。

劉：讓學生跑步，無論是短跑還是長跑都是必要的。但是，在跑步中，除了比速度之外，還要比耐力、比毅力、比意志力。魯迅說過，在競技場上，人們只為勝利者鼓掌，不為失敗者鼓掌。那些跑在最後的人，是失敗者，但他卻堅持跑到終點，這就是毅力、意志力。這是優秀人性的一部份，是生活精神的一部份。人生其實就是一場長跑，或者說，是一場馬拉松賽跑，它重要的不是技巧，而是意志力。德育中的「自由意志」是對慾念的征服，而體育中的「長跑意志」則是對困難的征服。生活意志不是靠智育、德育培養，它需要靠體育來培養。讀高中的時候，體育老師組織我們去野營，去「拉練」（長途行軍），我雙腳起了大泡。那一次「運動」，給我留下終生難忘的記憶。在「運動」中我的意志力變強了。人的成功，與意志力關係極大。沒有百折不撓、不怕失敗的精神力量，怎能成功？

（十）學校的「免疫力」

梅：聽您講述「三維教育」的內涵之後，我對各維的教育重心就比較清楚了，也可以說，比較「自覺」了。可惜您已到了退休年齡。否則，真應當為您辦個學校，讓您的教育思想付諸實踐，做些實驗。

劉：我只管「唸佛」，不管「行佛」。實踐還得靠你和你的同齡人以及一切在職的教育工作者。不過，有一點重要的想法告訴你，如果我年輕二十歲，真的讓我主持一所學校，那麼，我一定會讓學校與社會潮流、社會風氣保持一種批判性的距離。

梅：您的意思是說，學校應避免受社會風氣、社會潮流的影響嗎？

劉：對。我的意思是學校就是學校，社會就是社會。學校要影響社會，而不是讓社會影響學校。我不是主張兩者的絕對割裂，而是說，學校自身應有一種不同於世俗的高尚的無私的精神，崇尚創造性勞動的風氣。就像必須培養學生的「獨立思考」能力一樣，學校也必須有養成獨立校風的意識。社會風氣常常變化，有時颳政治風，有時颳經濟風，但學校不能跟風跑或隨風倒。我常說，學人學者不可當「風氣中人」或「潮流中人」，對於學校也是如此，學校不可充當「風氣學校」、「潮流學校」，而要守持自己的好傳統，好品格，好風尚。總之，是對社會風氣和社會潮流要有一種免疫力。你知道嗎？「免疫力」這一思想恰恰是杜威提出的。

梅：杜威不是倡導學校社會化嗎？

劉：杜威確實強調學校即社會這一面，而且過了頭。但是他的目的是讓學生走出校門之後能有一套對付社會的本事，而對於學校本身，他卻不贊成把學校變成社會風氣的俘虜。所以他提出學校對於社會風氣應有一種「免疫力」，具體地說，就是對社會風氣要保持一種批判性的距離。

梅：杜威這一思想很重要，以前我沒聽說過，美國學校好像也忽略了。

劉：不妨把杜威的原話讀給你聽聽。這是一九三五年他在《教師與他的世界》的文章裏表述的。他說：

我的另一點申述是：目前學校的一個大的任務就是培養免疫性，使不受報紙和無線電的宣傳影響。赫胥黎（Julian Huxley）在他的《科學研究與社會需要》（*Scientific Research and Social Needs*）（這本書是每一位教師所應該讀的）一書中說：「教育的目的之一應該是教導人民忽視由他們的社會環境所強加在他們身上的那些無意識的偏見。」報紙和無線電是灌輸群眾偏見的兩種最有力的手段。戰爭宣傳和希特勒化的德國的情境證明：如果學校不創造一種有批判性的鑒別能力的大眾智慧，那麼將會無限制地產生偏見和燃燒的情緒。我們主要的保障就是由學校對各種社會力量給予一種明智的理解。根據我的判斷，對於情況與力量的明智的理解必然會支持一種新的一般的社會方向。在學校獲得力量以增進這種理解的途中存在着許多的困難。集中在這個任務上面，這是與公共教育所公認的功能一致的，而且也只有它才給予了關心新社會方向的教育家們以英勇無比的任務。[1]

梅：杜威這段講話講得很精彩。他的講話有歷史針對性。那時希特勒的極端民族主義已甚囂塵上，法西斯正在製造戰爭風雲，媒體相應地正在散佈納粹的毒菌，所以他敏銳地提出學校應有「免疫力」。其實，杜威這一思想不僅對當時有意義，對現在也有意義。

劉：學校對於社會風氣應有免疫力，這具有普遍意義，或者說，具有普世價值。我們應當揚棄杜威那些過於實用性的教育觀念，倒是應當重視他的這一思想。尤其是在今天，我覺得今天的世界風氣不

1 《人的問題》，第六四頁，上海人民出版社，一九八六年版。

好。無論是西方還是東方，都太重金錢，太重物質。地球向物質傾斜，社會向工具理性傾斜（忽略真、善、美等價值理性）。俗氣的潮流覆蓋一切。最近我寫了《人類的集體變質》和《人類愈來愈貪婪》兩篇雜文，就是批評這種風氣。對於這種風氣，學校就必須與之保持一種批判性距離。

梅：如果學校缺少免疫力，跟着這種潮流風氣跑，也想賺錢，也想「創收」，也追求速度、數量、廣告效應等，那學校一定會變形、變質、變態。

劉：不錯，現在社會都在追求金錢，追求數量，追求表面規模，人們的神經普遍被金錢所抓住，價值觀發生很大的顛倒。學校就應與這種潮流保持批判性距離。學校的領導機構必須有這種清醒意識。尤其是教師，必須引導學生對流行的潮流做出批評性的思考與回應，至少得擁有免疫力不受其傳染。

梅：培育這種「免疫力」和批評性思考，這本身就是一種活的「德育」與「智育」。您常說，鉛字是有毒的，現在的語言就有許多病毒。您批評過「語言暴力」，除了語言暴力之外，還有許多語言欺詐。「文化大革命」之後，社會上仍然有許多妄語，許多謊言，許多髒話，這也是社會風氣的一部份。學校要具備語言病毒的免疫力，就不是一件簡單的事。

劉：除了語言，還有「八卦」。現在東方與西方的媒體與網絡，「八卦」滿天飛。社會中的「八卦」小道消息更多。可以說，現在是「八卦」橫行的時代，政治八卦、經濟八卦、明星八卦，了不得。報刊為了達到新聞效應，派出「狗仔隊」，專門製造八卦新聞，迎合最低俗但又是人數眾多的讀者層，只有刺激，沒有文化，精神貧困到極點。如果學校沒有抵制八卦的免疫力，那還成甚麼學校？對於語言暴力、語言欺詐，對於八卦趣味、八卦新聞，學校就應給予堅決抵制。學校的嚴肅性、文明性，學校的高尚校風，就應從這些細節開始做起。

梅：社會熱衷於送紅包、走後門、拉關係，學校也需要與此保持批判性的距離，如果學生的家長這樣做，而學校加以抵制，這本身就是對學生的教育。

劉：我對美國學校最不滿意的地方是老師不敢批評學生。他們在「尊重學生自由發展」的名義下，任憑學生為所欲為。前些時我讀了朋友沈寧寫的《點擊美國中小學》一書，才知道他在美國教育學院學到的第一條教育理論是永遠要對學生採取正面鼓勵的態度，決不要用負面批評的方法。他舉例說，如果一個學生回答 2+2=5，老師不說「你答錯了」，而說「差不多，再想想還可不可能有別的答案」。我認為，如果都採取這種「正面態度」，那麼，對學生染上社會風氣的病毒，就無法治療。學校要擁有免疫力，不僅要學會預防，而且要學會治療，必要的時候，還得下「重藥」。不要忘記，免疫是需要打針的。

梅：可惜現在國內外的學校都缺少免疫意識。多數學校都太脆弱，很容易受社會風氣、社會潮流影響。

劉：學校不僅應當有免疫意識，還應當有「反潮流」的意識。學校要培養善於獨立思考的人才，校長和其他學校領導人首先要善於獨立思考，要敢於反潮流。社會「好色」，我偏「好德」；社會「奢侈」，我偏「質樸」；社會追求「多快」，我偏追求「好省」。這就是反潮流。反潮流不是造反，而是堅守。即堅守教育的初衷，教育的靈魂，教育的境界。

（十一）教育的境界

梅：這兩三天聽您談教育，看來，教育最後的分水嶺也是一個境界問題。您常說，人與人的差別，作品與作品的差別，歸根結底是境界的差別。教育也是如此。您講德育、智育、體育以及教育的本質與目標，都涉及境界問題。

劉：不錯，我們說生命質量、靈魂質量，都是境界的高低問題。境界有高低之分。但最基本的要求是要做到孟子所說的人禽之辨，即從動物性上升到人性，進入「人」的境界。教育的第一功能是使人成為人，即自然的人化。從人類群體上說，人類之所以成為人類，是通過歷史實踐而完成的。如果從人的個體生命而言，人則是通過教育，使帶有動物性（自然）的小孩獲得理性而變成完整意義上的人。教育的基本原理即教育存在的理由乃是它可以使人擺脫動物性而成為真正的人。或者說，人是通過「學」而成為人。這「學」有狹義的學，即課堂裏的「學」，還有廣義的學，這包括家庭教育、社會教育、自我學習等。而學校教育的境界要提升，關鍵是不能把學生引向「比賽」、「競賽」等浮華層面，而要培育學生對本專業、本學科的興趣，甚至「信仰」。道德教育也是如此，不是比做多少好事，而是培育學生從內心深處對道德的敬畏並把「積德」當作人生最大快樂。做好事，不是為了讓人知道，更不自我宣揚，只把做好事當成樂事，這才有境界。

梅：境界是從內心深處裏來，還是從喜愛、興趣、信仰裏來？

劉：如果能把對道德的敬畏與崇尚，把對知識的興趣與追求，推入心理，即進入內心深處，這種教育才算成功。如果讓學生硬背許多知識，卻沒有點燃學生對於知識的興趣和熱情，這種教育乃是失敗的教育。

梅：學生一旦有了道德的真誠與知識的真誠，自然就會自己去刻苦學習刻苦鑽研。

劉：所以，我認為教育的高境界應分兩步抵達。第一步是培育學生的自覺，即充份意識到只有刻苦學習才能遠離動物性而走向高級人性，人的理性化除了「學習」別無他途；第二步則是引導學生從「自覺」到「自發」，即從意識層面進入潛意識層面，讓讀書、學習、鑽研、創造的興趣內化為心理需求，生命渴望，沒有外力逼迫與敦促也會孜孜不倦。勤奮讀書非關理念，非關分數，非關面子，非關功利，完全是自發自願的行為。能抵達這種狀態，那才是教育更大的成功，也是教育更高的境界。

梅：您曾說過，對於從事人文科學的人來說，最重要的品格應是崇尚真理。其實，一切人都應如此。有此品格才有境界。許多大學都把追求真理作為校訓與座右銘。

劉：儘管真理帶有相對性，例如基督教、伊斯蘭教、佛教等大宗教，都有自己認定的真理。但不能因此而否認崇尚真理是一種獨立的品格，一種高級的道德形式。學校天生就是追求真理的搖籃，當然要求學生要崇尚真理，把追求真理看作比追求權力、追求財富、追求功名高百倍、高千倍的精神境界。如果學校只教會學生追求權力與財富，那麼這種學校便只處於功利境界。如果教會學生尊重社會規範，那就進入道德境界，但這還不是最高境界。最高的境界應是高舉心靈的火炬，守持心靈的原則，敢為真理而獻身，立志為真理（包括各領域的真理）而學習一輩子，探索一輩子，辛苦一輩子，百折不撓，百挫不屈，也能為真理而永遠謙虛，永遠誠實，永不停止自我省察，自我批評。學校境界，不在於外在的規模，不在於考分的第一，也不在於名聲的顯赫，而在於它擁有一種崇尚真理、追求真理，無論老師還是學生都願意為真理而獻身的熱情與校風。

梅：這種高境界是無形的、質樸的，但有心人與有識者還是能感悟到。

劉：正如我們從事文學批評。一部小說，一部詩集，它是否真、善、美，是否有真實的內心，是否有心靈的光明，是否有過人的膽識，是否有藝術的原創性，我們還是可以感受到的。這幾天我們講了不少話，目的是讓你在走到新的學校之後，無論做甚麼工作，講甚麼課，都不要忘記教育的詩意，教育的境界。你既是中國的孩子，中國的公民，又是人類的孩子，世界的公民。你既要為祖國服務，又要為人類服務。擁有雙重的身份，有益於你精神質量的提升。

梅：論起境界，您常以馮友蘭先生「自然境界→功利境界→道德境界→天地境界」為基本劃分。您所說的「教育的詩意」，恐怕都在道德境界與天地境界中。

劉：現在的教育問題是處於功利境界中而無自知之明。社會追求功利，學校也跟着追逐功利，這就麻煩了。美國只有「智育」、「體育」，懶得去建構「德育」，這是功利主義；五六七十年代，我國把德育變成政治意識形態教育，也是功利主義。現在的追求「分數」，追求表面規模，追求種種不切實際的指標，也是功利主義。凡追逐功利者，境界都不高。馮友蘭先生講的「自然境界」，不是老子、莊子講的那種哲學意義上的自然，而是與動物無別的自然。功利境界雖比動物境界高一些，但仍然是很低的境界。功利主義主宰的學校，不可能是一流的學校。

梅：學校一旦超越功利，就可以進入道德境界了。道德境界與功利境界之分，是不是公與私之分，着眼於私，是功利；着眼於「公」，即大公無私，則是道德。

劉：功利境界裏也有「公」，例如學校，其實是公共平台，它不是「私」，但也可能處於功利境界。按照馮友蘭先生的解說，這兩個境界的區別在於：「在功利境界中，人的行為，都是以『佔有』為目的。在道德境界中，人的行為，都是以『貢獻』為目的。用舊日的話說，在功利境界中，人的行為的目的是『與』。在功利境界中，人即於『與』時，其目的亦是在『取』。在道德境界中，人即於『取』時，其目的亦是在於『與』。」馮先生這段話出自《新原人》第三章，是馮友蘭哲學最精彩的部份，你應當讀一讀。

梅：那麼，天地境界為甚麼又高於道德境界呢？

劉：天地境界之所以又高於道德境界，是因為它完全超越世俗層面，在精神制高點上把握宇宙，把握社會人生。按照馮先生的說法，道德境界中的人「無我」而「有我」。而天地境界中的人，則「大無我」而「有大我」。這個「大我」已和天地融合為一。在此境界中，已不需要「念念不忘道德的善惡」，而是「從心所欲而不逾矩」（孔子語）。這是自由意志的高度實現，也是天地情懷的心靈落實，當然也是真、善、美的和諧統一。地球上的偉大學校，都追求這種境界，也迫切希望能培養出有這種境界的人類精英。

二零一二年五月
美國馬里蘭

第二輯　教育講演

教育、美育與生命質量

——在香港「課程發展議會」退思日上的演講

劉再復

我首先談一個問題：教育的第一目的是甚麼。這也涉及回歸古典，就是回歸到教育的原始目的。教育的目的是教育人，培育人，這一最基本的原理進一步演繹就是教育應把人本身作為教育目的，而不是把教育變成實現其他事務的手段，即不是為政治服務的手段，為市場服務的手段等。我今天要強調兩個很重要的概念，即「生存技能」與「生命質量」，並且要很決斷地說：我們教育的第一目的不是培養「生存技能」，而是要提高「生命質量」。也就是說，教育應當把培養優秀的人性、培養有質量的生命作為第一目的。這一思路，正是回到教育的原始目的和古典目的。原始目的是指中國從孔夫子開始（他是一位大教育家），就把培養人作為第一目的，教育宗旨是學為人、學做人。換句話說，教育的第一目的不是培養職業的技能、生存的技能，而是提高生命的質量。關於這點，李澤厚在和我的對話當中曾用哲學語言表述，說我們應該是以培育人的情感本體與倫理本體為第一目的，以塑造工具本體為第二目的。我們培養學生，當然也要培養某些技能，比如當醫生、當律師的職業技能，但這是第二目的；第一目的應是培育倫理本體、情感本體，讓他們成為一個真正的人、完整的人，這才是教育的根本。這恰恰是當年孔夫子強調的，他強調教育在於學做人、學為人，這是中國教育非常優秀的傳統，我們應當回歸這個傳統。

那麼，提高生命質量的關鍵是甚麼？如果必須用一句話回答，那麼，我要說，這就是要使人了解生存的意義與人生的根本，從而確立人的靈魂維度。現在，不光是我們中國，美國很多學校也有這個問題，就是讀了十年、二十年的書，學了一些技能，但走出校門時卻不知人生的根本是甚麼。美國第二次世界大戰以後，他們的教材很多含有人文教育的內容，但他們愈來愈重視技能的教育，同樣忘記人生的根本。我在美國十幾年，很喜歡讀幾個美國散文家的書，像愛默生、梭羅的散文。愛默生的思想影響整個美國，他有一句話對我影響非常大，他說：「人生唯一有價值的，是有活力的靈魂。」他還說過一句更絕對的話，「世界是微不足道的，只有人是一切」。靈魂的健康和靈魂的活力，這就是生命的質量。這個意思，我再用另外一位歷史學家、哲學家的語言來表述，這就是斯賓格勒寫的《西方的沒落》這本書所闡述的觀念，這本書講了一個意思，就是人的建設關鍵是靈魂的建設，也就是人文維度即靈魂維度的確立。如果只有知識和技能，那麼人還是平面的，只有長度和寬度；人類知識愈來愈多，寬度和長度增長了，但是缺少一個東西，即缺少第三維度，這第三維度就是人文維度；只有具備了第三維度，人才有深度，生命才是立體的。生命質量就是要求人要具有內在深度，具有完整的立體的生命。

一個只有生命長度和寬度的人，跟一個既有生命長度寬度，又有深度的人的生命質量是不一樣的。人與人的差別最根本就是生命質量的差別，就是第三維度的差別。這第三維度就是靈魂的維度。斯賓格勒道破這一點，在科學技術高度發展的時代情境下，特別是全球化、高度現代化的情境下，更顯得重要了。也就是說，一個卓越者，他除了生存技能、職業技能之外，還必須有深厚的一面，比如說，他的理想追求、人文精神、歷史眼光、道德素養、良知體系、審美能力、生活態度，還有他的人格水平等，這些都是人深厚的一面，就是第三維度。錢穆先生用更簡明的語言來表述這個問題，他用中國的哲學語言表述，說中國古代認識論中早就有「格物致知」的命題，從《禮記．大學》到《朱子語類》（朱熹）、《傳習錄》（王守仁），都講「格物致知」，錢穆則提出另外一個概念：「格心」。「格」就是去領悟、去感覺、去叩問，甚至去創造。「格心」就是對心靈有高度的敏感，並去感悟心靈，創造心靈，不僅要去擁抱善，而且是要去創造善。「心」是看不見的，技能技術是看得見的，但看不見的東西，不可視的素質，比可視的更重要。錢穆先生的「格心」概念，沒有被中國知識分子充份注意，這其實是非常重要的。「格物」可致知，「格心」則可以令生命豐富精彩。「格心」意味着要培養人的心靈原則、心靈方向、心靈狀態，還有心靈的力量，這些都是屬於第三維度的內容。

我們中國的教育結構一直具有三個維度，既有智育、體育，還有德育。這一點，以前在大陸的時候，我沒有感受到非常重要。到了美國，我的女兒上了中學以後才發現她們怎麼缺少了一個維度呀，美國中學怎麼只有體育和智育，怎麼沒有德育呀，很奇怪。後來我的女兒告訴我，如果是教會辦的學校，他們以宗教教育代替德育，但他們那個學校和教會沒有關係，也就沒有德育。中國很早就有三維，有德育這一維，這是了不起的。問題是後來我們的德育，發生了變形、變質，把德育變成意識形態的教育。意識形態的教育不是真正的人文教育，它往往帶有黨派性，而沒有心靈原則與良知原則的普遍性，這樣，德育也變成意識形態的殖民地，變形了。

中國近代思想家王國維、蔡元培還想在德、智、體三維之外開闢第四維度，這就是「美育」之維。王國維認為，人只有當他具備審美能力時，才是「完全的人」，教育就是要培育出「完全的人」。蔡元培為了強化人文教育，提出了一個非常著名的論點，就是「以美育代宗教」。這個命題的意義並沒有被充份闡釋，譬如北京大學在紀念校慶的時候，並沒有把他們學校裏最精華的東西闡釋出來，像蔡元培先生的情懷、胸襟，還有「以美育代宗教」的觀點，都是精華，卻沒有充份闡釋出來，蔡元培提出「以美育代宗教」很了不起呀。人有宗教情懷當然是好的，但宗教有不同教派，裏面往往還有紛爭，還有偏見。當然不同宗教的情況不一樣，有的宗教可以容納其他宗教，有的宗教則不能容納其他宗教，可是，愛美卻是人類的共同天性。「美」比宗教更帶有人類美好的普遍性的品格。葉聖陶說過一句很精彩的話，教育是農業，不是工業。即教育的方式主要是幫助優秀人性的自然生成，不是按照某種先驗模式人為刻意地鍛造。而美育正是幫助人的美好天性自然生成的最好方式，也是生命質量自然形成、自然提高的最好方式，以人的感官而言，各個部份都可以通過美育來提高它的質量。比如說眼睛，沒有受過教育是一般的眼睛，但通過教育以後，就變成審美的眼睛。一個人懂得審美，他就是非常幸福的人，他不管是讀書、看電影、看戲、觀賞大自然，都能享受審美的愉悅，而且這種審美的眼睛——按照蔡元培所說——一定是超脫的，是非功利的。歌德說：「人生下來最重要的是用眼睛看世界。」通過教育培養審美的眼睛，感官就不一樣了，生命質量就不一樣了。還有耳朵，馬克思所說的「音樂的耳朵」，是能欣賞音樂的內感覺，音樂的語言比文學的語言更抽象，但往往可抵達更高的境界，音樂可直接與宇宙相通。還有口舌，口要有口德，說話要有口德，不能隨便進行人身攻擊。我批評的「語言暴力」，就是沒有口德。動不動攻擊人，就是缺德。不僅缺德，而且醜陋，離美很遠。感官經過美育的薰陶，整個生命質量就不一樣了。

第三個問題，講講教材與生命質量的關係。「五四運動」時期的文化先驅者，早就注意到這個問題。「五四運動」是發現「人」的運動，我曾經在課堂裏講中國近現代的三大文化意識的覺醒。第一次是鴉片戰爭特別是甲午海戰以後，民族國家意識的覺醒。我們本只有天下意識，沒有民族國家意識。近代一個重大發現，是發現中國是一個大國，但不是一個強國，所以那時的知識分子很悲憤，就研究我們中國為甚麼不能強大。像梁啟超，他就對中國積弱的原因，寫了很多文章，說關鍵是國民的問題，所以寫了《新民說》，但當時他講的國民是群體的「民」；而「五四運動」則從「群」到「己」，強調的是個體。完成了第二個大發現，即發現中國人不是人，只當過兩種類型，一是做穩了奴隸，一是連奴隸也做不得，只能做牛馬；中國從來也沒有真正做人的時代，所以他們要重新發現人。所謂發現人，在廣度上包括發現三個東西：一是發現人，二是發現婦女，三是發現兒童。發現兒童，就是發現我們中國兒童的生命質量有問題。魯迅先生寫了一篇《由聾而啞》，說我們中國的孩子，精神食糧太欠缺、太粗糙了；耳朵聾了，很多優秀的、健康的、美好的聲音聽不見，很多優秀的文學作品讀不到。聾了，聾以後就變成啞了，說不出來了，變成無聲的中國，沒有真正的聲音，沒有精彩的聲音，沒有個性的聲音，為甚麼呢？就是精神食糧有問題，教材有問題，也就是讀物有問題。我這一代人，說實在的，我們的精神食糧相當粗糙。過去我們讀的書局限很大，教材也貧乏、粗糙，我剛剛說過，我們常用意識形態的教育來取代德育，取代人文維度，如果教材老是光有一些甚麼雷鋒的故事和「半夜雞叫」的故事，太政治化，就會缺少一種更普遍的、古今中外的美好文化的精華。沒有這些精華的積澱和補養，我們的生命質量就會降低，甚至會犯一種「缺鈣症」，或者說「貧血症」，這就是文化的貧血症和文化的缺鈣症，缺少人文的鈣，靈魂的鈣，缺少情感本體與倫理本體的鈣。所以教材的豐富與多樣，以及教材具備真、善、美這些基本鈣質，是非常重要的。

今天我特別要商討的一點，是如何從我們中國的古代文化裏，尋找提高生命質量的教材資源。這一點很重要，我們中國古代的文學、哲學、倫理學，是培養人的生命質量的極為豐富的資源。我認為包括西方，將來都會發現我們這裏的資源。

對於我們古代文化，首先要辨析一下，到底哪一些是精華，哪一些是糟粕。有的作家給孩子開「炎炎夏天要讀的書」竟然是《水滸傳》，這就很值得商榷了。聽說香港電視台從明天開始，又要播放《水滸傳》了。可是我們應該注意《水滸傳》作為文學作品，確實是一個好作品，是很傑出的作品，但是，它的文化價值觀念，卻有很大的問題，它的婦女觀念、英雄觀念，凡造反幹甚麼都合理的觀念等，都很有問題。我在城市大學中國文化中心講課，專門講了兩講，一講是《三國演義》批判，一講是《水滸傳》批判，都是從文化上進行批評的。從文學上說，兩部經典的戰爭描寫、人物塑造、故事、語言，都有它的成就，但是從文化批評來說，也就是從它的文化價值觀念上說，卻有大問題。如果從一部作品的整體精神來說，《紅樓夢》整個作品是讓我們的生命向善、向美去發展的，可是《三國演義》和《水滸傳》則可能向惡發展，特別是《三國演義》，這本書是我們中國權術陰謀的大全。對《三國演義》如果沒有分析批判能力，那麼，我們將來人的生命就會完全變形。比如說，我們中國有非常好的義氣，像伯牙、鍾子期「高山流水」的義氣，是非功利的，一種非常純、非常美的義氣，可是到《三國演義》桃園結義卻是兩回事啦，它是「組織原則」，就是：我們三個同生死，然後我們就去奪天下，這跟我們現今社會三個小夥子，他們搶銀行之前先講講義氣，差不了多少。這個義氣變質了。還有像諸葛亮，他確實有很高的智慧，可是他的智慧一進入了權力鬥爭的系統，就帶有這種系統的系統質，智慧發生了變質，變成了許多假的東西，如果接受了這東西，很容易掉落地獄之門，《三國演義》、《水滸傳》正是中國的兩大地獄之門。說「少不看水滸，老不看三國」，是有道理的，《三國演義》會增長人的心機心術；像趙雲，他千軍萬馬救出阿斗，劉備把阿斗摔到地上，說：「你差些損了我的一員大將。」連愛心也充滿了權術呀！這種東西做教材就不合適了。再說《水滸傳》，現在我們都把武松當成是大英雄，但如果無保留地學習他的行為，會造成很大的問題。武松血洗鴛鴦樓，他報仇最充份的理由頂多可以殺蔣門神、張都監、張團練三個人，那已經過份了，可是他殺了十六個人，其中大部份是無辜的，丫鬟、馬伕，還有那些夫人，都是無辜的，問題還不止於此，問題是殺了人之後，他還理直氣壯，在牆上寫了字：「殺人者打虎武松也！」這種以殺人為榮的態度是我們中國文化的糟粕。它正在成為中華民族的集體無意識，西方文學作品中我們看不到有殺小女子和小孩的英雄，可是《水滸傳》中武松卻連小丫鬟也不放過。而李逵殺戮四歲幼兒小衙內更是可怕。對這種英雄要警惕。那麼中國文化的精華在哪裏呢？比如說《山海經》、《道德經》，它恰恰是跟這種態度相反的；我們卻沒有充份注意，比如說老子的《道德經》，跟《水滸傳》的態度完全不一樣，《道德經》對殺人、對戰爭怎麼看呀？說：「夫兵者，不祥之器。」「大兵之後，必有凶年。」他的大前提是反對戰爭、反對殺人，而且他說：你如果是不得已而戰爭，你必須證明你是不得已的，若戰勝了，不要搞凱旋，而要以葬禮、喪禮來對待勝利，這就跟武松的態度完全不一樣。所以我們選教材就是要辨析，哪些東西真正能提高我們的生命質量，像《紅樓夢》，對生命、對少女那麼尊重，對名利場那麼鄙視，這就是生命境界，這就是生命質量，這就完全不一樣。

《山海經》不是一部歷史，但它是我們中國最本真、最本然的歷史，是我們中華文化最本真、最本然的文化，它有一個最重要的精神，就是「知其不可為而為之」的精神，「精衛填海」，海是可以填的嗎？海是不能填的，但是偏偏要去填，把不可能的事情，當成可能的事情去爭取。「夸父追日」，日不可追，但是我就是要去追，這就是「知其不可為而為之」的精神。錢穆先生等中國文化研究家一輩子探討中華民族的文化為甚麼不會滅亡，他們談出一些理由，有的認為是因為有儒家的思想，有的認為是因為有統一的漢字，但是都沒有講到《山海經》精神這一條，我要補充這一條，就是我們中國最原始、最本真的文化裏面，有一種「知其不可為而為之」的精神，有這條，就永遠不會滅亡了。像這種教材，真正是我們最好的精神食糧，我們必須放進教材裏面，去提高我們整個民族的生命質量和每個個體的生命質量。可是，我們能把《道德經》談戰爭的文字作為教材嗎？香港、台灣的教材我還沒有好好研究，但大陸恐怕比較難。總之，教材跟生命質量有很大關係，跟我們整個教育目的有很大關係，我說「回歸古典」，就回歸到我們最本然、最本真的文化，回歸到有益於提高我們生命質量的精華中來。

本文由香港課程會議秘書處根據談話錄音整理，再經劉再復教授審閱。

選自《回歸古典，回歸我的六經》

我的教育觀

——在安徽銅陵三中的講話

劉再復

我和李澤厚先生在《告別革命》一書中，曾提出一個觀點，說二十世紀是個語言學的世紀，二十一世紀將是個教育學的世紀。教育學將是二十一世紀和二十二世紀人文科學和社會科學的中心學科，所謂語言學世紀，就是工具的世紀，就是機器的世紀，就是人被異化的世紀。所謂教育學的世紀，就是以人為中心的世紀，以塑造全面、健康、優秀人性為基本使命的世紀。

現在，全世界的教育共同存在着一個根本問題，便是不知道教育的第一目的是甚麼，李澤厚先生和我則明確地指出，教育的第一目的是孔夫子所論述的「學為人」，是提高學生的生命質量和靈魂質量，而第二目的才是培養學生的生存技能（職業技能）。可是現在許多學校都把第一目的和第二目的顛倒過來，把生存技能變成教育主要目標，把主次先後搞錯了，韓愈在《師說》裏面提到教育有三個功能，即傳道、授業、解惑。現在許多學校忘記了傳道（不是形而上之道，而是做人的基本道理）是教育的第一要義。我在美國二十年，發現美國的教育只有兩維，即只有智育和體育兩維，沒有德育一維，美國人自己辯護說，我們的宗教教育就是德育，但我總覺得沒有德育是很大的缺陷。中國的傳統教育其好處是具有三維，即德、智、體三維，可惜，二十世紀下半葉，我們用政治意識形態教育取代德育，則仍然不能解決怎麼做人的問題。我在香港城市大學中國文化中心多次擔任客座教授，聽課的多半是理工科大學生，他們覺得學文化與職業技能無關，所以興趣不大，我就跟他們說，你們不要在大學裏面讀了三年四年的書，畢業後走出大學的校門還不知道人生的根本是甚麼。

我從東方到西方，又從西方到東方，發現教育有兩個極端，一種是美國的教育，他們以杜威的教育思想為基石。杜威的教育思想概括地說就是學校如社會，所以，所有的學校都沒有大門，非常開放，有駕駛執照就可以到圖書館裏借書，課程相當輕鬆，基本上是上午上課，下午唱歌打球，這種教育的長處是有利於學生身心的自由發展，缺點是往往過於放任，缺少嚴格要求。另一種極端是中國式的傳統教育，強調的是師道尊嚴，對學生嚴格要求，甚至是填鴨式的教育。這種教育的長處是能給學生打下較堅實的知識基礎和做人的基本規範，缺點是往往會壓制學生的自由心性，把人教蠢了。一九四九年之後，毛澤東主席的教育思想實際上比較靠近杜威，導致了「文化大革命」中的教育危機。現在則回復到傳統教育模式，但因為分寸掌握不好，盲目追求數量的優勢，盲目追求表面文章，又給老師和學生造成太大壓力，這種傾向也值得注意。香港的教育恰恰是接受上述兩種類型的短處，問題特別嚴重。

我個人主張吸收美國教育和中國傳統教育的長處，對學生應當有嚴格要求，特別注重基本知識（智育）和基本規範（德育）的教育，同時又要注意保護學生的自由心性發展和身體健康。我認為學校的基本使命是培育學生身體的健康和靈魂的健康，而身體健康和靈魂健康是互動的。

我特別欣賞前輩文學家兼教育家葉聖陶先生的教育思想，他的思想核心，概括地說，對學生應當施行農業式的教育，而不是工業式的教育。所謂農業式的教育是自然的、循序漸進的、潛移默化的方式；所謂工業式的教育是過份人工的、刻意鍛造的、急功近利的方式。我又特別崇敬偉大的教育家蔡元培先生的教育思想，他在德、智、體等三維教育結構中又增加了美育一維，這一維極為重要，他可以給學生提高人生的境界。尤其寶貴的是蔡元培先生本身又是二十世紀最卓越的「神瑛侍者」（《紅樓夢》主人公賈寶玉前世的名字），他超越政治地保護各種人才，欣賞各種類型的知識美和靈魂美。好的教育者都應當具有蔡元培先生這種兼容並蓄的「神瑛侍者」的人文情懷。我今天要給銅陵三中的老師和同學們講述「文學藝術中的天才現象」，就是為了倡導這一種人文情懷。

謝謝銅陵三中的校長、副校長和老師、同學們邀請我來這裏做演講，給了我一個向大家學習的機會。

二零一零年六月五日

選自《回歸古典，回歸我的六經》

蔡元培的內心律令

——在香港「北京大學校友會」聚會上的講話

劉再復

（一）

感謝北京大學香港校友會邀請我參加校慶論壇，使我有機會表達對蔡元培先生最高的敬意。蔡元培先生的名字，對我來說，不僅是一種象徵，而且是一種召喚，只要蔡元培的旗幟一舉起，我就會恭敬地來到他的偉大靈魂的面前。

在許多論述蔡元培的著作中，我最喜歡梁漱溟先生一九四二年發表的文章（題為《紀念蔡元培先生》）。他說：

> 蔡先生一生的成就，不在學問，不在事功，而只在開出一種風氣，釀成一大潮流，影響全國，收果於後也。

蔡先生確實開創了全新的風氣，甚至可以說，蔡先生一生都在開風氣，無論是在微觀上打破男生女生對立、文科理科對立的舊制，還是在宏觀上把教育的內涵結構從三維（德、智、體）拓展到五維（世界觀教育、美育）都在開風氣之先，而特別讓人敬仰的是他開創了「思想自由、兼容並包」的先河。這是破天荒的創舉。不過，這裏我先要補充梁漱溟先生說：蔡元培之可貴不僅在於開風氣，而且還在於他「但開風氣不為師」（龔自珍的詩句）。具體地説，就是他開了風氣，領了潮流，卻仍然極為謙卑，毫無功名之心，決不熱衷於權力炒作與名聲炒作，決不熱衷於大師、導師、主席、主編、經典等媚俗欺世的商業品牌，更不熱衷於佔據學術山寨稱王稱霸、呼風喚雨，從而給我們提供一種最美的做人、做知識分子的平實作風。從上世紀到今天，中國缺少的正是這種作風與情懷。

【二】

評價一位歷史「人物」，最重要的不是看其書本語言，而是看其行為語言。純粹的、高尚的行為語言又可以變成風範語言、神聖語言。釋迦牟尼、慧能不立文字，但他們的整體生命歷程卻構成神聖語言。蔡元培先生有學問，但著作並不多，然而，他卻以自己的行為和胸襟，構成一種偉大的風範。蔡元培的名字，是在「五四」新文化運動中產生的一種新型知識分子的風範文本。

蔡元培先生一九一七年擔任北京大學校長後，其兼容並包的行為，早已成為一種時代性寓言，他不僅包容保護新文化運動激進的主將與急先鋒陳獨秀、胡適、魯迅、周作人等，而且還包容保護留長辮子和固守舊方法的辜鴻銘以及劉師培、黃侃、陳漢章、馬敍倫等。僅僅保護陳獨秀一事就是蔡先生行為語言的千古絕唱。陳獨秀可不是一般人物，他是當時文化界高舉革命大旗的陳勝吳廣，個人生活又有許多瑕疵，校內外攻擊的聲音接連不斷，但蔡元培先生堅定地做他的保護傘，義無反顧。當陳獨秀的保護傘不容易，當辜鴻銘的保護傘也不容易，蔡元培保護守舊人物，不是居高臨下的同情與悲憫，而是超越政治判斷對人間才華的欣賞與珍惜。這種對才華和智慧的審美態度與保護態度，是新文化運動中最有詩意的故事，它包含着尊重文化的心靈原則。此故事將成為精神豐碑，流傳到今後的千年萬年。

〔三〕

應當承認，學習蔡元培先生是很難的。蔡先生的包容、兼容、寬容，不是一種人生策略，不是人際關係的一種學問，也不是他作為校長而制訂出的政策，而是他的一種天性。他天生就有一種天空大海般的博愛的襟懷與性格。換句話説，蔡先生尊重不同聲音、不同選擇不是他的職務的要求，而是他的內心的絕對命令。如果「兼容並包」僅僅是一種策略手段，就可能今天「放」，明天「收」，今天讓你講話，明天叫你閉嘴，完全與真情真性無關。而蔡元培的行為卻全然出自心靈。能把兼容並包的理念化作內心律令，這才稀有，這才偉大。

説蔡先生開風氣，從正面講是他開了思想自由兼容並包的風氣；從背面講，則是他徹底地拒絕數千年來形成的一種專制體系。專制包括專制制度、專制人格與專制氛圍。「文化大革命」中的「群眾專政」形成一種氛圍，這是最令人難受的。蔡元培先生一生都在反對專制獨裁，這是無須論證的，而最為了不起的，則是他在與專制制度交鋒的同時，也拒絕專制人格。所謂專制人格，就是只許自己説話，不許別人説話；只許別人説支持的話，不許別人説反對的話。許多反對專制皇帝的農民起義領袖革命成功後也成了暴君，許多民主戰士卻滿口語言暴力，就因為自己身上也有專制人格。蔡元培最寶貴的是身上毫無專制的影子。他不僅與專制制度決裂，而且也與專制人格決裂。他在自己身上掃蕩了專制的細菌，所以才在無意中創造出一種光輝的自由人格，一種沒有任何霸氣、官僚氣、權威氣、革命氣、匪氣、痞子氣的優秀人格。

（四）

蔡先生的包容精神除了與他的天性有關之外，還與他後天形成的徹底的「和而不同」的哲學觀有關。前些時，我的朋友劉心武發現蔡先生在談論《紅樓夢》的文章中說了這樣的思想：「多歧為貴，不取苟同。」出自蔡先生為壽鵬飛《〈紅樓夢〉本事辯明》一書所作的序，一九二七年。這就是說，有各種不同的分歧意見是很寶貴的，不應當立即把它變成一種統一的聲音。蔡先生這一理念既是我國古代「和而不同」思想的發揚光大，又是我國近代多元文化思想的開端。真正的「和」是「和而不同」的和，是尊重歧見的和，不是絕對精神的「和」，不是權威統攝下的和。真正的和諧是尊重不同主張、不同意見的和諧。這種思想，我國在兩千多年前就已形成。東周時期，鄭桓公問史伯：「周幽王有甚麼弊端？」史伯回答：「周朝最大的弊端是『去和而取同』」，並說「和實生物，同則不繼」。「和」是多種聲音的整合，「同」則只是一種聲音的獨尊。所以孔子說：「君子和而不同，小人同而不和。」蔡元培是真君子，他有心靈原則，又深知原則如何實現。顯然，他意識到教育空間、文化空間是一種屬於所有人的公眾空間，它不像參謀部作戰、外交部會客廳等此類只屬於少數人或只屬於政府、黨派的空間，他是不同立場的知識分子共享的、可以獨立思考、可以自由思想的空間，所以他尊重這種空間的特性，讓自己性格的亮光照耀了這種空間。

多年前，李澤厚先生和我在《告別革命》中就說，二十世紀是語言學的世紀（工具本體的世紀），二十一世紀將是教育學的世紀（人本體的世紀），即重新樹立人、塑造人、培育全面優秀人性的世紀。面對新世紀，我要在心靈的山頂上呼籲：讓我們高高、高高地舉起蔡元培靈魂的火炬。

二零零五年五月八日

選自《回歸古典，回歸我的六經》

文學藝術中的天才現象

——在香港嶺南大學和安徽銅陵三中的演講

劉再復

甚麼是天才？儘管過去許多人講過，但它畢竟是非常複雜的現象，很難準確地說清。今天我講這個題目，仍然是「靈魂的冒險」（法朗士語）。而且也只能給天才做些描述性的定義，很難做出本質性定義。要做本質性定義，也許需要一百年後腦科學進一步發展，才有可能。

(一) 天才難以定義

在以往的天才定義中，大約有四種不同意見。第一種是強調天才是上帝製造的，自天而降的，即強調天才的先驗性、先天性與神秘性，也可以說是強調天才的神性與魔性及不可知性。所以他們乾脆稱天才為天縱之才，與人力無關。魯迅先生《摩羅詩力說》一文中，把天才詩人拜倫等稱為具有魔鬼般魅力的詩人，這些詩人具有魔鬼般的反抗性與破壞性，魯迅很欣賞，他覺得我國的大詩人屈原缺少這種叛逆精神，所以一直不滿意。魯迅這一觀點大約受到英國著名詩人彌爾頓的影響。彌爾頓在《失樂園》裏稱讚的正是摩羅詩人。魔鬼性也是天性，也是天才的特徵。第二種意見，強調天才是父母給的，即強調天才的遺傳性、生理性。一些不信神的科學家、哲學家認為天才是人而不是神，也不是魔，但是具有常人所沒有的特殊的遺傳基因。也就是說，他們雖是人，但擁有超人的基因或者說超人的稟賦。尼采把人分為末人—人—超人，意思是說，在人類進化的長鏈條中，天才屬於比人進化得更高級、更完備的超人，其腦袋、其神經、其基因均有別於常人。魯迅受尼采影響，寫出《狂人日記》與《阿Q正傳》這兩部代表作。前者的主人公狂人屬於超人，後者主人公阿Q屬於末人。末人是尚未完成進化的人。魯迅自己從未如此說過，但我們似乎可以做這樣的解讀。第三種意見，是強調天才乃是自己爭來的，即強調天才的自創性，也就是後天現象。持守這一意見的人，幾乎不承認天才的存在。例如魯迅就說過：「哪有甚麼天才，我是連別人喝咖啡的時間都在緊張工作。」他只承認後天的勤奮努力。錢鍾書先生也說過一句話：「大器從來晚成。」認定偉大人物都不是少年得志而是大器晚成，從來如此，這是規律。我在講述禪宗、講述《紅樓夢》時說慧能是天才，但我也強調天才的悟性不是憑空而悟，而是閱歷而悟，修煉而悟。慧能固然天生有超人的悟性，憑着聽了「應無所住而生其心」就捕捉禪學的要點，的確不同凡響，但他最後成為劃時代的佛門大師，乃是一生不斷磨煉、不斷感悟的結果。中國最偉大的文學作品《紅樓夢》的誕生，既仰仗曹雪芹的天賦才能，又仰仗他不怕「十年辛酸淚」的艱苦寫作。其人格化身，小說主人公賈寶玉童年時就說了「男子泥作，女子水作」的天語，但最後的大徹大悟還是在經歷了情感折磨、皮肉痛楚、家道變故等刻骨銘心的經驗之後。《紅樓夢》哲學的深刻，不在於色空（這一點所有的宗教家都可看到），而在於曹雪芹讓自己的主人公像釋迦牟尼那樣經歷了榮華富貴之後在色世界的頂峰上看穿色世界的空無：白茫茫一片真乾淨。這才是天才抵達的最高點與最深處。第四種意見，強調天才是老師給的，即教育傳授的結果。魯迅在「天才與泥土」一文中講天才，強調的是泥土的作用。沒有生長的環境與條件，天才就只能凋謝和死亡。也就是說，天才要緊，培育天才的泥土更要緊。例如學校，如果出現有天份的學生，那麼，重要的是教師對這種學生的扶持、保護和培育了。所謂教育，就是泥土之功。學校就是培育天才的土地與搖籃。在上述的四種意見中，前兩種強調的是先天，後兩種強調的是後天。《紅樓夢》的主人公被曹雪芹命名為「神瑛侍者」，如果我們借用這個意象來描述天才和泥土，那麼，天才乃是神瑛，教師乃是侍者。侍者即服務員。偉大的老師與偉大的編輯，都是偉大的神瑛侍者。二十世紀的中國，蔡元培就是一個偉大的神瑛侍者，愛才如命的教育家。

在強調先天（天份）與強調後天（勤奮）的爭論中，我個人喜歡採取「中道」立場，覺得兩者都有道理。我最先接受的是發明家愛迪生的定義。他認為天才是百分之一的天份加上百分之九十九的勤奮。這位發明過電燈泡、發報機的大發明家給天才所做的這一經典性定義激勵我們永遠處於不屈不撓的拼搏中，給了我巨大的力量。但是，我今天不是講述個人體驗，而是在描述一種大精神現象，因此，我又覺得後來美國心理學家華生（Watson）對愛迪生公式的修正可能更接近天才的本質，或者說，更接近天才真理，也能更有説服力地描述「天才」這種生命現象。華生認為，天才確實是百分之一的天才與百分之九十九的勤奮，但不是愛迪生所説的加法，而是乘法。這就是説，兩者都極為重要，兩者都是天才的根本條件。如果沒有百分之一的生理性前提，也就是説天份如果是零，那麼，後天的九十九乘以零還是零；但如果具有「一」的前提而沒有後天的努力，「一」也沒有用。後天「九十九」（勤奮度）乘一得九十九，後天「六十六」乘一得六十六，後天「三十三」乘一得三十三，如果後天是懶洋洋的零狀態，那麼先天的「一」也必將歸於零結果。華生的説法最接近真理，他説明，天才需要具有先天的生理性的前提（「一」），又需要後天的文化性提升，而「提升」過程，捨「勤奮」別無他法。

（二）康德關於天才的概說

儘管天才難以做本質性定義，大哲學家康德還是做了許多著名的界說。他揭示天才的幾個要點值得我們再思考。第一，他認定天才產生於文學藝術領域，並不產生於科學領域。因為科學遵循理性，遵循邏輯，遵循規則規範，而天才則超邏輯，超規範，超法度。如果說他們也有法度，那也是無法之法，無邏輯的邏輯，即反常規法的特殊法，無形式邏輯的想像邏輯。那是生命深淵中難以說明的邏輯。文學藝術之法，只能說是大自然賦予的法規，這是連詩人自己也不知道、也無法控制和說明的法則。

康德關於科學無天才、文學藝術才有天才的論點實際上是在說明天才的思維特點不同於科學的思維，即說明天才們不是依靠邏輯的、推理的力量去抵達目標，不是靠亞里士多德式的推論，也不是培根式的歸納或笛卡兒式的演繹，而是靠直覺，靠文學藝術家去捕捉獨特的感受並走向概念、邏輯無法抵達的高處與深處。用中國哲學的語言表達，康德所揭示的天才思維實際上是莊子式的思維—直覺；不是惠施式的思維—邏輯。莊子的直覺思維，乃是沒有邏輯中介的跳躍性思維。禪宗的「明心見性」也是這種思維方式。這種方式不可教、不可學、不可論證，所以是天才的方式。第二，康德認為天才必須具有兩個基本特徵，一是它的原創性；二是它的典範性。

關於思維方式，我們下邊再做闡釋。現在先說基本特徵。康德認為天才首先必須具有原創性，即必須識前人所未識，創前人所未創。《金剛經》所講的天眼，就是能識前人所未識的天才眼睛。有天眼，才有天識，天識便是天才的原創性、突破性的思想。凡文學大經典，一定具有包含着大哲學、大思想的天識。沒有超俗的哲學思想，就不是天才式的作品。荷馬史詩、希臘悲劇所以擁有永久性的魅力，便是每一部作品都具有震撼世界的大思想。例如荷馬史詩中《伊利亞特》，其主角阿格紐斯的母親對他說：你有兩條路，一條是安寧、舒適的榮華富貴之路，一條是通向死亡的征戰之路。但他不顧母親的預言與警告，選擇了出征之路。還有《俄狄浦斯王》之所以震撼人心，是它揭示了一條哲學：唯黑暗才是實有。唯在自戕肉眼之後才看到世界的本質。世界的最後實在乃是一片黑暗。我在瑞典，由馬悅然教授陪同去觀賞木偶戲《俄狄浦斯王》，激動得不能自已。原因是再次看到俄狄浦斯王殺父娶母后，悔恨交加，憎恨自己竟然不認識自己的母親。他舉起短劍，毅然挖出自己的眼睛，那一剎那，他的眼睛放出一道黑光，也是在那一瞬間，他看清了世界一切真相，明瞭世界的本質乃是一片黑暗。這種思想力量，是概念與邏輯無法表達的，它是文學藝術天才的天才方式。天才必須識前人所未識，這不難理解。康德還強調，天才的原創性主要不在於發現，而在於發明。所謂發明，就是創造出新的形式。這可以理解為在文學藝術中，有特別新鮮的感受和特別獨到的發現還不夠，重要的是把這些發現與感受轉化為審美形式。天才實際上是把審美發現轉化為帶發明性質的審美形式的巨大才能。用我們中國常用的例證來解釋，那就是在康德看來，伯樂只有發現，還不能算天才。千里馬才算天才，因為千里馬本身才代表前所未有的原創存在。這個問題值得商討，因為伯樂的主要特徵雖是發現而不是發明，但他實際上也參與了審美再創造。例如俄國作家岡察洛夫就認為，文學批評家杜勃羅留波夫對《奧勃洛摩夫》的評論，幾乎創造了另一個奧勃洛摩夫，這部小說在杜氏評論之後變成作家與批評家兩者的共同創造。康德認為天才除了原創性之外，還必須具有典範性，也就是說創造物必須有普遍意義，必須有可接受、可理解的普遍價值。猩猩也可以發出人所沒有的獨特的怪叫，也可以在畫布上打上從未有過的印記，但沒有典範性。王國維在《人間詞話》中談論天才，認為天才一是要有赤子之心，要有高境界；二是要有普遍性。他沒有使用「典範性」、「普遍性」這一概念，但實際上強調了這一點。他把李後主（李煜）視為天才，並不把宋徽宗視為天才。在他看來，這兩個帝王詩人最大的差別，是宋徽宗只有個人「身世之感」，無普遍性，而李後主則有「基督釋迦擔荷人間罪惡」的普世情懷。

（三）天才的兩種基本類型

儘管對於天才如何產生常有不同理解，但康德所說的天才必須具有原創性與典範性這兩個特徵卻無可辯駁。因此，人類歷史便有不同民族公認的天才。在這些天才中大體上可分為兩大類型，一類是更多地表現其「天縱性」，即先天性的天才；一種則更多地表現為自創性，即後天勤奮性的天才。而大天才、超天才則必須兩者全都擁有，既有超人的天份，又有超人的勤奮。

第一類最典型的例子是莫扎特。莫扎特是天縱之才重於後天之才的範本。他八歲就寫了第一支交響樂，十歲就寫了第一部歌劇。十四至十六歲之間，他的三部歌劇就在歌劇發源地意大利米蘭上演，自己擔任樂隊指揮。十歲之前，他就在日耳曼十幾個小邦的首府和維也納、巴黎、倫敦等地巡回演出，轟動歐洲，以致使有些聽眾誤以為他手上帶着魔戒，有魔術幫忙，想奪下他的戒指。他在短暫的三十五年生涯中，創作了二十二部歌劇，四十九支交響樂，二十九支鋼琴協奏曲，六十七支合唱曲、詠嘆調和獨唱歌曲，共完成了六百二十二件作品，連同未完成的遺作，共七百五十四件。這種現象是非常驚人的。解釋這種現象只能用「天才」二字。而且完全可以說，其天賦、天縱的因素重於後天因素，像莫扎特這類天才，其先天性、生理性的因素是第一位的，但他的父親從小給他嚴格訓練又是對他的文化提升，沒有後者，莫扎特的才華也可能消失在童年中。

二零零零年，我遊歷歐洲，在維也納拜謁莫扎特紀念碑，二零零五年我再次遊歷歐洲，目的是去意大利瞻仰藝術的珠穆朗瑪峰米開朗基羅，這是比莫扎特更高一級的天才絕頂。此次旅行，我感悟到：偉大的天才固然是天賦的，但其個人勤奮、刻苦太重要了。如果不是超人的勤奮與毅力，就不可能有米開朗基羅。他所作的西斯丁教堂的天篷畫驚動全世界，這當然需要天賦才能，但更重要的是他實現天才、把天才對象化為這幅舉世無雙壁畫的內在力量。自一五零八年五月着手到一五一二年十月，在四年半的時間裏，他日夜不分地仰臥着面對天篷作畫，有時一畫幾個月不下來，畫筆與畫面的顏料墨汁滴在他的臉上，模糊他的眼睛，他照樣作畫。他顧不得吃飯，更顧不得換衣服、襪子，幾個月後襪子脱下來時連皮也一起撕了下來。他開始作此巨畫時三十三歲，完成時三十七歲，已經變得一臉老相。他曾寫了一首自嘲詩：（説自己作此畫時）「鬍鬚朝向天空，頭顱轉入肩膀，眼睛迷茫，只能摸索向前。胸部隆出一個頭顱，在臉上被畫筆滴下的彩汁繪成圖案，腰肢奇妙地縮向腹部，後身變短，前身拉長。臀部像顆秤星，維持着身體的平衡。唉，米開朗基羅呵，你怎麼變成一張敍利亞的彎弓。」這位天才的身體變形了，但一幅高達一百二十八英尺、寬四十五英尺的拱形天篷大畫完成了。這幅名為《創世紀》、涵蓋九個大場面的巨畫，共有三百四十三個人物，每個人物的神情、體態、動作、面目、服飾都不同，不僅顯示出活生生的肉體，而且在嬉笑歌哭中含蓄着顫動的靈魂。今天，到梵蒂岡巨畫之前的、來自世界四面八方的人群，固然有前來膜拜上帝的，但更多的人是來仰望天才的奇觀。領略上帝的創造和領略畫家的創造混成一片，觀賞者既讚嘆神的神奇，也讚嘆人的神奇。我認為，米開朗基羅才是天才的最高範本，他包含着天才的全部密碼。而這一密碼的第一要義，便是天才既是「天才」的結果，又是「人」的結果。它是兩者缺一不可的完美的結合。以此密碼觀照天才，我們就能明白，我國第一文學天才曹雪芹為甚麼寫作《紅樓夢》時會付出十年辛酸淚，為甚麼生命全被吸乾之後才完成了八十回？

關於天才的類型，可以做多種劃分。但我覺得基本的劃分可分為兩大類：一類是天縱之才重於自創之才；二是天縱之才與自創之才並生並重。兩者都有天賦才能，前者更多地表現為神童般的天資；後者則是在天賦之才的前提下表現為超人般的勤奮與毅力。人類社會有史以來出現的大天才均屬後者。

去年我的朋友范曾寫了一篇文章《王國維和他的審美裁判》，說藝術史上有三種人物，第一類是「知其然而不知其所以然」；第二類是「不知其然而然」；第三類是「知其然，更知其所以然」。他認為第一類斷非天才。第二類才是天才，第三類更是超天才。第二類如莫扎特、梵高、瞎子阿炳等，他們全靠先天的稟賦，不知其然而然。而第三類如貝多芬、米開朗基羅等，則不僅有天賦的才能，而且知道惟有加上後天的刻苦才能壯大自己的天才，因此成了超天才。我贊成范曾兄的論點，只是想補充一句，世上雖有神童，但沒有純粹的天賜的天才，即使像莫扎特，也與他父親嚴格的家教和他個人的努力相關。而且莫扎特按照傅雷的說法，他是獨一無二的。

(四) 天才的悲劇與壯劇

不管是哪種天才類型，他們往往發生同樣的悲劇。其悲劇性，一是不為世人所知（認識）；二是不被世俗所容（接受）。像莫扎特這樣的天才，他兩次受僱於薩爾斯堡的兩個大主教，最後受了辱罵，被人連推帶踢地逐出宮廷，從二十五到三十一歲，六年間沒有固定的收入。一九九九年，我和李澤厚先生到維也納莫扎特公園瞻仰莫扎特大理石塑像，才知道他三十五歲時在貧病交困中去世，然後在淒風冷雨中由幾個親友胡亂把他埋在維也納郊外的貧民墳叢中，至今還找不到他的屍骨。另一個音樂天才舒伯特，也是一生窮困潦倒，死時才三十一歲。死後歌滿全球，可是生前只舉辦過一次音樂會。與舒伯特的命運相似，在二十世紀創出最高畫價（一億美元）的梵高，在生前只賣過一幅畫。十年前，我在拙著《獨語天涯》中寫道：「人群不認識梵高，此時他的畫價創下世界紀錄，可是生前只賣出一幅畫：《紅色的葡萄園》。售出的場合是布魯塞爾的『二十人畫展』上。他創作了八百幅油畫和七百件素描，可是個人畫展是在他死後兩年才舉辦的。」

莫扎特、舒伯特、梵高在世時只是不被認識，還是一些天才則為世所不容，或被處死，或被判刑，或被流放。古希臘第一位大哲學家蘇格拉底被民眾法庭處死，便發出一個預告：天才與大眾是一定會發生衝突的。天才往往被時代所不容，也往往被大眾所不容。十九世紀最偉大的文學天才陀思妥耶夫斯基，被送上斷頭台，臨刑前一分鐘才改判為流放到西伯利亞（服苦役四年）。「被放逐」是天才詩人、作家常有的命運，我國的偉大詩人屈原、蘇東坡等都遭到流放。即使不被帝王流放，也會被各種黑暗勢力排斥得沒有存身之所而流亡，這種事例很多。在西方，從荷馬、但丁到易卜生、喬伊斯、貝克特等都有同樣的遭遇。荷馬生前到處流浪，到處乞討，沒有存身之地，但死後有七個城市爭做他的故鄉。中世紀的偉大詩人但丁，他的《神曲》是文藝復興運動的偉大前奏曲，但他恰恰被佛羅倫薩所不容，兩次被放逐（判決書說他屬於「白黨」）。放逐後他在歐洲到處流浪，過着乞討的生活，彷彿從地面上消失，那時如果他真的消失了，也不會有人知道他死於何時何地（漂泊的路線是：維羅納、卡金蒂諾、盧尼吉亞那、馬爾比諾、波希尼亞、帕多瓦、最後是巴黎）。他自己如此描述漂泊的生活：

佛羅倫薩是羅馬最可愛和最美麗的女兒，我生在那裏，長在那裏，在那裏一直住到我的生命的中期，可是這裏的市民們卻隨意把我放逐了，從那以後……我全心全意地想要回到那裏去，以便為這顆疲憊的心找到一個寧靜的處所並且結束注定的生命期限——我幾乎浪跡於整個意大利，無家可歸，像個乞丐，違背自己的意志，展示着自己的傷痕，人們卻往往指責這種傷痕纍纍的人。我的確是一條沒有舵和帆的船，在大海上漂流，被貧困的暴風雨給折磨得疲憊不堪，有時也被吹到某些碼頭。許多人也許根據謠傳認為我是另一種人——不僅蔑視我本人，而且也蔑視我已經做成的和還能做的一切。[1]

有些天才作家不是被政府判決流放，但因為在故國受到種種攻擊而不得不自我放逐，即逃亡。例如生於威尼斯的大戲劇家卡爾洛·哥爾多尼（一七零七—一七九三）。他一生創作了二百六十七部劇本（其中一百五十五部為喜劇）。五十五歲時他因為從事喜劇改革而受圍攻，憤而離開威尼斯而旅居巴黎，但在法國大革命前夕卻被取消了薪俸，直到去世之前一天，法國議會才決定歸還被剝奪的「工資」。另一位戲劇天才易卜生，也因為受到政客的攻擊而無法在祖國立足，到意大利和德國漂泊二十六年之久。晚年病重才返回奧斯陸，一九零六年逝世時，挪威為他舉行了國葬，可惜他已經甚麼也不知道了。

天才因為其反常規的特點被世俗社會所不容從而產生悲劇，但在這種悲劇裏往往包含着一種壯劇，即天才首先不能接受社會的風氣與潮流，不能容忍世俗社會那些已發生和正在發生的「歷史」，因此他

1《饗食篇》I，3。

們要把「歷史」和「現狀」從自己的身上率先拋卻出去。要做到這一點，只有兩種方法，一是逃避現實社會，充當社會的邊緣人與局外人，如同加繆所寫的「局外人」（也譯作「異鄉人」）和曹雪芹筆下的「檻外人」（妙玉便是這種形象），許多類似陶淵明的隱士、逸士也是邊緣人形象。還有一條路則是自殺。王國維作為我國近代的先知型天才，他投昆明湖自殺，歷來都解釋為他屬於被歷史拋棄的悲劇，其實，這一行為語言，也包含着他把正在發生的歷史從自己身上拋卻出去的壯劇。他的遺囑有「義無再辱」四字，這意味着他是主動地把讓他感到屈辱的時代潮流從自己的身心中推走。說他被時代所遺棄是對的，說他遺棄時代也是對的。當代作家薛憶溈有一精彩小說，名為《遺棄》，其主人公也包含着被社會遺棄與遺棄社會的雙重內涵。天才多數都有這種雙向特點。

這裏需要補充說明的是，儘管天才具有反慣性、反套式、反規範、反潮流的思維特點，但真正的天才並不是造反派，他們的思維並不是打倒、顛覆、推翻的破壞性思維。也就是說，天才的思維不是「後現代主義」式的思維。後現代主義的致命弱點是只知解構，不知建構，只有理念，沒有審美，即只有破壞性、顛覆性思維。他們在達·芬奇的蒙娜麗莎臉上加上鬍子，破壞這一經典形象，但這是造反，不是創造。天才不是造反派。天才是在前人已經抵達的制高點上再創造出新的高點。或者說，是在前人走到盡頭的地方，即走不下去的地方開創新的生長點。這種思維方式不是否定前人，而是把握前人的全部信息，尤其是巔峰信息，然後在巔峰處發現新的潛在的再創造的可能性。天才最感興趣的是尋找未知數，開闢新的可能。例如我國現代作家中的魯迅、張愛玲、高行健等都有這個特點。魯迅是在文言小說走到盡頭之後，「第一個吃螃蟹」，用白話文創造出新的小說形式。張愛玲則是在左翼革命文學的大題材走向高峰時她轉而開掘了個體生命人性的深淵。高行健的戲劇，又是在傳統戲劇形式發展到極致之後，發現可以把不可視的內心狀態化為可視的舞台形象的可能性，他還發現了演員可以身兼角色、演員、觀眾的三重身份，把戲劇變成「戲弄人生」的一種特殊形式。在繪畫上，印象派在傳統寫實主義油畫走到極為完美的程度時引入光線，從而走出梵高、莫奈、高更、塞尚等一群繪畫天才，而高行健也在自己的水墨畫中引入光線，但不是印象派那種外部的物理之光，而是人內心的心相之光，從而在二度空間中又獲得印象派所沒有的深度。

（五）理解天才、保護天才

因為天才具有反常規、超邏輯的特點，因此常常被認定是瘋子。天才與瘋子往往只有一線之隔。許多天才或天才的胚胎萌芽因為在言行中的怪異而被扼殺，這種現象相當普遍，對於這種現象，我們必須理性地加以區分。

有一類被認為瘋子的其實是天才。這是因為他們的思維太超前、太先鋒，常人跟不上而認為他們發瘋。魯迅所寫的《狂人日記》，其主人公狂人其實是個天才，但他被視為瘋子。中國現代文學（白話文文學）的第一個主角是天才也是瘋子。他第一個看到具有數千年歷史的中國文化的巨大黑洞和巨大牙齒，這是會吃人的牙齒，這是會吞食孩子、吞食心靈、吞食中國活力的大黑洞。他有天眼，也有天識，但他被診斷為瘋子。他的思維特點，正是天才的思維特點，這就是懷疑，「從來如此便對嗎？」他對從來如此的思維模式提出懷疑，這是對數千年一貫制的法則、法規的懷疑。他為世所不容，但他也把從來如此的世俗規範從自己身上抽出來，拋出去。從狂人身上，我們可以看到天才除了康德所概述的原創性與典範性特點之外，還可以看到導致原創性的另一個特點，這就是思維的跳躍性，帶瘋狂性的跳躍，沒有科學邏輯，但有潛藏於生命深處的超世俗、拋世俗、反潮流的創造邏輯，把覆蓋一切的黑洞推出身外的行為邏輯。文學藝術史上的天才梵高，他也被送入精神病院，但他也不是真狂人、真瘋子。

把天才誤以為瘋子，這是常人、凡人的問題。這是我們這些常人、凡人需要反省的。還有另一種情況是有些天才真的是瘋子、真的神經質，或真的有許多人性弱點，對此，我們則必須爭取寬容的態度與保護的態度。這一點正是我今天講述的要點與目的。幾乎所有的天才都有怪癖。換句話說，天才的第一表象是怪才，而且怪得讓人難以忍受：如果我們研究一百個天才，至少可以發現五十種怪異性格，即半數以上是古怪人。或熱衷於玩女人，如莫泊桑；或熱衷於同性戀，如王爾德；或熱衷於賭博，如陀思妥耶夫斯基；或熱衷於講假話，如斯湯達；或熱衷於寫情書，如巴爾扎克；或熱衷於夜遊，如李白；等等。舉不勝舉。遠的不說，就說我國近代的著名「三條辮子」，辛亥革命後人人都剪辮子，他們偏偏留長辮子。這三人是沈曾植、王國維、辜鴻銘，他們都是怪才，但也都是某種程度上的天才。蔡元培的了不起，是他以博大的文化情懷，兼容並包這些辮子，既欣賞激進的革命旗手陳獨秀、魯迅等，也欣賞辜鴻銘，聘他為北京大學教授。他明白，如果一間大學，一見到怪才就打擊，就容不下，這種大學只能出庸才，不能出天才。因此，天才要成為可能，除了個人的條件之外，還需要環境條件，需要許多「神瑛侍者」的保護與培育，需要許多蔡元培式的偉大教育家。

選自《回歸古典，回歸我的六經》

人文世界的精神漫遊者

——在哈佛大學李歐梵退休儀式上的講話

劉再復

當大家在熱烈評價歐梵的時候，我倒是想起他多年前一篇談論匈牙利當代作家康拉德（György Konrád）的小說《失敗者》（*The Loser*）的文章，這是一部知識分子的自傳小說，但他不寫自己的成就，偏寫自己一生的失敗。對此，歐梵說，這正「合我個人的所好」，並且說了一句讓我一直難忘的話：「當別人認為我功成名就的時候，我反而感到失敗。」（《狐狸洞話語》）

歐梵已經獲得很高的成就，但是他總是把自己界定為一個永遠的未完成，一個永遠沒有終點的過客，一個經歷過失敗但又超越成敗的人文世界裏的永遠的流浪漢，因此總是一直往前走。早在青年時代，他就對魯迅《野草》中的「過客」有很深的領悟，認為生活就是一個不斷「走」的過程，「走」是在「無意義」威脅下的唯一有意義的行動。也就是說，人生是悲劇性的令人絕望的存在，而「走」正是反抗絕望的唯一辦法。歐梵把握了這一點，所以他決不停步，決不自戀。不像許多中國作家和學人那樣，寫了幾本書，就自我膨脹，就自以為是「話語英雄」。我把作家分為兩類：一類是愈寫愈自大；一類是愈寫愈自由。歐梵是屬於愈寫愈自由的人。

歐梵不僅不自戀，而且還常常自嘲與自省，他是我平生見到的一個最善於自嘲和自我反諷的人。他借用卡夫卡的《變形記》和雨果的《鐘樓怪人》（即《巴黎聖母院》）中的意象描述自己的脆弱無助：

一個在外界眼裏的哈佛大學教授，常常工作得不像人樣，變成一條甲蟲，一個駝背的、不知鐘為誰敲的鐘樓怪人（《世紀末囈語．變形記》）。他在文學藝術研究中特別留意與「先鋒」、「媚俗」不同的「頹廢」，因此也不斷地談論王爾德。然而，他卻不是跟着去「頹廢」，而是在王爾德身上發現其真情，並反省自己可能面臨失真的危險。一九九八年年底，他再次「讀王爾德」，說了一段感人肺腑的話：

我發現王爾德的這些妙語對現在的生活特別有警醒的作用；如果每一個人都只能在現實的物質生活中浮浮沉沉，在資本主義的金錢堆中追逐名利慾望，久而久之，豈不都麻木不仁？所以，我自己反而需要用王爾德的作品來警惕自己：憤世嫉俗容易，而在俗世中保持真性情難，我必須依靠自己的想像力和一點藝術上的涵養和情趣來超越現實。所以，當我愈覺自己逐漸世故的時候，愈感到王爾德那份天真的偉大。這一切都與他的同性戀及頹廢無關，我最崇拜的反而是他的純真。（《世紀末囈語．談王爾德》）

歐梵不僅用極端的概念「偉大」二字來讚美「天真」，而且敢於反省，正視自己「逐漸世故」，有幾個中國作家能做到這一點？這是歐梵最寶貴、最難得的精神品格，也是中國當代學人和作家最缺少的品格。

歐梵和以賽亞．柏林（Isaiah Berlin）曾有一次難忘的見面與傾談，受其影響，他常以「狐狸型學者」自喻。柏林以刺蝟與狐狸這兩個意象劃分精神價值創造者的兩種基本類型，刺蝟型專注一個系統，狐狸型則是多方旁敲側擊。柏林以此兩個意象論述托爾斯泰的小說和歷史觀，認為托爾斯泰二者兼得，歐梵大體上屬於狐狸型，涉及的領域十分寬廣，但他在最近十幾年中專注於上海與香港城市文化的探討，又表現出刺蝟的特徵。

歐梵這一「狐狸」，不是一般的「狐狸」，而是典型的兩棲狐狸。他棲於英語世界，又棲於漢語世界；棲於中國文化，又棲於西方文化；棲於理性學術文化，又棲於感性創作文化；棲於雅文化即貴族文化，又棲於俗文化即大眾文化；棲於歷史，又棲於文學；棲於文學，又棲於藝術等。他的兩棲性不是在兩棲的表面浮動，而是生命、情感與真誠的投入。他說他是一向的「歷史癡」（《世紀末囈語．讀〈中國新音樂史論〉》）。幾十年前胡適說過他是「歷史癖」，「癖」還是嗜好，「癡」可是投入全生命。歐梵不僅是歷史癡，而且是文學癡、電影癡、音樂癡，是確切的「四維癡人」。由於他出身於音樂之家，從小就有「聽覺天賦」，之後又派生出「視覺天賦」，這種天賦給予他對電影具有特別的感受力與鑒賞力。這種天賦再加上他在後天勤奮的學習中培養的很強的「知覺」與「心覺」，便形成了他的一種完整的感覺系統與認知系統，也使他擁有特別的精神個性。這樣，就使他涉足多種領域時不至於淺嘗輒止，而是多方面均有建樹。我常跟朋友開玩笑說，歐梵可不是一般的「狐狸」，而是「雪山飛狐」（金庸小說中的大俠），是「雙洞大飛狐」與「多洞大飛狐」。

「狐狸型」的多方素養與多方探索，再加上歐梵本身的苦修苦煉，使他獲得兩個大的成果：一個是他的精神創造與整體生活非常豐富，像是「人生的盛宴」；另一個是使他在四五年前完成了集各種修養於一爐的代表作《上海摩登》。

「人生的盛宴」是林語堂先生的概念，他對自己最喜歡的作家蘇東坡就用這個概念來描述。他在《林語堂自傳》裏給蘇東坡戴上十九頂帽子：

蘇東坡是個秉性難改的樂天派，是悲天憫人的道德家，是黎民百姓的好朋友，是散文作家，是新派的畫家，是偉大的書法家，是釀酒的實驗者，是工程師，是假道學的反對派，是瑜伽術的修煉者，是佛教徒，是士大夫，是皇帝的秘書，是飲酒成癖者，是心腸慈悲的法官，是政治上的堅持己見者，是月下的漫步者，是詩人，是生性詼諧愛開玩笑的人。

歐梵也是個秉性難改的樂天派和一個生性詼諧愛開玩笑的人，我也可以給歐梵戴上十幾頂帽子，不過為了避免落入俗套，我不講大家都知道的諸如「魯迅和中國現代文學的傑出研究者」、「中國當代文學批評家」、「學者型散文家」、「小說作家」、「芝加哥大學、加州大學、哈佛大學等一流大學教授」等，但要提醒大家別忘了他的另一些重要角色。他是音樂迷、電影迷，是本雅明式的城市漫遊者，是「東方《雙城記》」的作者，是中國「公眾空間」和「人文空間」的鼓動者和實踐者，而且是芝加哥大學中國「流亡思想者部落」的「酋長」。這一部落存在於一九八九年至一九九二年之間，我也是這個部落的一員，等會兒再細說。儘管歐梵行走的路上有過曲折和痛苦，但我相信他一定會感到人生是很豐富、很有意思的。

多種素養除了造成歐梵人生的豐富之外，還造成另一結果，這就是在世紀之交產生了他的學術代表作《上海摩登》。這部著作正是他多年探討歷史、文學、電影等的共同結果，這是一部非常精彩的學術著作，所謂「舉重若輕」，這就是一個典型例子。我讀這部著作時，比讀許多長篇小說還有興趣。讀了這本書，以後我恐怕再也沒有耐心閱讀那種千篇一律的英雄排座次的章回體文學史、小說史、思想史了。它完全打破了文化史書的寫作慣性與格局，以致很難定義這是城市歷史著作，還是一部文學藝術著作，我邊讀邊想，最後覺得這是一部城市精神生態史，也可以說是一座城市現代文化景觀的大觀園。這部著作在思想、語言、方法三個方面都做出了重要貢獻。

一、在思想上，它突破了關於中國社會性質的「權威」見解和後殖民理論的時髦見解。書中指出，所有的後殖民話語都假設了一個殖民權力結構，其中殖民者對被殖民者，包括他們的代表，總是擁有無上的權力。這種理論構造源於以前英法在非洲和印度的殖民統治制度。這種理論還假設了殖民者就是話語的「主體」，而被殖民者只能成為「受體」或「他者」。歐梵對此提出質疑，他說：

> 在上海，西方的「殖民」權威確實是在租界條約裏被明文確認的，但中國居民在他們的日常生活裏對此一概不予理會，當然，除了他們在租界裏被捕。

而且說：

> 本書所論述的作家在中國這個最大的通商口岸裏，相當自如地生活在一個分裂的世界裏。儘管他們和西方人很少私下接觸，他們本人在生活方式和知識趣味上卻是屬於最「西化」的群體。而他們中的任何人都不曾在任何意義上，把自己視為相對於一個真實的或想像的西方殖民主子而言的被殖民的「他者」。

歐梵最後還判斷：

因為不同的歷史遺產，中國的情形與殖民地印度很不同：除了一連串的自鴉片戰爭以來的失敗，中國遭受了西方列強的欺凌，但她從不曾完全被一個西方國家據為殖民地。

二、在語言上，《上海摩登》完全擺脱歷史和文學史教科書那種教授腔、裁判腔、權威腔、新老八股腔，而把敍事性語言、評論性語言、分析性語言、感受性語言熔為一爐，形成一種史書寫作的鮮活文體，使人讀後既獲得知識，又獲得生命愉悦。

三、在方法上，《上海摩登》自創一局，它以大見小，又以小見大，宏觀中有微觀，微觀中有宏觀，可查證的數字與不可查證的史識、詩識相映成趣，而文字背後則是歷史與文學的對話，是文學與藝術的對話，是世俗之城與精神之城的對話，是看得見的城市與看不見的城市的對話，這些對話、這種方法使全書展示出來的上海是多重意義的上海，既是歷史原型的上海，又是文學「重構」的上海，既是客觀描述的上海，又是文化想像的上海。此書在方法論上的獨創，特別值得注意。

總之，《上海摩登》堪稱歐梵的代表作，這是中國現代文學、文化研究者和文科大學生必讀的書。這部著作既體現了歐梵在精神創造上的狐狸型長處，又說明他已帶有刺蝟型專攻於一的特點。

談了學術之後，我還想再談談「人」。無論是對古人還是對今人的評價，其實都應注意兩點：一是不僅看其幾篇文章或幾本書籍，而是把握其精神整體（也可說是精神總和）；二是不僅看其文字語言，而且看其行為語言，或者説，不僅應當閱讀其話語文本，而且應當閱讀其行為文本。我評價屈原，不僅閱讀其詩，而且閱讀其自沉汨羅江的大行為，有最後這一行為，才能更深地闡釋他生前所作的詩中關於生死的思索所具有的形上意義，也才明白這位偉大詩人生命的最後瞬間並非延伸《離騷》的宮廷鄉愁，而是質疑這種愁緒。也許是因為我個人的可靠體驗，所以對歐梵的行為語言感受特別深刻。一九八九年夏天，在這個重要的歷史瞬間中，歐梵以最高的熱情幫助了我和其他從大陸漂流出來的朋友，形成了一個「流亡思想者部落」，從而在自己的肩上，多壓了一副重擔，他不僅幫助我們在異國生活下來，而且幫助我渡過心理上的危機。特別需要提起的是在一九九一年日本紀念魯迅誕辰一百一十週年的時候，仙台市紀念活動執行委員會本來邀請歐梵和我參加，但屈從某種壓力（傳言如果邀劉，就要抵制紀念活動），又取消對我的邀請。這個時候，歐梵便挺身而出，向日本執行委員會發出個人的抗議，並表示自己拒絕到仙台。由於歐梵的凜然正氣，再加上丸山升、伊藤虎丸等日本學者的努力，仙台籌備活動中的學術委員會宣佈解散，在東京另外舉辦一個學術會議，並邀請我參加。這個歷史時刻，我非常清楚地看到歐梵身上所具有的魯迅式的「硬骨頭」精神，他無愧是一個非常完整的魯迅研究者。

薩依德在《知識分子論》中對知識分子做了兩個精闢的定義：一是「敢對權勢說真話的人」，一是「業餘人」。所謂業餘人，就是從專業的圍牆裏漂流出來的關懷社會、關心民瘼的人。歐梵就是這種人，他是一個真正的、很好的知識分子。許多人對歐梵只看到他的「輕」的一面，而忽視他的「重」的一面，而他的「重」的一面，恰恰表現得很精彩感人。最後我還要說，他作為芝加哥大學「流亡思想者部落」的「酋長」，和大家一起確認了一種精神取向，這就是與左右兩派政治勢力和政治思想都保持距離。把芝加哥學群界定為黑白對立之外的另一人文空間，這就是我常說的「第三空間」，而這一實踐範疇的始作俑者其實是歐梵，他在芝加哥大學為我們設立的人文講壇，就是超越非黑即白兩極對立框架的第三空間。

原載《明報月刊》二零零四年六月號

告慰老師

——在廈門大學中文系九十週年系慶會上的講話

劉再復

親愛的老師、同學們：

今天我特別高興，能夠和母校母系的老師同學重逢，這是我的幸福與光榮。四十八年前，我從這裏出發，先是走向北方，然後又走向西方。浪跡四方，只為了求索真理，東尋西找，最後找到的還是情感的真理。這一真理指明：情感是人生最後的真實。因為情感的力量，我才能回到這個生命的原點，因為情感的理由，我才飛越重洋，再次踏上故鄉的土地。

丹婭、曉紅發信到美國，讓我代表系友講話，但我首先要説明的是，我無法代表任何人講話。我只代表我自己，只發表個人的聲音。二十一年前，我走出國門的那一刻，就給自己做了界定：從此之後，我不再有任何歸屬，我只是一個獨立不移的文學中人。我出身於中文系，永遠是中文母系社會「寫作者部落」的一員。我給自己立下的座右銘是「山頂獨立，海底自行」八個字。從那一刻起，我不再做國家代言人，也不做大眾代言人，當然，也不做同學朋友的代言人，儘管我從情感深處熱愛自己的祖國，熱愛工農大眾，熱愛自己的同學與朋友。

我今天想講的話很多，可以説是心事浩茫，滿腹話語，但是，我不能佔用太多系慶寶貴的時間。我只想用這一難得的瞬間，向已故的老師和健在的老師問候與致敬，並説一些久存於心中的感激話語。我要感謝在我就讀廈大期間中文系所有的老師，包括年邁的老師與當年還年輕的老師，我要感謝像父親、像母親、像兄長像大姐一樣關懷我、培育我、教導我的所有老師。四十八年來，我多次回憶廈大的生活，覺得四年的大學生活，老師們在我身上注入的是積極的、高尚的思想情感，是向真、向善、向美的心靈大方向。今天，我可以告慰老師的是，我雖然赤手空拳回來，但我帶着母校給我的那一顆簡單的、質樸的、對知識充滿渴求、對人類充滿信賴的心靈回來。人是會變的，但我沒有變，我的心靈依然是廈門大學老師塑造的那顆既開竅又混沌的心靈。

回望我的人生之旅，我覺得是國光中學給了我文學的興趣，而廈門大學中文系則給了我文學的信仰。我常銘記彭柏山老師對我說的話：「你選擇了文學，就像當年我選擇了戰爭。那是信仰，為了信仰，甚麼都可以犧牲！」出國之後，我閱讀沈從文的作品，讀到他在給年輕讀者的一封信中說：對於文學，光有興趣是不行的，還必須有信仰。彭老師和沈從文先生的話啟迪了我：為了文學，甚麼都可以不要，權力、財富、功名、榮華富貴，一切都可以拋卻。廈門大學中文系老師給我的綜合教育，總效果是讓我確立了對於文學的信仰，也就是對於心靈的信仰。走出校門之後，我的方向已經認定。我明白，文學是美妙的，但文學又是殘酷的，它會把一個人的生命全部吸乾。但因為有信仰，我認定了，我願意讓文學吸乾最後一滴心血，像蠶那樣抽出最後一縷絲，「春蠶到死絲方盡」，有了信仰之後，我才了解李商隱這一詩句的全部意義。

在此有限的片刻，我特別緬懷教育過我、關懷過我但已經離開人世的鄭朝宗老師、彭柏山老師、陳敦仁老師、陳朝璧老師、周祖譔老師、林鶯老師、陳汝惠老師、黃典誠老師、洪篤仁老師、應錦襄老師、樊挺岳老師、孫騰芳老師、何建華老師、蔡師聖老師、莊明宣老師、戴錫璋老師、蔡景康老師、陳釗淦老師、葉易老師、闕豐齡老師、許宗國老師、陳亞川老師、王禮門老師、陳述中老師。還有張玉麟老師，他是副校長，但又是我的心靈導師。讓我向他們深深鞠躬敬禮。不管走到哪裏，我都覺得他們亡靈的眼睛一直看着我，他們每一個人的名字對於我都是永遠的明燈。此時此刻，我特別要再次提起彭柏山老師與曾是系主任的林鶯老師，彭老師是我的寫作實習課老師，他曾對我的作文做過密密麻麻的眉批；林鶯老師是我的古代文論老師，他在臨終前到北京看過我，他那「離運動遠點，離文學近點」的教導，我至今銘記在心。我所以要特別提起他們兩人的名字，是因為他們用生命給了我兩次教育：第一次是知識教育，第二次是死亡教育。他們的死亡，是我內心的大事件，他們的死亡消息曾在我的心靈深處引起過爆炸，並改變了我的靈魂內容和靈魂形式。他們死了，而我還活着，在他們的亡靈面前，我還有甚麼理由計較得失、成敗、榮辱、功過？他們的死亡過程淨化了我的靈魂，讓我記住，唯一可對得起他們的是，從今之後，我只能講真話，只能面對歷史與面對真理，無論走到哪個天涯海角，我都只能捧着這兩位老師給我的良心。十年前，彭老師的小女兒彭小蓮在香港出版書寫父母親故事的《他們的歲月》一書，請我作序，我在序言中說：「彭柏山這個名字，是我的生命與我的歷史的一部份。這個名字和這個名字所負載的革命、戰爭、死亡、苦難、眼淚、情誼、智慧、良心等，深刻地影響了我的思想和我的道路。」又說：「世上有一種生命是不會被任何艱難凶險的命運所擊倒的，他們在命運的打擊下，顯示着堅貞，顯示着正直，顯示着人的不屈不撓與大情大義。這種生命，沒有榮華富貴，但高潔，清白，豐實，偉大。」

除了感激之外，最後我想告訴在座的老師和正在聽我講話的校友。我想說：請你們放心，我現在一切都很好。剛到異國他鄉時，面臨着另一種制度與另一種規範，心理確實發生過傾斜與危機，但戰勝了危機之後，我便進入深邃的精神生活，處於閱讀與寫作的面壁狀態與沉浸狀態。二十年來，我贏得三樣東西，這就是「自由時間」、「自由表述」與「完整人格」。如今，我已從「害怕孤獨」變成「享受孤獨」，整個寫作狀態，不是走向概念，而是走向生命；不是走向「學問的姿態」，而是走向「人生的深處」。我還想告慰老師與同學，在當今俗氣潮流覆蓋一切的時代裏，我沒有成為潮流中人與風氣中人。我走過了三十多個國家，看到地球正在向物質傾斜，全人類正在集體變質，人這種高貴的生物正在變成金錢動物。不同人種正在崇奉同一種偽宗教，這就是「金錢拜物教」。人間果真像巴爾扎克所預言的那樣，世界正在變成一部金錢開動的機器。人類的精神境界從來沒有這樣低過。我要告慰母校的是，在這種大風氣中，我的神經沒有被權力、財富、功名所抓住，身上仍然跳動着曾在廈門大學中文系這一搖籃裏修煉過的非功利、非市場、非媚俗的血脈。

謝謝老師與同學們！

二零一一年四月五日

第三輯　教育訪談與對話

我最關注的是教育問題

——答《鳳凰週刊》記者吳婷問

劉再復

問：二零零九年您最關心的是甚麼問題？

今年（二零一零年）您將關注甚麼問題？

答：二零零九年我最關注的是教育問題。因為近十年來，我覺得我國的教育事業一直在倒退，問題空前嚴重。首先是教育方針不明確。我一再説，教育的第一目的是提高人的生命質量，培養全面發展的優秀人性，而不僅是鍛造生存技能和職業技能（這只是第二目的）。但近年來教育部門大做表面文章，追逐表面規模，追求經濟效益，盲目擴建，盲目升格，盲目設定各種指標，盲目招生，盲目追求分數，盲目評估，各種競賽給學生造成巨大精神壓力，完全不知學生自由心靈發展的極端重要性。為入圍各級教育部門設定的「示範」，全校師生動員大搞假材料，到處找關係，為達到目的而不擇手段。全社會大搞學歷崇拜、學位崇拜、職稱崇拜，完全不考慮人的品格與真實才能，「假、大、空、躁」四字橫行校園，官場習氣、商場習氣嚴重浸染教育界。「文革」時期教育事業慘遭破壞，從批判老師開始，造成了一代破壞性文化性格（目空一切、不知謙卑等）。現在則從弄虛作假開始，正在形成一代世故性文化性格（善於敷衍，不知正直與創造），甚至連幼兒園和小學生都學會送紅包討好老師，從小就染上惡習，充當風氣中人，真是可怕至極！

今年還是最關注教育問題：因為我把二十世紀視為語言學的世紀（機器的世紀），二十一世紀是教育學的世紀（培養人的世紀）。教育學應是本世紀國家建設事業的中心課題，更是人文科學的中心課題，它決定着中華民族將來的前程與面貌。除了這一大道理之外，我還要特別關注很值得懷疑的「免考推薦」（由中學校長推薦）新政。「文化大革命」中的教育革命，曾廢除考試制度，改變「在考場面前人人平等」的優良傳統，實行招收工農兵學員的推薦制度，結果造成文化教育的災難。推薦制度勢必造成後門交易的腐敗之風，勢必造成學生的乖巧品格（迎合推薦主體的馴良標準），勢必造成選拔人才基本規範的混亂。教育界重建免考推薦制度，是進步還是倒退，我將拭目以待。

選自二零一零年二月二十三日《鳳凰週刊》

與李澤厚關於教育的兩次對話

李澤厚、劉再復

第一次對話：一九九六年

劉再復：（以下簡稱「**劉**」）在《告別革命》中，我記錄下您的一個重要思想，就是下一個世紀需要有一個新的文藝復興，這一次復興與西方文藝復興相比，其中心主題仍然是重新肯定人的價值，但不是從宗教的束縛中，而是從機器（工業機器和社會機器）的束縛中解放出來，這也就是所謂「告別現代，返回古典」的意思。與此相應，您還提出另一思想，即二十世紀是語言學的世紀，二十一世紀將是教育學的世紀。這是一個大題目，我們應當繼續做這個題目下的文章。

李澤厚：（以下簡稱「**李**」）這是個大題目。二十世紀是科學技術加速度發展的世紀，是科學技術最廣泛、最深入地進入人們日常生活的一個世紀。科學技術極大地提高人類的物質生活質量，使人類往前跨進了一大步。但是，科學技術也使許多人變成它的奴隸。人變成電腦的附屬品，人被機器所統治。這恐怕是人類面臨的最大問題之一。

劉：人的進化與人的異化並肩而行，這是非常重大的現象。人不停地改善工具，二十世紀初，人類絕對不會想到二十世紀末竟是電腦的世界。能夠發明、使用電腦的人類和比僅能使用打字機的人類當然是一種進化，但是，人們也沒有想到，人類製造電腦之後也為自己製造了一種異己的存在，人變成電腦的附件，變成機器的奴隸和廣告的奴隸。人的異化現象確實已經發展到驚人的程度。這樣，如何擺脱異化現象，就變成下世紀的中心題目。

李：異化是一個巨大的題目，但又非常具體。如何擺脱機器的支配，如何擺脱變成機器附屬品的命運，這又涉及「教育」這一關鍵。

劉：說下一世紀將是教育學的世紀，便是說，下一世紀應是以人為中心、以教育為中心學科的世紀。對於學校而言，更應當意識到：當今的教育是處於人類被物化、被異化的大環境下的教育。我很欣賞杜威講的一句話，他說學校對社會潮流應當有一種天然的免疫力，即與潮流保持一種批判性的距離。現在社會潮流是物慾壓倒一切，是物慾對人的異化，學校對異化應有一種免疫力，即應有一種批判性的認知。我們的對話正是期望人類能從二十世紀的異化存在返回古典式的本真存在，即不為物慾所統治的存在。

李：人要返回真正的人，除了必須擺脱機器統治的異化，還要擺脱被動物慾望所異化，這兩者是相通互補的，人因為服從於機器，常常變成了機器的一部份，工作和生活都非常緊張、單調而乏味，因此，一到工作之餘就極端渴求作為生物種類的生理本能的滿足，陷入動物性的情慾瘋狂之中，機器人就變成動物人。這種人實際上成了一半是機器，一半是動物。二十世紀七十年代我就提了這個問題，但未展開論述。

劉：既走向機器，又走向動物，現代人應當意識到自己正在過着一種可怕的鐘擺式的生活，即在機器與動物之間擺動的生活，一面是異化勞動，一面是極端奢侈。中國也正在進入最奢侈的時代。如果只是在這兩極擺動，人就不是靈性的存在，意義的存在。

李：我說二十一世紀應當是教育學世紀，也是說應當重新確立「意義」，不能像二十世紀一味地否定意義，解構意義。通過教育，重新培養健康的人性，便是重新確立意義。

劉：二十世紀是一個否定的世紀，或者說是一個解構的世紀。在實踐上，科學技術的高度發展，機器便否定和解構了人，這是工具對人的批判；在理論上，則是另一種工具否定，另一種對人的解構與批判，這就是語言對主體的解構，也是工具理性對價值理性（真、善、美）的解構與批判。下一個世紀要恢復人的意義和尊嚴，就應當在理論上批判關於語言的絕對理念，既肯定語言的積極作用，又拒絕語言對意義的剝奪；我們既要肯定工具理性，又要反抗工具理性對價值理性的統治。

李：語言重要，但語言不是人的根本。語言是人不可缺少的工具，離開語言人就無法生存。人通過語言使自身更加豐富，更加多彩，但語言不能代替人本體。

劉：人是歷史的結果，不是語言的結果。人的存在意義是自身賦予的，不是語言賦予的。人在創造歷史的過程中也被歷史所創造，這就是你所說的歷史積澱，語言也是一種積澱，但不是歷史積澱的全部。

李：不是根本。我一再講的是兩個本體，一是製造和使用工具的工具本體，通過製造工具而解決衣食住行的問題，這是與動物的區別，動物只能靠牠們的四肢，人則靠工具維持生存，這是物質本體。另一個是人通過各種生活活動使得自己的心理成長，人有動物情慾，要吃飯，要性交，這是人的動物本能，但人在這些活動中所產生的心理不同於動物的心理。人不僅和動物一樣能性交，而更為重要的是人會談戀愛，這就不一樣。而人的戀愛有非常複雜細緻多種多樣的情感，能通過寫信、交談、寫詩、寫各種文學作品來表達，即弗洛伊德所說的「昇華」。動物性的要求、感覺都會昇華，而且因人不同，這就形成個體差異。這種心理通過文化（如文學藝術作品）的歷史積澱，使人性愈來愈豐富，而個性差異也愈來愈突出。所以不僅是人的外部世界不斷變化，人的內部世界也不斷變化、豐富。我以為現代人的感性不知比原始人精緻周密、豐富多少倍，所以我不贊成一廂情願地盲目崇拜原始人、自然人。我不贊成盧梭。複雜並不是壞事，當年批判知識分子比工農的情感複雜，批判欣賞月亮是「小資產階級情調」，我想，難道看月亮聯繫到大餅就是高超、優越的工農情調嗎？

劉：這個世紀的語言哲學應當說取得很大的成就。他們充份地意識到語言的中介作用，充份地意識到語言對人的制約。這不能說沒有道理。人類的思維發展到二十世紀，變得非常複雜，許多新的複雜的精密思想要表達，往往受到語言的障礙。二十世紀人類進入信息時代，世界各國、各地方的交流空前頻繁，各種語言的翻譯也是空前的繁榮。這個時候，就會更強烈地發現語言的誤差和表達的困難，以及發現人被語言所支配的現象格外嚴重，積極的語言觀，這無疑是一種進步。但是，後來他們把語言描述成人的根本，存在的最後家園，甚至不是人去掌握語言而是語言掌握人，把語言的功能問題誇大為人自身的意義問題，這就陷入謬誤。這就丟失了主體也丟失了歷史本體，尤其是丟失了人的目的。人要向語言挑戰，要從語言的牢房中爭取解脫，而更重要的是要向人的根本困境挑戰，爭取從機器的束縛中解脫。走過二十世紀，我倒感到還是康德的二律背反最深刻，黑格爾的「一」，導致對「本質」的追求和迷信，語言解構主義者竭力打破這個「一」，反對本質主義，把「一」打成碎片，這有功勞，但同時把主體打成碎片，把人打成無意義、無靈魂的碎片，則值得質疑。我覺得把歷史、世界、人解釋為碎片與解釋為「一」的本質世界同樣有問題，我們正處在本質被強調到極點與本質被粉碎到極點的中間點上，我想康德的二律背反倒是最有道理的，它分清不同層面，不同場合。在某個場合中，講本質講人的主體性是符合充足理由律的；在某個場合中，講解構講反本質主義也是有道理的。此時因為反本質反主體已走到極端，所以我們才重新講人的價值和講歷史的根本。

李： 我們講主體性，講人的價值，很重要的一點是講人的自由的可能性。在機器面前人失去自由，這是一個根本問題。如何去恢復這種自由？這裏有一個如何爭取自由時間的具體課題。科學在繼續發展，人的工作愈來愈難離開機器。我們的辦法不是去打碎機器，而是想辦法爭取更多的自由時間、私人時間、情感時間。現在每個星期工作五天，將來要是能減少到三天，即有四天的私人時間，人的價值就不同了。當然這裏還要注意如何擺脱、克服社會機器、廣告機器等控制問題。今天人的自由時間也常常被它們所左右和主宰了。

劉： 文學藝術很注意自由時間，但這是主觀上的自由時間。我們這裏所講的自由時間，應當是客觀上的自由時間，即在現實生活層面上的自由時間。人首先應爭取擴大、延長現實的自由時間，然後再利用這種時間展示想像，創造精神生活，創造真正的自由時間。沒有現實的自由時間，就談不上教育、文學，談不上從容的性情陶冶。

李： 現實的自由時間太少，一個星期有五天或更多的時間要作為機器的附件，這就意味着人還是作為工具本體存在着，或者説被工具本體統治着，只有到了自由時間多於工作時間，心理本體佔統治地位，人性才能獲得發展。這才是歷史唯物論的辯證法和出路。

劉： 學校教育的重心是培養人的健康的優秀的心理本體，而不是工具本體。明確這一點極為重要。如果學校給學生太多壓力，整天評比，整天計較分數，勢必會誤導學生去追求外在的虛榮和機械的作業，而不懂得從根本上培養學生對本學科的濃厚興趣和高貴的心靈，那麼教育就失敗了。美國學校過於自由也過於放任，中國學校則太嚴太多壓力，這真會把孩子們愈教愈蠢。

第二次對話：二零零四年

劉：耀明兄約請我們寫篇「高科技下的人文科學與人文教育」筆談，我們不如就這個問題討論一下。你在《告別革命》和其他書籍中，多次表達一個觀點，說二十世紀是語言學的世紀和機器統治的世紀，而二十一世紀則是教育學的世紀和從機器統治下解放出來的世紀。因此新世紀的目光應當移向教育，最重要的是要把教育本身視為目的，而不是手段。

李：不錯。我於一九九六年台灣版《我的哲學提綱》序言中曾說「歷史終結日，教育開始時」，並說明教育不應再成為實現其他事務的手段，如成為培育資本社會所需要的各種專家、培育封建社會所需的士大夫的手段，而應當以自身，即以塑造人性本身、以充份實現個體潛能和身心健康本身為目的、為目標，並由此而規範，而制約，而主宰工藝（科技）——社會結構與工具本體。

劉：這也可以說，教育不應以培育「生存技能」為目的，而應當以提高「生命質量」和啟迪「生存意義」為目的。至少可以說，生存技能與職業技能是第二目的，只有塑造人、塑造優秀人性本身，才是教育的第一目的、根本目的。

李：中國傳統（特別是儒學、孔子）是以「教育」——「學」為人生要義和人性根本。那麼甚麼是「學」？我在《論語今讀》「學而」第一章曾做這樣的解釋：「本章開宗明義，概而言之：『學』者，學為人也。學為人而悅者，因人類即本體所在，認同本體，悅也。友朋來而樂，可見此本體乃群居而非個體獨存也。」在《論語》以及儒學中，「學」有廣狹兩義。狹義是指「行有餘力則以學文」的「學」，即指學習及文獻知識，相當於今天所說的讀書研究，但就整個來說，孔門更強調的是廣義的「學」，即德行優於知識，行為先於語言。我所說的「教育學的世紀」，就是教育應當返回到「學為人」，「德行優於知識」，以塑造人性為根本之古典的道。

劉：你的哲學思索在近年來不斷走向精深，特別是因為你意識到現代和後現代的精神危機，思索的重心也有所轉移，這一點，能認真從你的著作中讀出的人恐怕不多。例如你剛剛所說的「人類即本體所在」的問題，也就是你的人類學歷史本體論，能讀懂的可能不多。七八十年代，你強調的是工具本體，而在《我的哲學提綱》之後，特別是在《波齋新說》中，強調的則是情感本體、倫理本體。情感本體的塑造，就是「人的自然化」，即要求人回到自然所賦予人的多樣性中，使人從為生存而製造出來的無所不在的權力—機器世界中掙脫和解放出來，以取得詩意生存，取得非概念所能規範的對生存的自由享受。你所說的以教育為目的，也可以說，就是以塑造情感本體、倫理本體為目的。只有這種塑造，才能從二十世紀的語言/權力統治中（科技語言、政治語言、「語言是最後家園」的哲學語言）解放出來。

李：近年來我的思考重心雖然是情感本體，但是七十年代末與八十年代初，我就預感到這一點。我在一九八一年發表的《論康德黑格爾哲學》中就說：「這可能是唯物史觀的未來發展方向之一：不僅是外部的生產結構，而且是人類內在的心理結構問題，可能日漸成為未來時代的焦點。語言學是二十世紀哲學的中心，教育學—研究人的全面生長和發展、形成和塑造的科學，可能成為未來社會的最主要的中心科學。……這也許恰好是馬克思當年期望的自然主義人本主義，自然科學和人文科學成為同一科學的偉大觀點。」這篇文章寫於二十年前，那時中國經濟處於崩潰邊緣，生產力遭到嚴重破壞，因此，我的思考重心不能不放在以「工具本體」作為「基礎」的問題，但是我也預感到未來時代的焦點並非工具本體問題。二十年來世界科技的迅猛發展，使我感到這個焦點已無可迴避。教育面臨的最關鍵的問題乃是能否把人培育成為一種超機器、超生物、超工具的社會存在物，而不是機器的奴隸和僅能使用工具的存在物。

劉：你的這些理論表述，歸結到我們討論的題目上來，也就是二十一世紀應把人文教育作為教育的重心、教育的前提。教育當然也應當要有知識教育，但應以人文教育為前提。正如培育製造原子彈的學生，首先應教育這個學生樹立和平利用原子能造福於人類的觀念。塑造這一信念應是前提。錢穆先生用中國古代的哲學語言說，應培育學生有格天、格物、格心的能力，格天、格物都是人與自然的關係，而格心則是人本身的心性、心智。二十一世紀的教育應回到以「格心」為前提、為目的的中國古典傳統。這一意思如果用斯賓格勒的語言來表達，那就是對人的第三進向即第三維度的培育應成為教育的主要目標。他在《西方的沒落》一書中說，人除了寬度及長度（世俗平面維度）之外，還需要有深度，所謂深度，就是第三維度，就是人文維度。他認為人之所以成為人，並非因為人擁有世俗的平面的生存進向，而是因為人擁有精神靈魂的立體存在空間。他做出一個結論：「深度的經驗是一個前提，許多由此衍生出來的事物，都須依此前提而定。」（《西方的沒落》第四章）我覺得，今天的教育部門，只有認識到人文教育乃是一切教育的前提，教育才有希望。而建設一個現代新國家，也只有以人文科學為前提，這個國家才可能屬於新時代。

李：你剛才說不能以「生存技能」為教育的目的，這是對的。如果以此為目的，就失去人文前提。前兩年我和詹明信（F. Jameson）對話時就說到這一點，教育不能狹義地理解為職業或技能方面的訓練和獲得。教育的主要目的是培養人如何在他們的日常生活、相互對待和社會交往活動中發展一種積極健康之心理。現在我們還有五個工作日，身處農業和不發達地區的人們更承受着過量的工作。如果有一天全球都實施了三天工作制，情況就會大不一樣。到那個時候，人類會做甚麼呢？這是一個關係到我們的未來的嚴肅問題，教育課題會極為突出。也就是說，到那個時候，「格心」的問題，「第三進向」的問題，「人的自然化」問題，就顯得格外突出。

劉：美國的大學在二戰之後的一段時間很重視人文教育，大學一、二年級的基礎課程中，人文方面佔有很大的比重。但是中學教育除了私立的教會學校具有「德育」之外，其他中學卻沒有「德育」之維，只有智育與體育這兩維。隨着高科技的發展和隨之而來的生存壓力的加大，學校的目光愈來愈淺，只重視「生存技能」的培育，德育之維已經消失。

李：美國中學的這種趨向可能還會反映到大學中。以功利主義為主要基礎的現代高科技的飛速發展，對人文教育的衝擊是負面大於正面。我對未來相當悲觀。人文教育、人文學科無論在基本觀念、「指導思想」、格局安排、教材採用以及教學方面各方面，都日漸淪為科技的殖民地。人也愈來愈嚴重地成為一半機器一半動物式的存在者。怎樣辦？不知道。作為人文工作者大概也只能發些空喊。

劉：儘管帶有空喊性質，但我們還是要吶喊，要鳴警鐘。最近我從美國《國際先驅論壇報》看到一則消息：坐落於加州的高科技象徵地——矽谷，擁有全美國最昂貴的房屋市場和全世界最集中的投資資金，但也是美國貧富最為懸殊的地方。例如，帕洛阿爾托的一間四房式小屋標價為二百二十萬美元，最後卻在激烈的競標下以三百二十萬美元售出。另外一間標價為四十九點五萬美元的一房式屋子則以七十五萬美元成交。與此相比的另一極狀況則是許多非科技人員沒有棲身之所。在矽谷五名居民當中，就有兩人無法負擔平均每月一千七百美元租金的兩房式公寓。愈來愈多的教師、警員、消防員、抽佣的銷售人員正在尋求無家可歸庇護所的服務。不少人每月付四百美元住在車房或睡在陌生人客廳地板上。加州金融部門，把這些人稱作隱形的貧困在職人員。矽谷的狀況當然只是個極端的例子，但它發出一種信號：高科技的發展正在改變人類的生活結構，它已造成巨大的生存壓力，並可能造成非科技部門與人員「無處棲身」的困境，其中當然包括人文科學與人文教育人員。我們姑且把高科技造成的生存壓力和改變生態結構的力量稱作「矽谷效應」，這種效應不僅影響美國，勢必也會影響中國。

李：這種效應肯定有，而且會影響社會的各個層面。經濟這一社會存在的力量的確太強大。但是我們又不能認為馬克思的「社會存在決定社會意識」是個絕對真理，而應當承認社會心理、社會意識有其獨立的性質，而且隨着自由時間的增大，物質生產受制約於精神生產這一面的可能性與現實性也愈趨明確。因此，高科技的發展以及隨之而來的科學至上、技術至上觀念等，也可以通過人文的力量給予制約，將它規範在一定的限度內而不再任其無限膨脹。

劉：人文科學與人文教育的作用，正是在於建立做人的基本規範，維持人類社會的基本價值準則、倫理原則、心靈原則。高技術的發展本來是好事，但是，如果任其無限膨脹也會帶來災難。例如複製人的現象（「克隆人」）如果任其發展，就可能改變人類存在的基本形式和瓦解維繫社會秩序的基本價值體系，它對人類的挑釁可能比原子彈、氫彈還要大。在中國，高科技事業雖然遠不如美國發達，但是，它也將影響未來中國的面貌，也將衝擊人文教育。中國的人文教育將面臨雙重的擠壓，一面是原來就有的意識形態的擠壓；一面則是高科技的擠壓。用你的語言表述，人文教育就要變成意識形態和高科技的雙重殖民地。

李：面對高科技的發展，提出「科教興國」的口號是好的。但是，不能把這一口號當作鬥爭策略，只着眼於「國」，不着眼於人。只着眼國力的強盛，就會只顧技術，不顧教育。其實，真的要興國，首先得興人，用魯迅的話説，便是先立人而後立國。而立人的關鍵是人文教育。以往的人文教育的確受到意識形態的衝擊，人文教育的內容主要是政治意識形態內容。在高科技時代影子下，人文教育可能更無棲身之所。這樣看來，還真的會變成雙重殖民地。

劉：中國的教育，無論是中學還是大學，都有「智育」、「體育」、「德育」三個維度，這是好的。但是，上世紀下半葉在「德育」上，有一個大問題，就是以意識形態的教育取代人文修養的教育，即「做人」的基本教育。這裏發生了一個目的的偷換，即以培養意識形態工具（政治工具）取代對優秀人性的塑造。同此，「德育」的內容便以「政治立場」、「政治態度」、「唯物主義世界觀」為重心，而忽視（甚至棄絕）人的基本品格、基本行為規範、基本道德情感（如同情心、憐憫心等）和人類的基本價值觀念（真、善、美等）的教育。如果説，美國的教育是向職業功利偏斜的話，那麼，中國則是向「政治功利」偏斜。這種偏斜造成中學生和大學生（特別是理工科大學生）的人文學養很低。如果我們要做一項測驗，考察一下一個完成大學教育的中國理工科大學生和一個法國中學畢業生的人文學養水平，我相信，中國大學生可能會輸。

李：只有體育、智育的教育，是以功利主義為基礎，意識形態的教育，也是以功利主義為基礎。而人文教育恰恰不能是功利主義的。它要着眼於民族與人類的長遠前途。如果談功利，那麼文學藝術是最沒有用的。但這種「無用之用」，恰恰是百年大計。

劉：人文修養包括哲學、歷史、宗教、倫理、法律等多方面的修養，而其中有一項至關重要的是文學與藝術的修養。我在北京的時候，曾經呼籲過教材改革，主要的意思是說，從小學、中學到大學，課本上的文學藝術內容實在是太片面、太蒼白了。所謂片面，就是太重意識形態而「太不文學」和「太不藝術」了。所謂蒼白，就是只有很稀少的一些具有「人民性」的中國古代詩文和一些現當代「進步」作家的作品及外國的一點可憐的文學點綴品，其他的全然不知。既不讀荷馬、但丁、莎士比亞、歌德、陀思妥耶夫斯基，也不讀卡夫卡、加繆、福克納，至於達·芬奇、米開朗基羅、莫奈、梵高等的藝術，更是沒有立足之地。蔡元培很偉大，他那麼重視「審美」、重視人文，就因為他知道教育的首要使命是為學生「立心」。不能為孩子們立心，怎能為天地立心？

讀書三部曲：擁抱、穿透、提升

——《廈門商報》記者陳雪慧訪談錄

陳雪慧

二零一一年四月五日上午十點半，位於大學路一六二號的曉風書屋早早就擠滿了人，原來，劉再復先生正在書店裏答記者問，接着會做一個小型簽售。

鴨舌帽，白襯衫，黑色西裝西褲，鋥亮的黑皮鞋，南方口音，態度和藹，思路清晰。記者會結束前，一位記者搶上來用南安口音說：「我不提問，但是有一個遺憾我必須補上。我是您的南安老鄉，您這趟有回母校國光中學嗎（閩南話）？」劉再復回答：「噢，沒有回去。」記者接着說：「劉老師非常熱愛故鄉，我覺得今天必須有人講一句鄉音。」說着他遞給劉再復一封信，「這是幼玲（音）給您的一封信。」劉再復馬上反應過來，「她是我的中學同班同學！寫作很好的。」劉再復和這位記者用南安鄉音交談了好幾句，這才開始簽售。

要「以輕馭重」

記者：您寫了《人論二十五種》，您自己又是哪一種呢？

劉再復：（以下簡稱「劉」）我過去太沉重，是一個「重人」，有家國的憂思，責任意識很重。

出國後，想輕一點。我很喜歡卡爾維諾，他在哈佛大學做演講，講一半就死在講台上。但基本思想他講清楚了——世界將愈來愈沉重，那麼作家、思想家怎麼辦呢？他認為應該用輕來駕馭重。他這個人很有智慧。這啟發了我，不該老沉重，所以後來我觀察人性諸相，輕了，帶有喜劇性了，寫了《人論二十五種》。

記者：您最喜歡哪些作者？

劉：我最喜歡的近代四位學者是王國維、陳寅恪、錢鍾書、李澤厚。

我寫了一本《李澤厚美學概論》，我是哲學的門外漢，但我恰恰描述了李澤厚的哲學體系。我就是要刺激搞哲學的人，你們怎麼不描述啊？

陳寅恪先生啟迪我，做學問不要拿某些理念去套。有些馬克思主義史學家，很有學問，但我總覺得他們的書有點套。可是你看陳寅恪的《隋唐政治史》，寫得真好！而且他的結論和馬克思主義是相符的。他從經濟分析開始，再談意識形態、政治。比如魏徵和唐太宗的故事，陳寅恪說唐太宗之所以信任魏徵，原因之一是魏徵代表的是山東利益集團。這就不僅僅只是個歷史上的「太宗胸襟」的美談，不是硬套，是從史料裏面提出的史識。

在夾縫中創作

記者：您還是隙縫人嗎？

劉：還是。我生活在中西文化的夾縫裏。在夾縫中，我會繼續創造，我希望打通中西文化的血脈，打通學問和生命的聯結。

記者：能給我們講講「看空了之後更積極」的人生體驗嗎？

劉：看空了，看破了，看透了，還得活。看透了以後怎麼辦？這是真正的哲學問題。卡繆說，人為甚麼不自殺，這是很關鍵的哲學問題。看空了，曹雪芹還要繼續寫作，所以才有「十年辛酸淚」。如果完全看破了，那幹嗎還要寫《紅樓夢》呢？因為他看透了功名再來寫，寫作就是生命的一種需求，懷念的需求，心靈的需求。這不是消極，而是更積極。

我永遠只是過客

記者：您在美國的生活是甚麼樣的？

劉：我大量時間生活在家中，寫作時面對大自然，還經常在草地上讀書、散步、勞動。我所居住的科羅拉多州是美國中部的高原，那裏很像北朝民歌裏描寫的「天蒼蒼，野茫茫，風吹草低見牛羊」的風光。因此，一見到這風光，一想起往昔的友人，便也像陳子昂一樣，產生「前不見古人，後不見來者……獨愴然而涕下」的感覺。

除了人，當然也眷念那一片養育過自己的土地，那些山脈、樹林與河流，這種牽掛現在還有。故園有許多山川，我總想回去看看。不過，我永遠只是過客。

在美學習享受生活

記者：在美國普遍有「享受人生」的觀念，您是怎麼看這個觀念的呢？

劉：我們這一代中國學人，具有很強的政治意識和事業意識，但是缺少健康意識和享受意識。就我個人而言，我一直鄙視享樂主義。到了美國之後，整天聽美國人講「enjoy life」，開始不太習慣，後來才發現其中的人文道理。我發覺一些美國教授學開飛機學開遊艇，喜歡到世界各地旅遊。他們常告訴我，要讀好世界這本大書，就要學會擁抱大自然，不能總坐在書齋裏。享受生活，不是吃喝玩樂，而是享受上帝給予的自然成果與人類自己創造的人文成果，尤其是音樂與藝術成果。懂得享受生活，才能珍惜生活。

不能簡單否定人的「吃喝玩樂」，任何人都有享受世俗生活的權利。吃喝玩樂也是天經地義的，只是不要當成人生的第一要義。

對小女兒不夠「兇狠」

記者：您的大女兒走上文學研究之路，和您合著了《共悟人間》，為甚麼小女兒沒有走上此路？

劉：我本來想讓兩個女兒一個學文學，一個學藝術。劍梅比較聽話，真的報考北大中文系，在北京二中的時候就開始發表短文。小女兒劉蓮五歲學鋼琴，學到七級就不學了。在法國，我的朋友教她背《長恨歌》，她背下了。教她背《離騷》，背了一半就不行了。她沒有學文、學藝的韌性，只好讓她學電腦。

現在想起來，覺得很可惜，這也怪我太寵她，不像對她姐姐那樣「兇狠」。但她性情很好，也很好學，能有健康的靈魂就好。

讀書要讀通讀透

記者：您博覽群書，能否簡要地說說您讀書的基本經驗？

劉：讀書最要緊的不是讀多，而是讀通。所謂讀通，就是要穿透書本。我讀每本書，大約都是三部曲：（1）擁抱書本；（2）穿透書本；（3）提升書本。對待知識也是如此：擁抱知識，穿透知識，提升知識。經典就不能提升嗎？也可以，就是對經典的局部提出問題和審美再創造。關鍵是穿透書本，即讀通，讀通了才能吸收、質疑和再創造。

記者：您喜歡哪些作品呢？

劉：無論是西方還是中國，有些書我一定要把它讀通讀透，例如西方從荷馬史詩和陀思妥耶夫斯基的《卡拉馬佐夫兄弟》等幾十部經典，還有中國從《道德經》到《傳習錄》的一批經典。積累多了，感悟也快，寫作時東西南北全冒泉水，很奇怪。

記者：您的《讀滄海》顯示出一種浪漫的磅礡的情懷，是甚麼情況下寫出來的？

劉：二十世紀八十年代前期、中期，我的心境特別好。有一次我和林興宅、楊春時在山東煙台開會，每天都對着大海高談闊論，內心與大海相似，不知朗誦了多少遍普希金的《致大海》。普希金稱大海為「自由的元素」，我則把大海視為偉大的書籍，並覺得，惟有大海酷似自己的內心，這也許就是你說的「浪漫的磅礴的情懷」。

最近關注大乘佛教

記者：您最近在看甚麼書呢？

劉：最近在看詹姆斯的《宗教經驗種種》。看最多的還是大乘佛教的書。還看徐梵澄先生的文集，翻譯尼采的那位。他在印度四十多年，後來回國了，就在我們的哲學研究所。二零零八年我回北京跟王強（原新東方英語學校副校長）說，我現在沉下心來要看佛教的書。他一下就在電腦裏查出了一百多種佛教史、禪宗史的研究書籍，全部買下來送給我，我現在還沒看完。

現在，我希望把西方哲學、大乘智慧、先秦經典這三個地球上的文化高峰打通。

第四輯　父女書寫

我在美國的教學生涯

劉劍梅

（一）

一九九八年我在哥倫比亞大學東亞系獲得博士學位之後，便到馬里蘭大學的東歐及亞洲語言文學系擔任助理教授。在哥大畢業之前，我還到舊金山州立大學外語系擔任講師一年，這樣算起來，我已有七年的教學經驗了。

走出哥大進入馬大的這一年，差不多是我的「三十而立」之年。站立在學生面前，我固然感到自豪，但也感到沉重。馬大是研究性大學，要求教師在六年之內至少要有一本學術著作出版，才能得到終身教職，但教學又是自己的真正職業，這就意味着一站立起來就得「雙肩挑」。七年來，就這樣，研究性寫作，教學，加上後來生了孩子，這三重工作把我壓得喘不過氣。我常對父母訴苦説：我身上壓着三座大山啊，快得憂鬱症了。我明明知道，美國的職稱評定帶有機械性，如果英文學術著作不能及時出版，就拿不到「鐵飯碗」，過不了「終身教職」這一關，因此應當把精力放在對付「研究」這座大山，可是，腦子雖然明白，心靈卻加以拒絕。「首先得把書教好，當個好老師」，這是心靈的絕對命令，這就是「職業良心」吧。大約是這個絕對命令，所以多年來我總是把教學放在第一位，把心思首先放在教學上，今天所以願意和同行朋友們談論教學，也是因為多年的心思似乎也化作一點心得。

〔二〕

我在哥大讀的是東亞系，博士導師是王德威教授，學習的重心是中國文化與中國文學。到馬大後教的主要課目也是中國文學藝術，包括中國詩歌，中國現代文學簡史，中國電影。走到大洋彼岸，用英文授課，還是離不開故鄉故園的方塊字。只是在中國的講台上，要講「大江東去，浪淘盡，千古風流人物」一句，可以脱口而出，而在美國課堂，則必須用詩意的英語表述，這種語言轉換非常困難。目前來自中國內地又進入美國東亞系講壇的同行們，大多數在國內是大學外語系出身，而我是北大中文系出身，英語的感覺和轉換能力自然不如他們。在烏龜與兔子的競賽中，我總是充當烏龜的角色，在教學上其實也是如此，顯得特別笨重，特別費力。

而我覺得真正困難的還不是這個問題，而是美國學生對「人文」特別是對中國人文的興趣問題。到美國之後，尤其是深入美國社會之後，才知道美國人與中國人的文化理念、文化規範、文化心理確有很大的差別。就説文化心理吧，進入學校的中國青年學生，聽老師的道德「説教」與人文「説教」恐怕是理所當然的吧。中國的教學結構，自古到今就有三維，即德育、智育、體育，而美國（不論是中學或大學）則只有二維，即只有智育和體育（教會學校例外）。這種結構再加上杜威實用主義理念在美國的影響，學生的接受心理就更難以承受「説教」了。其實，不僅是學生，哪怕是學校的領導人和一些教授，也自覺或不自覺地把培養學生的「職業技能」或謀生手段作為教育的第一目的，而不是把提高學生的整體生命素質（包括理想追求、人文精神、歷史眼光、道德素養、良知體系、審美能力、生活態度、人格水平等）作為第一目的。讀書就是為了謀取一個飯碗，這已是天經地義。至於孔夫子所説的教育是讓學生「學為人」、培養優秀人性等，似乎離美國很遠。據一些老教授講，第二次世界大戰之後美國有一段時間也挺重視道德教育、人文教育，我沒有研究這段教育史，不能確證此事。但我看到的現狀卻是，美國教育中的實用主義理念愈來愈普遍。我的教學面臨的第一個挑戰，就是學生對文學藝術乃至對人文精神缺少基本的認識和興趣。

馬里蘭大學設立「東歐及亞洲語言文學系」，當然也希望從這裏能走出東歐研究和亞洲研究的專家，但更多的是着眼於給現在各系的學生作必修課和選修課之用，以增加他們的異質文化知識。可是，我見到的學生，他們開始時幾乎都只是想到這個偏遠的文化課拿點學分，即使學了東歐和亞洲的某種語言和某種人文知識，也只是為了以後多一個謀取職業的門道而已。本來有幾個學生（包括來自大陸、台灣、香港的學生）還想選擇「文學道路」，但後來看到美國的文科畢業生不僅難以找到工作，即使找到了工作薪水也很低，便趕緊從文學路上「逃亡」了。面對這種境況和心態，我意識到，對於我的學生最重要的首先是不僅「身」要進入課堂，而且「心」也要進入課堂。倘若心不在焉，我講得再認真也沒有用。因此，每次開學，我都要進行一番讓學生不知道是説教的説教。這就是要説一些重視人文的真道理。

我警告他們，如果一個年青人，在大學裏深造了四年，走出學校大門時，卻全然不知人生的根本，或不知一個「完整的人」是甚麼意思，那麼，他的四年學習，基本上是失敗的，至少失敗了一大半。我常常引用我父親劉再復在香港的一次題為「教育、美育與人的生命質量」的演講稿來説服他們。我父親認為，我們教育的第一目的不是培養「生存技能」（surviving skill），而是要提高「生命質量」（life quality）。也就是說要培養學生了解生存的意義與人生的根本，從而確定人的靈魂維度。他引用斯賓格勒在《西方的沒落》所闡述的觀念，說明人的建設的關鍵是靈魂的建設，即人文維度與靈魂維度的確立。「如果只有知識和技能，那麼人還是平面的，只有長度和寬度；人類知識愈來愈多，寬度和長度增長了，但是缺少一個東西，即缺少第三維度，這第三維度就是人文維度；只有具備了第三維度，人才有深度，生命才是立體的。生命質量就是要求人要具有內在深度，具有完整的立體的生命。」

我於是告訴學生，人與人的差別最根本的就是生命質量的差別。一個完整的人，或者說一個立體的人，光有長度和寬度是不夠的，即光有知識、有技術是不夠的，只有當他同時也擁有深度的時候，才是一個真正的人。一個學理工、學自然科學的人，只有當他同時也擁有人本關懷、人文素質的時候，他才是一個健康的、豐富的、完整的生命存在。我還告訴他們，作為一個有抱負的學生，光到學校進行頭腦的訓練是不夠的，還要有心靈的培育。優秀的心靈使頭腦獲得方向，使頭腦的產品獲得真價值。任何技術，都有雙面性，原子能可造福人類，也可以毀滅人類。我甚至還得和他們講講「幸福觀」，因為他們大多抱着「享樂主義」的人生觀。我跟他們說，一個沒有音樂耳朵、沒有審美眼睛、沒有文學感覺的人不會有真正的幸福，很可能一輩子只是一個機器的附件或一台電腦的附件。當然我在進行這種說教時，要講些故事，要舉些生動的例子。經過多年來的教書生涯，我確信這番說教，乃是教學的前提，的確能激發學生的學習熱情和人文興趣，並非白費口舌。美國人講究實用主義，我一上課偏偏要挑戰一下杜威先生的這個覆蓋美國的主義，偏偏要講文學藝術的「無用之用」的大道理。這一挑戰，如果用禪宗的語言來表述，就是給入門的學生先來一「棒喝」，叫你別太實用，叫你好好聽我講點中國文學與中國文化。

〔三〕

正因為東西方文化觀念、文化規範、文化心理存在着巨大差距，所以西方的學生學習中國文學也就不那麼容易。有的課文，對於中國學生極容易理解，對美國學生卻不那麼容易理解。選修中國現代文學課程的大學本科生大多對中國歷史和文化一無所知，有的學生甚至連大陸、台灣和香港的區別都茫茫然，有的美籍華裔學生對中國文化雖然稍有一點認識，但講來講去，似乎也只知道打入好萊塢的成龍、李連杰和拍《臥虎藏龍》的李安。面對這樣一群學生，我有時真是感到頭痛，不知從何教起，不知如何引導他們在短短的一個學期之內了解二十世紀中國豐富的文學和文化。面對他們，我常常想起昆德拉的《生命中不能承受之輕》，說實在的，他們實在是太「輕」了，整天沉浸在大眾娛樂文化中，吃麥當勞，看球賽，留戀好萊塢電影，被商品社會層層包圍，相比之下，二十世紀的中國文化「重」得讓他們無法承受，無法理解。我在《亞洲週刊》的專欄中，曾寫了一篇論「輕」與「重」的文章，當時就是從教學中引發出的感慨：

在美國校園裏用英文講授中國文學時，我發現美國學生並不缺少輕的興趣，他們其實犯的都是「失重」的毛病。經過了後現代社會文化工業的洗禮，我的學生大多只懂得欣賞「輕」的、幽默的、好玩的東西，十分懼怕沉重感。偏偏我所教的中國現代文學又承擔了大量的歷史和民族的苦難，讓學生們大大叫苦，而我也常常苦於找不到與他們對話的途徑。偶爾在課上放一兩部中國影片，他們也嫌太沉重了。學生們的這種失重感揭示了後資本主義工業社會的文化轉向，正如詹姆遜在他的《文化轉向》一書所論述的，如果說現代性還擁有崇高的美學的話，那麼後現代性則完全拋棄了崇高，拋棄了美的自律狀態，轉而推崇美所帶來的快感和滿足。

於是，我毫不客氣地批評學生們沉浸於「輕」的可怕，激發他們走出消費文化，走出快餐文化，走出享樂文化，感受一下「重」的真實感，感受一下中國文化的複雜性，從而對他們自己的文化也獲得一種反思與觀照的能力。

面對美國學生的文化心理和實際水平，我認為教學的關鍵在於如何讓他們了解中國文學作品產生的歷史場合，即產生文學作品的語境。我以前在大學裏選修英國文學和美國文學時，老師一上來就進行文本批評，似乎從沒有一個「文學史」的概念。西方文學批評很重視文本的分析，這是好的，但如果太執着、太過份，就會只知其一，不知其二，只知形式結構，不知精神內涵。特別是對於美國學生，他們對中國本來就很陌生，講起中國文學作品，如果不知道語境，就會陷入結構分析的陷阱之中，如墜煙霧。意識到這一點，我這些年便有意識地挑戰新批評、結構主義、後結構主義等時髦的教學法，有意把語境看得比語言還更重要。無論是講中國文學還是講中國電影，都充份地講清時代，講清中國的具體歷史場合。例如我常從晚清的梁啟超講起，從小說革命講起，讓學生明白為甚麼中國文學被提高到國家話語的高度，成了拯救國家、改造國民的工具？為甚麼中國知識分子一直都走不出「感時憂國」的情懷？為甚麼現實主義成了中國現代文學的主流表現形式？又比如講魯迅的《狂人日記》和《阿Q正傳》，就首先要講中國歷史的漫長，傳統包袱的沉重（和美國完全不同），保守力量的根深蒂固。由於中國黑暗的特別濃厚和民族劣根性的特別頑固，啟蒙者就不得不採取「矯枉過正」的策略。如魯迅所言，本意只想讓主人開窗戶，可是主人太保守又太刁頑，只好威脅說，如果你不開窗就掀掉你的房子，這主人才肯折中地開了窗子。歷史場合講清了，才能說明魯迅當時為甚麼那麼激烈，才能說明魯迅說中國文化傳統的「吃人」是甚麼意思，也讓美國學生不會因為讀了《狂人日記》之後誤以為中國文化乃是血淋淋的血腥文化。我記得在課上曾有過幾個美國學生問我，是否中國歷史上常常出現野蠻的「吃人」事件。經過我的解釋後，他們才明白，魯迅所說的「吃人」是一種文化隱喻，是「五四」新文化對封建文化的隱喻式的抗議。

(四)

重視語境的講述，是我的教學特點。為了把這一特點發揮得更好，我又把語境分為幾個層次，也可稱作語境結構的設定。語境應包括歷史語境、政治語境、文化語境和審美語境即文學藝術自身語境。

一個作家、導演的作品的產生除了和他們所處時代的政治、文化大環境有關之外，還與他們在文學藝術發展鏈條上的具體位置有關。例如中國現代文學，對處於京派位置與處於海派位置的作家，就必須講清楚。二三十年代處於京派位置的周作人、沈從文和處於海派位置的施蟄存、劉吶鷗等對現代化浪潮的感覺就全然不同。如果說海派歡迎「聲光化電」並抒寫聲光化電下人的心理感覺，那麼，京派則與此拉開距離，這才有「龍說虎」的閒適散文；而魯迅的《野草》則異於南北兩端，在現代化潮流面前徘徊不安，既沒有躲進「自己的園地」的隱逸之情，也沒有歡呼聲光化電的興奮之情，更多仍然是徬徨與焦慮的現代感，是對存在意義的叩問。講清魯迅、周作人、沈從文、施蟄存的流派語境，再進入他們的作品分析自然就容易明白得多。

一個作家與時代和藝術思潮的關係是非常緊密的，他（她）塑造着時代，也同時被時代所塑造。比如當我們讀女作家丁玲的文學作品時，就不能把它們看成一成不變的整體，而是應該看到它們在各個歷史時期所顯示的不同風貌與不同的藝術價值。比如二十年代末，丁玲受到「五四」新文藝的影響，她在《莎菲女士日記》表現出了女性對自己身體慾望的認識，表現出了女性主體的覺醒。到了一九三零年，她轉而接受早期普羅文學的「革命加戀愛」的文風，把新女性的主體意識寫成了小資產階級的閒情與趣味，成了不值得追求與肯定的東西。四十年代的延安時期，她雖然已經接受馬克思主義的洗禮，可是並沒有完全放棄女性主義批評的角度，在《我在霞村的時候》這篇小說中，我們還能深深體會到她對女性命運的關懷。到了丁玲得到斯大林文學獎的《太陽照在桑乾河上》這一階段，我們發現她的女性主義意識已經基本上被意識形態的寫作所代替，只在黑妮這一小小的角色中，還能看到一點點微小的個性的痕跡。到了她晚年所寫的《杜晚香》，我們則看到她已經完全成為政治的寫作工具，一點個體的聲音也聽不到了。給學生講丁玲的各個寫作階段，可以讓他們更深入地了解作品與歷史語境、政治語境和藝術語境之間層層複雜的關係。

又如中國電影，除了講述每個電影的大時代場合之外，又必須講述該影片導演產生的藝術小時代場合。中國當代電影藝術已經經歷六代轉換，每代都有自己追求的藝術重心和表現特點。就以張藝謀為代表的第五代和以賈樟柯為代表的第六代來說，其審美趣味就大不相同。第五代導演是中國八十年代的「文化熱」（文化反思運動）的產物，與「尋根派」小說和「實驗小說」的文化關懷有相通之處——不再轉述意識形態的話語，而是以充滿主體性與個體化的語言對歷史進行重寫。像張藝謀的《活着》、《紅高粱》、《大紅燈籠高高掛》、陳凱歌的《黃土地》、《霸王別姬》、田壯壯的《藍風箏》都是對文化的尋根，對歷史的反思與重新書寫。在第五代的電影美學革命中，揮之不去的仍是重新書寫歷史的情懷，所以電影中的女主角，基本上都成了闡釋寓言式的歷史景觀的符號，其女性主體都被大的歷史敍事所淹沒。可以說，第五代導演的作品是對主流文化和權威話語的有力反抗，是中國影壇走向國際影壇的凱旋，但是其對當代生活和「個人化」的表現仍然不足。第六代導演則對九十年代社會轉型期與社會商業化有着強烈的響應，與當代生活尤其是個體生活聯繫得更加緊密，不再熱衷於歷史的大敍述，而是回到現實，回到現代性潮流衝擊下的日常生活、城鄉矛盾、個人的生存危機和情感波動等，比如張元的《北京雜種》、王小帥的《十七歲的單車》和賈樟柯的《小武》都是都市漫遊者的記錄，描寫形形色色的都市邊緣人，以及尋找被城市現代化進程所掃蕩的個人記憶。這一代的導演，對第五代把歷史寫成寓言故事不感興趣，而是更加注意身邊的故事，注意真實性與客觀性，注意都市體驗和個體的掙扎，可以說更為「個人化」一些。當學生弄清這兩代導演的不同藝術語境後，他們也就更能理解他們不同的藝術追求與藝術價值。

(五)

我的強調語境解說的教學法，用中國傳統史書的基本概念來表述，就是在分析講解「傳」（人物、故事、情節、文本結構等）時，不忘先講清「志」。我的同窗同行王崗曾著《浪漫情感與宗教精神》一書，他很善於讀歷史，説讀史書特別要重視讀「志」。范文瀾曾論述道：「只有紀傳，沒有志書，不能説是完整的國史。」（《中國通史》第三編第一章第五節）此説就被我理解為要重視讀「語境」。所謂「志」，便是產生歷史人物和歷史事件的制度、環境。打開《史記》，我們總是先進入伯夷傳、孔子傳、項羽傳等，往往忘記認真讀一讀「志」。可是要真正講清楚伯夷、叔齊，不把這兩位志士、逸士所處的湯武革命時代講清楚是不行的。中國的「三皇五帝」延至商紂時代，所有的政權更換，都採取和平方式，即都用禪讓方式。周武王討伐暴君雖有道理，但它破壞了這一方式，所以才有伯夷、叔齊兩兄弟譴責周武王的「以暴易暴」的説法。伯夷、叔齊的逃亡，是對暴力方式的拒絕，並非是對紂王的絕對忠誠。韓愈的「伯夷頌」，把伯夷、叔齊改寫成忠於君主的儒家楷模，很值得質疑。但這種質疑，也只能靠對「志」的理解。

我講中國現代文學，重心放在講魯迅、沈從文、張愛玲三個點上，但都把他們放在「志」的前提下來闡釋。「五四」前後，中國正從鄉村時代向城市時代轉變，這種轉變，應是二十世紀中國「志」的主要內容。魯迅熟悉鄉村，他寫出了中國鄉村時代最後瞬間中國底層農民的苦難，並借此寫出民族的大苦悶和民族劣根性的大包袱。而沈從文則對時代的轉變抱着懷疑的態度，他寫的是真實中國鄉村古典人性美的輓歌。邊城，翠柳，清澈的山水，即將被城市工業文明所污染、所破壞，他要用筆描繪出最後的純真的圖畫，以襯出現代文明的醜陋。沈從文的思路，在中國近代史上，從章太炎開始就有，章氏之後的梁漱溟等，也有這種思路。説清「民粹派」的思路，就説清沈從文創作的「志」。至於張愛玲，她本來就生活在大城市，居於現代化的中心，所以寫起城市生活和城市人物心態，就顯得逼真，而對於農村，她卻完全是陌生的，沒有到過鄉村，卻硬寫出鄉村大變動的《秧歌》，就未免吃力。文字語言功力雖深，但其中的漏洞卻不能不暴露出來。美國是一個城鄉差距比較小的國家，美國的青年學子很難理解中國從鄉村到城市巨大轉變中的種種心態事態，如果未能給他們講清中國轉型的「志」，就不能講清其轉型歷史條件下的作家作品。這也許是中國課堂上無須焦慮的問題，但對於我，則是要「狠下功夫」想清說清的問題。

談起「志」，我有時也想起賽依德所講的「東方主義」。他說「東方主義」是西方對東方的所有觀念、形象及幻想的製造。的確，如果我們的教學與東方的歷史語境脱離，而只是以西方普遍化的歷史觀念來看待中國，那確實會陷入以歐美為中心的認識論，我們則成了一群製造「東方主義」的東方人。其實，就連講解東方主義這一概念本身，也得放到具體的歷史語境來談。比如陳小眉在她的著作《西方主義：毛以後的中國的反話語理論》中談到，在中國八十年代的特殊的歷史語境下，官方西方主義和反官方西方主義就不同，前者以西方闡釋來鞏固國家政治話語，後者則以西方闡釋來對抗官方權力話語。所以，如果不了解「志」，不了解具體的歷史和政治語境就來談中國作品，那只能是隔靴搔癢，與中國的實際情況相隔愈來愈遠，無法還原中國文化與文學的本來面目。從這種意義上看，中國文學史的概念和輪廓在我的教學中是必不可少的。

（六）

除了注意語境外，我當然也重視「史論結合」，也鼓勵學生以各種角度來閱讀中國作品。我的學生常常會用各種西方文學理論來闡釋中國小說和電影，或者用女性主義理論來讀女作家的作品和男性作家對女性的描寫，或者用後殖民主義理論來讀魯迅的改造「國民性」的問題，或者用解構主義理論來讀第五代和第六代電影，可以說是五花八門。從接受美學的角度來講，這確實無可非議，但是我還是常常指導學生不要闡釋得過了頭，偏離原本歷史政治文化的具體語境。其實，我們在美國的學院派的同行們，也經常犯同樣的毛病，拿起一個西方理論家的理論就往中國文學作品上套，也不管這一作品當時生成的特殊的歷史場合，往往「言必稱福柯、德里達」，好像沒有西方理論來論證其觀點就不夠有份量，對自己的本土文學傳統反而生疏得很。

在引進「文學史」這個概念時，我當然也會遇到「經典」與「非經典」的問題。我主要介紹中國現代文學史中的主流文學和主流作家，如魯迅、沈從文和張愛玲，在此基礎上，才介紹一些非經典性的作家及流派。當我們做研究時，常常會發掘出一些以往被文學史掩蓋的作家，如廢名、蘇青、張恨水等，但是在教學中，倘若把重點放到非經典文學作家及其作品的話，那麼學生對中國現代文學的理解就不夠全面，會連一些最基本的常識都搞不清楚。

總之，我的教學思路是回歸文學經典，回歸真實的文學歷史，不管現在時髦的理論是甚麼，我都盡量引導學生回到文學本身，注意文學的審美價值，注意文學的生成條件與文學性，讓他們明白這些作品與時代之間複雜的關係。不錯，我所教的課程在美國校園中是屬於非常「邊緣化」的課程，這裏面所隱含着的歐洲中心的話語霸權是不言而喻的。然而，正因為此，我更不想為了擠進「中心」而一味追逐學院派時髦的理論話語，而是努力地保持自己的教學特色，努力還原歷史的真相和文學的審美趣味。就像現在的全球化和本土化的爭論一樣，我不想我的課程被全球化的話語和價值系統所籠罩，而是希望在鋪天蓋地的統一化的全球化工程中，挽救出一些真正具有本土特色的歷史文化記憶。

（七）

我在美國教書才七八年，說到底，才僅僅是個開始。剛剛走了第一步就寫這樣的文章，未免太早。但是，想到可以借此思考一下自己的課堂生涯，以讓今後更自覺地做些實驗與實踐，又想到可借此機會，和其他朋友交流一下心得，也就答應編者的約稿，寫了。但因為經歷太短，說得也就難免疏淺，這就得請讀者原諒了。

不過，我也想到教書其實才是我的天職，它在某種意義上比我的學術研究工作更為重要。這倒不是因為我從小就「好為人師」，而是因為在這麼一個物慾橫流、商品氾濫的時代，如果連我們作為教師都不重視「育人」，那麼這個世紀還有甚麼希望呢？如果每個教授拚命做研究只是為了增加一些追逐名利的資本，那麼這些著作又有甚麼價值呢？多寫一本學術著作對於個人而言，固然很有成就感，但是能把人文精神傳播給還在成長中的學生們，不是更加重要嗎？在美國教中國文學雖然領域很窄，但是它既能讓美國學生對中國文化有更深一步的認識，讓中西文化有所交流、溝通，還能幫助自己保持一些美好人性，一點「為人師表」的尊嚴與責任感。我認為教書的過程，不僅是傳授知識的過程，而且是自身修煉的過程。在學生的注視與期待下，教師是很難迴避「崇高」的，對黑暗不能不置一詞，不能失去知識分子的良心與社會責任感，絕對要拒絕狡猾與世故。因此，從心靈深處，我更喜歡人們把我看作一個「教師」，而不是「學者」。

現代莊子的坎坷與凱旋

——劍梅《莊子的現代命運》序

劉再復

劍梅的第一部英文著作《革命與情愛》於二零零三年出版。這之後便開始第二部英文著作的研究、構思和寫作。第一部只用英文書寫，在夏威夷大學出版社出版後，由國內中山大學郭冰茹教授譯為中文，然後由上海三聯推出中文版。第二部著作《莊子的現代命運》，則是中文、英文同時寫作，今年年初她把大約二十萬字的中文書稿傳給我，我見到後自然格外高興，並立即讀了一遍，讀後總體印象很好，這才寫信祝賀她又有了一項新的完成。

一部著作寫了將近十年，幾乎可以說是「十年磨一劍」了。這十年，她向馬里蘭大學申請了兩次「寫作假」，共一年半時間。其他幾年，她只能邊教書邊寫作，還得照顧兩個孩子，實在非常辛苦。她一肩三挑，教學、研究、家庭，三副擔子無一樣可以偷懶取巧。教學這一項，她面對的是兩個班級一百二十名美國學生。有一回期中考後，她告訴我：「爸，你幫我看住孩子，別打擾我。無論如何也得把這一大沓考卷一篇一篇讀完。」我瞥了一眼堆在桌子的考卷，像座小丘。每份六頁，共七百多頁。學校規定，只能百分之二十五的試卷得「A」，評分時須格外小心，否則學生會舉起牌子進行抗議。每一次發佈評分結果後，總有一大排學生列隊等着和她見面「討價還價」，劍梅得耐心和他們說明何以給「B」，何以給「C」。無論是講「中國現代小說」課還是「中國古代詩詞」課，都得備好課，倘若用漢語講述，那些詩詞可以脱口而出，而用英文講述，則不能不先費一番心思。從學校回來後，兩個孩子的功課又得讓她操心，白天當大學教授，晚上當小學老師，兩個孩子便是兩個人質，侵佔了她的時間，也剝奪了她的自由。教學、教子兩項工作已耗費掉許多精力，「研究」只能借助「剩餘時間」和「剩餘精力」。現在看到劍梅用剩餘時間所創造的「剩餘價值」，不免要感慨一番「現代知識女性」的艱辛，也總要調侃一下劍梅的「女性主義理念」：女性解放了，解放的結果是雙肩挑，甚至三肩挑。

劍梅選擇「莊子的現代命運」這一課題，有點沉重。這一選擇和我逼迫有關。我一直認為，既然走上人文科學這一行，最好是把「文、史、哲」三者打通。在我心目中，文學只是呈現人文的廣度，歷史才是呈現人文的深度，而只有哲學才可建立人文的高度。劍梅的文學感覺還不錯，但歷史與哲學的根柢則不夠厚實，所以我希望她通過這一課題的研究，能深化一下對中國哲學的認知，進而能站立在哲學的高度上審視中國現代文學的精神內涵和中國現代作家的思想脈絡。劍梅果然不負期待，在這八九年中，認真地閱讀了中國古代文化經典，儒、道、禪各家，她都認真地學習、領悟一番，也有些心得。她自己也覺得：有中國哲學「提着」，看甚麼問題都比較清楚了。對於中國現代文學，也能説出一些新話了。使用「提着」一詞，是受《紅樓夢》影響，薛寶釵説：「不拿學問提着，便都流入世俗去了。」

我讀了《莊子的現代命運》中文初稿，有兩點較為滿意。第一是對莊子的基本認知相當明確，毫不含糊。劍梅非常崇尚莊子，認為莊子的核心精神是爭取個人大自由、大自在的精神。她也高度評價孔子，但孔子思想重心畢竟是重群體、重秩序、重教化。人類社會要維繫下去，沒有孔子這套思想是不行的，但是由於孔子思想系統中缺少個體飛揚的空間，「自我」沒有立足之所，所以就逐步變形為統治者的意識形態。幸而有莊子「個人自由」思想的補充，才使中國人有思想喘息和自我伸張的哲學根據。李澤厚先生講「儒道互補」，正是因為莊子提供讓自我從群體秩序中解放出來的理念，所以才起到補充儒家缺陷的歷史作用。劍梅緊緊抓住莊子的「重個體重自由」特點，認定莊子的存在是中國知識分子尤其是中國作家的幸運。而莊子的現代命運實際上也正是「個人自由」、「個性飛揚」精神在現代中國的命運。劍梅還認為，《齊物論》和《逍遙遊》是莊子真正的代表作，前者論平等，後者論自由，兩者在兩千五百年前分別佔領了人類世界「平等」與「自由」的思想制高點，而兩者之中，《逍遙遊》更是核中之核，屬於莊子的「第一精神」。

讓我滿意的第二點是全書對莊子的現代命運提供了一個歷史性的描述。從莊子在「五四」新文學運動中被謳歌（被郭沫若尊為與斯賓諾莎同等地位的泛神論者），一直到上世紀下半葉莊子被「專政」以及八十年代後的回歸與凱旋這一線索勾勒得相當清楚，而在被謳歌與被專政的歷史時期中，一些現代作家也曾做過莊子夢，但這些烏托邦均一一破滅，這也反映了個性精神在中國缺乏生長條件。莊子夢只能演化為悲劇。在劍梅筆下，莊子的現代命運史折射的正是個體自由精神的命運史。

劍梅從寫作《革命與情愛》進入寫作《莊子的現代命運》，實際上是從文學跨入了文化。這對她來說，是從較為熟悉的領域進入較為陌生的領域，但她能知難而進，「知其不可為而為之」，也的確難得。也許是受我的影響，她無論寫甚麼，都要求自己不僅要敢說真話，而且還要能說出一些新話。在此書中，我很高興地看到，她的每一章節，即對每一現代作家學者的莊子評述做出再評述的時候，她都敢於叩問，敢於質疑。例如，她對前些年的頌揚周作人的學術傾向（頌其既儒且釋）就做出嚴厲批評，認定這是無視人類道德絕對性的詭辯。周作人在「五四」時期高舉人文旗幟固然確有「儒」的表現，在「五四」後構築「自己的園地」也確有「莊」的表現，但他在日本侵略中國之際附逆投敵這一巨大行為語言，說明他對社會沒有真的關懷（非儒），對眾生沒有真的慈悲（非釋）。他「惹不起」日本軍隊的鐵蹄刺刀，但完全可以「躲得起」，但他不顧國內作家詩人聯名的呼籲，硬是不躲避，甚麼都放不下，空不了，最後充當日本侵略的面具與工具，連「近莊」也變成「非莊」，更不用說離儒離佛有多遠。評價作家的雙重文本（書面文本與行為文本），在這裏運用，倒是自然而合情合理。劍梅對一九四九年後這段「莊子的厄運」，則用「關鋒的政治審判與劉小楓的宗教裁判」來描述，這也頗有新意。關鋒從政治上宣判莊子為「沒落奴隸主階級」的代言人，連「封建階級」都不給，無疑是要把莊子打入最黑暗的地獄，更可怕的是連五六十年代最優秀的詩人郭小川寫了《望星空》也被關鋒視為莊子沒落思想的反映而大加撻伐。連星空也不許望，連一星半點的孤獨感也不許表達，還談甚麼大鵬的逍遙和大鯤的浮游。莊子已被專政得牽連九族十族百族，這真是中國曠古所未有的文化現象。「文化大革命」結束之後，莊子的厄運本該結束（也的確在某些作家如汪曾祺、阿城、韓少功的筆下開始轉運，劍梅稱這些作家為「回歸自然，返回莊子」），但仍然沒有終結。其中出現一個特別現象是劉小楓的著作《拯救與逍遙》出版，此書以基督教的「神聖價值」為絕對尺度審視中國文學史，把具有「逍遙價值」即靠近莊子精神的文學精華（包括莊子、陶淵明、曹雪芹等）一概罵倒，甚至連魯迅也不放過。對於基督教，劍梅是尊重的，她一直支持她妹妹的信教，這一點我可作證。但她所以批評劉小楓，並非針對「神聖價值」，而是不贊成把神聖價值絕對化和標準化。她稱這種絕對化乃是「神聖獨斷論」，實際上乃是宗教專制。她尤其不能同意把「拯救」與「逍遙」二者絕對對立起來，即把信仰價值與自由價值絕對對立起來。用這種二極對立和一元獨尊的眼光評論中國文學，就一定會產生「傲慢與偏見」，就會對中國的隱逸文學、山林文學、田園文學及其他一切靠近自然的文學產生誤斷和苛斷。劍梅在與劉小楓的商榷中認為，中國的逍遙精神即自由精神，固然缺少基督那種「擁抱苦難」的崇高救世情懷，卻有通過「自救」並在更高的精神層面上對人世的關懷。其「逍遙」正是對「污濁」的抗爭和對權勢的拒絕。這除了具有「獨善其身」的道德意義之外，還有「良知拒絕」的正義意義以及贏得個體時空進行精神價值創造的審美意義。總之，劍梅不僅把「逍遙」看成是一種充當「局外人」的消極自由的存在形式，而且看成是審美創造的一種積極自由的存在形式，也就是說，「拯救」有其存在的理由，「逍遙」也有存在的理由。「神聖有道，逍遙也有道」，兩者的正常關係並不是「非此即彼」，而應是「亦此亦彼」。東方未曾用莊子貶斥基督，西方也不可用基督審判莊子。劍梅認定，「條條道路通羅馬」，宗教可以通向宇宙境界，審美也可以通向天地境界。莊子、陶淵明、曹雪芹等最後的覺悟都不是走向宗教，而是走向審美，但他們留下的文學作品卻永遠給人以溫暖，並非劉小楓所說的，會把人的心靈變成「冰冷的石頭」。

《莊子的現代命運》一書涉及評論對象，包括魯迅、郭沫若、胡適、周作人、林語堂、廢名、施蟄存、沈從文、汪曾祺、阿城、韓少功、閻連科、高行健等。在評論中，她既重視語言（即各作家的文學文體），又特別重視語境。因此，她對魯迅的批莊、刺莊便給予充份的理解。她認為在二三十年代中國面臨內憂外患的歷史場合中，也就是在「風沙撲面」、「狼虎成群」的民族危亡的時代語境中，魯迅撰寫「小品文的危機」等，反對周作人的隱士選擇，批評林語堂的「幽默」與「閒適」（林語堂把莊子尊為中國幽默的祖師爺）都是有充份理由的。在民不聊生之際，確實不宜在血泊中尋找閒適，也確實不宜「化兇殘為一笑」。劍梅對魯迅的這種評論，我較能接受。實際上，就其思想深層而言，魯迅也並非真對整個莊子深惡痛絕。他自己也說過他曾「中了莊周的毒」，也想「躲進小樓成一統，管他冬夏與春秋」。他最喜歡嵇康人格，肯定「魏晉風骨」，而阮籍、嵇康等魏晉諸子，其實正是源於莊子，追求的也正是從儒家的群體秩序中跳出來的自我逍遙精神。關於魯迅深層的一面，劍梅未做太多分析，但能注意魯迅拒絕莊子的「語境」原因，倒也可取。尤其讓我認同的是她還提醒，不可把魯迅在特定語境中的合理批評普遍化與絕對化，不可籠統地否定隱逸文學和幽默閒適文學。

劍梅的新著，以「高行健：莊子的凱旋」作結，也讓我感到意外。這可能與劍梅把逍遙精神視為莊子的第一根本精神相關。高行健在中國現當代作家中對莊子的認識的確最為徹底，他的小說《靈山》以及所有的劇本，乃至詩歌、電影創作，其核心精神只有一個，這就是求得大自在即求得大自由的精神。高行健把自由視為人自身的一種「覺悟」，自由不是他給的，也不是上帝賜予的，而完全是「自給」的。意識到（覺悟到）自由可以自己掌握才有自由。高行健把莊子的個體飛揚精神充份意象化，充份文學化與藝術化。他的作品不僅「回歸自然」，而且「創造自然」——創造了一個擁有逍遙可能、自在可能的精神世界。高行健的成功，倒真的是莊子的凱旋。

我出國已二十二年。在海外留心看看歐美學界，覺得他們對孔子和老子的翻譯、研究較多，對禪宗的闡釋也愈來愈豐富，相比之下，對莊子的研究倒是比較薄弱，我真希望劍梅這部著作的英文版能在海外學界引起一些影響。西方學者從事人文研究的認真態度與細密功夫，常讓我衷心佩服。但他們對中國文化的認知，尤其是對儒、道、莊、禪的認知，始終沒有中國學人那麼真切。中國學者如果意識到自己的「優勢」，在學習西方理性文化的長處時又充份發揚自身傳統文化的長處，那麼，其人文水平就一定不會在西學之下。

二零一二年三月十六日
美國馬里蘭

親情與才情的雙重詩意

——劍梅《狂歡的女神》序

劉再復

這次到馬里蘭大學看望劍梅，除了在草圃上跟着小孫子追逐蝴蝶與蜻蜓之外，就是敦促她編出一部中文寫作的集子。昨天，她的第一部英文著作《革命與情愛》（*Revolution Plus Love*）剛剛由夏威夷大學出版社出版，正在高興，便趁機又催促她。可是，她說：「過去所寫的好像是匆匆走過的台階，總覺得以後會往上走，還是等等吧。」無可奈何之下，我只好說：「你忙，我來替你編。」她點頭答應後竟然找不到許多已發表的文章，我只好憑記憶為她搜索了好幾天。我雖然有點不滿她如此滿不在乎，但也喜歡她生來就有的不太看重名利的脾氣。不知道為甚麼，她天生就有一種老莊氣質，雖喜歡讀書思考，卻更喜歡生命自然。她的同事、馬里蘭大學東歐亞洲語言文學系的美國教授曾對劍梅說，我喜歡並研究中國的老莊哲學，但在你身上，才明白甚麼是道家文化。劍梅的這種氣質，派生出與世無爭的從容與瀟灑，但也派生出不願意「拚命硬幹」的慢吞吞，遠不如我的刻苦與勤奮。

我的英文不好，對她的英文專著，只能讀懂大意，感受不了她的文采與格調。歐梵兄曾稱讚她的英文十分優雅，可惜我沒有品賞的幸運。而她的漢語文章，無論是散文，還是論文，我則每篇必讀，也深知它的得失。前幾年，她和我合寫《共悟人間——父女兩地書》，集中精神地練了一次筆，很有長進。以後，我們又應《亞洲週刊》總編輯邱立本兄的邀請，共同為該刊開闢「共悟天涯」的專欄，每篇近兩千字。她寫的這組文章（十幾篇）相當好，既有思想又有獨到的文字，香港許多朋友也十分讚賞。這之後，她又獨自寫了一組評論分析世界上一些女性藝術天才的文章，從《費麗達：自我畫像的極致》到《凱特．蕭邦：一壞女人的百年震撼》每一篇讀後都讓我驚喜不已。這些文章她真下了功夫。寫作時，她閱讀了評論對象的英文傳記或自述，參考許多英文評論書籍，自己也認真地進行了思索。劍梅本來就擅長女性批評視角，這次她選擇的又是人間的女性詩意生命，因此，文氣相當痛快淋漓，對那些歪曲女性天才的世俗偏見，也做了相當尖鋭的批評。這組文章，內地的文學藝術批評者由於難以閱讀英文原始資料，大約較難寫出。我很欣賞她的這組文章，並覺得她找到自己的中文寫作路子——可以充份發揮自己特長的路子。這是典型的學術散文。其中有對女性天才的熾熱情感，有不容置疑的辯護，劍梅稱她們是擁有凱薩般的靈魂的狂歡女神，獻給她們以至情至性的禮讚文字；又從自己的女性批評眼睛，對她們進行超脱世俗的評論，從而在思想與文采中顯出詩意。可惜學院職業角色的既定邏輯，要求劍梅必須立即進入第二部英文著作的寫作，否則這組文章不斷寫下去，成果一定會十分豐碩。

我不避諱和劍梅的父女關係，向讀者首先推薦她評述女性藝術天才的幾篇文章，同時也欣賞她在耀明兄敦促下所寫的小品文，如《抱着娃娃到香港》、《「第二祖國」門前的徘徊》、《簾外秋雨正潺潺》等，這些短小散文是她生命景觀的自我描述，不失真性真情。我曾調侃她的這些散文是「訴苦文學」，這些文字的確有許多人生艱辛的訴説，但在「叫苦」的背後，卻讓人感到她如荷爾德林所説，追求的是詩意地棲居在大地上。在她的思索世界裏，詩意不是教授的頭銜，不是學問的姿態，而是生命之真與情感之真，是把對孩子、父母、丈夫、姐妹、朋友具體的愛推向全人間的脈脈情懷。

劍梅把張愛玲的「流言」概念和法國的女性主義理論家伊莉格瑞（Luce Irigaray）的「流質體」概念

加以引申，把自己的寫作方式定義為「水上書寫」，並逐步成為一種自覺的寫作理念。我很喜歡「水上書寫」這一意象性理念，這說明劍梅確實拒絕固定化的寫作心態，嚮往不拘一格的精神漫遊者作風，而且還反映出她的寫作低姿態。水流總是在低處。在熱衷爭奪話語權力的文壇中，寫作真是一種冒險，搞不好反而愈寫愈自大，愈寫愈不知天高地厚。「水上書寫」至少不會愈寫愈自大，而會愈寫愈自由，愈寫愈謙卑。

劍梅很重親情，她把《共悟人間——父女兩地書》獻給奶奶葉錦芳，把第一部英文著作獻給我，在扉頁上特題下：「To my dear father, Liu Zaifu.」劍梅小時候一片天真憨態，膽子又小，為了激勵她，我和她媽媽菲亞在她上幼兒園時把她的名字從「棠棣」改為「劍梅」，棠棣就算是她的名字。棠棣之花乃是兄弟之花，我們期待她永遠擁有四海之內皆兄弟的襟懷，但又希望她剛毅自強，便給她一個俠女般的名字，盼望她帶着一點俠氣開闢自己的路。她後來果然不負我們的期望，在課堂上總是很敢提問，在海外的學術場合，也總是不迴避問題，很有質疑的勇氣。有次她的博士生導師王德威教授對我說：「沒想到劍梅還很有大將風度。」今天我為她編輯集子和作序，心情格外欣喜，真感受到親情與才情的雙重詩意。

二零零三年十月十二日

教育

讀書十日談

劉再復、劉劍梅、劉蓮

第一輯　與大女兒劍梅談讀書

第一日　讀書「三步曲」

劉劍梅：（以下簡稱「梅」）您從小就愛讀書，讀了那麼多的書，除了文學書之外，其他人文領域的書也讀得很多。我雖能進行英文閱讀，但整個讀書狀態不如您，沒有您那麼勤奮，書也沒有您讀得多。我想問您，您從甚麼時候開始才真正大量讀書的？

劉再復：（以下簡稱「劉」）你說到「讀書狀態」，我想強調一下。從事文學工作，其實最重要的不是「文學理念」，而是「文學狀態」。讀書也是如此，「狀態」比「理念」重要。所謂「文學狀態」，就是超功利、超實用的狀態；所謂「讀書狀態」，則是沉浸、面壁狀態。讀書，需要沉浸下去。沉浸之後才能與人類歷史上的偉大靈魂相逢，即與他們展開對話。這樣讀書就會有心得。我雖然從小就愛讀書，但小時候沒有書讀。小學、初中，學校裏藏書很少。我真正大量讀書是從國光中學高中開始的。這個學校的藏書很多，我好像找到了一座大礦山，於是就埋頭山中，浸淫在那裏，拚命開採。那時我讀書的狀態近乎瘋狂，圖書館裏千百種文學、人文刊物，我見到就翻閱。尤其是書庫裏的藏書，古今中外的名著幾乎都有，我如飢似渴地閱讀，倒真的是「廢寢忘食」。後來我回憶那段歲月，才明白那是一種「癡迷」狀態，全部生命擁抱書籍的狀態。

梅：早就聽奶奶說，您是書癡。她開玩笑說，您的小名叫「狗鼻」，專嗅着書籍的味道。您真幸運，遇上一個很有文化的華僑中學（國光中學），藏書如此豐厚，很少人有您這樣的運氣。

劉：當時國光中學真是特別，各種文學名著、經典都有。我一到那裏，泰戈爾、普希金、萊蒙托夫、契訶夫、莎士比亞、巴爾扎克、雨果、莫泊桑、左拉、托爾斯泰、屠格涅夫等，全都站立在我面前，為我打開一個無比豐富、無比精彩的世界。那是我的少年時代，我的全部愛戀都投入書本。在高中時代，我就知道自己的生命屬於文學，屬於莎士比亞、歌德和托爾斯泰。後來我才知道，從那時候開始，文學書籍就開始在灌溉我、養育我、創造我。也是在那個時期，我的內心積澱了無數看不見的文學顆粒，這是人性、個性、神性、同情心、悲憫心的顆粒，這些顆粒後來在我的人生中起了巨大的作用。在「文化大革命」中，它們成了我的一道心靈屏障，使我無法接受階級鬥爭觀念，無法接受「繼續革命」、「全面專政」這些觀念，也無法接受「黑五類」、「黑幫分子」、「臭老九」、「反動學術權威」、「白專道路」等權力操作和遊戲。

梅：您讀書早已讀得善根、慧根都根深蒂固了。

劉：全人類的優秀書籍可以幫助我們構築良心。孟子與康德所講的「善」有所不同。孟子講的是本能的善，先天的善。而康德所講的善，是自由意志下的善，是有選擇的善。良心良能也是如此。我覺得自己的良知系統主要是靠後天選擇形成的，包括讀書，文學書籍起了巨大的作用。

梅：您讀了那麼多書，哪些是「泛讀」，哪些是「精讀」？

劉：所謂泛讀，就是魯迅所說的「翻一翻」，甚至可以如陶淵明所說的「一目十行」，這是只求知其大概，知道書中涉獵甚麼。但有些書則需要精讀，從開頭讀到結尾，完整地閱讀，一句不漏地閱讀。精讀的書，有的是因為研究需要，有的是因為該書是經典，非精讀、細讀不可。書那麼多，不可能都讀，所以一定要選擇。翻一翻，看一看，其實就是在選擇。在翻看的過程中，會發現有的書具有精彩的思想，此時就得注意，就要抓住。我的選擇基本上是靠自己，當然也靠老師和朋友的推薦。所謂精讀，就是文本細讀。

梅：您有沒有碰上「飢不擇食」的時候？

劉：有。例如我剛出國時，赤手空拳，當時一本書也沒帶，心裏慌得很。那時，見到任何一本書，我都會抓住拚命閱讀。我在法國的中文書店突然見到丹尼爾．貝爾的《資本主義文化矛盾》，就像見了救命草，抓住後不知讀了多少遍。到美國後，在許達然家見到錢穆先生的《中國文化史導論》、《國史大綱》，也如獲至寶，不知讀了多少遍。

梅：我從小就知道要博覽群書，您也常常教我要博覽群書，那麼，您讀書的基本方法可不可以稱作「博覽」？

劉：博覽是指讀得多。其實，讀書最要緊的，恐怕不是「讀多」，而是「讀通」。所以，我讀書的基本方法，乃是讀通。讀通才是讀書的第一法門。如果未能讀通，書讀再多也沒有用。讀通才能把書中的精華化作自己的血肉，否則，就會把自己變成「書櫥」。變成書櫥沒有用，變成圖書館也沒有用。愛因斯坦的一個質能公式，比一座圖書館還有價值。

梅：您曾告訴我讀書「三步曲」，讀通應屬於第二步。

劉：不錯，我一直認為讀書應有基本的「三步曲」，即擁抱書本、穿透書本和提升書本。第二步最重要，所謂穿透書本，就是讀通。杜甫說「讀書破萬卷，下筆如有神」，這是真理，但他只強調了「破」的數量。其實，更重要的是把「破」理解為「通」，理解為「穿透」。倘若真的「讀透萬卷書」、「讀通萬卷書」，那才厲害，才會「下筆如有神」。以賽亞．伯林的《自由四論》，把自由劃分為積極自由與消極自由，那麼，你讀後就應當明白，他說的根本差別在哪裏。甚麼叫消極自由，甚麼叫積極自由？

你對他的思想有甚麼評價，有甚麼質疑？這就是穿透。然後你還要提升，例如你可能聯繫到中國的思想家如莊子、列子所主張的自由，在比較之後，你又有了屬於你自己的自由觀。

梅：我們從事文學批評，讀那麼多小說，尤其是長篇小說，其實也應當把它們穿透。《紅樓夢》被讀了兩百多年，您讀後還有新的心得，恐怕也是穿透的結果吧。

劉：只能說我穿透了某些情節、某些人物，讀通了其中一些緊要處。其實，對於《紅樓夢》，我遠不如某些紅學家那麼熟悉，但我在穿透之外還做了一些提升，例如，我把釵黛衝突的文化內涵視為重倫理、重教化、重秩序（孔孟）和重自然、重自由、重個體的衝突。另外，對於賈寶玉，我把他視為人類文學史上獨一無二的純粹心靈，說他這個人從不在乎他人如何對待自己，只重視自己如何對待他人，與曹操那種「寧教我負天下人，休教天下人負我」的立身態度正好相反，這也是一種提升。《紅樓夢》的某些章節，我是做到「文本細讀」了，但有些章節，我也「粗枝大葉」，總之是不如那些紅學家。

第二日　閱讀三聽

梅：您曾告訴我，閱讀可用眼睛看，也可用耳朵聽，就是設想作者當面對你講述，而你在傾聽，這樣更親近，更直接，更容易記住。

劉：不錯。「傾聽」很要緊。這裏的傾聽，是真心地聽、真誠地聽、全身心地聽。唯有這種真誠，才能讀好書。寫詩可以使用「通感」這種技巧，閱讀也可以。所謂通感，就是我們身上的各個感官可以互通、互襯。例如我在《獨語天涯》的自註中引用易卜生劇中的人物對話：瑪雅，你聽到寂靜了嗎？這寂靜本沒有聲音，怎麼能「聽」呢？寂靜本來只能靠身體去感受，而易卜生則訴諸聽覺，這就強化了寂靜的濃度，寂靜濃到如物質一樣可以發出響聲，可以用耳朵聽見，這是多麼精彩的文學語言啊！詩歌使用通感手法更是常見。

梅：那麼，把閱讀轉換成講述之後，又怎麼傾聽呢？

劉：以往佛典常強調「五官通用」、「六根互用」。即使不是講述，我們也可以通過文本閱讀中感受到的香味去體會身體的涼熱。《五燈會元》第十二卷中有首詩云：「鼻裏音聲耳裏香，眼中鹹淡舌玄黃。意能覺觸身分別，冰室如春九夏涼。」詩寫得並不好，但講出了人身上的各器官可以相通這一體驗。所以我一直記得文子所說的「三聽」，並把它用於讀書，自稱為「閱讀三聽」，而且特別追求「神聽」。

梅：文子怎麼說的？

劉：文子說：「上學以神聽，中學以心聽，下學以耳聽。」讀書學習以善於「神聽」為最高境界，所以被稱為「上學」；僅僅用耳朵聽，境界較低，所以被稱為「下學」。凡是僅僅用肉眼看、用肉耳聽的，都屬於下學。《金剛經》把眼睛分為肉眼、慧眼、佛眼、法眼、天眼，肉眼為最低一級。耳聽屬於「肉聽」，只能聽到肉聲，不能聽到心聲與神聲。李澤厚把審美效果分為三級：第一級（最低級）為悦耳悦目；第二級（中級）為悦心悦意；第三級（最高級）為悦神悦志。「神聽」便是閱讀抵達最高級時的感受。

梅：「心聽」已不容易了，還要「神聽」。我聽別人講述時，常常提醒自己要用心傾聽，就是聚精會神，把人家講的記在心裏。讀書也是如此，要用心讀、專心讀，要盡可能記在心裏。不能只颳「耳邊風」，把人家的講述只當一陣風。現在才知道，有比「心聽」更高的境界，這就是「神聽」。這種「神聽」

有點神秘，是不是需要「五官通用」才可能？

劉：平常我們也聽說過，讀書要「心領神會」。你剛才說心領，即用心去接受，這就比用耳朵聽聽強多了。銘記，應該是心聽的一種標誌。但是，心領之後還要神會。神通的第一步，恐怕就是神會。這一步很重要，有這一步，才算融會貫通。但是，神聽並不是到此為止，我覺得，神聽還應當進一步抵達「通變」，也就是聽了之後或讀了之後還必須經歷一個「審美再創造」的過程。接受美學的要點，並不在於接受，而在於再創造。再創造，意味着自身審美經驗的介入，各種理解、感知、思想、情感的介入，和介入之後的重新發現與提升。

梅：把神聽引入閱讀非常重要，過去我有心聽的自覺，這回再有一個神聽的自覺，讀起書來就一定會更有收穫。

劉：神聽的要點，第一是全神貫注，傾聽即全神貫注；第二是心領神會，神悟即心領神會。我很喜歡和李澤厚、金庸、呂俊華等老朋友聊天，他們講述時，我總是側耳傾聽，先是記在心裏，即努力心聽，與此同時，我也思考，這就進入了神聽。對於他們的理念，我有時同意，有時不同意。不認同時便有質疑、有叩問，這種回應也屬於神聽的一部份。神聽，包括神會與神問。但神問（質疑與叩問）不是神離，而是更深邃的神會。

梅：通感講究的是聯想。道家講「內通」，釋家講「互用」（六根互用），其實都是聯想。神聽，也得聯想。耳聽八方而不會聯想也沒有用。耳聽八方而心游萬仞，甚至撫四海於一瞬，神遊古今中外、天地江海，這才厲害。

劉：所以，神聽不僅可應用於接受（閱讀），也可以應用於寫作，應用於精神價值創造。也就是神聽、神閱、神創，三者皆宜。

第三日　讀思想

梅：您一再對我說，讀書要側重讀思想。我們這些從事文學工作的人，容易注重讀文采，不太重視讀思想。您是甚麼時候開始萌生這種閱讀意識的？

劉：我讀大學期間，就朦朧產生了這種意識。當時我的筆記本上抄錄了不知是哪一位哲人說的話：鳥最美麗的是翅膀，人最美麗的是思想。當時廈門大學中文系的黨總支副書記莊明宣老師要給全系做學術報告，借去我的筆記本，還用上了這句話。

梅：後來呢？

劉：後來我到了北京。第一年到山東勞動實習，那時我和八十九名剛來到社會科學院（當時叫中國科學院哲學社會科學部）的大學畢業生一起到山東煙台地區的北馬公社紮營勞動。八十九名勞動鍛鍊的同學分為四個中隊，散落在四個村莊（生產隊）裏，我被分配在古現村。那時我最親近的朋友有樊克政、張宏儒、董乃斌等。樊克政來自西北大學，被分配到歷史研究所，他和我散步談天時總是說，人最寶貴的是思想，最重要的是思想，從事社會科學、人文科學研究最需要的也是思想。可是他也很有考證功夫，從山東返回北京後，他一直在研究魏源、龔自珍，還編寫他們的年譜，編寫中發現了前人的許多錯誤。可是，這個時期，我們一見面，他還是說思想，強調思想。我的考證功夫不如他，可是特別贊成他的觀點，也格外強調思想。那時候，讀思想已成為我的自覺。

梅：我讀您的散文，發現您的文章很有文采，您是不是也很重視讀文采？

劉：我一直努力追求兩項「三通」：一是文學、歷史、哲學的三通。我常和你說，在人文領域裏，文學只代表廣度，歷史才代表深度，而哲學則代表高度。有此三通，才擁有人文的三維度，也才算人文科學領域裏的立體人與完整人。另一項三通是學問、思想、文采的三通。寫散文需要這三通，寫論文也需要這三通，只是文采的形式不同。散文的文采更多表現為辭采，而論文的文采則更多地表現為思辨鋒芒和行文暢達。我們讀到馮友蘭、朱光潛、余英時、李澤厚等先生的論文，就能感受到這種文采。但是，我無論讀文學還是讀史學、哲學，閱讀重心都不在文采，而是在思想。我對思想有種特別的敏感，讀書能捕捉思想，評價書籍的高低也喜歡用「有思想」或「沒有思想」這一判斷。

梅：有思想是不是指有哲學？

劉：思想與哲學這兩個概念容易混淆，其實，兩者還是很不相同的。在我看來，至少有兩點不同。其一，哲學需要有視角，而思想則不要求視角。你有見解可稱作有思想，但不宜稱作有哲學。例如可以說《儒林外史》有思想性，但不可能說它有哲學性。其二，思想往往帶有暫時性、當下性，而哲學則往往帶有永恆性、普遍性。

梅：思想也不同於學問，但又與學問相關。您能講講兩者的關係嗎？

劉：我記得王元化先生說，我們應追求有學問的思想、有思想的學問。也就是說，思想應當具有學問的根據、學問的支持或學問的背景，這樣思想才有根底，才扎實，才經得起叩問；學問則應當具有思想的內核，應以思想為靈魂，沒有思想，學問很可能會變成一種姿態，或「博識」的姿態，或「功夫」的姿態，但沒有真理的光芒。

梅：學問家與思想家最大的不同是甚麼？

劉：思想家總是有問題意識，尤其是有宏觀的問題意識，而學問家往往缺少這種意識。我覺得日本人學問做得很細，有許多學問家，但缺少思想家，所以他們的戰術很精密，但戰略卻不行。例如「二戰」時，他們的戰機去轟炸珍珠港，戰術上極為出色，港內的美國軍艦幾乎全軍覆沒；然而，從戰略上說，則是大失敗，因為它根本不應當向美國開戰。那時，日本顯然缺少戰略思想家（微觀的軍事學問家肯定不少）。我們不必要求學問家同時也是思想家，也不必要求思想家同時又是學問家。比如錢鍾書先生是「前無古人，後無來者」的大學問家，但稱他為大思想家，他未必高興。

梅：讀人文科學著作，可以側重讀思想，可我們是從事文學研究的人，難道讀詩歌、讀小說也可以讀思想嗎？

劉：也可以。我之所以覺得魯迅比其他現代作家高出一籌，就是因為他有思想，他的小說和散文都具有巨大的思想深度。張愛玲、沈從文也是傑出作家，可是就思想深度而言，他們不如魯迅。周作人也不如魯迅，他的散文知識性很強，抄錄的功夫很強，可是思想力度遠不如魯迅。我的研究從魯迅出發，雖然現在再讀二十世紀七八十年代寫的著作不太滿意，但在魯迅著作中浸泡了幾年，卻很有收穫，其中一個大收穫，便是更喜歡思想，也更學會了思想。

梅：您曾說，寫作每篇散文都應有所悟。這「有所悟」，是不是也可以說，每篇散文都應當有點思想？

劉：可以這麼說。我在《散文與悟道》一文中曾表述過這個意思，就是每篇散文都應當有點思想。有了思想便不是空頭文章。所謂「言之有物」，在我心目中，這「物」便是思想存在。文章總得給人一點啟迪。靠甚麼啟迪別人？就靠對人或對世界擁有一種獨到的認知，或比別人更清醒，或比別人更先鋒，或比別人更深刻，這都是一些思想。情感可以打動人，而思想卻能啟迪人。

梅：文學的要素是不是也包括思想？

劉：我把心靈、想像力、審美形式歸結為文學三要素。思想屬於心靈要素。心靈不是心臟，不是心緒，它是指精神存在、靈魂存在，思想也屬於這種存在。文學不僅是情感的藝術，也是思想的藝術。文學幾乎不可以定義，把它定義為語言的藝術有片面性，把它定義為思想的藝術，也有片面性。所以有些理論家主張只能講文學性，不能講甚麼是文學。文學只表現某種性質：有思想性，是一種性質；有藝術性，也是一種性質。詩歌要求有音樂性，小說則不要求有音樂性。錢鍾書先生在年輕時（大約二十剛出頭）就寫了一篇《中國文學小史序論》發表於《國風》（一九三三年第三卷第八期）。這篇文章就說文學只有某種性質。我出國之前，強調文學的情感性，這沒有錯，但現在我更強調文學也是對世界、人生的一種認知形式，其認知能力未必遜於哲學、歷史學。

梅：您讀書時對思想有特別的敏感，是訓練出來的嗎？

劉：我在童年時代並不具備對於思想的敏感，「讀思想」的法門是在讀書過程中形成的，後來愈來愈自覺，就形成了習慣。一旦形成習慣，就覺得沒有思想的書籍蒼白乏味，讀不下去。不過，文學家的思想與哲學家的思想，其表述方式很不相同。哲學家的思想訴諸邏輯、訴諸思辨、訴諸分析，而文學家的思想，則蘊藏於作品的人物、情節、結構和語言中，其思想可以由筆下的人物表述，也可以由自己（作者）直接表述，還可以在結構或情節中呈現，但都不是邏輯與思辨。《紅樓夢》裏有許多思想，《資本論》中也有許多思想，但兩者的精神價值創造形態完全不同。我說《紅樓夢》與《傳習錄》一樣，也是偉大的心學之作，但《紅樓夢》是通過形象、意象來傳達心靈，而《傳習錄》則是通過思辨、邏輯，兩者完全不同。

梅：但丁、歌德也很有思想，但人們總是稱他們為文學家，不稱他們為思想家。

劉：因為被稱為思想家的，總是擁有大問題意識和大邏輯系統，而但丁、歌德雖然很有思想，那些卻不是演繹邏輯，他們也不是把作品寫成問題敍事詩。但是，如果你願意從另一種角度稱他們為思想家也可以。例如魯迅，李澤厚和我對話時主張去掉他的「思想家」帽子，但你要繼續稱魯迅為思想家也可以。因為魯迅雖然不是康德、黑格爾那種思想家，但確實是莎士比亞、雨果、巴爾扎克式的思想家，是用文學形式傳達認知（包括對中國歷史的深刻認知與對中國社會的深刻認知）的思想家。

第四日　讀隱喻

劉：從事文學研究的人，是天生對文學具有特殊敏感的人，讀得最多的也是文學書，所以我們不妨討論一下，如何讀文學書，包括如何閱讀小説、詩歌、散文等文學門類的書。

梅：我特別想知道您如何讀文學書。

劉：其實，每個從事文學工作的人，都是一個天生的文學批評者。一部文學作品擺在面前，和一般讀者不同的地方是，我們不僅能做鑒賞，而且能做審美判斷。這種判斷在先、快樂在後的感覺便是美感。動物也有快感，但那只是本能的滿足、感官的滿足，牠們根本沒有判斷。人類的情感比動物的情慾高級，就在於人類有了情愛的判斷之後才有情慾的訴求。它是超越動物慾望的高級快感，也就是美感。

閱讀好的作品，一定會產生美感。

梅：美感也有許多方面，文學作為語言的藝術，首先應當給人以語言的美感。

劉：不錯。文學首先應當給人以文句之美，這正是語言的美感。有些作家把未出版的長篇小說稿寄來給我看，我讀大約三十頁，就可以判斷這部小說的語言水平。如果讀三十頁還感受不到其語言的美感，那它肯定是失敗之作。現代作家，語言美感意識一般較弱。五四新文學運動是一場語言形式的大變革，文言文變成了白話文，這確實有益於「文字奉還」，即讓文學訴諸更廣泛的讀者，尤其是底層的大眾。然而，它也帶來一個問題，那就是文學的門檻變低了，尤其是語言的門檻。原來文言文的門檻比較高，很講究語言美，白話文則往往缺少講究，缺少推敲。林琴南所擔憂的「引車賣漿者流」的語言確實大量湧入文學——他從根本上否定文學向底層靠近，這是不對的，但他對喪失語言美感的警覺卻是對的。

梅：我們閱讀各種文學經典，會發現它們往往有很好的文句，讀後令人難忘。例如蘇東坡的《水調歌頭》，從「明月幾時有，把酒問青天」到「但願人長久，千里共嬋娟」，沒有一句不是好句子。蘇東坡堪稱中國文學史上最偉大的詩人，他的偉大，首先是詩句的精彩。還有，王國維竭力推崇的李後主（李煜），其詞也是句句精彩：「春花秋月何時了，往事知多少。小樓昨夜又東風，故國不堪回首月明中。雕欄玉砌應猶在，只是朱顏改。問君能有幾多愁？恰似一江春水向東流。」這種詩句愈念愈生美感，美極了。我讀英國作家毛姆的《月亮與六便士》，總是忘不了書中說的：「感情有理智根本無法理解的理由。」說到易卜生的《玩偶之家》，總記得劇中人說：「現在我只信，我是一個人，跟你一樣的一個人，至少我要學做一個人。」讀日本作家芥川龍之介之後，老想到他說的話：「天才和我們相距僅僅一步。」

同時代者往往不理解這一步就是千里，後代又盲目相信這千里就是一步。同時代者為此而殺了天才，後代又為此而在天才面前焚香。」這種句子包含智慧，讀後令人難忘。

劉：小時候我讀到的安徒生的一句話鼓舞了我一生，他說：「只要你是天鵝蛋，就是生在養雞場也沒有甚麼關係。」在美國的當代作家中，我最喜歡福克納，原因是《喧嘩與騷動》中的一句話老是讓我回味：「鐘聲又響起了……一聲又一聲，靜謐而安詳。即使在女人做新娘的那個好月份裏，鐘聲裏也總是帶有秋天的味道。」而海明威《老人與海》中的那句名言：「一個人並不是生來要被打敗的，你盡可以消滅他，但就是打不敗他。」這句話一直給我力量。莫里哀《偽君子》中有一句話：「自己的行為最惹人恥笑的人，卻永遠是最先去說別人壞話的人。」我也有同感。你讀過北卡羅來納的美國作家歐·亨利的小說嗎？他說：「人生是由啜泣、抽噎和微笑組成的，而抽噎佔了其中絕大部份。」他的這句話引起了我深深的共鳴。我對存在主義與荒誕小說的興趣是從薩特的一句話開始的：「我明白了，我已經找到了存在的答案，我噁心的答案，我整個生命的答案。其實，我所理解的一切事物都可以歸結為荒誕這個根本的東西。」這是他的中篇小說《噁心》裏的話。我覺得發明「荒誕」這個詞是個巨大的功勞。我愈來愈感到這個世界的本質就是荒誕。我們還可以列舉許多例子來說明文學的魅力首先是語言的魅力。文學閱讀一定不能放過語言的美感、穿透感、力量感等。林崗教授有一篇談論「甚麼是偉大作品」的好文章，講述他閱讀文學時所用的三個尺度，第一個尺度就是「句子」，句子之美，便是語言之美、文學之美。

梅：林崗教授的這篇文章我也看過，確實寫得很精彩。我還記得他說考察文學作品的第二個尺度是看其「隱喻」內涵的深廣度。

劉：這是一個很有見解的看法，可謂切中要害了。哲學、歷史、科學、新聞等都沒有「隱喻」，唯獨文學必須靠隱喻取勝。隱喻乃是意象背後的暗示。例如屠格涅夫就讀出，歐洲文學提供了兩個偉大的意象，即堂吉訶德和哈姆雷特：前者隱喻人的一往無前；後者則隱喻人的猶豫徘徊。這兩種類型也是知識分子的基本類型。陀思妥耶夫斯基《卡拉馬佐夫兄弟》裏的三個兄弟，每一個形象都隱喻一種思想、一種理念、一種命運、一種人生。小說中的宗教大法官與基督的衝突，隱喻內涵更是深廣。這是世俗與宗教的衝突，是世界原則與宇宙原則的衝突，是秩序理念與慈悲理念的衝突，甚至是理與情的衝突、人與神的衝突，令人永遠闡釋不盡，這才是真文學。

梅：托爾斯泰筆下的人物，也是個個都有深廣的隱喻內涵。例如安娜·卡列尼娜，就隱喻了全部女人性——既有情人性、女兒性，也有妻性、母性。此外，她身上又有情慾與責任的衝突、個體生命與家庭義務的衝突、浪漫情懷與現實存在的衝突，等等，非常豐富。

劉：《紅樓夢》中林黛玉的《葬花吟》，整個詩篇都是高級感覺，孤獨感、空寂感、空漠感、無依感、無助感，等等，太豐富了。而且，整首詩是「人生悲劇」的大隱喻，也是「萬念歸空」的大隱喻，內涵極為深刻。隱喻不屬於一個時代，深邃的隱喻總是超越時代而進入永恆，即超越「時代」維度而進入「時間」維度。林黛玉《葬花吟》的隱喻永遠不會過時，林、薛衝突的隱喻內涵也永遠不會過時。因為這種衝突，乃是重自由、重個體與重秩序、重族群的分歧，這種分歧世世代代都有，各國各民族都有。因此《紅樓夢》的隱喻內涵不僅屬於中國，也屬於全世界。

梅：隱喻的超時代性帶給文學以永恆性品格。這個着眼點真可以幫助我們判斷作品的高低。

劉：林崗還提出判斷文學的第三個尺度乃是看其「人性」的深度。這一點也特別重要。不過，我要加以補充的是，作品是否呈現人性的真實度與呈現人類生存環境的真實度，才是最主要的尺度。有了真實，才有深度。

第五日　中醫點穴法

梅：記得您說過，讀書應如中醫點穴，即讀書要善於抓住書中的「文心」、「文眼」，也就是要抓住要害，正如中醫要點到「穴位」上。

劉：不錯，這種讀書方法，可以叫作「中醫點穴法」。這是很重要的讀書方法。你如果學會這種方法，那將受益無窮。

梅：禪宗講究「明心見性」，也是要求擊中要害，中醫點穴法與禪宗的方法似乎相通。

劉：禪講不立文字而明心見性，即講究不為文字所遮蔽而擊中要害，這確實很像中醫點穴法。我們讀書時，容易被各種概念、各種知識所遮蔽，這就叫作「概念障」與「知識障」。一旦障礙太多，就會在書中迷失，不知書中所云，抓不住要領。禪法首先是排除遮蔽與排除障礙的方法，所以它乾脆主張「不立文字」。所謂「不立文字」，本是為了「教外別傳」，但後來產生另一番效果，就是不為概念所糾纏，即不為教條所誤。我一直說，我們這一代是在概念的包圍中迷失的一代，從事文學研究卻忘了文學的根本是甚麼。所以，出國後，我便着意放下概念，即放下知識障、概念障。

梅：關於中醫點穴法，您能舉幾個例子說明一下嗎？

劉：我在香港城市大學講述《道德經》時告訴同學們：《道德經》五千言，其實抓住一個字讀就可以了，抓住這個字就可以讀通讀透。這個字，就是「反」字。《道德經》第四十章說：「反者，道之動」，說「反」便是道德的規律。那麼，這個「反」字是甚麼意思？意思很多，有「相反相成」的「反」，有「反正」的「反」，有「返回」的「反」。錢鍾書先生在《管錐編》中匯集了關於「反」的數十種解說，但主要的還是兩種：一種是「相反相成」的「反」；一種是「返回」的「反」。我認為，《道德經》所講的「反」，主要的意思是「返回」，也就是「復歸」，所以才有「復歸於樸」、「復歸於嬰兒」、「復歸於無極」這一基本思想。也就是說，「反者」，「返回」、「復歸」，就是《道德經》的穴位，點中這一穴位，則點中《道德經》全篇的要領、全篇的主題、全篇的道理。比如說人到了晚年，如果還要守住道德晚節，那就要往回走，即做反向努力；也就是不再朝正向去爭取更大的權力、更大的財富、更大的功名，而是要努力往相反的方向走，即朝着嬰兒時代復歸，朝着質樸的時代復歸，朝着宇宙發生的原點（「無極」）復歸。從這裏可以看出，老子不是導向張揚權術的韓非子，而是導向高舉童心的赤子。因此，可以說，老子是個朝着反向努力的堂吉訶德。他在奢華的年代裏呼喚人們走向另一種價值大道。讀《道德經》，如果能把穴位點到「反」字上，就可讀出一片新意。儘管兩千多年來註疏《道德經》的文字、書籍已汗牛充棟，但我們還是可以通過中醫點穴法讀出前人未曾擁有過的心得。

梅：「反」字，真是《道德經》的穴位。不知道孔子、孟子、莊子的穴位該如何點，我回頭也會想想，找找穴位，然後再次閱讀。

劉：《論語》的穴位應當不止一個，就像我們的身體，不止是一個穴位，而是多個穴位，你可以做些嘗試。我讀《孟子》，先點中「人禽之辨」這個穴位，接着又點中「義利之辨」這個穴位，最後才點到「王霸之辨」這個穴位，抓住這三個硬核，便把孟子的整個思想系統提起來了。「人禽之辨」講人之所以為人的最後底線，「義利之辨」講聖之所以為聖的最後底線，「王霸之辨」講君之所以為君的最後要求，實行王道大致如此，抓住要害，就不會產生太大偏差。

梅：前幾年，您讓我重讀王國維的《人間詞話》，還告訴我文眼（穴位）就是說李後主具有基督、釋迦擔荷人類罪惡的那一句話。我以此為穴位而重讀時，果然明白得多。

劉：讀《人間詞話》，以往的學人總是在「境界」二字上糾纏。如何定義境界，當然重要，但不要陷入境界定義的糾纏之中。其實，境界也只可意會，難以言傳。但抓住「基督、釋迦」這個穴位，便可明白王國維是在說明，李煜已抵達基督、釋迦牟尼的精神大境界，這就是大慈悲、大悲憫的境界。這種境界比宋徽宗那種只哀嘆個人榮辱的功利境界當然要高得多；李煜（李後主）的詞境，不僅高於功利境界，也高於道德境界，屬於天地境界。

梅：有些長篇小說，比如陀思妥耶夫斯基的《卡拉馬佐夫兄弟》，情節複雜，人物關係複雜，恐怕很難在書中找到一個可點的穴位。

劉：讀書當然不能刻板劃一，讀不同的書自然有不同的點穴法。讀長篇小說，就不能像讀《道德經》那樣，點上一個關鍵詞就行了。它需要另一種點法。例如莫言的《豐乳肥臀》，我第一次閱讀時，被它複雜的情節弄得眼花繚亂，理不出頭緒。後來，我又讀第二遍，這一遍使我明白，全書的穴位就在「母親」上，豐乳肥臀的母親、偉大的母親、承受子女弟各種派別各種苦難的母親，就是這部長篇小說的穴位。《豐乳肥臀》寫中國百年的苦難史，這裏有八國聯軍入侵，有軍閥混戰，有土匪出沒，有國共內戰，有革命滄桑，有政治運動……每個歷史時節都有飢餓、戰爭、流血、死亡，而承受這一切的就是母親，就是中華民族偉大的母親。母親超越黨派地承受兒女的全部鮮血、全部眼淚、全部屈辱、全部苦難、全部喜怒哀樂。作家個人書寫的歷史是情感史、人性史、生存史，這是最真實的歷史，是文學化的歷史。這種歷史不是權力書寫的歷史，不是欽定與官修的歷史。權力書寫的歷史，按照皇帝的意志編撰，每個朝代每個皇帝都有自己的一種歷史版本，這種史書是為其政權提供合法化的手段。從表面上看，它們有編年，有事件，似乎是真的，其實中間已歷經許多迎合統治者的篡改。唯有作家書寫的情感史、人性史才能反映歷史的真實。母親的形象體現了作者對歷史的大悲憫，這是對曾在中華大地進行百年掙扎的同胞的大悲憫，不管這些同胞曾被認為是革命派的兄弟姐妹，還是曾被判定為反動派的兄弟姐妹，母親一律都視為自己的兒女，一律給予擁抱，一律給予摯愛，一律給予理解與同情。丟掉母親「大悲憫」這個穴位，恐怕就讀不懂《豐乳肥臀》。

梅：《豐乳肥臀》經您這麼一番穴位闡釋，我真的明白了很多。我讀了不少評論《豐乳肥臀》的文章，似乎都沒抓住穴位。

第六日「親兵」法門

劉：這幾天，我讀了《走出書齋的史學》（浙江大學出版社，二零一二年）這本書，這是李伯重教授與他的父親李埏教授及弟弟李伯傑教授三人的合集（選本）。李（伯重）教授在美國深造時，曾師從何炳棣教授，回國後在清華大學任教（擔任過歷史系主任），現在又在你們的人文學院擔任講座教授，你應多多向他請教。這部選集的所有文章都寫得很好，我不能一一對你細說。此時只想對你說，李埏教授在書中講了一種讀書法——他是雲南大學的歷史教授，這種讀書法可能是他培養學生的好方法，我有幸讀到這篇文章——他說，讀書人應當有自己的「親兵」，也就是身邊應當有護衛自己的最得力的書籍。所謂「親兵」，當然是種比喻，過去打仗時，將帥身邊都要有親兵，用今天的話說，就是身邊的「鐵桿衛士」。這種衛士，乃是護身盾牌，他們與你的生命息息相關。在此比喻下，我們就明白，作為讀書人一定要選擇一些學者、作家和他們的重要著作為自己的「護身符」。這種「親兵」可能是兵，是衛士，也可能是我們的導師、我們的典範、我們的楷模。我們應該選擇一些心儀的智慧人物和他們的著作放在自己的桌上枕邊，不斷閱讀，不斷思索，身心與他們相連。這些人物與書籍，不是看了就放在一旁，而是要隨身攜帶（當然不能帶全部，但可帶其中的幾本）。有這些「親兵」伴隨着，我們的「識」力會不斷增加，「膽」力也會更壯。「親兵」法門，是李埏教授傳授給學生的重要讀書方法，也是他治學的根本心得，我把他的原話再讀一遍：「……古代大將出征，大軍中總有一支叫作『親兵』之類的部隊。這支部隊不大，可是非常精鋭。我們精讀幾部最緊要的書，也就是給自己配備一支知識上的『親兵』，這樣方能『八面受敵』（蘇東坡語）。因此，在博覽的同時，如何精煉和掌握這支『親兵』，是從事學問的一件要事。」李埏教授說，選擇一支「親兵」，精熟地讀幾部要緊的書，乃是做學問的一個基本功。他一再表述這一見解。在《讀書必有得力之書》一文中，他又說，現在書籍琳琅滿目，讀書切不可漫無所歸、學無所主，一定要抓住「得力之書」。

梅：李埏教授的叮囑，我記住了。您把這一方法稱為「親兵」法門，我也記住了。李教授可能也研究軍事史，所以喜歡「親兵」這種現象。在此之前，我也知道「親兵」這個詞，但沒想到讀書人也應當有自己得力的「親兵」。知道這個道理之後，接下去的困難，恐怕是如何選擇「親兵」了。

劉：古代將帥選擇「親兵」，當然要再三思量，百萬大軍中只能挑選出一支小而精鋭的部隊。挑選的標準，除了可靠，恐怕還得智勇雙全，真有「八面受敵」之功。作為讀書人，要選「親兵」，當然要挑選對我們啟迪最大而且值得精讀、值得反覆閱讀的書目。這書目，應當成為我們生命的基石，成為每天都能照射、每天都能帶給我們生命能量的太陽。

梅：您好像以前就選擇好了「親兵」，魯迅、曹雪芹、莎士比亞、托爾斯泰這些巨星，好像總是不離您的口、不離您的手。

劉：你說得很好。我確實把一些我深深敬仰的名字與書籍看作永遠陪伴我的「星辰」。但「星辰」畢竟太遙遠，明白了李教授的法門後，我覺得應當進一步把「星辰」拉到自己的身邊、自己的案頭，應當天天閱讀他們、領悟他們。這正是「親兵」概念給我的啟發。

梅：「親兵」法門很實在。今天聽您講完之後，我也要選擇一些「親兵」了。

劉：你懂得英文，最好是既選擇一些中文經典，也選擇一些英文經典；文學方面選一些，人文科學方面也選一些。要選一些自己真正喜愛的，真正放不下的。不要勉強，一旦勉強，「親兵」就會成為負累。

梅：「親兵」恐怕也不能固定化，有時候也可更換。

劉：我有些「親兵」是永遠不換的，例如莎士比亞，他的書我從中學讀到現在，而且還會一直讀到死。對於曹雪芹也是如此，一定要讀到死的那一天。但有些「親兵」則可以換，青年時代天天讀「老三篇」（《為人民服務》、《紀念白求恩》、《愚公移山》），晚年則天天讀「老三經」（《山海經》、《道德經》、《六祖壇經》）和「我的六經」（除上述「三經」外還有《南華經》、《金剛經》以及我的文學聖經《紅樓夢》）。後來我又自擬「十三經」，把孟子、王陽明、陶淵明、蘇東坡、湯顯祖、袁枚、王國維、錢鍾書也納入「親兵」之列。

梅：我看您總是帶着《管錐編》，錢先生也成您的「親兵」了。

劉：對。三十多年前鄭朝宗老師就敦促我讀《管錐編》，他説：從現在開始，你要天天讀，月月讀，年年讀。我真的照辦了。三十年如一日，我總是天天讀，讀了以後真是受益無窮。《管錐編》恐怕是孔孟老莊以來我國最偉大的人文著作，它是一種人文奇觀，前無古人，也將後無來者。古人不懂英文，這一點就不如錢先生；後來者英文雖好，可是再也不可能有錢鍾書先生精研中國文化的巨大功力與深厚底蘊了。能與錢先生生活在同一個時代、同一個單位，而且還直接受過他的關懷，真是幸福。説他是「親兵」，其實是親導師、親楷模、親典範。也就是説，他的著作是我終生的護身符。

梅：我至今還未進入錢鍾書世界。今後我也應當努力向《管錐編》、《談藝錄》靠近，現在只能高山仰止。

第七日　三個「連續性」

梅：我讀了吳小攀採訪錄《走向人生深處》，才知道您受俄國生理學家巴甫洛夫的一句話所影響。巴甫洛夫説，他所以能獲得成就，其基本方法是「連續性」，即從不間斷，從不停頓，從深處走向更深處。

劉：不錯。有人問巴甫洛夫：您有甚麼研究經驗？他回答，我的經驗有三條：第一是連續性；第二是連續性；第三還是連續性。

梅：連續性貌似簡單，巴甫洛夫卻看得如此重要，這是為甚麼？

劉：連續性從表面上看確實簡單。然而，真要保持思索、研究的連續性，卻是一件很難的事。連續性意味着鍥而不捨，意味着百折不撓，意味着窮追猛打，意味着一天也不停下腳步。連續性還意味着你對自己的課題精益求精，永不放棄，永不放鬆。連續性之難，有時是時代不允許，即時代的各種事件、事端、事故老是打斷你的連續性。例如我們這一代人，就被「文化大革命」打斷了整整十年。除了時代原因外，還常有個人原因，那就是個人缺少毅力、耐力、定力。或經不起挫折，半途而廢；或經不起誘惑，見異思遷；或經不起辛苦，中途改行；或經不起打擊，望風而逃。魯迅告誡文學青年一定要有韌性，不要出了兩三本書就滿足。所謂韌性，就是耐力、定力，這是連續性的主觀條件。

梅：把文學堅持下去，看似容易，其實也不容易。到了海外之後，才知道文學非常邊緣。學生不願意選擇這一專業，是因為畢業後找不到飯碗。教師選擇這一專業，工資待遇很低，遠比不上理工科的同事和在公司裏當職員的同事。

劉：在海外要堅持文學寫作，其實很不容易。從主觀條件說，至少必須具備兩種精神品格：一是要耐得住寂寞；二是要耐得住清貧。真要寫出好東西，就得有面壁十年的精神。連續性，也要有卓越的精神品格支撐。

梅：在學生時代，容易「開小差」，容易「走神」，今天對這個感興趣，明天對那個感興趣。如魯迅所言，今天信甲，明天信丁，總是缺少定力。直到今天，我還覺得自己的定力很不夠。寫一部專著，兩年三年還完成不了，就不耐煩。

劉：禪宗六祖慧能講「慧定不二」，很有道理。一個人要真有智慧，或者說要有智慧之果，就必須擁有定力，要坐得下來。可以說，坐下來就是力量，連續坐下八年十年，成績就更可觀。中國民間智者早就提醒人們，要做成事業，切不可「三天打魚，兩天曬網」。

梅：這樣看來，連續性不僅是個方法論，而且涉及精神本體。

劉：不錯，連續性首先是個心力的問題。有心才能連續，才能不間斷。所以首先是本體論，然後才是方法論。挑擇一個課題、一種方向之後，接着就需要連續功夫，一環接一環，一環扣一環，一環比一環深入，一環比一環精細。離開連續性，就談不上發明發現。曾國藩的「治家八本」中有「立身以不妄語為本」、「治家以不晏起為本」、「行軍以不擾民為本」。這八本之外，他還說過「讀書以不間斷為本」，也是強調讀書治學應以連續性為本。

梅：說連續性是本體論也罷，是方法論也罷，總的說來，實現三個連續性是種功夫，這種功夫是需要修煉的。

劉：康德說過，做學問切忌趕時髦。趕時髦、趕時尚是很愚蠢的，趕時髦便是放棄連續功夫，這當然無法做成大事。我到社會科學院之後，朋友就告訴我，范文瀾先生送給年輕學人一副對聯：「豬肉不怕十年冷，文章切忌一句空」，就是教導年輕人不要趕時髦，治學就得不怕坐冷板櫈，不怕吃冷豬肉，也就是不要趕熱鬧，不要趕時髦。范文瀾先生這副對聯，我一直記在心裏，但找不到出處。本以為是范老自己作的，後來我到安徽銅陵三中去演講，順路到績溪參觀胡適等人的故居，才發現胡宗憲的故居裏就有這一對聯。這至少說明，這對聯在明代就有了（但我仍然不知道更深的出處）。這是很深刻的治學方法，當然也是很深刻的治學精神和寫作精神。

梅：這是不趕熱鬧、不逐時髦的方法，很有益於我們的身心健康，更有益於我們行走治學的正道。

魯迅的遺囑，也交代他的孩子，千萬不要當「空頭文學家」，與「文章切忌一句空」的精神相通。

劉：韌性，定力，連續性，說法不同，但都在說明：一切成功成就，都必須具有一個前提，那就是必須具有一種鍥而不捨、一以貫之的精神。我們已走上文學這條精神之路，別無選擇，只能不斷走下去。

第八日　學問三寶

梅：我請教過李澤厚伯伯，問他做學問的經驗。他告訴我，做學問有三個要素，也就是三個必要條件，他稱之為「學問三寶」：一是圖書館；二是時間；三是方法。但他沒有告訴我具體內涵，所以我今天想聽聽您的意見。

劉：我和李澤厚也多次談論做學問的途徑，多次向他請教。他的學問做得很好。這三個「法寶」，他也和我談過。

梅：圖書館不是人人都可享用的嗎？

劉：他說的圖書館，是說必須大量閱讀，使自己的頭腦擁有詩書萬卷，使書本的記憶特別豐富。我原以為他的成就是靠天資，出國後才知道，他「手不釋卷」，靠的是讀書，是後天的自我培育。他認為，孟子的錯誤是強調良知良能等道德品質先天具有，不用學習，無師自通。其實，無論是道德還是其他知識本領，主要是靠後天修煉——包括天才，也是靠後天的培育。要身邊有座圖書館，腦中有座圖書館，不斷學習，不斷吸收。

梅：那麼，第二法寶：時間，是甚麼意思？

劉：抓緊時間，人人都會説，但李澤厚常對我説：我是拼「時間強度」，即拼單位時間（如一小時、一天、一星期）的效率，不是拼「時間長度」。讀書、研究、寫作，不可自欺欺人，不是做給別人看的，不是表現自己在用功。沒有精神，硬撐在桌邊，時間拉得很長，但沒有效率，這沒有用。李澤厚總是在工作時聚精會神，集中、調動一切力量拼出效率，拼出效果。我在北京的時候非常用功，連作協發的內部電影票我都捨不得去用。李澤厚説，你不要的電影票都給我。那時我沒有拼「時間強度」的意識，實際上只有「時間長度」的意識。出國後，受李先生影響，我也懂得了拼「時間強度」，大大縮短了工作時間，困了就睡，累了就玩，效率反而很高。

梅：在北京時，您老是開夜車，實際上也是追求時間的長度。

劉：對。李澤厚從來不開夜車，但他在工作的單位時間中把全部精力投放進去，這也是一種「實事求是」精神。

梅：李伯伯告訴我的第三個法寶是方法，但沒有告訴我具體的方法。

劉：三十多年的觀察和交談，我知道他的關鍵是培育「高度判斷力」的方法。前些年，我們一起散步，我幾乎天天聽他講「判斷」。他説，從事人文科學，關鍵是會判斷。讀了一些書，這些書好不好？書中的見解哪些對，哪些不對？對在哪裏，對幾分？錯在哪裏，錯幾分？要自己培養判斷能力。他批評我的主要弱點是輕信。輕信其實還是判斷力不夠強大。

梅：做學問如果缺少判斷力，就容易跟着潮流跑。

劉：不錯，做學問不能跟着時髦跑，不能跟着潮流跑，不能隨風倒。我一再説，要做「潮流外人」，不做「潮流中人」，也是這個意思。然而，反潮流、逆潮流不僅需要勇氣，還需要判斷力。前者是膽，後者是識，二者缺一不可。判斷力屬於識，要靠自己不斷分析，不斷總結經驗。方法也是鍛鍊出來的，不是拿別人現成的去套用。

梅：我明白了，李伯伯的所謂方法，乃是以提高判斷力為目標而不斷積累經驗的方法。

劉：李先生歷來注意判斷，還特別注意抓住要害、要點。他是哲學家，哲學實際上是智慧學、聰明學。所以他一再說，讀書千萬不要愈讀愈傻，一定要愈讀愈聰明。李澤厚對你講這「學問三寶」就很聰明。我讀中學時就知道杜甫說過「文章千古事，得失寸心知」，現在才明白，要知自己文章與知別人文章的得失並非易事，需要磨練很長歲月。

第九日　點石成金與孤本秘籍

梅：我讀您和李澤厚伯伯的對話錄，有一處說治學有兩種基本方法，也可以說是兩種基本路子：一種是尋找孤本秘籍，表現出來的是考古考證功夫；另一種則是點石成金，即在人們可以常常見到的書籍與現象中道破別人未能道破的見識，發前人之未發，表現出來的是膽識的功夫。兩者都可行，都可通往學術的高峰。

劉：不錯，我們講過兩種不同的學術方式、不同的學術路子。但「條條大路通羅馬」，兩種路子都可抵達學術的目標。兩者各有所長，不必褒此抑彼。三十年前，我認定點石成金才是大道，現在不再做大道小道之分了。李澤厚和我走的是點石成金的路子，但我們也非常尊重另一條路子。研究中國文化，倘若選擇孤本秘籍的道路，需要在國內，國內才有足夠的珍本善本，才有足夠的原始資料和出土文物。我知道，我沒有這種條件，尤其是在國外。但我可以選擇點石成金的路，這也不容易。這也需要大量閱讀、比較，需要修煉見識，修煉思想。點石，靠的是識力，也需要膽力，膽與識兩者缺一不可。二者兼有，方能構成境界。

梅：這兩種路子是不是宏觀與微觀之分？

劉：確有這種區別。一般地說，追尋孤本秘籍，更需要微觀功夫；而點石成金，重在宏觀功夫，有宏觀比較，才能點破要害。

梅：有二者兼備的嗎？

劉：有。例如王國維，可以說他是一個二者兼備的天才學者。他的《人間詞話》、《〈紅樓夢〉評論》，是點石成金；他的《殷周制度論》等，則表現出考證功夫。他還特別重視出土文物，這一點比章太炎開放。

梅：錢鍾書先生是二者兼備嗎？

劉：錢先生是微觀功夫大於宏觀功夫，但說他二者兼備也無不可。不過，他走的既不是尋求孤本秘籍的路，也不是點石成金的路，而是一種「挫萬物於筆端」的路，「萬物皆備於我」的路。這是一種奇特的囊括一切又超越一切的天才現象，很難描述這種學術道路。錢先生涉及的書籍，許多我們都不知道，那也可以稱作孤本秘籍，但他又不是刻意去考古、考證，他又在《詩經》、《老子》、《列子》、《易經》、《楚辭》這些人所共知的經典裏匯集古今中外的知識與見識，從而對古代經典又做出一番新的認知。他博大精深得讓人難以置信。

梅：這樣說來，治學也不僅是點石成金與孤本秘籍兩條路子。

劉：大體上可以分出這兩條路子。不過，分出兩條路也只能說明一部份學術，並不能說明全部學術。分類是科學研究的手段，但分類也常常有失誤。因為在相反的兩類之間，往往有更廣闊的中間地帶。處於中間地帶的路子與現象，往往更豐富。像錢鍾書先生這種大氣象，就大於點石成金和孤本秘籍這兩條路。他超越於「二」，《管錐編》一開卷就講「三」，三生萬物。錢先生的現象很特別。人的創造力無窮無盡，這不是分類可以囊括的。

第十日　打通中西文化血脈

梅：在您的散文與談話中，您多次提到出國後一直致力於「打通中西文化血脈」。我覺得這是一個極為重要的思索路向，也說明您的讀書邁入了一個新的境界。對此我印象極深，今天我們不妨再討論一下。

劉：出國已二十多年，我得以從原來的生活框架裏抽身，從而贏得充份的時間沉浸於讀書與寫作中，而且還萌生出「打通中西文化血脈」的學術意識。我從南到北，又從東到西，對中國文化有一腔深情，對西方文化也有好感。我從少年時代就被莎士比亞、雨果、歌德所熏陶；出國後，又周遊世界，在美國更是有許多感性認知。最為重要的是，我可以自己支配自己的時間，坐下來認真讀中外的文史哲經典。儘管我外語不好，但只要能找到經典譯本，我就拚命地買，拚命地讀。晚年的閱讀，我有一個重要的目標，就是「打通中西文化血脈」。

梅：與我同一代的學人，雖然英文好的不少，但能致力於「打通中西文化血脈」的卻不多。他們有的是民族文化主義者，一味鑽入古書堆中；有的則是崇洋學人，只信西方，不理會中國古代經典；有的則像我，雖對中西方均無偏見，但還不能進入兩種文化的深層結構，或者說還不能進入中西文化的血脈深處，所以也談不上打通。您意識到打通中西文化的血脈，實在是很重要的。您除了對中西文化都很喜愛而無偏見之外，還有一個長處，就是您一直具有一種普遍意識。出國之前，您更是打破文化的國界，努力吸收西方文化的營養，這之後又「返回古典」，努力吸收中國傳統文化的營養。

劉：出國之前，我很重視閱讀西方的文學著作與人文著作。商務印書館出版的那套「漢譯世界學術名著叢書」，出一本，我就買一本，讀一本。文學、歷史、哲學、政治、經濟、自然科學，一概買，一概讀。我真感謝那些辛勤的翻譯家。許多文學經典，我早就嫻熟於心了。可是，出國之後我更愛讀中國文化經典，孔子、孟子、老子、莊子、列子等，尤其是我自定的「六經」（《山海經》、《道德經》、《南華經》、《六祖壇經》、《金剛經》以及我的文學聖經《紅樓夢》），更是天天讀，月月讀，年年讀。我在香港城市大學中國文化中心多次擔任客座教授，加起來不下三年，講的全是中國古代文學與文化，在台灣的「中央大學」與東海大學，講的也是「我的六經」之類。愈講對中國文化的情感愈深，愈覺得中國文化博大精深，很了不起。

梅：您和林崗在八十年代所著的《傳統與中國人》，其基本態度是批判的。這種對傳統的批判，實際是五四新文化運動大思路的繼續。出國後，您對中國文化的態度的基本點似乎是肯定的，這是不是一個很大的轉變？

劉：出國之後，我對中國文化的基本態度確實轉向努力領悟與開掘。然而，無論是對中國文化還是對西方文化，我都採取一種比較客觀、比較理性的態度。我覺得自己的使命首先是學習、發現兩大文化的長處，先當一個誠實的學子，然後再言比較，再言打通。

梅：我發現您也拚命閱讀佛典與佛學研究著作，您那麼喜歡禪宗，光是王強送您的佛學研究書籍就有一百多本。

劉：二十多年靜下心來閱讀，才明白我們到地球上這一回沒有白來，來了之後見到了三座無限燦爛的文化巔峰，讓人們欣賞不盡、開掘不盡。這三座高峰便是西方哲學、佛教智慧和中國的先秦經典，要說打通中西文化血脈，實際上是要打通這三座大山的隧道。這一偉大工程——「打通」的偉大工程——不是一代人能完成的，它是今後千百代東西方學人的共同使命。

梅：有了打通意識，讀書的方式可能就不同了，是嗎？

劉：對。有了打通的意識，就更注意比較，更注意生命，更注意三大文化經典中的一些共同發現、共同真理。居住於地球不同角落裏的人群（生命）確實具有共同的人性，具有對於人類存在與世界存在的共同認知。所有的種族、所有的個人、所有代表他們的精英，都以人類的生存、延續、發展為最終目的，即為終極的「善」。有這種前提，就有相通點，就有打通的可能。作為學者與思想者，能夠打通的血脈就是人類共通的人性、共通的生命，以及共通的生存處境與生存困境。現實的思想壁壘，很難打通。各說各的，公說公有理，婆說婆有理。讓他們說去吧，我們只關心人類共同的命運、共同的生命需求。

梅：您出國之前，凡事都比較熱烈，包括熱烈地擁抱社會是非。出國後則比較冷靜，抽離了許多是非。這種變化，是不是與您的文化認知有關？

劉：出國後我確實比較冷靜了。這除了年紀愈來愈大、看問題也較為客觀的自然原因之外，也確實還有文化原因。我在「打通中西文化血脈」的閱讀思考過程中發現，中西文化乃至三大文化高峰的精華中都有「中道智慧」。佛教的中觀學説為印度龍樹所創，中國的佛教八宗都尊崇龍樹，都認定左右兩個極端全是黑暗的深淵，唯中道乃是正道與大道。所以，我們可以説，佛教智慧乃是中道智慧，不二法門乃是中道法門。而中國文化從《易經》到孔子、孟子都講中和、中庸，其內涵雖重在道德，但從哲學上説也是中道。西方哲學從亞里士多德開始就倡導中道。康德的二律背反，歸根結底，也是中道智慧。錢鍾書先生的《管錐編》開卷就駁斥黑格爾的兩極對立，拒絕「一分為二」，而大講《易經》的三元哲學，特別是鄭康成（鄭玄）的三易（簡易、變易、不易）闡釋。講「三」，便是講第三空間，這是廣闊的中間地帶，自由就在第三地帶中。這也是中道智慧。李澤厚晚年大講「度」的範疇，認為此範疇比黑格爾的「質」、「量」等範疇更重要。我覺得這一範疇也比中國古代的「氣」、「極」等範疇更重要。所謂「度」，並非理念，而是實踐。它講究適中，講究恰到好處、不偏不倚、不走極端。你説我出國後立身態度比較冷靜，我想可能與我的哲學思索特別是中道思索有關。

梅：我能理解。你們那一代人，也包括我們這一代人的少年時代，滿耳都充滿「你死我活」的吶喊，鬥爭哲學響徹雲天，中道哲學根本沒有立足之地。

劉：一兩代人完全喪失了第三空間。可是，沒有第三空間就沒有自由。在海外的複雜環境中，我選擇價值中立。這個「價值中立」，原是韋伯的思想，這也是中道智慧。價值中立不是沒有立場，它是真理的立場、知識的立場。它不是沒有關懷，而是追求終極關懷。我覺得上帝、基督都是價值中立者，都是中道智慧者，都是終極關懷者。作家也應當是價值中立者，天生的價值中立，既天然地理解、同情所謂「善人」，也天然地理解、同情所謂「惡人」。這不是不分善惡，而是說，作家應當超越世俗的正邪、善惡的價值判斷，而站立於更高的精神層面上，以中道情懷，給予大悲憫。釋迦牟尼的情懷，便是大悲憫的情懷。王國維讚美李後主，就是因為李後主的詞具有大悲憫的境界。

梅：我研究莊子的現代命運，覺得莊子的《齊物論》，其實也是中道智慧。

劉：不講非此即彼、你死我活，而講亦彼亦此、你活我也活，這正是中道哲學。西方哲學中的「二律背反」，講的也正是相反的兩個命題都符合充份理由律。這不是沒有是非觀，而是多元是非觀，不同層面的是非觀。《道德經》講「不爭」之德，恐怕也是說爭得半死的人，其實只是站在不同的層面看到事物不同的一端而已。老子不是沒有是非，而是不糾纏於是非。特別是我們這些從事文學工作的人，如果糾纏於絕對的是非、正邪、善惡，設置各種法庭，那還有甚麼文學可言？世界那麼多彩多姿，人性那麼複雜豐富，作家完全沒有必要只把自己的創造納入簡單的是非、正邪、善惡等判斷框架。一旦納入，視野勢必狹窄，境界勢必不高。莊子的《齊物論》，其實也是悖論。兩千三百年前，他就有那樣的哲學觀、那樣的平等觀，很了不起。

梅：兩千多年前，莊子就佔領了平等哲學的制高點，也佔領了自由哲學的制高點。他的《逍遙遊》，就是自由論。要是我早點獲得「打通中西文化血脈」的意識，就會把莊子的自由哲學觀與哈耶克的自由觀打通，也可能會把莊子和以賽亞·伯林打通。伯林區分消極自由與積極自由，其關鍵是「限度」。消極自由要求最低限度的自由，這不是自我擴張、自我實現的自由，卻是自我安寧、不為物役的自由，例如逍遙的自由、沉默的自由等。其實，莊子與伯林的自由觀十分相通。

劉：我過去總是爭取吶喊、進取、抗爭的自由，這是積極的自由，而現在則要求沉默的自由、逍遙的自由，也就是不表態、不參與的自由，這是消極的自由，但又是自由的前提。莊子的「不為物役」，就是擺脱各種障礙的自由，也是消極自由。我覺得以賽亞·伯林分清兩種自由的思想非常精闢。這種思想不會導致極端的暴力革命，反而為改革、調和、協商提供了哲學根據。這也是中道智慧。

梅：您剛才講的都是哲學，那麼，從文學的角度上説，是不是也可以打通中西文化血脈？

劉：當然可以。我們在《共悟紅樓》的對話中，把曹雪芹筆下的賈寶玉與陀思妥耶夫斯基筆下的阿廖沙做比較，就是為了打通兩種文化的血脈。一個撲向大地去擁抱苦難（阿廖沙）；一個遠離大地而從苦難中抽身（賈寶玉）。兩者都有道理，前者崇高，後者也並非卑劣。兩種選擇都有各自的文化理由。東正教把苦難當作走向天堂的階梯，佛教則面對無邊的苦海而主張超越苦海。叔本華喜歡佛教文化，他大約覺得抽離苦海的道路更可行。當然，此路並非偉大之路。其實，賈寶玉的哲學正是中道哲學，他不相信那些「大仁」與「大惡」，只願做中性的平常人。《紅樓夢》開篇就借賈雨村講哲學，講的也是既非「大仁」也非「大惡」的「第三種人」。曹雪芹是一位偉大的中道主義者，所以對釵黛的衝突、賈氏父子的衝突，他都站在中性立場進行描述。他筆下的眾多人物，好人都不是絕對的好，壞人也不是絕對的壞。魯迅欽佩的正是這種描寫人的新格局。浸透於《紅樓夢》中的哲學要點，有「心靈本體」，還有「中道智慧」。王國維的《〈紅樓夢〉評論》，發現小説中沒有「蛇蠍之人」，林黛玉的悲劇並非幾個蛇蠍之人所造成，而是「共同關係」的結果。曹雪芹作品中不設政治法庭也不設道德法庭，一設就會遠離中道。其實，人間所有的經典極品，對人性和人類的處境都不做兩極性的正反獨斷，而是用中道的眼光給予真實的呈現。這些道理看似簡單，我們卻付出了極大的代價才明白。

梅：莎士比亞、巴爾扎克、托爾斯泰，他們確實沒有甚麼主義，沒有甚麼「大仁」與「大惡」之分。

劉：凡寫「大仁」與「大惡」的對峙的，都不是一流作品。好作家只面對人性的真實與人類處境的真實。既是真實，那就很豐富很複雜，不是那麼黑白分明、兩極分明。我國民間所崇尚的包公，很正直很勇敢，他是道德裁判所裏的好法官，但不是好作家也不是好評論家。好作家應當同情秦香蓮，也應當同情陳世美，他們都是真實的人、脆弱的人、有各種人性弱點的人。作家應當用中性的眼睛去看待他們。

第二輯　與小女兒劉蓮談讀書

第一日　書渴

劉　蓮：（以下簡稱「**蓮**」）爸爸，您很愛讀書，我也很愛讀書，但是，我讀書的成效不夠大。我自知不足，對自己常常很不滿意。您能不能告訴我，如何改變這種狀況？

劉再復：（以下簡稱「**劉**」）讀書要有成效，一是靠精神，二是靠方法。所謂精神，我指的是真精神，真態度，真愛書本，真把書本讀進去。這一點比方法更重要。

蓮：我自認為真愛書本，但又感到精神不夠。

劉：我從小就受高爾基讀書精神的影響。他沒上過大學，但自學成了一個偉大作家。他用四個字來形容他的讀書精神，就是「飢狼餓虎」。他說他總是像飢狼餓虎尋找食物那樣尋找書本、吞嚥書本。「飢狼餓虎」這個詞給我很大的刺激，它幾乎覆蓋我的整個少年時代與青年時代。從讀中學到讀大學，我都處於這種飢渴狀態中。一看到書，眼睛就發亮，心裏就發癢，就如獲至寶，就想翻看，就想閱讀，就想吞嚥下去。我在國光中學的時候，看過描寫高爾基生平的三部電影：《童年》、《在人間》、《我的大學》。這是根據他的自傳小說改編的三部曲。他小時候很窮，寄寓在外祖父家，根本沒有機會上學。他的大學就是打工、流浪、到處尋找書本。他天生燃燒着一種讀書的渴望，這種渴望成就了他。

蓮：讀書先要有渴望，這一點我沒有。只能說，我有讀書的願望，不能說有讀書的渴望。

劉：有願望還不夠，有興趣也不夠。有讀書興趣的人很多很多，但有讀書渴望的人卻不多。我們不妨把讀書的渴望稱為「書渴」。那麼，可以說，世界上能感到「書渴」的人還是很少，我很幸運，天生就是一個「書渴」之人，嗜書如命，愛書如命。

蓮：小時候在鄉村裏沒有甚麼書，您「書渴」了怎麼辦？

劉：我的童年時代在鄉村。我們家原有一些書，「土改」時奶奶怕惹事燒掉了。村裏別人家的書很少，哪家有甚麼書我都知道，常常讓奶奶帶着我去借來看。後來我讀到莫言的散文，才知道他也是如此，像小狗到處「嗅」，哪家有甚麼書就去借，最後把全村的書都讀完了。我們村裏的書沒有甚麼高深的，我只讀到《薛仁貴征東》、《三俠五義》等幾本書。我們住在山溝裏，離小鎮（碼頭鎮）還有二十里路。奶奶到鎮裏趕集後都會帶幾本連環畫冊或其他小書給我。下午太陽快落山時，奶奶就要回來了，我坐在大榕樹下等呀等，等甚麼？就等她帶給我一兩本新的連環畫。一旦等到，我就會跳起來，然後如飢似渴地「吞嚥」。記得她給我帶回一本《三打祝家莊》，我至少讀了五十遍。那時我的精神食糧太少太粗糙了。《三打祝家莊》這本連環畫，我把它讀得爛爛的，讀得封面都沒了。我還把它藏在枕頭下，不讓別人知道，更別說借給別人了。

蓮：您的這種「書渴」狀態，一直延續到甚麼時候？

劉：一直延續到現在。直到今天，我一走進書店就亢奮，就拚命找書買書。剛到海外，我一本書都沒有，現在Boulder（我的美國寓所）又有三十架書了。全是我在中國的香港、台灣、大陸買的，買了就請書店寄到美國。全用海運，兩三個月才能寄到。二零零二年，我在香港城市大學客座結束後返回美國，就託運了十三箱書。如果把美國的書和北京的書匯在一起，我的藏書就相當可觀了。

蓮：年少時有「書渴」不容易，年老時有「書渴」更不容易。

劉：「書渴」對於我，倒是一以貫之。也許是慣性吧，至今我也做不到一天不讀書。一天裏如果不寫作不讀書，我就不自在。我寫過一篇散文詩，叫作《死的日子》，意思是説某一天不讀書，那麼這一天就算虛度，就算蒼白，就算死亡。我們一起看看這篇散文詩：

死的日子

我生命的一天又白白死了。

沒有汗水，也沒有痕跡，沒有前進，也沒有跌倒，沒有功勳，也沒有過錯，沒有歡樂，也沒有怨恨，沒有創造，也沒有破壞，沒有憧憬，也沒有懺悔……

生活中有許多這樣悄悄死掉的白天與夜晚。對着它，我總是煩躁不安，對着妻子與孩子發着脾氣。

活的人生，也有死的日子，綠的莊稼，也有枯的白穗。在死的日子裏，我失掉了自己。我是農民的孩子，耕耘是我的本性，沒有耕耘，只覺得心身與田野都在荒蕪。

這是我寫於八十年代初的散文詩，那時我真的像個辛勤的農民，一天不在書本上耕耘就會發慌。

蓮：珍惜每一天，這真是很好的習慣。

劉：我的珍惜，不是物質性的珍惜，而是時間性的珍惜。我認為，「珍惜」應當成為人生哲學的第一範疇。不管別人同意不同意，一定要把它當作第一大範疇。

第二日　管錐

蓮： 您天天讀錢鍾書先生的《管錐編》，文章裏也常引用《管錐編》。有朋友問我這書名是甚麼意思，我也講不清楚。

劉： 你見過木匠、石匠用鋼鑽錐鑽木頭石頭嗎？從表面上說，這不過是一種意象性的比喻，也就是拿一支鑽桿往一個地方鑽探，然而，這裏包含着一個做學問的大法門。錢先生正是用他的如椽大筆，在中國文化這座岩壁或說在這塊大鐵板上硬鑽探出一個全新的豐富的世界，展示出一個前無古人、後無來者的驚天動地的精神世界。

蓮： 錢先生的「管」，錢先生的「錐」，是用古今中外的前人難以企及的材料做成的，是特殊材料做成的。您也有自己的「管」和「錐」嗎？

劉： 從俄國流亡到英國的二十世紀著名哲學家以賽亞·伯林把學者分為兩類：一類是狐狸型的；一類是刺蝟型的。前者指廣博型的、擁有多洞穴即涉足多領域的學者；後者指深入型的、在某個領域裏深研深究的學者。而錢鍾書先生二者得兼，他既擁有前所未見的博識，又擁有他人難以企及的專深。他的詩識詞識文識，專深得令人難以相信，其「管錐」的程度更是很難描述。學問能做到這個地步，真是匪夷所思。三十年前，我在香港出版的《潔白的燈芯草》的「後記」中就感嘆：面對錢鍾書這一大海，覺得做學問真是苦海無邊。意思是說，做學問要抵達錢先生的彼岸，真是苦海無邊。

蓮： 您總是告訴姐姐和我，說要天天堅持讀《管錐編》，才能知道錢先生這座山有多高，這片海有多深。

劉：這是鄭朝宗老師對我的教誨，我也轉達給你們。我雖然天天讀，堅持讀了三十年，但仍然只是在錢鍾書海邊拾貝殼的一個孩子，仍然不敢説我已經了解了這片大海。不過，天天向他靠近總是好事。天天仰望着他，才懂得謙卑；天天翻閱着他，才有一個巨大的參照系，才有一座巨大的明燈。在此參照系下，我們也才懂得做學問是多麼難。三十年來，我有一種體驗，就是只要《管錐編》在我眼前、在我案上，我就會聽到一種無聲的召喚，就像教徒總是聽到曠野的呼喚。雖然在《管錐編》面前會感到做學問難，但也會感到：大學問多麼美！多麼輝煌！

蓮：您一直告訴我，人生中應有自己崇拜的導師、自己學習的典範。錢先生就是您學習的楷模吧！

劉：是的，錢先生就是我的偶像、我的導師、我的典範、我的楷模。他一生都未曾招收過學生，也未曾招收過研究生。我擔任研究所所長的時候曾受幾位研究生的委託，請求錢鍾書先生和他們見見面，講講治學精神與方法，但他屢次謝絕。這不能怪他。實際上我們和他距離實在太遠，要當他的學生很難。我每次在他面前都是誠惶誠恐。我一直感到與錢先生生活在同一個時代、同一個國度、同一個學術單位而且能常常見到他是最幸福的事。我特別感謝錢先生的摯友鄭朝宗老師的提醒，感謝他提醒我，《管錐編》一定要天天讀。三十年讀下來，我感到天天讀就能天天生長、天天進步。錢先生「管錐」中西文化，我卻天天「管錐」錢先生的著作。

蓮：前些年我讀《談藝錄》就覺得讀不盡，《管錐編》更是讀不盡，這輩子，我恐怕只能望海興嘆、望洋興嘆了。

劉：你懂得望洋興嘆就不簡單了。不過你不要悲觀，你可以嘗試着下海，嘗試着入洋，讀懂一段就是收穫。「管錐」這一法門對我們是一種啟迪：人生非常豐富複雜，糾纏我們的事務太多，但無論如何，我們一定要抓住一項專業、一項工程，鍥而不捨地探討下去，把生命投入進去。長此以往，就一定會有成效。所以，我除了聽到《管錐編》內涵的呼喚之外，也時時提醒自己不要忘記讀書治學離不開「管錐」這一基本法門。每一領域裏的課題，一旦「管錐」下去，我們都會發現那裏還有許多再發明再創造的潛在可能性。我們未知的知識實在太多，我們已知的一切，比起未知的一切，只是極小的一點點。

蓮：我從未聽到您這麼高地評價一位學者，也從未看到您這麼深情地熱愛一位學者。您的感受很特別。

劉：是的。我覺得錢鍾書現象曠古未有，今後也不會再有。我覺得他的學問超過孔孟老莊，也超過朱熹、王明陽，完全是一個奇蹟。不僅是中國的奇蹟，也是人類的奇蹟。鄭朝宗老師寫信對我說：你應緊緊抓住錢鍾書這個巨人。我牢記着這句話，所以現在還在緊緊抓住。我多次想寫一篇呼籲文章，題目也許可以叫作「吶喊」。我想呼喊：中國，我的祖國，緊緊抓住錢鍾書這個偉大的兒子吧，抓住他就佔領了世界文化巔峰。

蓮：如果僅從「方法」上說，「管錐」是不是「深挖」的意思？

劉：可以這麼理解。我們可以把「管錐」理解為深挖一口井，深打一個洞，深究一門學問。

第三日　根底

蓮：我雖然不像姐姐那樣以文學為職業，但是從小就聽您講文學，我覺得您好像對俄羅斯的文學特別喜歡，它對您的影響也特別大，這種感覺對嗎？

劉：很對。我確實特別喜愛俄羅斯文學，從小就受俄羅斯文學的澤溉。我不僅愛傳統的俄羅斯文學，從果戈理、普希金到契訶夫、托爾斯泰、屠格涅夫、陀思妥耶夫斯基，一直到十月革命後的高爾基、葉賽寧、帕斯捷爾納克等，我都愛。我甚至把托爾斯泰視為自己的精神之父。俄羅斯文學早已化為我的精神細胞，早已化為我靈魂的一部份。

蓮：您也很喜歡歐美文學，特別是莎士比亞。為甚麼又獨鍾俄羅斯文學？

劉：我確實也熱愛從荷馬、但丁一直到莎士比亞、巴爾扎克、歌德的歐洲文學，也深受他們的影響，只是在俄羅斯文學傳統與歐洲文學傳統這兩座高峰比較時，我更傾心於前者。這不是因為它們兩者水平上有甚麼差異，而是我的精神氣質與俄羅斯文學更為相投，更為相通。正像人們尋找伴侶不一定是選最美麗的，而往往是選擇心靈最相近、最相通者，也就是精神氣質最相投者。

蓮：俄羅斯文學在哪些方面使您更加熱愛？

劉：我覺得俄羅斯文學的靈魂更厚重，或者說，更深厚。我對文學技巧以及整個文學的審美形式也有感覺，但把文學的靈魂看得更重。以前魯迅說，他很喜歡俄羅斯文學那種大曠野的精神。我也特別喜歡，但我不把這種大曠野精神僅理解為大氣，而是理解為大情懷、大關懷、大悲憫，這就是靈魂。俄羅斯文學擁有靈魂的重，又擁有靈魂的深。其精神內涵唯有「厚重」或「深厚」一詞可以表述。

蓮：這是不是與宗教有關？

劉：肯定有關。俄羅斯的東正教認為，苦難是通向天堂的階梯，因此不能迴避苦難，而應當擁抱苦難。所以，俄羅斯的偉大作家如契訶夫、托爾斯泰、陀思妥耶夫斯基等，都是靈魂被苦難抓住的作家，他們都天生與社會底層息息相關，都具有大同情心與大慈悲心。我讀他們的作品，總是讀到他們內心洶湧的眼淚與上帝一樣的情思。而且覺得，上帝好像是把俄羅斯作家作為他的第一級精神選民，他首先選擇俄羅斯作家的心靈作為地上的居所。高爾基在描述托爾斯泰的散文中說，他懷疑托爾斯泰就是「上帝本人」。真的，我也常如此懷疑。托爾斯泰的臉頰飄着雪白的大鬍子，他的心靈為人間的苦難焦躁不安、嘆氣呻吟，他的作品每一部都那樣為人類祈求光明。讀了他的書，不能不改變我們自身的某種靈魂內容與靈魂形式。

蓮：歐洲文學就沒有大同情心與大慈悲心嗎？

劉：也有，他們也很善於寫人的靈魂的掙扎。例如莎士比亞的《麥克白》，就把靈魂的掙扎寫絕了。但是，歐洲作家如王爾德等，又創造了一個為藝術而藝術的傳統、唯美主義的傳統，這個傳統也有成就，但我從未衷心接受過。我了解文學，知道王爾德的文學價值，但我個人的精神氣質離王爾德較遠，也離波特萊爾較遠，甚至也離拜倫、司湯達較遠。我不喜歡頹廢文學，不喜歡頹廢情調，也不喜歡膨脹的自我和過度浪漫的自我。俄羅斯文學主流中沒有這種情調。我喜歡那些呼吸在俄羅斯文學大地上的磅礴靈魂。

蓮：您個人總是追求深刻。

劉：有些作家追求深刻，有些作家追求和諧，有些作家喜歡關懷，有些作家喜歡唯美。文學本就是多彩多姿的空間，我又是一個文學多元論者，因此，對於作家的不同選擇，我完全能理解。我只是說，我個人更喜歡嚴肅的文學、深厚的文學、靈魂磅礴的文學。但我從來不攻擊王爾德和波特萊爾，也不嘲笑朋友們的另一種喜好。就人生而言，我總覺得它需要守持其嚴肅的一面。肯定這一面的人，恐怕都比較喜歡俄羅斯文學。

蓮：高爾基不是革命文學嗎？您不是對革命文學有許多批評嗎？

劉：我批評的是中國現代革命文學，批評它把文學狹窄化、簡單化、概念化了。世界那麼複雜豐富，人的存在也那麼豐富複雜，把人僅僅劃分為「革命與反動」、「左和右」等，就太簡單化了。文學一定要寫出人性的真實。高爾基的文學固然可以放入廣義的革命文學，但他的作品除了《母親》之外，基本上不是帶有傾向性的文學。他本人很慈悲，作品書寫的人間眾生相，尤其是史詩型長篇小說《克里姆·薩姆金的一生》，寫出了人類的生存困境，人性也寫得很豐富。俄羅斯文學大家們也批評農奴制度，但他們從未把社會批判當作出發點，作品中也沒有政治法庭和道德法庭。

第四日　不執於經典

蓮：您一再和我說，要讀經典，文學、哲學、史學的經典都要讀。您心目中有哪些經典？

劉：這要開列出一大堆書單。我不想一一對你講述，不過，我想告訴你，我有自己努力閱讀的中國文化「十三經」。這裏有文學也有哲學與歷史，包括《孟軻經》（孟子）、《山海經》、《道德經》、《南華經》（莊子）、《六祖壇經》（慧能）、《傳習錄》（王陽明）、《陶淵明集》、蘇東坡詩詞、湯顯祖戲劇、《隨園詩話》（袁枚）、《人間詞話》（王國維）、《紅樓夢》（曹雪芹）、《管錐編》（錢鍾書）。除這「十三經」之外，別的書我也讀，例如儒家著作。我當然也讀《論語》，但我更喜歡孟子的「民為貴，社稷次之，君為輕」的思想，更喜歡他的「富貴不能淫，貧賤不能移，威武不能屈」的人格態度，又特別喜歡他的三辨，即「人禽之辨」、「義利之辨」和「王霸之辨」。孟子的這一套學說，我從內心深處更能接受。儘管我並不喜歡孟子行文中的某些「語言暴力」，例如動不動就用「禽獸」二字。在文學方面，我從《詩經》、《楚辭》一直到唐宋詩詞以及明清戲劇、小說，都不斷閱讀，但最崇尚的還是陶淵明、蘇東坡、湯顯祖、曹雪芹。我把他們的代表作視為經典，視為護身符。我很想寫一本書，書名就叫作《我的十三經》。

蓮：可是您又一再對姐姐和我說我們要讀經典，但又千萬不要執於經、執於典。

劉：對。我們界定一些經典，是把它們作為自己的典範，是為了讓自己的靈魂擁有更大的活力，是為了愈讀愈活，而不是愈讀愈死。所有經典作家都會發生一個悲劇，即先被崇奉後被神化，然後被權威化、標準化、教條化。包括《聖經》、佛經等，都是這樣的命運。

蓮：您常說要「放下概念」，也是這個意思嗎？

劉：是，我對教條很警惕。我們這一代人是在教條的包圍中迷失的一代。教條差點榨乾我的全部生命。教條總是打着經典的旗號。許多原教旨主義者都是熟讀經書的人，但他們恰恰是把經書引向死亡、引向墳墓的人。所以我才一再呼籲：不要執於經典。禪宗也呼喚：一要破「我執」；二要破「法執」。我非常欣賞慧能高舉這兩面旗幟，他甚麼「法」都不執。一切相，他都破，我相、人相、眾生相、壽者相全都破。慧能是個宗教領袖，但他沒有偶像崇拜，他把佛相也破了。他聽經、唸經，但不執於經，只重自己的感悟和自己的覺悟。他把「禪定」等修行方法改變為思維方法，自己也變成了一個無需邏輯也能深刻思想的思想家。他把固定「法」打破得很徹底，連傳宗接代的「衣鉢」都打碎，不往下傳。他知道日後的教徒們肯定會為爭奪衣鉢而火併。教徒也是人，是人就會有慾望，特別是充當領袖的慾望。他清醒地看穿了人性的弱點，所以打破成規，廢了傳宗接代法，這很了不起。佛教本是啟迪智慧的宗教，如果大家都被經典所縛，智慧反而不能解脱。慧能作為禪宗大師，首先幫助人解脱智慧。

蓮：我跟強先生（強梵暢）學佛學禪，常聽他説，要讀經典，但不能當「支解之徒」，也就是不能教條式地對待佛典。只會對經書斷章取義卻完全沒有自己的體悟的人，就是「支解之徒」。

劉：強先生説得好，「支解之徒」這個概念也很有意思。教條主義者就是「支解之徒」。真懂佛典的人都警覺於「死於句下」，也就是不能死於概念、教條之下。禪宗講「不立文字」，我把它闡釋為「剝落概念」、「剝落教條」。有此剝落，才能真開智慧。先剝落，後開悟。

蓮：我和益弘姐到韶關南華寺去「禪修」，歸根結底也是破執，破我執和破法執。

劉：我從未「參禪」過。參禪是一種修行方法，我更重視慧能提供的思維方法。參禪主要是破煩惱障，我則重視破概念障、知識障、教條障。禪宗裏高明的法師曾批評過「牢裏狂人」，這個概念警醒過我。所謂「牢」，就是僵化的教條羅網。這種狂人，乃是教條羅網中的狂人。他們自以為熟讀經典，自以為真理全在自己手中，於是獨斷武斷，動不動就批判別人、譴責別人，完全不知道自己恰恰生活在精神牢獄之中。虞愚老先生在三十多年前就告訴我，禪的要義在於放下又放下，而首先應放下概念。但「放下」不等於「放棄」，我們不能放棄「破執」的努力，也不能放棄爭取人生意義的努力。

蓮：我不把禪作為信仰，只作為修行方法，今天聽您一講，我覺得它還可以作為一種思想方法。

劉：把禪作為思想方法，我們就能更自覺地防止「言語道斷」，即防止概念遮蔽和概念堵塞。這樣，智慧就更加通達，徹悟也就更加有門了。

蓮：錢學森先生去世後，我在網上讀到幾篇討論中國的學校為甚麼培養不出傑出人才的文章。大家總結的原因很多，但我很想用禪來做點回應。禪的好處是讓人放下功利、放下概念，去教條化也去功利化。太急功近利，哪能出大人才。

劉：從思想方法上着眼，人才一定要有禪的立身態度（非功利、非教條），才能有創見有創造。汲汲於功名，汲汲於功利，滿腦子都被這些「勞什子」塞滿，還能有甚麼發明發現？儒家學說，有益於我們做人做君子，但很難養育具有獨創精神的思想家。我總是提防儒家思想把自己的思想壓死。

第五日　五識

蓮：您在文章中把「識」分為「五識」，即常識、知識、見識、睿識、天識。為甚麼要做這種區別？

劉：平常聽別人說話，讀別人文章，如有這「五識」意識，就可分辨出某人所說的話是屬於甚麼「識」。層次不同，水平不同，便可分清。如果他講的全是常識或一般知識，你可能會感到煩；如果他講得有見識，你就會感興趣；倘若見識能轉成睿識，那就更受啟迪；至於天識，則不是常常可以聽到的。天識，我指的是天才之識、卓越之識。但是，做這樣的區分，並非蔑視常識、知識。反之，我倒是主張學校教育要多講常識和通識，多啟迪學生發揮自己的見識。當然，也鼓勵他們敢於抵達睿識與天識。我們今天認定的許多常識，例如地球是繞着太陽轉的，在幾世紀前都是天識。歐洲的偉大科學家布魯諾、伽利略都為此而做出過巨大的努力與犧牲，所以不可蔑視常識。

蓮：常識雖然簡單，但生活離不開常識。

劉：不錯。二十世紀我國的社會生活出現了許多問題、許多混亂，其實正是違背常識，或者說，是喪失了常識理性。例如，火車、飛機等交通工具，當然應當講究正點到達，這是人類的共識，也是人類的常識，但我們的報刊偏偏要講「寧要社會主義的晚點，也不要資本主義的正點」。這種怪論，非常荒謬可笑，完全違背常識。一九五八年「大躍進」時，各省都爭先放衛星，說一畝地可產十萬斤稻穀與麥子。面對這種浮誇、明顯的反常識，人們卻不敢說真話，個個發神經病似的胡誇胡言，連著名的科學家錢學森也跟着起哄。錢學森是「兩彈一星」功勳獎章獲得者，可算有天識，但他也違背常識。我們經歷過喪失常識的時代，所以現在就比較清醒。一些偉大人物，也往往會喪失常識理性。所以，我們不可迷信任何人。

蓮：「異想天開」，也算是違背常識吧。

劉：當然。一九五八年那個「大躍進」，就是異想天開。那個時代太多異想、妄想、狂想，異得大家手足無措。經過那一次的全民胡誇、胡言、胡鬧之後，我們才明白，人能說實話、說真話是多麼寶貴，也多麼難。「人要說真話」，這本來也是常識，但我們的同胞經歷了多次政治運動以後把這一常識丟失了。所以我們的人文建設，必須從回歸常識做起，要從教育孩子為人必須誠實做起。所謂「希望工程」，也必須從常識入手才有希望。我們的教訓太深刻了，付出的代價太沉重了，再也不能喪失常識理性。學校當然要傳授知識、灌輸知識，但是，學校的目標是培育全面優秀的人性，而不僅是授業。所以我才主張把提高人的生命質量作為教育的第一目的，把培育生存技能（職業技能）作為第二目的。你想想，如果你學到一些知識，但不敢講真話，沒有誠實正直的品格支持你講真話，知識再多也沒有用。

蓮：您在《錢鍾書先生紀事》一文中說，錢先生曾告訴您，過去講究「知識就是力量」，現在則講究「力量就是知識」，說得很有意思。現在有些人的確講究拉幫結派、構築山頭，認為組織團夥比掌握知識更重要。

劉：這是社會風氣的問題。社會風氣不正，不僅會喪失常識，也會蔑視知識，使認真追求知識的人愈來愈少。現在有些知識人喜歡巴結權貴，喜歡向權勢人物靠攏，喜歡媚上，這是一種很壞的品格。把權力看得比知識重要，這種風氣很不好，它正在腐蝕我們民族的基本素質。所以，我提醒孩子們不要受這種社會風氣污染，敢於當「風氣外人」，也要把這變成一項「德育」內涵。社會風氣不正，但我們自己要正。這就要當「風氣外人」，我們既不能媚俗，也不能媚上。人格與藝術、人格與文學，是二而一的結構，兩者相通而互動。人格一崩潰，藝術肯定會隨之瓦解。

蓮：學識尚且這麼難，要具備見識就更難了。

劉：見識、睿識、天識都屬於個人才情，我們既然作為讀書人、知識人，就不可當庸人，而應當努力思想，努力走出平庸，做一個有真才實學的人，有真知灼見的人。睿識也可稱作卓識，倘若能有遠見卓識，那就真的很幸福。所謂天識，其實也就是遠見卓識，只不過比睿識更稀有。例如《道德經》五千言，我們就可說它句句都是天識——不能說句句是真理，但可以說句句是天識。

蓮：我讀《心經》、《金剛經》，也覺得其中句句是天識。

劉：一個人真要擁有境界，就需「膽識兼備」。膽與識兩者缺一不可。有膽無識，光是膽大，沒有意義。而有識無膽，真話說不出口，有識也沒有用。要做好學問，寫好作品，膽力、識力都需具有，當然，還得有筆力。以往總是聽到老師教導，應當學、膽、識兼備，經過人生的苦難體驗之後，才覺得學、膽、識三者之前還需加一個「品」字，品、學、膽、識四者兼明，才可成為天下脊樑。當下世界，最缺的是人品人格，我們一定要念念不忘一個「品」字，念念不忘一個「格」字。沒有「品」，不可能抵達天識境界。

第六日　二諦

蓮：我讀了您和姐姐關於《紅樓夢》的對話，在《共悟紅樓》之後你們又做了《「紅樓」真俗二諦的互補結構》，據說九十三歲的周汝昌先生聽了大為讚賞。我還在您的其他文章中也見到「二諦」一詞。今天您能為我說說「二諦」嗎？

劉：知道「二諦」，對讀書、思考、研究甚至待人接物，都很有幫助。「二諦」這個詞出自佛教，指的是真諦與俗諦。這是佛教中的「根本智」，即智慧的根本。諦，用今天的語言表述，便是真理。但真諦直譯為真理是否貼切還值得討論。它實際是指那種和世俗真理相對應的更帶形而上品格的精神存在。為了表述方便，我姑且把俗諦稱作世界真理，把真理稱作宇宙真理。但如果認真推敲起來，也可質疑，因為世界本身就有世俗界與精神界之分。正是如此麻煩，所以就出現了各種界定和闡釋，甚至各種比喻，例如「一雙孤雁，撲地高飛」、「一對鴛鴦，池邊獨立」，可惜這些比喻，只能說明二諦乃是一雙獨立而並立的夥伴、兩個孤獨而並舉的概念，不能為我們說明二者所指涉的不同內涵。這個比喻我是從《管錐編》裏讀到的，出自《管錐編》第二卷（《老子王弼注》）。你要細讀並做思考才能明白。《管錐編》這一節（九　一七章）裏，闡釋的是老子的「人法地，地法天，天法道，道法自然」（二五章）和五一章的「道生之，德畜之……是以萬物莫不尊道而貴德。道之尊，德之貴，夫莫之命而常自然」。闡釋之後，錢先生又引出「兩行」與「二諦」這兩個並舉的概念。我讀後便明白真諦講的是道，是天，是自然；俗諦講的是德，是人，是地。兩者都需要講，都是一個大層面上的真理。然而，如何分清、如何實踐卻不容易。錢鍾書先生在三聯書店版的《管錐編》中有兩則「增訂」，我們一起讀讀，很有意思。

【增訂三】《淮南子．要略》：「故言道而不言事，則無以與世浮沉，言事而不言道，則無以與化游息。」以「與世浮沉」及「與化游息」兼行並用；魏晉以前古籍詮「兩行」、「二諦」，似莫章明於此者。

【增訂四】《翻譯名義集》喻「二諦」語亦即禪人話頭。如《五燈會元》卷一二華嚴普孜章次：「故句中無意，意在句中。於斯明得，一雙孤雁，撲地高飛；於斯未明，一對鴛鴦，池邊獨立。」

讀了《管錐編》這一節，我就對「二諦」有所徹悟了。原來，「二諦」不同又不可分開：一為「道」，一為「事」；一為「道」，一為「德」；一為「與化游息」之真理，一為「與世浮沉」之真理。兩者缺一不可，兩者都具有充份理由。我們天天掛在嘴邊的概念，例如「道德」、「學術」、「創作」等，原來都包含着「二諦」。「道」為宇宙真理，「德」為世界真理；「學」為宇宙真理，「術」為世界真理；「創」為宇宙真理，「作」為世界真理。也可以把前者稱作「大化原則」，把後者稱為「世俗原則」。有些學者不喜歡使用這些概念，便稱「道」為「體」，稱「德」為「用」；或稱「學」為「體」，稱「術」為「用」。如梁啟超就說：「學者術之體，術者學之用。」這說得通。我們做人必須與世浮沉，不能不講世俗原則、世界真理，但我們又不滿足於世俗生活，希望有所超越，希望從世俗世界裏跳出來而與大化相接，在宇宙中神遊，高揚理想，與天合一，這又是宇宙原則、宇宙真理。道與事，道與德，體與用，知與行，兩者都是諦，都是真理。

蓮：您和姐姐對話，説薛寶釵、賈政代表俗諦，林黛玉、賈寶玉代表真諦，雙方都有各自的理由。

劉：不錯，雙方各持一種原則，一種真理。賈政、薛寶釵側重於「與世浮沉」的世俗原則，賈寶玉與林黛玉側重於與自然大化相連相接的宇宙原則，這就難免發生衝突。《紅樓夢》的偉大就在於它寫出了這種人類性的永恆衝突。這不是賈府一家內部的利益衝突，也不是「兩個階級」、「兩條路線」的衝突，而是所有人都會遭遇的衝突。

蓮：作為人類的一員，的確會時時處處感到這兩種原則（兩種真理）的衝突。一方面必須「謀生」、「求生」，必須遵循世俗原則；一方面又想「求勝」、「求達」，做各種夢，嚮往自由自在。

劉：八十年代我發表過《論文學的主體性》，引發了一場全國性的大討論。許多人誤解，以為我在反對集體主義原則。其實我很溫和，只是想分清世俗原則與宇宙原則；對於文學，只是想分清現實主體與藝術主體，也就是希望作家分清世俗角色與本真角色。每個作家都有兩個角色，即世俗角色與本真角色。世俗角色，講的是俗諦，是世俗原則。我並不反對人們「與世浮沉」，但我主張，作家進入寫作（文學創作）時必須超越世俗角色，即從俗諦進入真諦，那就要變成藝術主體和本真角色而講人性，講個性，講審美自性。因此，我認為文學主體論，也可稱為文學真諦論。這是一個專業性很強的論題。我主張作家進入文學創作時，應放下世俗社會中的世俗角色和世俗原則，而面對豐富複雜的世界和人性。

蓮：現在很多作家當上作協主席副主席，也講些官話，這是不是會削弱作家的本真角色？

劉：這要取決於作家個人。如果作家充份意識到自己擁有兩個完全不同的角色，創作時仍然守持本真角色，守持大化真理，那麼他們不得已的「與世浮沉」就不算甚麼。但是如果他們把心思用到世俗原則上，忘了文學的真諦，那就會喪失根本，自己消滅自己。曹雪芹是個天才，他了解「二諦」，所以在作品中展示「二諦」的衝突與困境。但他的創作出發點是真諦，整個創作思想是真諦。所以，他不把《紅樓夢》寫成反清小說或譴責小說，而是立於宇宙境界，把《紅樓夢》寫成普適性的人性小說。

蓮：您對「二諦」的這些認識，用到文學理論上很有意思。除了《紅樓夢》，您還用在別處嗎？

劉：我和林崗合著的《罪與文學》提出一個思想：作家認知世界，不應當停留在世間因緣法之上，也就是不應當停留在世俗的因果邏輯上。好作家應當去因果、去正邪善惡這類判斷，只進入審美判斷。即不是按世俗因緣法去分清敵我、分清好人壞人，而是超越這種法則，站在更高的精神層面，既同情理解「我」也同情理解「敵」，既憐憫「好人」也憐憫「惡人」。所以我特別喜歡王國維的《〈紅樓夢〉評論》，他明白《紅樓夢》之所以了不起，就在於它並非遵循世俗原則，把悲劇歸因於「蛇蠍之人」（壞人），而認為那是善人好人「共同關係」的結果。王國維說《紅樓夢》與《桃花扇》不同，後者用的是歷史原則，即世俗原則；前者是遵循宇宙原則，也就是超越世間因緣法的原則。

第七日　二脈

蓮：昨天聽您講「二諦」，想了又想，又想到您曾講過的「二脈」。您說，無論是中國文化還是全世界的文化，都有兩種基本的思想衝突，也就是思想的兩大脈絡的衝突。一脈是重倫理、重教化、重秩序；一脈是重自然、重自由、重個性。您說《紅樓夢》中父（賈政）與子（寶玉）的衝突、釵與黛的衝突，也是這兩脈的衝突。

劉：兩脈的衝突是普適性的衝突，是所有的思想家都必須面對的基本衝突。中國的「自我」空間較小，西方的「自我」空間較大，但是現在西方的「自我」不斷膨脹，個人主義不斷擴張，它也面臨這兩種文化的衝突。丹尼爾·貝爾所著的《資本主義文化矛盾》，其主題講的就是個人主義與社會秩序的矛盾。

蓮：您說孔子（儒家）強調的是前者，道家強調的是後者。

劉：是的，《論語》顯然是重倫理、重教化、重秩序的，但強調得太過份了，沒有留給自我足夠的空間。莊子強調另一面，呼喚給自我以逍遙的自由，為自我的思想飛揚提供了許多根據。所以儒需要道來補充，這就是李澤厚提出「儒道互補」的意思。

蓮：五四新文化運動，只反孔不反莊，因為那時提倡自我。

劉：對。五四新文化運動是突出個人、突出個性、突出自我的運動。他們要打倒的是「孔家店」，不是「莊家店」。「莊家店」裏供奉的是自然，是自由，是個人。所以，郭沫若的《女神》也歌頌莊子。

蓮：但是魯迅很討厭莊子。

劉：魯迅是個戰士，他立場鮮明、是非鮮明，所以討厭莊子的無是非觀。但魯迅從未批判過莊子的《逍遙遊》，魯迅本人也總是在個人主義與人道主義之間搖擺。他說他也中過莊周的毒，大概是個人主義的毒吧。

蓮：兩脈都有道理，該選擇哪一脈呢？

劉：兩脈是個悖論。也就是說，兩脈都有道理。那麼，接下去的重要問題就是要看語境，即看歷史場合了。如果整個社會向專制傾斜，那麼，不妨多講點自然、自由。如果整個社會向自由傾斜或者向自我傾斜，那麼，不妨多講點倫理、秩序。為甚麼要肯定五四新文化運動？為甚麼要說五四了不起？為甚麼要肯定五四反孔也了不起？因為五四時期還是在中國專制的陰影的籠罩下，在舊道德的籠罩下，中國人在精神上得不到解放，整個中國社會還是奴才性壓倒個性。這個時候就需要給全社會做些個性啟蒙、自我啟蒙。而像美國這種社會，自我的地位已經很高，社會寬容度很大，青少年玩毒品、玩暴力、玩性，已玩得很過份，在此語境下就得多講一點社會規範，也就是倫理與秩序。二十年前我和李澤厚對談（《告別革命》），他講述「歷史主義與倫理主義的二律背反」，也是強調語境。高明的統治者知道甚麼時候應把哪一項放在優先的地位。兩者都有道理，歷史主義講發展，倫理主義講善。社會發展肯定要付出倫理代價，這不要怕，然而一旦代價太大，就得考慮多講點公平，即多講點正義的倫理。人有慾望的權利，應承認慾望訴求的合法性，但是，慾望一旦氾濫，就得制衡，可用法律制衡，也可用倫理制衡。在慾望橫行的時候，光講「重自然、重自由、重個性」行嗎？而在慾望被消滅的時候，即專制橫行的時候，還高喊「存天理滅人欲」，還大講「重倫理、重教化、重秩序」行嗎？我認為語境比語言（思想觀念）更值得注意。

蓮：這樣看來，掌握兩脈的先後也很不容易。

劉：掌握兩脈，就像醫生把脈。把脈不是理念問題，而是實踐問題。把脈準不準，開的藥方對不對，不是書本可以解決的，要靠實踐經驗，要靠實際能力。所以李澤厚才提出「度」這個範疇，「度」就是要把握分寸，把握臨界點，把握時機。「度」之所以重要，之所以會成為歷史本體論的一項重大範疇，就因為它也是一個實踐問題，一個把握歷史命運的問題。把握兩脈，也離不開「度」。

第八日 二智

蓮：我向強先生學禪，他告訴我，佛禪講的是根本智。我想，這也正是神學與科學的區別。

劉：這個問題我研究得不深，但有些思索，我們也可討論一下。所謂「根本智」，面對的是整體相，用現代人文科學的語言說，探究的是本體論；而所謂「差別智」，面對的是分別相，用現代人文科學的語言說，探究的是知識論。因此，兩智之分，也可以說是本體論與知識論之分、神學與科學之分，或者說，是玄學與科學之分。

蓮：佛學為甚麼只探究根本智？

劉：所謂根本智，是探索事物的本質、根源、最後的實在，也就是終極究竟這種大問題。佛認為人生與世界最後的實在乃是「空」，而現實世界的一切都沒有實在性，金錢、權力、功名、美色都沒有實在性，所以要看透、看破。科學當然不能承認這種佛理，它面對的是實實在在的物質世界、物理世界，它要對這個世界的萬物萬有進行分門別類，沒有分類就沒有科學，所以科學必須講究差別智。

蓮：科學講究分析。沒有分析，哪有甚麼科學？

劉：分析，是科學的生命線。分析，就得分解、分別、分類。例如一進醫院，首先得分清進甚麼科，是外科還是內科，是神經科、心臟科、皮膚科還是眼科，這就是分類。科學家眼裏到處都是分別相。但佛教面對的不是物，而是人；面對的人又不是人的軀殼，而是人的心靈。心靈，不是科學家眼裏的心臟，而是被稱為「心」的精神存在，佛教稱它為真心、本心。它把心視為宇宙本體，視為唯一的實在。明代的王陽明也是如此，所以他的心學宣稱心外無物、心外無天。心即一切，包含一切，覆蓋一切。心學面對心這一根本就行了，完全不顧客觀事物。這其實是受佛學的影響，只是王陽明把佛引進儒。佛只面對心這一根本。慧能說：「不是風動，不是幡動，仁者心動。」也是只見心這一根本，完全無視風與幡這些客觀事物。科學不能這樣，它怎麼可能無視風與幡？它們明明在運動。科學就得研究運動的規律，研究物質世界生存發展的規律。

蓮：您讀中學、大學時，一定是批判佛學主觀唯心論的。

劉：當然，我們這一代人只講唯物論，總是批判唯心論。其實，兩論都道破一部份真理，兩論也可以構成一對悖論。我國的道家，從老子到莊子，講「大制不割」，講「齊物論」，這也是反分割、反分別，也是着眼於整體相，講根本智。如果把道家的智慧進行歸類，應把它劃為根本智。佛家最忌分別心，所以禪才大講「不二法門」。一旦分別，把人分為高低尊卑，那就沒有慈悲心了。不加分別，對所有的生命都愛，都尊重，這才是慈悲。《紅樓夢》裏的妙玉，極為聰明美麗，她雖住在賈府裏的尼姑庵中修行，卻未得道，就因為她還存有鮮明的分別心。賈母到她那裏，她殷勤至極，百般奉迎，而劉姥姥到她那裏喝了她一口水，她就將杯子扔掉，嫌劉姥姥髒。她分別心如此重，就因為沒有修到佛的根本。在佛門裏修煉，要修到慈無量心、悲無量心，很不容易。佛家得道者拒絕差別智，拒絕分別心，把這種態度推廣到一切生命領域，最後甚至泯滅人類與獸類、禽類的分別，對一切生命都愛護、保護，所以才有「捨身飼虎」的佛家故事，才有「放生」等佛家行為語言。其實，作家、詩人也應當具有佛家這種根本智，應當有菩薩心腸，即應當有佛性與神性。不管是好人還是壞人，都應當給予大悲憫。好、壞的分別乃是世俗社會的人為分類，是人按照自己確立的標準所進行的權力操作。而佛恰恰要超越這種世俗立場與世俗視角，整體地認知人的存在，同情與超度所有的人。佛家的胸懷無邊，哪怕對殺人犯，也認定只要「放下屠刀」，就可「立地成佛」。既不深究犯人的過去，也相信他們的未來。佛還認為人人皆有佛性，殺人只是佛性一時被遮蔽，一旦去蔽去障，仍然可以成佛。作家、詩人就應當具有這種情懷。

第九日　禪狀態

蓮：有些作家、學者，他們的立身態度與寫作態度都有一種「禪狀態」。

劉：「禪狀態」這個概念很妙，內涵又很豐富。我曾用過一個概念：「文學狀態」。其實，文學狀態就是「禪狀態」。所謂「禪狀態」，乃是一種超功名、超功利、超政治、超集團、超市場的超越狀態，或者說是一種純粹精神活動的凝神狀態、面壁狀態和沉浸狀態。

蓮：我記得香港中文大學的副校長（後來當了校長）金耀基教授特別讚賞「文學狀態」四個字，說這四個字「一字千鈞」。他的話發表在《明報月刊》，我讀後，內心震動了一下。最近幾年，您讚美我時，也常說「進入狀態」；批評我時，則說我「未進入狀態」。看來，您格外重視精神狀態。

劉：我的確格外重視精神狀態，尤其喜愛「禪狀態」。我甚至把「禪狀態」界定為「無目的狀態」，即為讀書而讀書，為寫作而寫作，為文學而文學，也就是「超功利狀態」。如果汲汲於目的，汲汲於世俗功利，像「文化大革命」時提倡學習要「立竿見影」，要「帶着問題學」，朝思暮想的全是解決某個實際問題，實現某種功利目的，這當然讀不好書，離做學問更是十萬八千里。千秋萬代之中，有哪一個學問家是「立竿見影」的？這是「猴急狀態」。

蓮：我很贊成您這個說法：讀書無目的。像我現在這樣，讀書為了趕緊解決職稱問題，終究不是讀書的高境界。讀書當然也可以「帶着問題學」，例如我現在要寫一篇論文，要完成一個選題，自然也可以以此為目的而讀書。然而，這個選題完成之後，其他的甚麼都不懂，其他書都不讀，視野很窄，終究成不了真正的學問家。

劉：「禪狀態」讓我擺脱讀書的實用主義。實用主義在美國挺盛行，我覺得不好。美國也缺少反省。關於這一點，我倒覺得可以給美國一點「啟蒙」。他們不知道甚麼叫作「禪」，甚麼是「禪狀態」，只知杜威的實用主義哲學。杜威哲學進入校園，就使校園變得像社會，甚至變成謀取社會職業的預備班。我覺得實用主義對美國的教育危害極大，但他們始終不覺悟。

蓮：我在美國教書多年，發現文科愈來愈衰落，我所在的中文系更是日薄西山；學生也知道，讀這種科系以後很難找到職業，沒有用處。聽説歐洲也有這個問題，歐洲只有貴族的後裔和富人的子弟才能讀文科，因為父母已給他們創造了生活前提，他們衣食無憂，不必為畢業後的生計（職業）操心。然而，大家都為飯碗而讀書，這樣的教育前景恐怕很不美妙。

劉：先不説學校。就個人而言，我覺得讀書也不可太實用、太講究目的。我們這一代人，從小就受「理論結合實際」的教育，着眼點全在實際。而所謂「實際」，又是被規定的、被固定化的，例如階級鬥爭實際、兩條路線鬥爭實際，結果是愈學路子愈窄，理論視野放不開、放不大，所以也不可能真有理論建樹。我並不籠統地反對結合實際。學術能走出書齋，能面對社會困境與生存困境，這是很必要的。從這個意義上説，「學以致用」沒有錯。但我反對急功近利的實用主義。「文化大革命」中，提倡「急用先學」，學完全為了應付「用」，個個臨時抱佛腳，結果是人人遠離學問，人人充當政治工具。我講「文學主體性」，其目的就是想把文學與實際區別開來，所以要首先分清現實主體（世俗角色）與藝術主體（本真角色）。作家一旦進入文學創作，就要講人性，講個性，講主體性。如果文學寫作汲汲於用處，汲汲於功利目的，這種作家肯定成不了大氣象。我講超越性，就是講超越實用性，超越世俗性。

蓮：聽三聯書店的李昕叔叔說，他整天在編書，其實要寫好書，應當守持「讀書無用論」。他說的也是讀書、寫書要把眼光放寬放遠一些，不要汲汲於「用處」。

劉：嘲笑「讀書做官論」，也是說讀書不要死抱着當官的功利目的，那樣就讀不好書，也做不了大學問。「學而優則仕」，這是個偽命題。真命題應為「學而優不仕」。唯有不以「仕」為目的的學人才是真學人、好學人。我從不相信「書中自有黃金屋」、「書中自有顏如玉」的鬼話，一個為黃金，一個為美女，這種學人會有甚麼出息？

蓮：您在美國科羅拉多讀書特別有心得，恐怕正是早已放下「目的論」了。

劉：我在科羅拉多，不僅外部環境非常寧靜，自己的內心也非常寧靜。我的確再也沒有甚麼「榮華富貴」之思了。權力、財富、功名，一切都放下，一切都離我很遠。我不僅離中國很遠，離美國也很遠，唯離書本很近。讀書、寫作只是生命需求。因此，總是處於沉浸狀態。我一再說，唯有在沉浸狀態中，才能與人類歷史上的偉大靈魂相逢。讀書、寫作、審美、治學，其實都需要這種沉浸狀態，也就是禪狀態。禪宗開山始祖達摩，「面壁十年」，在岩洞裏沉思、領悟，終於得道。他的面壁狀態，正是禪狀態。現在的作家、詩人，很少有這種狀態。

蓮：要進入這種狀態，還得修煉。

劉：談禪，我們與達摩、慧能不同。他們這些禪師，談禪絕對不止於紙上談兵。對他們而言，更重要的是修行。我們抵達不了他們的修行境界，只能學習他們的立身態度。他們的立身態度，就是禪狀態。二零零六年我第三次到日本時，在京都與高台寺的方丈論禪，只能與他討論南（頓）北（漸）兩宗是否可以進入「不二」法門，即不把頓漸割裂，其他的是否無法抵達他的禪定狀態。他告訴我，他每天都在觀看院子裏的微小樹葉，絕對不下數十萬的微小葉子，但他禪定到可以知道每一天每一片葉子有甚麼細微變化，那是一種絕對放下任何雜念、任何妄念的禪定狀態，也是一種關於寧靜的生命高峰體驗。要真正了解禪狀態，恐怕還得如此修行。可是我們很難企及，我們能做的，只是回到平常人、平常心。「平常」狀態是一種廣義的禪狀態，這也不容易。但有了這種平常意識，能夠進入平常狀態，心裏就會比較平靜。作為一個人，應做一個實實在在的人；作為一個作家，應做一個實實在在的作家。禪宗可讓我們頭腦比較清醒，不會想當超人，不會那麼多妄想、妄見、妄念。

蓮：有了平常心，確實就會比較實在、比較質樸。讀起書，至少可以做到知之為知之，不知為不知。不會給自己製造假象，也不會給別人製造假象。

第十日　突破自己

蓮：您現在的精神狀態很好，衣食無憂，內心寧靜，真是得大自在。那麼，您還有甚麼焦慮嗎？

劉：有，我還是有焦慮，這個焦慮就是如何突破自己。我在二十年前就寫過《最後的偶像》，說最後也最難突破的是自我的偶像。我不是生理、心理學家，不知道人是不是都有自戀的傾向和自戀的惡習，只知道對於學者、作家、藝術家而言，自戀是很不幸的。自戀，意味着無知，意味着虛妄，意味着淺薄，意味着停頓，意味着不知天高地厚。我不自戀，所以總是想突破自己。

蓮：您一再提醒我要自知、自明、自審、自渡、自立，也就是自救。

劉：是的，我們應當放下普渡眾生的妄念，那是佛做的事，我們做不了。我們能做的只有自渡。有些朋友讓我題字，我喜歡寫「滄海自渡」四個字送給他們，有時還寫「冷暖自知」、「深淺自明」。我們要拒絕「浪漫的自我」與「膨脹的自我」。自我再膨脹，也不過是恆河岸邊的一粒沙子。可是，自我一膨脹就會變成妄人，就會忘乎所以地妄言、妄行、妄作，當然也就無法有自知之明。二十多年前，那是出國之初，我就寫了一篇題為「不要把自己看得太重要」的文章，提醒自己千萬不要生活在自我陶醉中，也千萬不要生活在桂冠名號等各種假象中。我一直記得古希臘那個關於蘇格拉底的傳説。此傳説講述他的一個學生到廟裏求神，他問神：誰是希臘最聰明的人？神回答：你的老師。學生回來後興高采烈地告訴了蘇格拉底，老哲學家對學生說：你知道老師為甚麼最聰明嗎？因為我知道自己是無知的，而別人不知道。這個故事從根本上教育了我，所以我一直記住自己是無知的。蘇格拉底不愧是偉大的哲學家，他致力於認識世界和認識人的存在，從而也深刻地認識自己。他的自我認知，是我們應當牢記的真理。

蓮：佛教講究自明。人總是不明，被許多妄想遮蔽就沒有自知之明。修煉就是要從未明修到有明。

劉：這要修一輩子，悟一輩子。我曾寫過一句話贈給一位「粉絲」：「知其無知即真知，明其未明即真明。」蘇格拉底所以千秋不滅，就在於他擁有真知真明。他最明白，在大宇宙中，人永遠只是井底之蛙，不知道的事物太多太多了。可是，希臘這個清醒的自知自明者卻被無知無明的民眾所殺。在希臘，蘇格拉底是少數，而民眾是多數，少數的先知被多數的未知未覺者所不容，這種悲劇屢屢發生。當下的社會，未知未明者不僅是大眾，還有許多知識分子，他們自以為是正義的化身，是民眾的代言人，是普渡眾生的救主，是天下第一作家，是天下第一畫家……這正是「不明」。如此不明，如此不覺悟，怎能超越自己？所以，自知其無知，乃是突破自己的前提。

蓮：明確這個前提很難，這之後還要突破自己就更難了吧？

劉：都不容易，自知難，自立也難。自立不可能一次完成，需要不斷自我突破、自我建樹。每個人在突破自己的路上都有許多障礙。剛才說的是偶像障，也可稱作妄念障。自己一旦獲得某些成績，就沾沾自喜，就自鳴得意，就以一方權威自居或以一方大師自售，被人捧為偶像猶不滿足，還自吹自擂自造偶像，死活認定自己特別重要。作為人，最怕當「瞎子」，可是這種妄人，乃是最無明的大瞎子。不僅眼瞎，而且心瞎。可惜他們自己全然不知道。這是因為他們都有根深蒂固的「我執」。突破自己難就難在突破我執。我執有根執、器執、名執、權力執、財富執，等等。禪宗的修行方法中有「破參法」，所謂「破參」，其實就是破我執，當然也包括破法執。但要破法執，首先也得破我執。頑固的教條主義者，首先是頑固的自以為是者。人一旦有功名、權力、財富，破我執就更難了。有的人永遠也破不了，只能裝模作樣地唸佛打坐。

蓮：聽說您曾經從這一角度讚美過百歲老人周有光先生？

劉：前幾年周有光先生一百零八歲時，北京的一些知識精英聚會為他慶賀。馬國川兄（《財經》雜誌記者）讓我說幾句話，我就說，現在百歲老人並不稀罕，稀罕的是百歲之後還保持兩樣東西：一是清醒的頭腦；一是質樸的內心。保持後者尤其難。一個人有了權力、財富、功名之後最難的是甚麼？最難的是保持質樸的內心。慧能所說的「平常心」，就是質樸的內心。質樸的內心，便是沒有被妄念、雜念所遮蔽的內心。有了這種心靈，才能不斷反省自己，突破自己，提升自己。

蓮：您講反向努力，即朝着嬰兒時代走，這與突破自己相關嗎？

劉：突破自己，不僅是指在學術上與文學創作上突破自己原有的水平，更為重要的是指突破自己原有的精神境界，使境界得到提升飛升。這一點是關鍵。其實作詩、作文、做人，最後看的都是境界。有些人所作的詩文，技巧似乎不錯，但境界卻很低，往下墜落，這種現象很多，值得引以為戒。王國維讚賞李後主的詞，不是說他的詩詞寫作技巧有多高，而是說他的詩詞境界抵達釋迦牟尼和基督「擔荷人類罪惡」的境界，這才是真正的自我突破。李後主作為亡國之君，丢掉了王冠，丢掉了國家，但磨難與災難卻幫助他突破了自己。他在劫難中贏得了精神飛升，真正突破了原先的境界。

蓮：您是不是也曾有難以突破自己的苦惱？

劉：剛才我已說過，我有難以超越自己的焦慮，但是並不強烈。其實，有強烈的焦慮感才好。有些獲得諾貝爾文學獎的人自殺了，如日本的川端康成，我聽到一些議論，說他已經功成名就了，為甚麼還要自殺？我沒有研究過他自殺的原因，但我相信他自殺的原因不是單一的。那麼，我可以猜想，在多種原因中可能有一個原因，恐怕就是難以突破自己的焦慮。像川端康成這樣的天才，肯定是一個榮譽感很強的人，在這種人的思想裏，一定會產生一種念頭，不能突破自己就沒有生的意義。真的，老是在原地踏步，活着還有甚麼勁？

蓮：您的突破自己的意識，是不是從禪那裏學到的？

劉：也許有關。因為在我的解讀中，禪是一種自救系統。突破自己，實際上是尋找自救的一種意念。我感悟佛理多年，覺得佛給我最大的啟迪是「渡他先要渡己」。各人有各人的渡己方式，我的渡己法就是不斷超越自我法，即不斷突破自己的方法。而一切超越、突破，關鍵是有靈魂的健康。靈魂健康，才能得大自在，才能感到生的至樂。靈魂生長一步，便是遠離苦海一步。這不就是渡己嗎？

第三輯　與劍梅再談讀書與寫作

第一日　自學與自明

劉劍梅：（以下簡稱「梅」）您從廈門大學畢業快五十年了，這五十年是您創造的五十年，也是您自學的五十年。您一再對我說，自學最重要，走出校門之後，一切全取決於自己。

劉再復：（以下簡稱「劉」）我的自學意識覺醒得比較早，所謂自學意識，是指不仰仗他人甚至也不仰仗老師而努力培育自己的獨立學習、獨立思考、獨立創造的意識。我給自己寫下的座右銘是「山頂獨立，海底自行」，一切全靠自己。「萬物生長靠自己」比「萬物生長靠太陽」更真實。

梅：您的自學意識是老師教您的嗎？

劉：不是，是我自己覺悟到的。但我要說，學校在培育學生各種「人性能力」的時候，一定要加上一項「培育學生的自學能力」。我的自學意識在高中讀了高爾基的《童年》、《在人間》、《我的大學》三部曲時就覺醒了。不管人們對高爾基如何評價，他作為無產階級的偉大作家，對我們這一代人產生了重大影響，這是事實。《童年》等三部曲，是高爾基的傳記小說。他出身於社會最底層，從小生活在貧困中，根本無法上學，更無法上大學，但他把社會當作大學，一邊在社會上謀生（甚麼苦活、髒活都做），一邊悄悄地如飢似渴地讀書學習。結果他贏得了無比豐富的人生體驗，而且自己學到了一套寫作本領，終於成了無產階級文學的偉大奠基人。高爾基是我的第一個文學榜樣，也是我的第一個自學榜樣。這一榜樣告訴我：大作家不一定是從正規大學裏走出來的，他也可以從社會底層走出來，但有一個條件，他必須善於自學。和高爾基相逢之後，我的自學意識就覺醒了。此後，我又讀了奧斯特洛夫斯基的《鋼鐵是怎樣煉成的》，這部書對我們這一代人也影響極大。奧斯特洛夫斯基不僅是個堅忍不拔的戰士，而且在殘廢中堅忍不拔地自學和獨立寫作，最終寫出了這部長篇小說。小說的主人公保爾．柯察金伴隨着我的整個少年時代和青年時代。我常自問自答：「鋼鐵是怎樣煉成的？」「是自己煉成的。」和其他同學回答「是在戰火中煉成的」有所區別。當然，他們的回答也對。也許正是自學意識很強的緣故，我在高中（國光中學）時就在課外拚命閱讀，讀了大量的外國小說、詩歌和散文，也自己做讀書筆記。大學畢業後我到北京，無論是在城裏還是在鄉下勞動鍛鍊，我都盡可能地讀書，盡可能地吸收。出國之後，我才有機會系統地閱讀錢穆、牟宗三、徐復觀、唐君毅先生的書。這是九十年代初，此時，錢穆先生再次激發了我的自學熱情。錢先生只上過中學，未上過大學，但他靠自學而成為一代史學大師，竟然著有近八十部著作，培養了許多史學博士和史學家。這位自學典範給了我新的力量。海外的環境雖然寧靜，但絕對是孤立作戰，一切全取決於自己。錢穆先生的範例給了我這樣一種信念：只要獨立不移地自學，在我的第二人生中，心靈還會繼續成長，知識也會繼續成長。

梅：後來您又特別喜歡禪宗，它一定又給了您自學的力量。

劉：不錯，禪宗講「自性本體論」，講自明、自立、自渡。和基督教側重於救世不同，禪宗強調的是自救。自學歸根到底是自救。禪宗以覺代替神，以悟代替佛，其實是無神論。如果把它的觀念徹底化，便是「我即佛，佛即我」，不必去山林寺廟找菩薩，菩薩就在自己的身上、自己的心中。因此，自己的心靈狀態決定一切。禪宗這種立身態度，更讓我明白必須靠自學、自強、自明而立身。禪宗給了我更堅實的自學的哲學依據。

梅：禪宗雖強調覺悟，但並不否認學習。

劉：禪宗分化為南北兩宗：北宗更強調漸修；南宗雖強調頓悟，但不是憑空而悟，而是閱歷而悟，也不否認自我修煉。慧能不識字，他能成為一代禪宗大師，完全靠自學、自悟。

梅：您有自己的一套自學方法。您説讀書應當包括三個步驟，對我很有啟發。這三個步驟是：擁抱書本→穿透書本→提升書本。

劉：大致如此。首先自然是擁抱書本，要努力讀書。這是第一程序。這個階段的關鍵是選擇。人間的書籍浩如江海，幾輩子也讀不完，應當讀甚麼書，要善於選擇。説擁抱書本，不如説選擇書本。我一直提倡讀經典原著，也是因為經典已經過歷史的選擇了。經典是我們人生的「護身符」，這是意大利小説家卡爾維諾説的話。他在「為甚麼要讀經典」的演説中，對經典下了十幾個定義，「護身符」是其中一個定義。我在文學上得益於西方荷馬、但丁、莎士比亞、雨果、歌德、托爾斯泰、陀思妥耶夫斯基等大師的經典，受益之大，難以形容。在哲學上又得益於從柏拉圖、亞里士多德一直到休謨、康德、馬克思等的經典，受益之大，也難以形容。我至今的主要快樂與焦慮都在與這些偉大靈魂的相逢之中，快樂是因為我領悟到他們的一部份所言所思，焦慮是因為還常常遇到一些想不透的難點。經典閱讀，是一種基本選擇。這之外，我們每天都會遇到閱讀選擇的問題。我能勸你的只有一點：不要把生命浪費在閱讀垃圾上。現在的印刷品和網絡文學充滿垃圾，要小心。擁抱書本，絕不是擁抱垃圾。

梅：那麼穿透書本的要點是甚麼呢？

劉：穿透書本是指要讀懂、讀通、讀透。其實讀書的關鍵不在於讀多，而在於讀通，即融會貫通。如果我們能讀通《道德經》、《南華經》（莊子）、《六祖壇經》、《傳習錄》（王陽明），就是讀一本頂一萬本。《道德經》中的「復歸於樸」、「復歸於嬰兒」，《南華經》中的「有機事者，必有機心」，

《金剛經》中的破「我相、人相、眾生相、壽者相」，對我來說，都是一句頂一萬句。出國之後，我有一個願望，就是讀通《紅樓夢》，用邏輯與思辨打不通的，就用直覺與感悟來打通。打通一角之後，我就寫作《紅樓四書》。

梅：薛寶釵被稱為「通人」，她是不是也善於讀通許多書？

劉：我們中國常說「通才」、「通人」，這是橫向的通，廣度意義上的通，與「專才」、「專家」相對的通。而我說的讀通，是指縱向的通，深度意義上的通，是要把握書眼、書心、書核的通。

梅：您常說要打通中西文化的血脈，首先也得把中西文化中的經典讀通。

劉：是的，血脈不在表層而在深層。比較文學研究要做得好，就得打通血脈，從血脈的深度上去比較。我們在《共悟紅樓》裏比較賈寶玉和《卡拉馬佐夫兄弟》裏的阿廖沙，便是打通血脈的嘗試。有些大作家、大哲學家，他們一生的創作自成體系，要真讀通、真打通很不容易。例如康德哲學，我們也許一輩子也不敢說讀通。不過，我們平常閱讀每一本書，如果有穿透意識，都不會泛泛而讀，也不會讀後沒有心得和見解。

梅：那麼，提升書本就更不容易了。

劉：提升書本是對所閱讀的書本做出質疑與補充，甚至是再創造。我們是從事文學批評的人，批評文章不是閱讀感想，也不只是欣賞和歌吟，它還包含着對所批評對象的提升。哪怕是閱讀經典，我們也不能只做經典的奴隸。我們同樣可以叩問，可以質疑，可以批評。例如我讀但丁的《神曲》，敬佩之餘也不免要問，但丁把那些曾有婚外情的優秀女子送入地獄對嗎？是曹雪芹把秦可卿送入「天堂」（警幻仙境）對，還是但丁把婚外戀女子送入地獄對？這不是說我們比但丁高明，而是讀者如同食客，天然擁有批評廚師手藝的權利。如果讀書沒有提升意識也沒有提升能力，就只能當書櫥，而不能有所發明有所創造。

梅：在學校裏，有個好處是可以與同學相互琢磨，即使自學，也可以及時地與同學交流心得。走出學生時代之後，自學就只能是獨自閱讀、獨自苦思冥想了。

劉：也不盡然。自學並不意味着封閉。走出校門之後，總還是可以找到一些同道者與朋友的。我多次用過「靈魂共振」這個詞。我的自學並不是封閉式的自學，而是必須和一些好友商討，商討中就有靈魂的相互撞擊。即使是自構一個象牙之塔，也不能完全與世隔絕，沒有同道友人。

梅：您讀書時，還常做簡要筆記，自己有一套方法。您所講的「中醫點穴法」，對我很有啟發，讀書要讀到「穴位」上，抓住「穴位」，抓住「文眼」、「文核」，這才算讀通。

劉：我讀一些好書，能記住，就靠這種方法。記住「穴位」，記住「文眼」。禪宗講「明心見性」，其實正是說要擊中要害，抓住硬核。我講《道德經》、《六祖壇經》、《人間詞話》等，常只講一個字、一個詞組或一句關鍵性的話。如《道德經》，我只講「反」字，然後再講「返」，接着再講三個「復歸」，最後再講老子的哲學是不是「反知論」，是不是「退化論」等。有我們自己獨特的方法，就會說出一些新話。《道德經》產生至今已兩千多年，註疏與講解的文章汗牛充棟，可是我們仍然可以說出新意，講出新話，這就靠我們自己的獨特方法和獨特視角。不過，我要特別告訴你的是，自學不僅有方法問題，更重要的是態度問題。

梅：您是說自學態度嗎？

劉：是的。聽老師講課，需要一種謙卑的態度、洗耳恭聽的態度、傾聽的態度，哪怕你善於質疑，首先也必須有這種態度。自學也需要有一種謙卑的態度，這就是要承認自己的一生都應該處於學生狀態：在課堂裏向老師學習；走出校門，則把書本把他人當作自己的老師，也把社會把大自然當作自己的老師，哪怕是敵人，也可以向他們學習。師法社會，師法自然，師法敵人，只要能豐富自己和提升自己，我都學習。禪宗講處處有道，處處可以悟道，也是這個意思。

梅：您常說，耳聽目明，首先必須耳聽，必須學會傾聽，傾聽他人的講話，善於吸收智者的智慧。

劉：自學需要有種謙卑的態度，而這種謙卑又來自「自知之明」，這就是要真誠地認識到自己是無知的，不知道的比知道的多得多。宇宙、人間的知識浩如煙海，我們知道的只是一滴水。我特別喜歡古希臘哲學家的幾個故事。首先是蘇格拉底說自己無知的故事。這個故事我已經多次講過了。還有一個是柏拉圖的故事。這就是著名的洞穴寓言。柏拉圖說，洞穴裏的囚犯只看到牆上火光的影子，全然不知道洞外的大千世界。我們往往正是這種囚犯，身在洞穴而不自知，只見幻影不見真實而不自知，甚至與別人爭做一洞之主也全然不自知。人往往身在洞穴而不自知，身處井底而不自知，身在鐵屋中而不自知，身在自己構築的黑暗心獄中而不自知。最後這一項，便導致自我膨脹、自我瘋癲、自我折磨、自尋煩惱。這怎能自學得好？所以我說，自學首先要自知，要自我省察。

梅：這樣說來，自學真的首先應當排除各種障礙，心理障礙、性格障礙、矯情障礙、自大障礙，等等。這也是禪宗所說的打破「我執」吧。一個人有了「我執」，就不可能再去認真學習了。

劉：打破「我執」，不是打破真我，而是打破假我。打破「我執」不是一次性完成的，而是一輩子的覺悟過程。打破「我執」便是打破自己所構築的自我地獄，用權力、財富、功名壘成的地獄。自我的偶像，是最難衝破的偶像；自我的地獄，是最難衝破的地獄。這個地獄，步步跟着你，和你一起走到天涯海角。我有一個體會，人一旦破了「我執」，真誠地認識到自己的無知與不足，求知慾就會燃燒起來，自學的熱情就會不斷高漲，甚至會產生飢渴感，總想學習，總想補救自己的缺陷。所以我說，自學的態度比自學的方法更重要。

第二日　早起與勤奮

梅：您一直說要「黎明即起」，這是非常好的習慣。您是甚麼時候形成「黎明即起」的習慣的？

劉：我從小就有這個習慣。你知道嗎？我在家鄉高山小學讀書，創了六年每天第一個到校的紀錄。小學離我們家有三四里路，我每天都是黎明就起床，起床後就復習功課，吃了早飯就起程上學，路上得走半個小時，但到了學校，老師往往還沒起床，我常聽老師在喊：再復來了，該起床了！這種「黎明即起」的習慣，應當歸功於奶奶，她總是黎明即起，很早就把我叫醒。

梅：早晨，您一個人揹着書包，天天這樣走路上學，天天這麼早，不怕嗎？

劉：不怕。路上還得蹚過一條小溪，還要穿過小樹林、翻過小山坡，我都不怕。我雖然從小就黎明即起，但這個習慣是後來讀了曾國藩的家書才成為自覺的。曾國藩非常勤奮，戰爭中他是三軍統帥，忙得不得了，但還寫了那麼多的家書，就靠黎明即起。早晨起來，精神很好，加上周圍一片靜悄悄，人們都還在睡覺，唯獨我醒來工作。能抓住這種時刻的，乃是聰明人。他除了自己黎明即起之外，還通過家書，敦促自己的子弟親人也要黎明即起。他立下的「治家八本」，其中一條就是「治家以不晏起為本」。

梅：他把「早起」視為治家的根本，這也很特別。

劉：那是鄉村時代，一個家庭要興旺，就得靠起早摸黑地幹活。到了城市時代，有了電燈，那倒是可以晚上開夜車，白天晚起一些。黎明即起不是一種機械性原則，而是一種精神狀態。我至今還是天天五點鐘起床，起床後就進入讀書寫作。黎明時分是我的黃金時段，我天天抓住黎明，長此以往，就見成效了。尤其是在美國，早晨起來，觀賞落基山邊的曙光，美極了。每天都沐浴一下美好的晨曦，身心也健康了很多。我對生活充滿信心和信念，可能與黎明的光照有關。小時候讀高爾基的書，記得他說過，早晨是美好一天的預告。我想進一步說，黎明是豐富人生的預告。黎明即起，可以促成人生的豐富。

梅：您真是勤奮。您現在出版的中文書籍已達一百二十多種，僅韓國翻譯出版的書籍就有七種了吧？

劉：一百二十多種包括修訂本、增訂本、選本，真正的原著只有五十種左右。不過，說勤奮倒是真的。我們不能自誇有甚麼超人的才華，但應當鞭策自己要永遠保持超人的勤奮。沒有一個成功者，不是靠勤奮這個法門的。

梅：勤奮法門，應是讀書人與寫作者的第一法門。

劉：出國後這二十幾年，我天天堅持讀書，勤奮寫作。這個堅持，不僅讓我筆頭愈來愈順暢，而且在稿子、書本裏凝聚了很多知識與心得。惟有寫下來的文字，才是自己生命的一部份。有時候，我寫完了一個專題，一下子輕鬆了，但我還是要寫一段「獨語」。近二十年，我寫了《獨語天涯》、《面壁沉思錄》，把兩本匯在一起，就成了《獨語一千五百夜》。還有《紅樓四書》中的六百段思想錄，也是獨語。《雙典批判》中的附錄一百則，也是獨語。僅僅這些，就有兩千兩百則了。這些都是勤奮的結果。倘若不勤寫勤記，這兩千多則思緒就會一閃而過，成為過眼煙雲，但通過勤奮，我把它們都記錄下來了。

梅：您的方法，您的思想，我總是悄悄地學，但勤奮這一點，看似容易，卻學不來。

劉：勤奮需要傻勁，即有點「愚」。《三國志》中，曹操評論荀攸時說他「智可及，愚不可及」。也就是說，荀攸這個人的聰明才智可以學到，但他的愚，即他的傻勁、混沌、堅持等精神，卻很難學到。勤奮就是一種愚，人家玩樂，他不知玩樂；人家取巧，他不知取巧，只是一味用功，一味苦拼、死拼。你要是能做到這一點，那就了不得了。

梅：您說的這種苦拼、死拼的精神，真的是需要一種愚勁頭兒。如果心存一點享樂主義就做不到。我有時候也會苦拼、死拼一陣，但要數十年以至一輩子苦拼、死拼，我就做不到了。

劉：前些時，我讀柳鳴九先生的《且說這根蘆葦——柳鳴九文化自述》（上海遠東出版社，二零一二年），其中有一段話讓我印象極深。他說：「時至今日，到了古稀之年，我倒覺得『勤奮』二字恰巧是對自己治學經歷的最基本、最具體、最確切的概括和總結，即使是在社科領域『仁者見仁，智者見智』，大有爭議的現實環境裏，也是堅硬得顛撲不破，誰都認可的，就像算術中的最大公約數。」（第二四八頁）柳先生比我長幾歲，是中國社會科學院的研究員，我們算是同一「單位」過。他的著述很多，創造實績非常豐厚。除了大家知道的學術專著《法國文學史》、《自然主義大師左拉》、《走近雨果》等之外，他還寫了許多評論和散文，尤其讓我驚訝的是，他竟主編出七十卷的《法國廿世紀文學叢書》和七十卷的《外國文學名家精選書系》，以及七卷本的《西方文藝思潮論叢》和十卷本的《法國現代當代文學研究資料叢刊》。你想想，這要投入多少心血，消耗多少工夫。如果沒有勤奮這一硬道理，怎可想像？我們這一代人中，像柳先生這麼勤奮的也不多。他說，勤奮是一種顛撲不破的真理，類似數學中的公約數，誰都否認不了這一成功密碼。他說得非常好。

梅：我有一個問題：讀書與寫作都要勤奮，那麼，在具體的時間安排上，是讀書的時間應多一些還是寫作的時間應多一些呢？

劉：李澤厚告訴我，他的讀書時間大大多於寫作時間。讀書是研究，寫作是表述。從事人文科學研究，要解決、突破一個問題，往往需要閱讀很多書。問題想清楚了，寫作時間反而不必太多。因此，他的這種時間安排是有道理的。有些老先生總是強調「廣積薄發」，也是這個意思。閱讀很多，思索很深，發表的東西倒不必很多。這是很老到的經驗，你也可以吸取。但每個人的情況不同。我個人因為需要用寫作來幫助記憶和整理思緒，所以一方面拚命讀書，一方面又拚命寫作，在時間安排上兩者各佔一半。不過，到了晚年，我的寫作時間已逐步減少，而讀書時間則逐步增多，說不定再過幾年就只讀不寫了。

第三日　手不釋卷

梅：我曾請教李澤厚伯伯該怎麼讀書，他告訴我四個字：手不釋卷。他還把這四個字寫下來給我。

劉：我們談論讀書的方法，當然有好處。但是真要做一個好的讀書人，關鍵還在於要有一種好的讀書態度，即應當嗜書如命，好書如好色。這一點恐怕很少人能做到。「手不釋卷」，首先得有一個嗜書如命的態度。人生中有些東西須臾不可離開，比如好的書本，須臾不可少。

梅：要做到書不離手，恐怕很難。我也愛讀書，但總是做不到手不釋卷的境界。

劉：在美國，我和李澤厚為鄰二十多年，幾乎天天都見面，他讓我印象最深的就是手不釋卷。每次見到他，總是看到他手上拿着一本書。在陽光照射的搖椅上，他坐在那裏，手中一定有一本書。他讀書是真的讀進去，真的讀通。我很喜歡聽他對書籍的評論，很中肯，常常與眾不同。有些被媒體評為「好書」或在國內得了所謂「大獎」的書，常被他嘲笑一頓。我從他的書刊評論中得到很多啟發。他還有一個鮮為人知的特點，就是讀書的時間比寫作的時間多得多。他用大部份時間讀書，邊讀邊思考，想清楚想透徹了再下筆寫作。因為事先想清楚了，所以寫得很快，佔用的時間不多。他常批評有些學人沒想透就寫，結果是把簡單的問題複雜化，洋洋灑灑一大本而不知所云，抓不住要害。了解他的寫作與閱讀時間比例後，我對自己的日程也做了調整，那就是多用一些時間讀書，少用一些時間寫作。

梅：我現在最苦惱的是時間不夠用，讀書的時間太少。今天才明白當博士生的時代多麼幸福，有許多時間可以讀書，常常可以整天泡在圖書館裏。現在即使想手不釋卷，也很難辦到。

劉：手不釋卷，難的是任何時間、任何空間、任何條件下都要做到手不釋卷。愈忙愈要抓緊讀書。你在書包裏放一兩本心愛的書，在路上可以讀，上飛機可以讀，理髮排隊時可以讀，送孩子上學或開家長會之前都可以讀。你現在正處於最忙的人生歲月，要等到有一天空閒下來再手不釋卷，那就太晚了。從今天開始，你就可以手不釋卷。人生的荒誕之一是總要等待，等待明天再説，明日復明日，明日何其多。不能再等待明日了，今日就開始。

梅：記住了。

劉：手不釋卷，沒有甚麼深奧的道理可講，難的是實行。不過，古人説「開卷有益」，倒是個真理。手不釋卷的好處是，哪怕只有幾分鐘的時間，我們從書包裏掏出書本來，打開看幾行，也會很有收益。這種習慣一旦形成，就會產生很大的力量。我已大體上能做到這一點了。

梅：看來，手不釋卷也是一種狀態，這不是禪狀態，但它是一種勤狀態，一種很美的狀態。

劉：我說過多次了，世上的許多真理都是相對的，即不一定是真理，但有一條真理可能是絕對的，那就是人生太短，時間不夠用。時間不夠，那就只能用「趕快做」來補救，用手不釋卷來補救。好學、勤奮，是一種非常優秀的品格。一個人除了聰明之外，還得勤奮。有出息的人，都有一種超人的勤奮。

第四日　學如逆水行舟

梅：您和李澤厚伯伯經常交談讀書方法嗎？

劉：他不是和你說過，做學問需要三個最重要的條件嗎？一是圖書館；二是時間；三是方法。這三點，最要緊的就是時間。有充份的時間思索，想通想透，就不會跟着潮流跑，不會趕時髦。我在學界四五十年，看到太多學人如走馬燈，匆匆而來匆匆而去，沒有留下真正有價值的東西。我一直說，當個作家或當個教授其實並不難，難的是在自己的領域中具有真才實學、真知灼見，即有所建樹。這很難，需要時間。圖書館誰都會去，但到圖書館之後要看甚麼書，即選擇甚麼書看，這才是最重要的。現在書籍太多，而時間又太少，所以就要選擇。而所謂方法，我覺得最要緊的是找到一種前人未曾發現的方式，包括表述方式（語言方式）、認知方式、思維方式等。例如我對你說過，我讀書主要是讀思想，捕捉思想，擊中思想。這個不能放過，別的可以忽略不計，例如別人的缺點、失誤和對我們的失情、失禮等。

梅：您說李澤厚伯伯總是「手不釋卷」，您也是，要做到這一點真不容易。

劉：手不釋卷，意味着時時都要學習，天天都要學習。這二十多年與李澤厚在一起，多次聽到他講

「學如逆水行舟」。他說，這句話很平常，似乎很好理解，但它其實是學習與人生的一個極重要的真理。我總是念念不忘這句話。這句話很容易被忽略，其實它極為重要。其重要性在於提醒你：一刻也不能停頓，一天也不能停頓。做學問的人，真的像逆水行舟，一天不學習，或一段時間不學習，就會倒退。不是停留在原來的水平上，而是往後退。這種現象，有時候意識不到。過去在填寫表格時，有一欄叫作「文化程度」，我可以填上「學士」，你可以填上「博士」，然而，這種程度不是一種固化的水平線。過幾年，如果不學習，就會退化，博士水平就可能退化為學士水平，學士水平可能退化為學員水平。歲月會讓你無情地倒退。人類世界的文化水準每天都在前進，我們個人也要跟着前進。我們要不斷提醒自己：不進則退。

梅：學習、學問一旦放鬆，就不可能保持原有水平，還會往後退，這是「學如逆水行舟」的內涵。連原點都保持不住，這確實讓人警醒。今天您說了，我也有所悟了。

劉：一旦意識到，就要把船硬撐下去，在逆水中硬撐下去。即使到了晚年，眼睛發花，也要硬撐、硬讀、硬寫，不屈不撓，堅持讀書，堅持創作。我現在就是在逆水中硬撐竹竿的狀態，還是天天黎明即起，守住每一個早晨的黃金時光。

梅：「學如逆水行舟」，是誰先說的？

劉：記不太清了。也許是《增廣賢文》裏說的。我記得原話是：「學如逆水行舟，不進則退。」可怕的是「不進則退」。學業一旦荒疏，就會退、退、退。做人也是如此，如果不嚴格要求，不常常反省，不常常修煉，也會退、退、退。梁啟超曾把「不進則退」這個道理引入「為人處世」領域，也就是道德領域。他在《蒞山西票商歡迎會學說詞》中說：「夫舊而能守，斯亦已矣！然鄙人以為人之處於世也，如逆水行舟，不進則退。」他這段話顯然是針對那些不思改革的守舊派，提醒他們：你們一味守舊，其實是守不住傳統的、祖宗的精華的，只有改革才能保持傳統的活力與價值。現在國學之風、國粹之風、國故之風又甚囂塵上，但是，傳統文化如果忘記「逆水行舟」的精神，一味故步自封，肯定又要倒退。

梅：個人的小學統，國家的大學統，也要不斷更新，不斷前行。守舊派常常忘記，要真守舊也得讓舊物吸收新鮮空氣。沒有新知，國故就會褪色。

第五日　寫作的密碼

梅：十二日在香港公開大學聽您講「莫言成功的三個密碼」，很受啟發。這三個密碼，可能也是作家寫作成功的普遍性密碼，只是有些作家未必意識到。

劉：我講莫言成功的三個密碼，也包括我個人的經驗。例如第一條，我說他得益於「大地的滋養」，這就是我個人的經驗。寫作，包括學術寫作（即學術研究）、思想寫作與文學寫作。如果是純粹的學術寫作，即學術研究，恐怕不一定需要大地的滋養，有書本的澤溉就行了。例如康德書寫他的哲學著作《純粹理性批判》、《判斷力批判》等，錢鍾書先生寫《談藝錄》、《管錐編》等，便是仰仗書本的澤溉。但是思想寫作、文學寫作，尤其是文學寫作，那還得仰仗大地的滋養。每個作家都會在不同程度上受到大地的滋養。但滋養又有兩大類，一類是受大地水光山色即大自然的薰陶，從而增加想像力與靈感。莫言也有這一項，但更為重要的是，他屬於另一類，即主要是受到大地苦難的滋養，也就是大地的動盪、貧窮、饑饉、不幸等痛苦的滋養。我國唐代詩人裏，李白屬於前一類，杜甫屬於後一類。李白顯然得益於大地的自然美景，而杜甫則得益於大地的苦難境遇，包括戰爭。中國古語說，「國家不幸詩家幸」，指的正是詩人們受到大地苦難的滋養，更有可能寫出不朽的詩篇。我們這一代人，明顯地經歷了國家的苦難，包括飢餓、貧窮、政治運動等。這種苦難會鑄造作家的巨大良心，不僅是靈感。莫言的良心便是他童年時代的飢餓、貧窮鑄造的。

梅：您的散文寫作與思想寫作，都明顯得益於大地的滋養。儘管您愛讀書，也得到了書本的澤溉。

劉：成功的作家既需要書本的澤溉，也需要大地的滋養，但情況不同。有些作家主要靠書本的澤溉，例如剛才講到的錢鍾書先生；有的則側重於大地的滋養，例如趙樹理，例如莫言；我雖屬二者兼有，但大地的苦難薰陶，還是對我起了決定性的作用，所以我才會說：「牛棚對我的教育勝過十所大學。」我所經歷的勞動鍛鍊、四清運動、飢餓、政治運動、「文化大革命」，樣樣刻骨銘心，比書本的賜予更深刻、更難忘。大地苦難的滋養幫助我讀懂許多人文書籍，幫助我判斷文學作品的優劣。我把真實視為文學的第一天性，也把人性的真實與生存環境的真實作為檢驗文學作品的第一標準。在大地中的體驗，使我明白甚麼是真實。

梅：您講莫言成功的第二個密碼是「魔鬼寫作」。

劉：我說的是，「魔鬼寫作」是上帝心靈與魔鬼手法相結合的「神魔寫作」。所謂上帝心靈，是指理解、同情一切人的「大悲憫」。這一點莫言領會得很深。但他又宣佈「文學乃是在上帝金杯裏撒尿」，也就是說，他的手法完全是打破一切常規、打破一切舊套、打破一切教條的魔鬼寫法。一百多年前，魯迅寫《摩羅詩力說》，呼喚和期待的正是這種魔鬼似的作家與詩人。魯迅論證時以彌爾頓、拜倫、雪萊等英國詩人為楷模，認定中國文學的希望就在於是否能出現拜倫這種摩羅詩人。沒想到，一百多年之後，中國倒是出現了莫言這種「摩羅小説家」。莫言給我們提供的經驗是作家應具有「上帝心靈魔鬼法」。心靈一定要慈悲，但寫法卻可不拘一格。文學藝術只能遵循無法之法。它可以蔑視一切已有的成法，包括上帝的成法。

梅：莫言真的是一個鬼才，變幻無窮，他完全不顧過去那些文學定法。

劉：他完全是個大魔術師，甚麼主義、甚麼範疇都定義不了他，包括「幻覺現實主義」，也定義不了他。他的作品，有的有幻覺，有的則沒有，更不能説他有一種主義。有學者呼喚文學寫作應當放下主義，進入沒有主義之境，莫言正是如此。

梅：我覺得您使用「神魔寫作」這個概念很好。魯迅説的「摩羅」正是魔鬼。魯迅還説，魔為神創，即魔鬼也是神派生出來的。魔鬼的特點就是敢於顛覆。莫言的寫作就可以視為顛覆性寫作，他顛覆了權力書寫，顛覆了官樣歷史書寫，顛覆了習慣性的現實主義書寫。

劉：莫言原是軍中作家。我在解放軍藝術學院講課時，莫言那一班最著名的作家是李存葆，他寫了《高山下的花環》，已經對現實主義有許多突破了。例如他不僅書寫戰士的勇敢、高尚等，也寫他們家境的艱難、家庭的貧困等。但是莫言完全不受現實主義的制約，他真的如天馬行空，如鯨魚躍海。他的成名作《透明的紅蘿蔔》，就把幻覺帶入書寫對象。我曾説，莫言用感覺主義取代現實主義，瑞典文學院説他是「幻覺現實主義」，也對，意思差不多，就是把主觀想像的東西，包括幻覺、幻夢等帶進文學。莫言後來愈走愈遠，把「妖魔鬼怪」全帶進文學，他學習蒲松齡，學甚麼？就學這一招。莫言顛覆的是教條，是作家創作力的教條，所以我稱他是中國當代作家中最勇敢、最狂放的偉大士兵，敢於打破教條的偉大士兵。

梅：您那天還講了他成功的第三個密碼：鯨魚風格與鯨魚氣象。鯨魚的特點是大氣派、大氣象。

劉：不錯。鯨魚在大海裏吞吐大波大浪，表現出來的是大氣派。文學寫作一定要有大氣派，要有膽魄，要敢於發前人所未發。一個只有小魚小蝦胸腹的人，成不了大作家。莫言寫長篇，竟寫出十一部，這不簡單。魯迅一輩子就想寫一部長篇，但還是沒有寫出來。莫言還寫了三十部中篇、八十多部短篇，很了不起。有人說他只會講故事，看不到他講出大格局、大文學、大藝術，其講述完全是宏大敍事藝術。許多文學批評家眼光如豆，不懂文學。他們就像鯊魚，靠尖銳的牙齒攻擊他人，不理解建設性的天才。鯨魚還有一個特點是獨往獨來，不同於鯊魚的成群結隊。文學藝術活動是充份個人化的精神活動，不是靠成群結隊的力量，靠的全是自身的健康與強大。這也是文學寫作的一個密碼。這種意識，便是個人獨立不移的意識。

梅：您以前講過，如果從政，那就要當政治家，不可當玩小權術的政客；如果從商，那就要當企業家，不可當小商小販。那麼，今天說到文學寫作，作家自然應該當一個頂天立地的文學家、擁有宏大氣魄的文學家，而不能當一個人云亦云的、平庸的小寫作者或文學小青年。

劉：從事文學寫作，一要有大氣，二要有韌性。前者像鯨魚，後者像潑皮，但也像達摩，擁有面壁九年、十年的工夫。

梅：莫言感慨當今文壇缺少鯨魚，倒是有許多鯊魚。其實，還有許多小鯉魚，許多只能做點綴品的小金魚。

劉：還有泥鰍，當小滑頭，在文壇的泥巴裏鑽營、鬼混。文學評論界也有不少這樣的角色。

第六日　寫作的靈魂

梅：您講述莫言的三個密碼時，除了講述他的「神魔寫作」之外，還講述了他的「上帝心靈」。「魔鬼」指寫法，「上帝」指心靈，指魂魄，兩個結合起來才完整。寫作者、作家、詩人，確實需要有一種大慈悲精神，我覺得，這也是文學寫作的公約數。

劉：文學事業是心靈的事業。它書寫的是人性，但又要提升到神性的高度與境界。文學作品要麼靠情感打動人，要麼靠思想境界啟迪人，而大悲憫精神則兩者兼有，既有很深的情感，又有很深的思想。莫言有大悲憫的精神，這種精神不僅通過他的作品體現出來，而且這種大悲憫精神已成為莫言的自覺。中國作家中很少有人能抵達這一境界。

梅：您如何評價莫言的大悲憫理念？

劉：他說大悲憫不同於小悲憫，不同於惻隱之心。大悲憫是指在文學書寫時，既同情世俗界定的「好人」，也同情世俗界定的「惡人」。例如被世俗界定為「地主」分子的西門鬧（《生死疲勞》的主角），在世俗人心目中是「惡人」，但在作家心目中則不一定，莫言對他也同情也理解。還有《紅高粱》中的那些「土匪」，世俗眼裏的「壞人」，莫言也同情理解。這是第一層意思。第二層意思是，大悲憫不僅悲憫別人，也悲憫自己。即不僅覺得別人是可憐人，也感到自己是可憐人，自己也很有限，很渺小，很無力，很無助。我過去以為莫言很有感覺，但不是很有思想，知道他有此理念後我非常佩服，覺得他也很有思想，很有見地。他的大悲憫理念可以說是講到文學的「點子」上了。這一點正是文學的靈魂，掌握了這一點就掌握了文學的命脈、文學的魂魄了。

梅：莫言把他的大悲憫理念寫進作品系列的總序中。不過他把總序謙稱為「代序」，後來的題目叫作「捍衛長篇小說的尊嚴」。他在這篇文章中，很鄭重地講述了大悲憫。

劉：他在這篇文章中所講的大悲憫思想，是中國當代文學思想的制高點。在從小就受到「分清敵我」（「誰是我們的敵人？誰是我們的朋友？這個問題是革命的首要問題」）、旗幟鮮明的教育中成長的作家，能抵達這種思想，說明莫言真的把文學與政治分開了，說明莫言真正超越了政治。文學面對的是豐富複雜的人的存在，這種豐富的存在不是正與反、敵與我、好與壞這種簡單的劃分可以了事的。

梅：莫言倒是抓住了「人性的真實」這一要害。那天我聽您用這一理念解釋《豐乳肥臀》，特別有意思。

劉：《豐乳肥臀》，好就好在大悲憫。小說中的母親，是真正的主人公，她就是大悲憫的象徵。這個主角所蘊含的精神內涵極為豐富，但處處都是大悲憫。恐怕很少有讀者會明白，這部小說塑造了中國大地上一位偉大的聖母，她是最偉大的母親，又是最可憐的母親。她的胸懷是大地，她的情懷是大悲憫。她生下八個女兒和一個兒子。八個女兒和女婿以及相關的親屬，在二十世紀近百年的中國土地上經歷了各種命運，隸屬於不同的政治派別，有的屬於軍閥系統，有的屬於土匪系統，有的屬於共產黨，有的屬於國民黨。有的甚麼也不屬，為了救援處於飢餓中的家庭而把自己賣給了妓院，後來又在政治運動中被羞辱而死（四女名「想弟」）。長女（來弟）在打鬥中殺死了人，被判了死刑。次女（招弟）為抗日別動大隊司令司馬庫的四姨太，而司馬庫也死於戰爭。三女（領弟）被啞巴姦污後從於啞巴。五女（盼弟）參加了革命，卻在勝利後的政治運動中自殺。七女（求弟）也在運動中被打成右派，後死於飢餓。女兒女婿的遭遇不同，但母親一律給予同情，一律給予理解，一律給予容納，一律給予乳汁、眼淚和庇護。為了女兒及其子弟的活命，她受盡摧殘和淩辱。這位偉大的母親，打破各種界限，一切為了兒女們存在下去，這就是母親的本質、母親的意義。中國當代文學中出現這種母親形象，是非常奇特的現象，她不是革命的母親，也不是反動的母親，但她是最寬容、最仁慈、最屈辱的母親。我高度地評價這個母親形象。要說顛覆性寫作，《豐乳肥臀》倒是真正顛覆了二十世紀各種官修的歷史，而寫了一部完全文學化也完全莫言個人化的中國現代史。

梅：文學中所蘊含的歷史，是情感的歷史，是人性的歷史。它更長久，更永恆。

劉：不錯。正如但丁的時代，誰還會去銘記佛羅倫薩的白黨與黑黨，誰還會去分辨某個派別的立場與理念，誰是誰非已完全沒有意義。倒是但丁的《神曲》獲得了永恆的價值，《神曲》中的那些人物與他們的所作所為我們倒是記住了，因為那是關於人性與人的生存處境最真實的呈現。

梅：要是在二十世紀五十到七十年代出現《豐乳肥臀》，那可不得了。一定會有許多人義正詞嚴地批判它，討伐它，一定會說它展示的戰爭和人物，讀者幾乎看不到正義與非正義，而母親也喪失了正確的立場。

劉：所以《豐乳肥臀》才是真文學。希臘史詩《伊利亞特》，描寫特洛伊戰爭，雙方為一個美人（海倫）而戰，誰是正義的一方？誰是非正義的一方？根本說不清。但這部史詩恰恰留下了那個時代（人類的童年）的生存狀況和人性的真實狀況。莫言自己早些時候的長篇《天堂蒜薹之歌》更旗幟鮮明，以批判現實和批判社會為創作出發點，而《豐乳肥臀》卻揚棄了批判與譴責，就寫人性。

梅：您那天在對談中還把莫言的大悲憫思想與俄羅斯文學巨匠托爾斯泰、陀思妥耶夫斯基做了比較，說托、陀也是大悲憫。

劉：托爾斯泰與陀思妥耶夫斯基之所以會走上世界文學的巔峰，其決定因素恐怕不是作品的技巧，而是作品的靈魂，也就是浸透於作品中的上帝心靈，即大慈悲與大悲憫的精神。魯迅在談論陀思妥耶夫斯基時就發現了這一點。他說，陀氏審問筆下的「罪人」，同時又審問出被罪掩蓋下的「詰問」。所謂「罪人」，就是那些妓女、小偷、罪犯，世俗社會總是認定她們（他們）是壞人，但陀氏卻對她們（他們）充滿同情，總是寫出她們（他們）內心潔淨的一面。人性是多面的、豐富的、複雜的，這樣寫，才能寫出人性的真實。托爾斯泰也是如此，在《戰爭與和平》中，他寫娜塔莎私奔，並不把與她私奔的那個人寫成壞人，娜塔莎也不許彼爾稱他為壞人。托爾斯泰讓彼爾為此而更愛娜塔莎。還有《復活》，托爾斯泰對妓女瑪絲洛娃不僅同情，而且寫出她永遠高貴的一面。

第七日　實在性真理與啟迪性真理

劉：我們從事文學工作的人應記住：文學與科學很不相同。科學追求的是實在性真理；文學卻很像宗教，追求的是啟迪性真理。實在性真理，需要明確把握；而啟迪性真理，則往往是模糊把握。我一直很自覺地分清這兩種真理。

梅：我們除了從事文學工作之外，還從事人文科學工作，和純粹的作家很不相同。我常常覺得累，正是因為在文學與人文科學中間穿梭，往往顧此失彼。

劉：我們講的人文科學，包括哲學、文學、歷史學等。不同的學科，要求也不同。例如歷史學，就得講精確，史料要準確，史識要精當，史衡要公正。而文學所講究的人性真實，則是盡可能如實地呈現，談不上精當。人性極為豐富複雜，它本身就是大海、大宇宙。人性的真實，其實只能模糊把握，就像中醫把脈那樣，可以大體上把握住病情，但沒有準確的數據。

梅：您很早就分清這兩種真理，所以一直讓我閱讀舍斯托夫的《雅典與耶路撒冷》。雅典代表的是科學，追求的是實在性真理；耶路撒冷代表的是宗教，追求的是啟迪性真理。

劉：文學更像耶路撒冷。科學需要的是實證，是邏輯。宗教則無須實證。上帝不需要我們去考證和實證，他不可證明，也不可證偽。所以，說「上帝存在」與說「上帝不存在」都對。說「上帝不存在」，這是科學家說的，不錯，因為你無法用經驗與邏輯證明上帝的存在。說「上帝存在」，也對，如果你把上帝視為一種情感、一種心靈，他就存在。兩個相反的命題都對，這就是悖論。實在性真理與啟迪性真理，都可信，這也是悖論。

梅：宗教與文學也可以「證」，但是您常說的「悟證」。

劉：不錯，是通過直覺的感悟與把握。悟證的手段不是機器，不是數學公式，不是顯微鏡和望遠鏡，不是實驗室，而是心靈，是用心靈去感受心靈。上帝、耶穌、釋迦牟尼都是大心靈，我們的心靈雖是小心靈，但可以通過小心靈的感悟，去發現大心靈的內涵。我的《紅樓夢》閱讀，是悟證，也是用我的心靈去發現、感受賈寶玉的心靈。我對賈寶玉有自己的認知，但使用的不是認識論，而是本體論，即心性本體論。所以我說我的《紅樓夢》閱讀不是研究，而是心領神會。我和賈寶玉的關係，不是主體與客體的關係，而是心靈相逢相會相印的關係。

梅：可是您的《賈寶玉論》下篇，「拿來」李澤厚伯伯關於儒家表層結構與深層結構的分析，用於解釋賈寶玉對儒家的態度，好像是認識論？

劉：這個問題提得很好。李澤厚關於儒家可分表層結構與深層結構的分析，確實很深刻，很有見解。應用這一分析可以明白，《紅樓夢》對儒家的態度不是單一的。然而，我在應用這一見解解釋賈寶玉的時候，自己並不滿意，甚至有點「套用」的感覺。在《讀書》雜誌上發表《賈寶玉論》下篇之後，我自己有過反省，覺得賈寶玉的親情、對父母的孝順，雖符合儒家的道德規範，但他的行為並不是從儒家理念出發，也不是從深層的儒道出發，而是他的心靈使然，心性使然，也就是說，是他的生命的自然表現。如果做這樣的解釋，就不是認識論，而是心靈本體論、心性本體論。

梅：我覺得，這樣解釋更能說明賈寶玉的孝順行為。記得您前些年在香港北大校友會上做過「論蔡元培」的演講，特別提到您最喜歡梁漱溟先生的紀念文章。因為梁先生說蔡元培擔任北大校長時提出「兼容並包」的政策，並不是一種理念，即不是認識論，而是他的天性使然，也就是蔡元培出自內心覺得應當尊重不同立場、不同類型的人才。這種出自心靈的東西，比較可靠、實在，不會變。賈寶玉對父親、母親的孝順，與儒家理念並不相關。您剛才用心性本體論解釋賈寶玉的行為，更深刻，也更有說服力。

劉：剛才我這樣解說賈寶玉，屬於心性本體論。這不是實證，不是邏輯推理，是我的一種直覺、一種感悟。這不可證明，也不可證偽。賈寶玉的孝順，不是頭腦的產物，而是心靈的產物。文學創作展示的正是心靈現象，不是理念現象。然而，這種心靈現象，又符合儒道的倫理要求，或者說，符合儒道的深層規範。我不喜歡用頭腦寫作的作家，而喜歡用心靈寫作或用全生命寫作的作家。曹雪芹就是用大心靈寫作的作家。

梅：我很希望您能給我的研究生講一次「分清實在性真理與啟迪性真理」的課。

劉：我可以講講。我們既然從事人文科學研究，那就得分清一些基本概念。西方的分析哲學提醒我們：首先必須釐清一些基本概念。要特別注意語境，注意上下文的關係。同樣一個概念，在不同語境下會顯示出很不相同的含義。維特根斯坦的貢獻，也在於他發現了語言的歧義性，也可以説是發現語言表述的不準確性。許多哲學上的分歧，實際上是語言概念理解上的分歧。中國傳統文化中早就發現「詞不達意」的現象，即概念與它所要表述的意思有距離。所以要廓清一些基本概念。如果我給研究生講課，第一課就要講「廓清人文科學中的十對關鍵詞」。第一對就是「實在性真理」與「啟迪性真理」。第二對是「科學」與「玄學」。香港科技大學的學生把生命投入科學，為甚麼還要來選修人文課程？這就是因為科學代替不了玄學。科學只能解決怎樣「生」、怎樣「死」，即怎樣安排生死和提高生死質量，但不能解決為甚麼生、為甚麼死，即為甚麼活着、為甚麼不自殺，也就是活着的意義是甚麼。第三對我可能要講講「主體」與「主觀」的區別。主體是指人，人類；主觀是指人的意識。主體性包括人的主觀能動性，也包括人的客觀實踐性。主體結構包括人的認知系統、情感系統與操作系統。三個系統裏有主觀意識部份，也有客觀實踐部份。説人是心理存在和説人是歷史存在，兩個命題都對，前者強調人的主觀意識，後者強調人的客觀實踐。主體論必須顧及兩端。人作為生命個體，又有世俗角色與本真角色之分。世俗角色傾向於向客觀世界妥協；本真角色則強調在現實生活中獨立不倚，按主觀認定的方向行事。佛教主張破我執與破法執。前者針對人的主觀執迷，後者針對人的客觀執迷。接下來，我想廓清一下「法制」與「法治」的重大區別，以及「積極自由」與「消極自由」的重大區別。除了這幾對之外，我還想廓清「啟蒙」與「救亡」、「倫理」與「道德」、「矛盾、悖論、二律背反」的概念區別以及「存在、此在、親在、存在者」諸概念的用法。我甚至還想再講講文學與哲學、文學與歷史、文學與藝術的重大分野。

梅：您要是能給同學們講講，那就太好了！您出國後，多次強調要「放下概念」，而講課時則認真地「廓清概念」，這也是在不同語境下的不同表述吧。

劉：科學總是注重「分別相」，研究分類分科分門；而宗教與文學則注重「整體相」，講究生命的不割不癡不妄。「放下概念」，實際是在說「放下教條」，強調的是要從教條的包圍中解放出來，以贏得思想自由。「廓清概念」則是指在追求人文科學知識時，注意辨別語言的具體內涵。無論是「放下概念」還是「廓清概念」，都是為了向人文真理靠近。

第八日　文學狀態與文學理念

梅：您一再對我說，對於寫作者來說，文學狀態比文學理念更重要。您能不能再談一談？

劉：對。我認為文學狀態重於文學理念，這是我關於文學的一個重要看法。寫作者乃至詩人、作家，當然都會有自己的文學理念，但是，最重要的是必須處於文學狀態中。

梅：關於「文學狀態」，您能再說說嗎？

劉：文學狀態，就是非功利狀態、非功名狀態、非集團狀態、非市場狀態；也可以說是超脫的狀態、獨立的狀態、孤獨的狀態、沉浸的狀態、面壁的狀態；甚至可以說，是一種「呆傻」的狀態，即對功利、功名等不開竅的「呆滯」狀態；還可以說，是一種不知輸贏、不知成敗、不知得失的「混沌」狀態。

梅：您在散文中寫道，人修煉到最後，要保留一點「呆傻」狀態，可能就是文學狀態。

劉：不錯，作家當然需要聰明，但不可太聰明，不可甚麼都要，名聲、地位、榮譽、獎品，樣樣都追求，這就不是文學狀態。到地球上來一回，要甚麼？既然走上文學之路，又是要甚麼？必須弄清楚。我和許多朋友說過，文學狀態，就是陶淵明狀態、曹雪芹狀態，他們哪能想到功名、獎賞等等。李澤厚一再對我說，我們只要不受批判、不受聲討就很高興了，哪能想到獎賞。

梅：您一再說，每個作家都同時兼有兩種角色，一是世俗角色，一是本真角色。世俗角色忙於謀生，當然就脫離文學狀態；本真角色則一定處於文學狀態中。

劉：寫作時一定要進入本真角色，該說的話就說，不情願說的話不說，獨立不倚，才能保持天真天籟。本真狀態、天真狀態，都是文學狀態。現在許多作家都在追逐世俗角色，想在作協裏當個一官半職，因為世俗角色可以得到許多世俗利益。然而，世俗角色總是損害本真角色，損害文學狀態。

梅：您常強調的自由精神，也是文學狀態吧。

劉：我們常聽到「境界」二字，王國維的《人間詞話》拈出「境界」概念，功勞很大。詩與詩的差別、人與人的差別、文章與文章的差別，最根本的是境界之別。甚麼是境界？我認為境界乃是創造精神的自由度與真實度，也可以說是文學狀態的自覺度與投入度。愈是進入自由文學狀態，愈是遠離「物」的奴役，境界就愈高。文學寫作，只有處於高度自由狀態之中，才能呈現人性的真實和人類生存處境的真實，也才有境界可言。境界有種種階梯，種種層次。講起來話長，我今天只說，惟有處於文學狀態中，才有境界。

梅：您曾批評我，說我是「半文學狀態」之人。為甚麼？

劉：因為你確實有一半處於文學狀態，很用功，很努力。但另一半則忙於家務事，在孩子們身上花掉太多工夫。這當然無可厚非，但文學狀態中的人，恐怕連一天也不能讓他人剝奪，包括自己的丈夫、孩子、朋友。

梅：守持文學狀態的確很難。張愛玲原先聲明她與左翼作家不同，不捲入時代洪流，不介入政治是非，但到了香港、美國之後就守持不住了。

劉：張愛玲早期剛進入寫作時，確實處於文學狀態，其《金鎖記》、《傾城之戀》確實寫得好。但是，到香港後，她寫的《秧歌》、《赤地之戀》，則用政治話語取代文學話語，顯然，原先的文學狀態守持不住了。魯迅翻譯廚川白村的《出了象牙之塔》，那時國難當頭，民族危亡，作家確實需要走出象牙之塔，需要走向街頭。但現在市場無孔不入，物慾橫流，我倒是主張作家要回到象牙之塔，潛心寫作。二十世紀毀掉象牙之塔有其理由，但對精神創造也有所傷害。我覺得，處於象牙之塔中，才有「沉浸狀態」，才有「面壁狀態」。在此狀態中，才能與人類歷史上偉大的靈魂相逢，即才有心思、心得與經典作家、思想家進行深層對話。出國後，我因為重構象牙之塔，讀書就較有心得。放下原來接受的、在背後支撐的文學史觀，我重新認知了中國和世界的文學，很有收穫。我對《三言二拍》、《金瓶梅》、《儒林外史》、《聊齋志異》、《鏡花緣》、《老殘遊記》等作品的價值，都是在象牙之塔裏才重新發現的。我對古希臘的《俄狄浦斯王》、但丁的《神曲》、巴爾扎克的《高老頭》、福樓拜的《包法利夫人》、歌德的《浮士德》、陀思妥耶夫斯基的《卡拉馬佐夫兄弟》等，以及喬伊斯、貝克特的作品，也都是在象牙之塔中才獲得了新的感悟。《高老頭》的淒涼、《浮士德》的人魔賭局、《尤利西斯》的新視野，我在象牙之塔中才有了真正的感受。

梅：我很羨慕您的象牙之塔，但我現在俗事纏身，幾乎活在象牙塔之外。

劉：能靜下心來，安於象牙之塔也不容易，至少得有兩個主觀條件：一是要耐得住寂寞；二是要耐得住清貧。

梅：您和李澤厚伯伯曾主張作家不一定要讀文學理論，這是不是與強調文學狀態有關？

劉：二十多年前，我和李澤厚的確主張作家不要太在乎文學理論。我們的看法一發出，便遭到批評，說我們自己搞美學理論、文學理論，卻主張作家不要在乎文學理論，太霸道。我們回應說，我們的理論是反理論、反束縛、反教條，是幫助作家思想飛揚、心靈解放，與原先的理論不同。當時我尚未強調文學狀態比文學理論更重要。具有很好的文學狀態，才不會用理論去整理、篩洗感性、生動的感受。擁有良好的文學狀態，才會依據無法之法，天馬行空，而不落入「我執」與「法執」。依據文學理論去創作，乃是一種「法執」。好作家肯定是既善於破「我執」也善於破「法執」的作家。

梅：您現在的狀態很好，算是文學狀態了。

劉：我現在與松鼠、野兔、太陽、月亮的關係大於人際關係，即自然關係大於社會關係。馬克思說：人是社會關係的總和。沒有錯。但對於我，還必須補充說：「人又是自然關係的總和」，或者說「人是個體存在的總和」。我已把社會關係簡化到幾乎等於零，而把自然關係擴大到日日夜夜、花花草草。說「人是個體存在的總和」，也不是空話。莊子就強調人是個體存在，與孔子強調人是社會關係很不相同。自我確實是心理存在與生理存在的總和，又是思想存在、情感存在、認知存在的總和。在寧靜的狀態中，我不僅用一雙冷眼觀天下，而且也用一雙冷眼觀自身，即冷眼觀自在。這也可以說是文學狀態吧。

梅：無怨、無怒、無癡、無嗔、無悔，一雙冷眼看世界，一雙冷眼看自身，全身心投入精神價值創造，這種狀態確實比甚麼理念都更要緊。

劉：你說無怨、無怒、無癡、無嗔、無悔，是文學狀態，我可以再補充幾個「無」，即無執（不執着於理念）、無住（寫作方式不要固定化）、無求（無身外的功利要求）、無懼（敢想敢說敢寫）、無私（專注於文學，努力抵達忘我境界）。在中國，我算是最充份地提出文學狀態這個問題的，所以乾脆講得更清楚一些。我還要強調的是，文學狀態與對自我的認知很有關係。自我一旦膨脹，則甚麼文學狀態也沒有了。惟有冷眼觀自我，才能清醒，才能明白自己還差得很遠，才能不斷地前行。和魔鬼賭博，才能賭出大格局。作為作家，也才有大悲憫，既悲憫他人，也悲憫自己。一旦真誠地冷觀自己，對文學的認識就會大大提高，文學狀態也就有了更深厚的根基。

梅：冷觀自己，我記住了。惟有冷觀自己，才能真正地超越現實功利。我現在更明白您為甚麼說作家惟有先審判自己才有資格審判時代了。

劉：審判了自己，才能獲得清醒的頭腦去認知時代和認知人性與世界。

第九日　審美判斷和道德判斷

梅：您三十多年前就說過，文學批評只能設置美學法庭，而不能設置其他法庭。

劉：我很早就發表了這一觀點，不僅是文學批評應當如此，文學創作也應當如此。作家與文學批評家不是包公。包公對秦香蓮與陳世美案只做善惡道德判斷，他對陳世美施以鍘刀，用以極刑。但文學不能這麼簡單。文學既同情秦香蓮，也同情陳世美。它要描寫陳世美的生存困境與情感困境，給予應有的悲憫，而不是簡單地做出「壞人」、「惡人」等價值判斷。而對於潘金蓮，我覺得《金瓶梅》寫得比《水滸傳》好。雖然無論在《金瓶梅》中還是在《水滸傳》中，潘金蓮的結局都比較慘，但是《金瓶梅》中的潘金蓮無善無惡，只是一個平常的、具有七情六慾的女人，作者對她不做道德判斷，更不設道德法庭。從這個意義上說，《金瓶梅》才是真文學。

梅：那麼，我們是不是可以做「真善美」或「假惡醜」的價值判斷呢？

劉：我在《魯迅美學思想論稿》中主張用「真善美」的標準取代其他標準，這在當時是一種進步。但現在看來，也簡單化了一些。甚麼是真？甚麼是假？怎麼解釋《紅樓夢》中的「假作真時真亦假」？還有，甚麼是善？甚麼是惡？甚麼是美？甚麼是醜？這才是真問題！以往的道德判斷，把善與惡歸結為好人與壞人，這就太簡單了。一是文學既要悲憫「好人」，也要悲憫「壞人」，對於二者都要有一種「理解的同情」。二是善的定義非常寬泛，從理性上說，凡是有益於人類的生存延續的都可稱為善。而用文學語言表述，慈悲即善，愛一切人即善。愛一切人，當然也包括所謂「敵人」、「壞人」等。在賈寶玉的心目中，不僅沒有敵人，也沒有壞人，這就是善。那麼，既然沒有壞人，怎麼做好壞與善惡的道德判斷呢？所以我說，文學只可做審美判斷。

梅：我常常納悶：麥克白、奧賽羅是壞人嗎？如果是壞人，麥克白為甚麼殺了國王之後自己也處於驚慌與精神崩潰之中？奧賽羅為甚麼殺了苔絲德蒙娜之後又要自殺？

劉：莎士比亞寫出了人性的複雜，很了不起。他顯然不把麥克白、奧賽羅等簡單地當作「壞人」，而是當作「悲劇人物」。說麥克白、奧賽羅等是悲劇人物屬於審美判斷，而說麥克白、奧賽羅是壞人則屬於道德判斷。二者全然不同。我們從事文學批評，應當使用審美判斷的範疇，如悲劇、喜劇、荒誕、怪誕、幽默、黑色幽默等美學範疇，避免用好人、壞人、善人、惡人等道德範疇。

梅：那麼，審美判斷就不僅是純粹審美形式了？

劉：審美判斷不僅涉及藝術形式（審美形式），也涉及精神內涵。為了方便起見，我們會把文學作品中的精神內涵與審美形式分開。而實際上很難分開，二者總是融為一體。我們在做崇高、秀美、悲劇、喜劇等判斷時，其實也包含着精神。如果莎士比亞一味譴責麥克白，那麼《麥克白》這部戲劇就變成了譴責文學。正因為莎士比亞未對麥克白做簡單的倫理譴責，所以才能寫出他的靈魂的掙扎、內心的恐懼、情感的痛苦，才有了思想的深度。文學作品一旦成了除惡揚善的說教，就必然浮在生活的表象上。審美判斷中有精神內涵，這一點，國內外的文學理論教科書都未講清楚，我也只是在探索之中。

梅：不可做簡單的善惡判斷，也不可做簡單的真假判斷嗎？

劉：文學應當真實，這是絕對的尺度。在文學領域裏，作家說真話，寫真實，不欺騙讀者，這不僅是寫作規則，而且是倫理態度。從這個意義上說，真便是善。然而，甚麼是真？其中就大有文章了。有一點可以肯定的是，真實不等於真人真事。真實更為重要的是人性的真實，人的本性、本質的真實，人的精神底蘊的真實。

梅：也可以說，不是表象真實，而是深層真實。

劉：馮友蘭先生在哲學上區分了「實際」與「真際」兩大概念。我們借用於文學，則可以說，文學的真實，重要的不在於「實際」而在於「真際」。用作家閻連科的話說，重要的不是「現實」，而是「神實」。

梅：「真」有許多層次、層面，作家能進入哪個層面，這才是我們應當關注的。

劉：你說孫悟空這個形象真實不真實？可以說很不真實。人世間哪有這種怪物？既不是猴，也不是人。但我要說，他很真實，大鬧天宮也很真實，因為那是精神的真，內裏的真。吳承恩很了不起，他把精神反抗演化成精彩的故事。《西遊記》乃是自由精神的大飛揚。孫悟空對權威的大嬉鬧、大挑戰，真瀟灑、真痛快。這是中國人真實的精神嚮往。雖不是真人真事，但有真精神、真心靈。我說審美判斷也有精神內涵，這就是例子。《西遊記》是怪誕小說，這種審美判斷，就包含着對其自由精神的肯定。少年時代我讀希臘悲劇《俄狄浦斯王》，覺得「殺父娶母」的故事難以置信，年長後才讀出「人類不認識自己的父親母親」是普遍的人性真實。到處都有這個問題，到處都有這種例證。中學時代讀《浮士德》也覺得故事不可信，後來才明白人與魔鬼的那種賭博，是普遍的人性狀態。魔鬼有的在外，有的在內。人的慾望就是魔鬼，我們整天都在與魔鬼較量。歌德的這個大寓言太真實了。我自己從這一故事中獲取了巨大的力量。

梅：其實，人性極為豐富複雜，道德判斷總是把人性看得太簡單了。

劉：審美判斷也不可簡單化。審美判斷的第一個環節是審美感覺，而審美感覺則有低級感覺與高級感覺之分。李澤厚說，「悦耳悦目」只是低級感覺；惟有能「悦心悦意」、「悦神悦志」才算高級感覺。當下流行的從演員的顏值（即外貌）得到的審美愉悦也只是低級感覺，而能提供靈魂深處的至樂極樂才算高級感覺。審美判斷應當走出低級感覺而進入高級感覺。我們從事文學批評，想要擁有高級感覺，就得多讀好書，多讀經典，樹立高級參照系。參照系非常要緊。我因為熟讀蕭洛霍夫《靜靜的頓河》、《被開墾的處女地》，有此參照系，所以對我國前期當代文學代表作如《青春之歌》等才不滿意，覺得它們把人性寫得過於簡單。

梅：有一個時期老是在「分清敵我」、「分清正邪」、「分清好壞」，結果藝術感覺、審美感覺不但沒有進步，反而退化了。您是不是也曾有過這種感覺？

劉：八十年代我在進行「文學的反思」時，也發現自己曾有過感覺退化的問題。我曾引用過何其芳的文字，他就自問：為甚麼我參加革命之後，思想進步了藝術反而退步了？我把這個問題稱作「何其芳問題」。當時我的回答是：世界觀不能代替創作方法，即先進的世界觀不一定會帶來精彩的藝術。世界觀、機械性的文學理念都會過濾、物化作家的感覺，長此以往，感覺就退化了。文學創作和文學批評與科學判斷、政治判斷不同，它不是仰仗邏輯，而是仰仗感覺。別林斯基不到四十歲就去世了，可是他對俄羅斯文學產生了那麼大的影響。果戈理、陀思妥耶夫斯基這些天才，完全不是靠邏輯，也不是靠思辨，而是靠感覺。我們從事文學事業，最怕感覺退化，尤其是高級感覺退化。

梅：低級感覺似乎不易退化，天天都在聽唱歌，看跳舞，快樂就好，有刺激就好。但高級感覺容易退化，一旦不讀書、少讀書，熱衷於世俗事務，就會退化。

劉：感覺退化還有感覺，倘若感覺僵化，那就更糟，連一點感覺都沒有了。前些年韓少功到科羅拉多大學講演，是我和周明朗教授請來的，他的演講題目竟是「感覺殘廢」，當時我就嚇一跳。他說現在許多作家的神經被權力、金錢和世俗事務緊緊抓住，審美感覺已經殘廢了，分不清甚麼是優秀作品，甚麼是低劣作品，變成「妄人妄作家」。演講完我和他討論這個問題，說許多文學史作者也沒有獨特的審美感覺，人云亦云，甚至跟着媒體跑，文學史、小說史一部接一部，其實相互抄襲，複製性很強，沒有甚麼價值，原因就是背後的作者根本沒有高級的審美判斷。

梅：八十年代您批評了「反映論」、「典型論」等理念，如果以那些理念為尺度去衡量文學作品，以理念代替審美，長此以往，自然就會發生「感覺殘廢」。

劉：八十年代，我批評的是蘇式文學理念，也可以說是蘇式學院派文學理念。那時，我國的文學理念都是從蘇聯那裏搬過來的，但比蘇聯走得更遠更極端。蘇聯並不批判俄國的代表性作家如契訶夫、屠格涅夫、托爾斯泰等，不僅不批判，甚至還推崇。我們的態度則不同，一味與「批判現實主義」劃清界限，所以更教條。

第十日　人生何處是幸福

梅：我在《共悟人間》中感謝您把我引入文學之門，讓我得到許多意外的快樂。

劉：我們的人生是很幸運的，因為我們工作在自己心愛的崗位上，即使很忙很累，也是在做自己心愛的工作。每天都在讀文學書，想的也是文學，這不是很快樂嗎？

梅：許多人只能把文學作為業餘愛好，生命主要部份必須投入沒有樂趣的職業中。

劉：我已七十多歲，想想走過來的路，覺得人生很幸福。為甚麼感到幸福？並不是因為我們擁有學者、教授、作家等頭銜，也不是因為擁有優裕的生活條件，特別是居住條件，當然也不是因為我們曾經擁有過權力、財富、情愛等，而是因為我們擁有文學，一生都有文學陪伴。

梅：真的是這樣。從根本上說，文學才是我們的幸福之源。

劉：文學最大的功能是甚麼？文學最大的功能是豐富人類的心靈，豐富人類的思想情感。人類數千年來那麼辛苦，神經所以不會斷裂，就靠文學藝術調節。

梅：文學可以豐富人類的心靈與情感。心靈一豐富，人生就充實，自然就有幸福感。

劉：文學又最自由。在現實社會層面，自由是有限的。然而，在文學中則可以得到充份的自由，包括情愛自由。現實中並沒有林黛玉、晴雯這種女子，要是真有，那就好了。可是我們可以在文學中找到。《紅樓夢》不知圓了多少人的青春夢、情愛夢、自由夢。甚麼是幸福？我有一個定義，在三十年前，在全國青聯會上我曾表述過。當時施光南讓我給歌唱家們講文學，我說幸福便是瞬間對自由的體驗。你在閱讀文學作品的瞬間，就擁有這種幸福感。我們生活得很累，有許多重負，但我們為甚麼不自殺？就因為人生中有許多美好的瞬間，欣賞音樂、欣賞電影、閱讀文學作品，都可以進入這種自由瞬間。各種領域，包括政治、經濟、新聞等，都沒有這種瞬間，因為它們都受制於現實利益。惟有文學藝術是超功利的，真正的文學家與寫作者沒有權力慾、財富慾、功名慾。沒有這種種慾望，才能貼近美與真理。

梅：想想過去，真正感到快樂的時刻，還是心靈被文學所打動的時刻。

劉：人生所以感到幸福，便是心靈總是被美好的情感所打動，被有意義的事物所打動，被人間的詩意所打動。而這些情感與意義來自何方？它們就來自文學。從高中開始，我就愛上林黛玉、史湘雲、朱麗葉、苔絲德蒙娜、娜塔莎、安娜·卡列尼娜，等等，她們就開始生活在我的心中和我的靈魂裏。她們使我更熱愛生活，使我感到人生充滿詩意。她們使我永遠生活在審美中、詩意中、愛意中。從高中開始，我也愛上了孫悟空與賈寶玉。我覺得孫悟空是個體自由精神的象徵。他大鬧天宮，與其說是大造反，不如說是自由精神的大飛揚，他活得多麼自在。而賈寶玉，他是另一類型的自由心靈，他完全沒有世俗的某些生命機能，沒有仇恨機能，沒有妒忌機能，沒有算計機能。在人生的路途中，我一想起孫悟空、賈寶玉的名字，就很愉快，很踏實。

梅：我讀過您的散文，說到了海外，陶淵明和歌德從不同方向都給了您力量。

劉：對，也可以說，從不同方向都給了我幸福。浮士德告訴我，你要不斷前行、永不停步才能幸福；而陶淵明則告訴我，你要懂得回歸、懂得精神家園在哪裏才有幸福。二者是悖論，都有道理。正如《伊利亞特》鼓勵你出征，《奧德賽》暗示你回歸，都有道理。人生離不開「出征」與「回歸」兩大經驗。

梅：近年來，我常聽您說「無目的寫作」才是高境界的寫作，那麼，您剛才說文學可以帶來人生的幸福，這不正是目的嗎？

劉：我講「無目的寫作」，是指寫作不要追逐外在的現實功利目的，即不為權力、財富、功名等世俗的目的而寫作。賈寶玉在大觀園的詩社裏和姐妹們賽詩，每次都「壓尾」（最後一名），但他很高興，稱讚嫂子（李紈）評得好。他能與姐妹們一起寫詩就快樂，他是為寫詩而寫詩，並不求功名，也不求第一名，這就是「無目的」。我很喜歡康德的「無目的的合目的性」。無目的，是指不追求實用價值，即不追求淺近的功利目的；合目的性，是符合人類生存、延續、幸福等長遠目的。我說文學能夠豐富人類的心靈，便是「合目的性」，這不是心靈之外的功利動機。以前，我的寫作還有現實目的，例如想把文章當作提升職稱與名聲的路徑，後來，我把這一切全放下了，就沒有現實的淺近目的了。有了這種覺悟，才真的幸福。

人生十倫

劉再復

自序

劉再復

二零一二年春天，劍梅受聘於香港科技大學人文學部。秋天，我和她媽媽一起到科大探親。一見面，她就告訴我，到了新學校，面臨着雙重挑戰，一重是文學，一重是人文科學。前者還好對付，後者則不容易。因為她對於人文科學，不像我那麼投入，而學院卻要求她用英語面對四百位本科生講述「人文價值觀」的公共課。劍梅說：「這是另一學科，另一領域，等於要求我立即從文學跨入倫理學、價值學，我哪有這種跨界本事？」她希望我幫她迎接這個挑戰，闖過這道難關。而我，雖然涉獵較廣，但也從未講述過「人文價值觀」。在香港城市大學客座時，我從現代返回古典，講述了中國貴族文學、中國流亡文學、中國輓歌文學等。從通常的縱向講述轉入橫向講述，固然有些新意，但始終沒有走出「文學」範圍。現在面對劍梅的倫理學課堂，實在沒有把握。該如何講，心裏實在沒有底。劍梅希望得到幫助，我卻真有些「愛莫能助」的惶恐。然而，時間緊迫，劍梅過兩個月就得上課，不管怎麼說，我總是比她更了解「價值觀」是怎麼回事。因此，我們商定，先由我用中文寫一份課堂講述綱要，再由她用英語作補充性和能動性表述。好在我做人向來嚴肅，追求知行合一，對國家、社會、家庭、他人、傳統等，都有一些暗自堅守的道德準則，面對課堂，正好可以借此機會把這些準則理性化、系統化。兩個月裏，我夜以繼日，終於草成這本講稿，雖然辛苦，但通過寫作，把我對「人生價值」的基本理解暢說了一遍。根據這本講稿，劍梅用英文發揮、宣講，這門課居然很受學生歡迎，還得到人文學部一些朋友的讚美。

劍梅是闖過這一關了，而我，卻完全沒有把握。因為以往的著作雖然不少，但卻都是講述如何「作文」，而此次講述的，則是如何「做人」。課題全新，講稿之得失，「寸心」完全不知，所以一直不敢拿出去發表。

二零一六年，我第四次到科大人文學院客座時，把稿子交給香港三聯書店總編侯明兄，她慧眼獨具，讀後立即決定出版，並讓已經與我有過愉快合作的張艷玲繼續負責此書。今年夏天，正在為北京商務印書館策劃一套人文通識教材的王飆先生，一個非常難得的編輯人才，從三聯得知這本書稿，以極高的效率認真審閱了全稿，並對我說，此稿「十分精彩」，充份肯定了我的講述，並希望將這本書納入商務的人文通識叢書。他對這本書的審讀意見，頗能搔到我的癢處，而且，這本書本來就是給香港科技大學學生開設的「人文價值觀」公共課的講稿，放在這套叢書裏，可謂得其所哉，所以，我欣然同意。為此，我高興了好久，覺得自己在另一精神領域也可以有所作為。

最近六七年，李澤厚先生把研究的重心從美學與思想史轉向倫理學，並對康德的倫理學作了發展。他把「倫理」與「道德」兩大範疇區分開來。倫理學研究的是人的外在規範；道德學研究的是人的內在修為。前者的重心是公德，即社會性規範；後者的重心是私德，即宗教性心理。一是講「我必須」；一是講「我願意」。而兩德又有必備的共同點，那就是「我應當」（ought to）。在向李先生討教的過程中，我明確了「絕對道德形式」和「相對倫理要求」的區別，明確了「抽象繼承道德形式」的可行性；而且覺得，李先生對於倫理學的貢獻比對美學的貢獻還要大，只可惜知者不多。我在完成《李澤厚美學概論》之後，一直有一股再寫一本《李澤厚倫理學概論》的衝動。因為有了這個基礎，所以我講述人生倫理這十堂課便十分順暢，滿腹經「倫」也得以「一吐為快」。

二零一七年八月十九日
於美國科羅拉多州

導言

首先要對同學們說，你們來到這裏，走進大學校門，經過四年的苦讀苦修，學到一些科技知識，但如果走出校門的時候，還不知道人生的根本是甚麼，那麼，你們在這四年裏所受的教育能算成功嗎？可以肯定，如果你們四年之後走出校門時還不知道人生的根本，那就失敗了。而這門課就是告訴你們：人生的根本是甚麼，生命個體的基本價值如何實現。

一、中西價值觀的衝突

今天，我講述的「人生哲學」，實際上是人生倫理學。倫理學作為哲學的一部份，它涉獵的範圍很廣，我只能講述個人的十大倫理關係，因此講述的題目也可以稱作「人生十倫」。請注意，錢穆先生有一本書，叫《人生十論》。可我講的不是「十論」，而是「十倫」，即十大倫理關係，或十大價值關係，也就是個體與社會、國家、世界、傳統等價值源的十種關係。如果說個體是「小我」，那麼，社會、國家、世界等則是「大我」。我講述的便是小我與大我的關係。但有一講又涉及小我與自我的關係。

講述這十大關係，目的在於說明個體價值的源泉，即說明自我價值實現的途徑。「價值」可以引申為「意義」，因此，實際上又是在說明個體存在實現人生意義的途徑。所有的講述都涉及人生觀、世界觀與價值觀。

甚麼是「價值觀」？這是個熱門的題目，況且我們的論壇是學校（香港科技大學）規定的「人文價值觀」論壇，所以，我先簡單地界定一下「價值觀」。甚麼是「價值觀」？至今仍然有許多不同看法。就我個人而言，每次講起價值觀，我總是想到笛福的《魯濱遜漂流記》中的那句名言：「世界上一切好東西對於我們，除了加以使用外，實在沒有別的好處。」這句話實際上説明了「價值」的起源乃是實用。所謂價值，乃是有用、有益、有「好處」。因此，「價值」一詞便首先在經濟領域裏應用，特別是應用於商品生產和商品交換。馬克思的「勞動價值説」（勞動創造價值）也由此而來。但是後來，思想家們發現，並非有用（實用）的東西才有價值，許多沒有「用」的東西卻擁有更高的價值，例如「美」（尤其是文學藝術），它雖然沒有用，但人們公認它是一種價值。文學藝術作為審美活動與審美成果，有很高的價值。所以，兩千三百年前莊子就在與惠施的論辯中提出「無用之用」的命題，近代王國維又説審美是「無用之用」。除了審美，還有宗教。有些思想家甚至認為，宗教才是最高級的價值。從十九世紀中葉到二十世紀，價值學與價值論不斷發展，有人甚至提出，人文科學就是「價值科學」，應當把「價值」列為人文科學的基本範疇。這些新價值論與笛福的看法不同，他們不認為「價值」在於「使用」，或在於「好處」，恰恰相反，他們認為真正的價值應當超越人的慾望訴求和利益訴求，沒有實用目的。「科技大學」是以理工科為主的大學，追求的是「工具理性」。人類不斷進步的歷史，實際上是工具不斷更新的歷史。從事科學技術研究，當然要講「使用」價值。但是，「工具理性的進步」不等於「人的進步」。人的進步應是生命質量、精神質量、精神境界的提升。這種提升，需要另一種價值觀的支撐，這就是非功利的真、善、美。今天通常所説的「價值理性」，並非工具理性，而是真、善、美等價值理性所體現的人生基本價值。

講述「價值觀」，除了必須分清工具理性與價值理性之外，還得分清西方價值觀和中國傳統價值觀，然後打通兩種價值觀的血脈，吸收兩者的價值精華，從而造福於個人和整個人類，這也是我們學校開設「人文價值觀」公共課的根本目的。中國的傳統價值觀與西方的人文價值觀有很大的差異。關於這一點，論述的文章與著作很多，也可以講述得很冗長，但我還是力求簡明一些，只說根本點。

從根本上說，中國的傳統價值觀，其價值本位是「人我關係」，它確認的價值源是「共同關係」。人是「關係存在」，人的價值在於正確地對待「天地君親師」等重大的關係對象。而西方的價值觀，其價值本位則是「個體存在」，它確認的價值源是自我本身，把人視為「個體存在」，即把人的價值重心放在個體存在的自我實現。這種西方的價值觀，強調的是「個人」、「個體」；中國的傳統價值觀，強調的則是「群體」，是「關係」。中西方的價值衝突，也可以說是「個人主義」與「關係主義」的衝突。中國從先秦開始，就講「仁」和「義」。「仁」側重於外，「義」側重於內，但都是「關係」。「仁」字是「人」旁再加右邊的兩橫，那兩橫就是關係。西方則不然，它的核心價值是個人、個體存在，這種個人、個體，並非原子式的絕對封閉的個體，即並非與社會、國家、世界絕緣，然而，它強調個人先於國家、先於社會、先於世界。個人天生擁有自己的神聖權利，國家、社會必須充份尊重這種權利。中國則不同，它強調的是個人必須為國家、為社會盡義務，以「先天下之憂而憂，後天下之樂而樂」為最高道德。「五四」新文化運動是改變傳統價值觀的偉大的啟蒙運動。它作為啟蒙運動，啟蒙甚麼？其啟蒙的核心內容就是告訴你：你是一個人，是一個獨立的個體存在，你不隸屬於國家，不隸屬於族群，也不隸屬於家庭，你只屬於你自己。所以「五四」運動乃是「個人意識」、「個體意識」、「個性意識」覺醒的運動。它刻意打破阻礙個體價值贏得實現的各種偶像，包括國家偶像，傳統偶像，甚至父母偶像。孔子乃是這些偶像的總符號。這是中國價值觀的一次空前裂變。「五四」後期之所以會形成「救亡」與「啟蒙」的衝突，就因為啟蒙關注的重心是「個人」，救亡關注的重心是「國家」。由此可見，「五四」新文化運動乃是引入西方價值觀的運動，它當然要破除中國傳統的價值觀。我們的課堂，將繼承「五四」

的新價值觀，但也吸收傳統價值觀的一些有益資源。因此，我們的講述，可稱為新文化（西方價值觀）和舊文化（中國傳統價值觀）之間的中道思維與中道講述。

「五四」運動過去九十多年了，今天我們可以冷靜地、心平氣和地面對中西不同的價值觀了。我一再聲明，我選擇的是價值中立的文化立場；剛才又說「中道思維」，意思是一樣的，主旨都是說明：在中西文化價值衝突的大語境中，我們應當盡可能地吸收東西雙方的長處，盡可能發揮兩種不同價值觀的優點。因此，本課程便選擇以西方價值觀的個體存在為本位，又繼承中國傳統價值觀的關係構架（拒絕承認個體為絕對的、先驗的、與他者絕緣的「原子個人」），從而形成我們自己的融合中西的價值理念，這就是「人生十倫」。我準備用十堂課講明以下十大關係。講述的重心是：個體價值如何實現？這當然離不開自身的奮鬥與努力，但每個個體又必須學會在十種重大關係中實現人生的價值。這十堂講座的題目如下所列：

第一講　個人與社會
第二講　個人與他者
第三講　個人與國家
第四講　個人與家庭
第五講　個人與自我
第六講　個人與宗教
第七講　個人與自然
第八講　個人與死亡

二、價值理性的迷失

我們的大學名為「科技大學」，即以理工科為主的大學。在這種大學裏設置人文學院，開設人文講座，特別是講述「人文價值觀」，具有重大的意義。

首先要對同學們說，你們來到這裏，走進大學校門，經過四年的苦讀苦修，學到一些科技知識，但如果走出校門的時候，還不知道人生的根本是甚麼，那麼，你們在這四年裏所受的教育能算成功嗎？可以肯定，如果你們四年之後走出校門時還不知道人生的根本，那就失敗了。而這門課就是告訴你們：人生的根本是甚麼，生命個體的基本價值如何實現。

科學事業是偉大的。從二十世紀初到今天的一百多年裏，世界的進步主要是科技的進步，這種進步不能否定。不說別的，上一個世紀前二三十年，像王國維、梁啟超、魯迅等中國文化精英，僅僅五十幾歲就去世了。王國維雖是自殺，但他死後被稱為「遺老」。他的遺囑的第一句，是「人過五十，只欠一死」，也是把自己視為老者。現在哪有五十歲的人被視為老人？二十一世紀的今天，百歲老人多得很，僅北京就有三百多位。我認識和景仰的巴金先生活到一百零二歲，冰心先生活到九十九歲，而現在還健在的楊絳先生（錢鍾書先生的夫人）已經一百零二歲，精神還很好（編按：楊絳先生享年一百零四歲）。還有眾所周知的漢語拼音專家周有光先生，已滿一百零八歲，更奇的是他的思維還很敏捷，很明快，頭腦極為清醒，仍然擁有一顆少年般活潑的心靈。前些時，北京一些知識人聚會，慶賀他的生日，讓我寫一段祝辭。我寫道：「周老最讓我驚奇的不是他的高齡，而是他在一百歲之後卻擁有兩樣最難得的生命奇景：一是質樸的內心；二是清醒的頭腦。」（編按：周有光先生享年一百一十一歲）這種生命現象，雖是周有光先生個人素質使然，但也反映出科學技術的進步，至少反映出了生命科學、醫學、遺傳學等科學門類的進步。但是，科學技術乃是雙刃劍，它可以給人類製造福祉，也可以給人類帶來災難，例如原子反應堆，它可以發電，產生能量，給人類帶來光明，也可以產生原子彈、氫彈等大規模殺人武器。哲學上有一個重要的概念，叫作「異化」。所謂「異化」，是指人被自己製造的事物所主宰、統治、掌握。原子彈是人發明、製造的，它反過來可能成為殺人利器，這就是異化。價值顛倒，便是異化。現在已可以克隆生物（複製生物），一旦克隆人，就會改變整個人類的生命形式、道德形式乃至思維形式，人類的整個倫理體系也將崩潰。這說明，科學技術需要它的主體（人類）擁有正確的心靈方向和人文方向。方向正確才有價值。我們的人文價值觀課程，便是為科技人員（價值主體）尋找價值資源與價值方向的課程，也是使愈來愈長壽的人類同時找到愈來愈豐富的人生意義的課程。

十九世紀下半葉的尼采，面對價值體系的分崩離析，提出「重估一切價值」的口號，宣佈上帝已經死亡，以「超人」代替上帝，即以誇張的自我取代上帝。我國的「五四」運動以尼采為一面旗幟，也宣佈孔子死了，掀起「重估一切價值」的文化大變革，這就是新文化運動。無論是尼采還是陳獨秀、魯迅、胡適等，他們面對價值危機，都採取激進的態度、「文化革命」的方式；而我們的課程方式則要採取溫和的方式，即不是推翻、打倒、顛覆等破壞性方式，而是尋找、探討、建構等建設性方式。這種方式用於課程，乃是講解與確立維繫人類生存延續的價值規範和理性秩序，幫助學生進行正確的價值選擇。基於這種方式，我們在課堂講授中將揚棄兩種東西：一是「情緒」，把「情緒」逐出價值王國，守持價值理性；二是「極端」，即認定極端乃是黑暗的深淵，把「深淵」逐出價值王國，守持價值中立。

除了揚棄「情緒」與「極端」之外，我們還意識到，迄今為止，講述文化與價值觀的書籍已汗牛充棟。為了避免重複與籠統，我們的課程將特別重視二十一世紀初期的當下歷史語境，尤其是中國處於社會大轉型時期的歷史語境。因此，我們的課程將具有鮮明的歷史針對性和歷史具體性，避免空洞的說教和八股的腔調。我們將針對目前世界範圍內普遍的「價值迷失」而講述。價值迷失大約有如下四個方面：

1、重物質不重精神，世界向物質傾斜。

2、重「資本」不重「人本」，遺忘了人自身的根本價值，世界變成了一部金錢開動的機器。

3、重工具理性不重價值理性，人類正在被自己製造出來的工具機器所異化。

4、重解構不重建構，學界正在被後現代主義思潮引向價值崩潰。

上述這四種「價值迷失」，用魯迅的話說，叫作「文化偏至」。一九零八年，尚處於青年時代的魯迅就發現這個地球重「物質」而不重「靈明」，整個向物質偏斜。這種偏斜也可以說是重物不重人，所以他提出「立國先立人」的天才命題（參見魯迅的《文化偏至論》、《摩羅詩力說》等）。一個國家要強大，首先是人的強大。惟有組成國家的每一個生命個體健康與強大，才有國家的健康與強大。魯迅重視的是「人本」，不是物本，不是資本。我們現在距離魯迅寫這篇文章已一百零四年，而現實狀態卻與當年一樣，仍然是一個向物質傾斜的問題，而且發展得更為嚴重。一百年來，科學技術高度發展，這是巨大的進步，也是工具理性的巨大成果與巨大勝利。然而，工具理性不能代替價值理性，科技的進步不等於「人」的進步。現在的人類在追求工具理性時忘記了有一個比工具理性更有價值的東西，這就是人本身的卓越人格。工具理性無法解決「做人」的問題，無法培育全面發展的優秀人性。

三四十年前，我就常聽到「學會數理化，走遍天下都不怕」。其實，數理化只是工具理性，它並不能解決一個人走遍天下即整個人生的全部問題，例如一個人如何對待社會、對待國家、對待家庭、對待他者、對待自我、對待宗教、對待自然等問題。一九二三年，也就是「五四」倡導科學與民主之後，北京大學的張君勱在清華發表了題為《人生觀》的演講，丁文江在《努力週刊》發表了題為《玄學與科學》的文章，從而引發了一場著名的「科學與玄學」的論戰。這場論戰至少提示我們：科學並非就是一切。科學只能幫助我們更好地「活」，哲學卻能讓我們知道為甚麼要「活」。科學創造價值，哲學卻讓我們知道該如何把握價值和明瞭價值之源。人生是極為豐富的，一個人要贏得人生的意義，僅僅靠數理化還不夠。與我們同時代的最偉大的科學家愛因斯坦，他也有很強的宗教情結（年輕時鑽研猶太教 Torah，之後又認同斯賓諾莎的泛神論）。我認為，愛因斯坦之所以沒有皈依上帝而又有宗教情結，乃是因為他把「信仰」視為一種「敬畏」。即對於愛因斯坦而言，他的問題不是「上帝存在不存在」，而是人需要不需要有所「敬畏」。其實，敬畏才是人生的價值源之一。有敬畏，才能守住道德底線和一切良心底線。偉大的、最為聰明的愛因斯坦知道：數理化並不是人生的全部。數理化之外，還有人生更重要的東西，這就是人的價值方向與人的精神境界。

對於教育宗旨，我已多次表明，教育應以培養全面優秀的人性即提高「生命質量」為第一目的，以培訓「生存技能」即職業技能（文化知識）為第二目的。在此總認識之下，我認為，人文課程應以追求「卓越人格」、塑造「優秀人性」為第一目標，而把傳授知識放在第二目標的位置上。例如，我們即將講解的「個人與自我」的課程，首先涉及自我的心理學知識，也就是弗洛伊德關於「本我、自我、超我」的劃分。「本我」指本能之我，「自我」指理智之我，「超我」指理想之我，即具有道德境界與天地境界的我。講解自我的結構內涵屬於「知識」範疇，而講解如何限定「本我」，如何提升「自我」，如何確立有抱負、有理想的人生而又不自我膨脹、自我兜售，則屬於「塑造卓越人格」的範疇。前者可以增加知識，後者則可提高生命質量和人性質量。

人格塑造是本課程的重心。但人格又有「集體人格」與「個體人格」之分。魯迅所講的「國民性」屬於集體人格；《歌德談話錄》裏所講的「詩人人格」，屬於個體人格。我們講授的重心是「個體人格」。個體人格包括私德心，也包括公德心，而公德心實際上也涵蓋集體人格的內涵。我之所以不把集體人格的塑造作為重心，是為了避免把人格抽象化。更坦率地說，我不再認為魯迅「改造國民性」的命題帶有現實的可能（魯迅確有呈現中國國民性之功，但不可能實現「改造國民性」的理想），所以不再重複這一宏大目標。我認為，個人的「修身」、「修養」、「修煉」更為具體，也更為實際。個體的生命質量提高了，個人的人格水平提高了，整個民族的生命質量和靈魂質量才能提高。魯迅的思路是從整體到個體，目標是集體人格的改善；我的思路是從個體到整體，目標是個體人格的改善。不管是着眼於集體，還是着眼於個體，都是為了提高人的生命質量和生命意義。

三、尋找價值主體與價值基石

剛才講到西方價值觀與中國傳統價值觀的區別與衝突。但是，經過「五四」新文化運動和百年來中國對西方文化的「拿來」與「吸收」，現在已形成價值觀上許多相通的認知。這些相通點，最重要的是關於價值主體乃是「人」的觀點。

不管是現代中國還是現代西方世界，都會認同，價值主體是人，價值的尺度是人。沒有人，就無所謂真假、善惡、美醜。而文化載體也是人，是活人，不是圖書館。也就是說，文化不是已有的知識，而是表現在活人身上的存在方式、生活方式、思維方式等。正因為文化的載體是人，所以文化研究的重心也應當是人，是人的價值、人的意義、人的走向等等，即人之所以成為人的那些基本性質。所以，我們把三個文化見解作為課程的價值基石：

（1）馬克思在《一八四四年經濟學哲學手稿》中提出「自然人性化」，這一重大理念說明，人與動物（自然）的重大區別乃是自然的人性化，也可以說是自然的「文化」化，因此，文化首先是一個人區別於動物的概念，它是指人所創造的有別於動物的人性化的價值系統。孟子思想系統包括「三辨」——「人禽之辨」、「利義之辨」和「王霸之辨」，首先也是把人與動物分開，認為「人」是價值主體、價值尺度和價值的出發點與歸宿點。

（2）德國哲學家卡西爾在《人論》中說：「人的突出特徵，人與眾不同的標誌，既不是他的形而上學本性也不是他的物理本性，而是人的勞作（work）。正是這種勞作，正是這種人類活動的體系，規定和劃定了『人性』的圓周。語言、神話、宗教、藝術、科學、歷史，都是這個圓的組成部份和各個扇面。」卡西爾所說的「勞作」，就是價值創造。他把人視為一種「符號的動物」，所謂勞作，也就是通過使用符號去創造人生的實踐。卡西爾顯然吸取了巴登學派的見解，不把「規律」視為歷史與文化的最後基礎，而把「價值」視為最後基礎。換句話說，人的文化工作，重心不在於尋找「規律」，而是在尋找「價值」。根據卡西爾的見解，我們可以進一步說：人不僅是文化的載體，而且是創造文化的價值主體。因此，人生觀與價值觀是同一的。

（3）第三個基本文化見解是德國思想家斯賓格勒在《西方的沒落》中所表述的文化並非文明的思想。斯賓格勒把「文明」與「文化」這兩個大概念加以區分：「文明」是一個與蒙昧、野蠻相對應的人類發展的歷史範疇，也是人類開化與進步的標誌性範疇；而「文化」則是人的精神狀態和心靈狀態。他對「文明」與「文化」這兩個大概念進行了界定：「文明」，是物化了的文化，或者說，是文化的物質形態，即以生產力和生產工具為標誌的外在的、人造的社會—工具體系；而「文化」，則是指未被物化的、生命內部的精神—心理體系。因此，文明也可稱作器世界、物世界；文化則是情世界、心世界。人類歷史的行程，並不是這兩個世界平行、成正比的發展，而是可能相反，即器世界愈來愈發達，而心世界卻愈來愈萎縮。按照斯賓格勒的看法，器世界只呈現人類社會的寬度與長度，而心世界則呈現人類社會的深度。當下世界的現狀是器世界充份發展，隨之而來的是物慾氾濫。強大的物質主義潮流使人類忘記了社會的深度與人生的根本。於是，「世界變得愈來愈膚淺，愈來愈浮躁。情世界與心世界被各種『現實問題』、『物質問題』、『生存問題』撞得支離破碎。器世界的霓虹燈空前燦爛，拉斯維加斯的火焰直射天穹，但人心卻日益黑暗」。（引自拙文《器世界與情世界的衝突》）

基於這種認識，我們可以進一步了解：當下世界的基本衝突已不是所謂「文明與野蠻」的衝突，即不是器世界的現代化與反現代化的衝突（這一衝突論乃是殖民主義合法化的理論基石。前兩年震撼全球的影片《阿凡達》駁斥的正是這一理論，它表明，充份現代化的文明軍隊沒有理由去踐踏尚處於「野蠻」的納威人居住的另一個星球），而是「文明」與「文化」的衝突，即器世界與心世界的衝突。這種衝突也可以表述為：現在的世界乃是被機器、被工具、被技術、被數據、被廣告、被資本所統治的世界，人類正在被自己所製造的這一切所控制、所主宰、所異化。因此，今後的使命，應是從機器等器世界「解放」出來，重新發現人本身的價值，尤其是「心」與「情」等的精神價值、內在價值。

在「文明」與「文化」發生衝突的時候，我們的思路不是一方吃掉一方的老思路，不是文明吃掉野蠻的老思路。這個衝突裏沒有你死我活的問題，沒有生死存亡的問題，但有一個糾正「心為物役」的問題，一個反抗異化的問題，也可以說有一個二千三百年前莊子早已發現的人被異化的問題。莊子很了不起，他早就發現人類歷史的悲劇性，即人類被自己製造的器物所勞役的悲劇性。當時有人發明了一種叫作「桔槔」的機械，方便人從井裏打水，用力少而見效多。但莊子看到了問題，他借一位老人之口說：有了機械必會產生「機事」，有了「機事」必會產生「機心」（原話是「有機械者必有機事，有機事者必有機心」，出自《莊子．天地》）。這就是異化。其結果是本然之心發生變質，心世界削弱，器世界壓倒了心世界，價值觀發生了迷失。莊子之後，許多以心靈為旗幟的大作家都發現了心為物役的悲劇，所以才有陶淵明的「逃逸」，才有曹雪芹的《好了歌》。《好了歌》也可讀作價值歌，價值選擇歌。「世人都說神仙好，惟有金銀忘不了……」《紅樓夢》一開篇就通過這首歌，提出了一個價值選擇的問題：是把金錢視為人生根本，還是把心靈視為人生的根本？是把功名視為人生的最後實在，還是把卓越人格視為最後實在？這確實需要去作選擇。人這種存在沒有先驗的本質，是價值選擇之後才有了本質。換句話說，是通過價值選擇才能贏得人生意義。

在座的多數是理工科學生，也就是工作在器世界並準備為器世界的進步作出貢獻的人。我要告訴同學們，當你們沉浸於器世界的時候，不要忘記還有一個情世界，也在等待着你們也去貢獻智慧，貢獻才華。

《紅樓夢》的精神內涵之所以深邃，是因為它所展示的各種衝突中有一種心世界與物世界、情世界與器世界的衝突。貴族之家的器世界是「金滿箱、銀滿箱」的世界，是賈、王、史、薛四大家族榮華富貴的物世界，而主人公賈寶玉本可以佔有這個世界，擁有這個世界，但他卻守持心世界，拒絕心為物役。他一生只追求真心、真情，只愛詩與林妹妹。而林黛玉這個名字（這個人）正是戀情、詩情、真情的象徵。在賈寶玉的心目中，上至皇帝王妃，下至金銀珠寶，沒有一樣可以和林黛玉的價值相比。他的價值觀乃是心靈第一、情為根本的價值觀。文學總是要把自己的理念推向極致，這是作家走出平庸的最重要的文本策略。曹雪芹也通過主人公賈寶玉把自己的價值觀推向極致，即把「心靈至上」、「情為根本」的價值觀推向極致。《紅樓夢》告訴我們，人生的價值源固然與器世界有關，但其根本還是在情世界、心世界之中。一切奇蹟都產生於精神世界。

第一講　個人與社會

人生而平等，因此必須尊重每一個生命個體的生命尊嚴與生命價值。這裏需要解說的是，平等的內涵並不是財產財富的平均。經濟上的平等可能是永遠的烏托邦。所謂「平等」，是指人格上的平等，心靈上的平等，機會面前競爭的平等。中國禪宗一再強調的「不二法門」，也是指人格的平等，心靈的平等。社會只有用此原則對待個人，才是開明的社會，文明的社會，進步的社會。

一、關於「人」的定義

個人與社會的關係，個人與社會的衝突與平衡，個人的價值實現在多大程度上依賴社會（或在多大程度上反抗社會），這是一個巨大的課題，甚至是一個永遠說不盡的課題。

在這個課題上，有兩個關於人的定義，在二十世紀產生了巨大的影響。

一個是馬克思關於人的定義。他說：「人是一切社會關係的總和。」在此定義下，個人的價值實現自然必須借助社會，於是，社會成了個人的價值源。個人的價值就在於服務社會，獻身社會，為社會的進步而奮鬥、犧牲。這種價值觀在馬克思主義產生之前就出現過。最著名的是宋代范仲淹所說的「先天下之憂而憂，後天下之樂而樂」，就是把天下（即社會）放在優先地位的價值觀，個人的價值就在「憂天下」、「平天下」、「獻身天下」的思慮與行為中實現。儒家的價值觀也屬這一路向。

與馬克思關於人的定義具有重大區別的是存在主義。存在主義心目中的人，不是社會關係的總和，即不是關係中的人，而是關係外的人。它認為如果從社會關係去規定人，就會把人抽象化。因此，它定義的人，乃是具體存在的個人，與他人不同的個人。這種個人的價值實現，完全取決於個人的選擇。存在主義最著名的命題是薩特的「存在先於本質」，這就是說，人首先是一個個體存在，通過價值選擇，才呈現出本質。這個本質不是先驗的，也不是社會所決定的。由此，存在主義與馬克思主義關於人道主義的理解也完全不同。馬克思主義的人道主義乃是社會主義，即造福全社會的人道主義，着眼點是全社會的解放與全人類的解放。而存在主義的着眼點則是個人，它認定，如果人道主義不落實到個人，那麼，這種人道主義不過是一句空話。蘇聯教育家蘇霍姆林斯基說：「愛全人類容易，愛一個人難。」也是這個意思。因此，在存在主義看來，抽象地講「人的解放」是假命題，只有具體地關心每一個個體、每一個人，着眼於「個人的解放」，才是真命題。

馬克思主義和存在主義關於人的定義雖然不同，但都代表一部份真理。把社會視為價值源，通過為社會服務、為社會犧牲來實現個人的價值，確實是一條崇高的價值路向。我們至今還在緬懷那些為民族解放、社會解放、人類解放而犧牲的英雄、戰士、烈士，還有那些為真理而犧牲的科學家、政治家，就因為他們是為人類社會的進步而獻身。我們無法否定他們所創造的價值。

然而，存在主義也有道理。人與人的差別實在太大。魯迅曾稱讚過赫胥黎所說的一句話：人與人的差別比人與動物的差別還要大。不承認這種差別，不尊重人的個性和個人的選擇，就可能會踐踏人的尊嚴與人的價值。例如《紅樓夢》中的賈政，他認定兒子（賈寶玉）只有參加科舉考試，走上仕途，而後進入官場，並爬上社會的塔尖，才是正確的價值之路。但賈寶玉則不這麼想，他認定只有拒絕這種道路，贏得個人的自由，才有價值。也就是說，價值不在科舉的考場裏，而在「詩社」的情意表達中。他不願意融入社會，選擇的是抽離社會的生活方式。他只希望自己能成為真實的自己。整部《紅樓夢》所展示的，也正是個人「成為自己是否可能」的存在論問題。與獻身社會而實現人生價值這一路向相反，賈寶玉最後選擇的是離家出走，即疏遠社會、逃離社會的路向。

二、「重個人」與「重關係」的價值分野

中國文化的兩大脈絡所展示的衝突與平衡，其實也與上述二十世紀的基本文化矛盾相似。

中國文化的兩脈，一脈是以孔孟為代表的重倫理、重秩序、重教化的維護社會基本價值的儒家路向；一脈是以老莊為代表的重自然、重自由、重選擇的維護個人生命價值的道家路向。兩者構成中國文化的悖論，兩者都擁有充足理由律。在《紅樓夢》的女主人公系列中，薛寶釵映射的是前一脈文化，林黛玉映射的是後一脈文化。二者構成曹雪芹靈魂的悖論。李澤厚先生認為儒道可以互補。這就是說，上述兩脈文化既有衝突，但又可以相互補充。所謂互補，乃是價值的互補，或者說是實現價值途徑的相互平衡。

除了中國本土文化有兩大脈絡之分，產生於印度的佛教文化乃至世界各種大文化也都有這類不同的價值走向。佛教的大乘文化，強調「普渡眾生」，正是強調個人應當在獻身於社會的方向上去實現人生價值；而小乘佛教強調「自我修煉」，重心則放在通過自我選擇和自我救贖實現人生的價值。兩者都有道理，兩者都不可走極端。大乘佛教「普渡眾生」的理念很崇高、很偉大，然而，一旦極端化，就忘了個人的「修煉」、「修養」，更沒有個體思想飛揚的空間。然而，如果沒有個人身體與靈魂的健康，怎麼可能去拯救社會和拯救芸芸眾生呢？二十世紀中國提出的「解放全人類」口號也很偉大、很崇高，可是一旦極端化之後，便沒有個人的任何位置，連寫篇文章也是「名利思想」，連養隻雞、養頭豬也是「個

人資本主義」，最後，這個口號便顯得空空洞洞，以至於被完全拋棄。小乘佛教的「自我修煉」，本也無可非議，但如果走向極端化，就會只顧自己唸經，不管他人死活，一點眾生關懷都沒有。而沒有社會關懷，哪能成佛成道？佛教還講俗諦與真諦，所謂佛的智慧，就是確認俗諦與真諦都有理由，都是真理的一面，思想的立足點應站立於中軸、中道上，不偏不倚，不走極端。《紅樓夢》中賈政與賈寶玉的父子衝突，不是賈府一時的衝突，而是人類永恆的衝突——賈政代表俗諦，這是求生存、求秩序、求延續的價值取向；而賈寶玉代表真諦，這是求自由、求快樂、求真情的價值取向。兩者總會發生矛盾。

三、個人對待社會的三種態度

解決這種矛盾，確實需要掌握「度」的藝術。度是主觀對客觀的把握，這不是理念，而是實踐。人只有在自己的實踐中，即在自己的經驗中，才能逐步掌握中道藝術，增長中道智慧。在爭取個人自由時，不對社會造成破壞與損害；而社會在對個人實行行為規範時，又不對個人的創造力構成扼殺。由於個人與社會的關係極為複雜，因此，出現了解決這個關係的大量規範與學問，現在我們從「個人如何對待社會」和「社會如何對待個人」這兩個對應的方面，介紹一些基本理念。

個人對待社會有三種態度，也可以說是態度的三個層面：

1、法律性對待

法律是道德的最低要求，它是保障社會秩序的共同契約，也是社會對個人的基本約束力。個人自由即使充份發揮的時候，仍然不可以隨意放火、殺人、闖交通紅燈。遵守法律，是個人最低的社會責任。法律性對待，是一種服從，一種必要的遵守。把「服從」化為「自覺」，則需要倫理。

2、倫理性對待

執行法律，這是警察的權限。普通的個人只有服從法律的義務。而把遵守法律化為自覺，則是我們的課堂要提示大家的。所以我們要側重講明自覺地對待社會所要求的行為規範。規範是個巨大的系統。社會中有一些共同規範，各行各業又有各種不同的行規與業規。例如，在公共場所裏不可以大聲喧嘩，影響他人；在公共汽車上，不可以抽煙、喝酒、打牌，干擾交通秩序。這是眾所周知的規範。而各行還有各行的行規，例如，在課堂裏必須尊師重道，考試時不可作弊；寫作論文時不可抄襲；研究中不可剽竊他人成果。

倫理原則是歷史的產物。它會隨歷史時代而變遷，也會隨着地域的變遷而變遷。例如，當下的中國實行一夫一妻制，因此，如果沒有離婚，就必須遵守婚姻的倫理規範。而有些國家和地區，實行的是一夫多妻制，一個男人可以同時擁有幾個妻子而不算違反倫理規範。在十九世紀之前，中國實行嚴格的孝道，父親死了，你即使擔任再大的官職，也必須回到家鄉守孝三年，名為「丁憂」，現在沒有這項規範了。舊中國的「尊師重道」，學生對老師必須行三叩九拜之禮，這也是行為規範，但現在已廢止了。

3、道德性對待

道德與倫理既相關又不同。在康德的體系裏，兩者分不太清楚。李澤厚先生的「倫理學」，則把倫理與道德加以區分。他把「倫理」界定為外在社會對人的行為規範和要求（通常是指社會的秩序、制度、法律、習俗），而把「道德」界定為人的內在規範，即個人的行為、態度以及心理狀態。倫理是相對的。而道德則是人之所以成為人的內在要求。康德稱之為不同於動物的「心理形式」，李澤厚則稱之為「人性能力」或「文化心理結構」。教育的目的之一，就是要告訴孩子接受倫理秩序、倫理規範，然後又把這些外在規範轉化為內在心理形式——絕對的道德律令，康德稱之為「內心的絕對命令」。例如，看到一個人掉到河裏，你會從內心發出一道命令，趕緊去救他。救他不一定是因為愛他，即不是道德情感的要求（不是人性情感），也就是說，作為一個人，只要你有不忍之心，有憐憫之心，有孟子列為「仁之端」的「惻隱之心」，有這種人性能力，你就會毫不猶豫去行動。這種道德行為是絕對的，沒有任何功利計較和因果計較，你不會想到你是科學家，或是作家，具有很重的生命份量，而掉下去的可能是一個普通人，一個無足輕重的人。在這裏，道德行為一旦相對化了，例如，考慮掉到水裏的人屬於甚麼階級，是地主資本家嗎？是四類分子嗎？如果是右派分子掉到水裏，為甚麼要去救？這種種考慮，都會導致道德的崩潰。

上邊所講的是個人對待社會的基本態度和基本方式，這也可以說是個人對社會應盡的義務與責任。這些責任包括法律責任、倫理責任與道德責任。儘管這些責任，從表面上看，是為了社會，實際上也是為了個人。因為如果沒有社會基本秩序的保證，個體生命價值的實現就會全部落空。中國有句老話：寧為太平犬，不做亂世人。如果社會處於動亂動盪中，個人到處倉皇逃竄，實在連一隻狗都不如，還侈談甚麼自我實現？當然，也有極個別的少數人因為擁有回天之力，可以做撥亂反正的英雄，但就多數人而言，如果沒有社會秩序、倫理秩序這些基本價值保證，個人價值的實現是很困難的。

四、社會對待「個人」的基本原則

個人與社會的關係是互動的。個人必須正確對待社會，社會也必須正確對待個人。

這種對待在現代化社會中已形成幾個非常著名的大原則，而最基本的是《獨立宣言》所提出的「平等」原則，即人生而平等，因此必須尊重每一個生命個體的生命尊嚴與生命價值。這裏需要解說的是，平等的內涵並不是財產財富的平均。經濟上的平等可能是永遠的烏托邦。所謂「平等」，是指人格上的平等，心靈上的平等，機會面前競爭的平等。中國禪宗一再強調的「不二法門」，也是指人格的平等，心靈的平等。社會只有用此原則對待個人，才是開明的社會，文明的社會，進步的社會。專制等級社會之所以讓人厭惡，就因為它不知道這項原則，所以窮人沒有發言權，弱者沒有發言權。

除了「平等」原則之外，還有「正義」原則與「和諧」原則。一般地說，西方的社會秩序與倫理秩序遵循的是「正義」原則。「正義」只講理性，不講情感。而中國則遵循「和諧」原則，「和諧」既講「合理」又講「合情」，妥協性較強。例如，對犯罪的人考慮「將功折罪」，將死刑改為死緩，這當中都有情感態度的滲入。

確認每一個生命都有價值，都值得尊重；確認每一個生命都有遵守社會秩序與倫理秩序的義務與責任——這是現代化社會精英必須具備的基本理念。

第二講　個人與他者

自我除了具有「權利主體」的身份，同時還是一種「義務主體」，必須對支持他生活的社會、國家、他者等盡義務與責任。「他者」相對於「自我」是他者，但作為「自我」時也應當兼有「權利主體」與「義務主體」的雙重身份。總之，「自我」的主體性與「他者」的主體性同時存在並發生關係。自我生活在關係之中，如何處理這種關係，便形成倫理。每一個生命個體，都應當在此關係中實現某種人生意義。

講了「個人與社會」，為甚麼還要講「個人與他者」？因為社會是指總體、整體、大群體，他者則是社會中相對於「自我」的其他個體、個人、個別人。前者側重於講述「己與群」的關係，後者則側重講解「己與己」的關係。我講「主體性」，既相對於「群」，也相對於「他己」；而講「主體間性」，則是指「我己」（自我）與「他己」（他人）的關係際性。除了相對於個人之外，他者也指帶有集合性（共性）的個體。因此，個人與他者，便指涉到個人與強者、個人與弱者、個人與成功者、個人與失敗者、個人與競爭者、個人與合作者、個人與親愛者、個人與仇恨者、個人與熟悉者、個人與陌生者等等無數方面的關係。個人作為道德主體，其道德價值的實現，有一項考驗，便是對待他者的態度。例如，魯迅說，中國人向來只為勝利者鼓掌，但很少為在競賽場上跑在最後卻堅持跑到終點的人鼓掌。而如果我們的道德能修煉到為失敗者鼓掌，那就進入一種較高的境界。不過，我們通常看到的人，是既不為失敗者鼓掌，也不為勝利者、成功者鼓掌。看到他人成功，或看到他人比自己強，就嫉妒，就眼紅，就潑冷水，就說風涼話；而見到他人特別是見到熟悉者倒霉，則會暗暗高興。「幸災樂禍」一詞，正可用於這種人。個人與他者的關係，從正面說，可以形成親情、友情、戀情、世情等；從負面說，則可能形成怨情、仇情、敵情等。因為個人與他者之間可能形成仇恨，形成死結，形成戰爭，所以，無論是基督教還是佛教，都主張寬恕，反對在報復與反報復的惡性怪圈中循環。

一、個人與他者的關係原則

為了講述的方便，我們以《紅樓夢》的主人公賈寶玉為例，總結一下他身上呈現出來的個人與他者的幾個關係原則：

1、「無敵」原則

這裏說的是不要輕易樹敵，不要輕易煽動仇恨，不要輕易對他人產生嫉妒和敵對報復情緒。在賈寶玉的心目中，不僅沒有敵人，也沒有壞人，沒有假人。正因為這樣，他能容納一切人，能把感情投向一切人，包括「不情人」。脂硯齋透露，曹雪芹留下的未完成稿中有一個「情榜」，此榜給書中每個人物一個評語，寫給林黛玉的是「情情」，寫給賈寶玉的是「情不情」。第一個「情」字是動詞，「不情」則是名詞，指不情人與不情物。賈寶玉能對不情人與不情物也報以感情，這便是佛性。佛的心目中沒有壞人，所以他不把加害自己的趙姨娘、賈環視為壞人。他從不說趙姨娘一句壞話。趙姨娘不善，他卻以善對待不善，因此，賈寶玉除了「情不情」之外，還「善不善」。寶玉不僅寬恕一切人，而且還相信一切人，別人說的假話、玩笑話，他全都當真。劉姥姥瞎編一個雪地姑娘死而成精的故事哄他，他信以為真，還親自去找她的廟宇；襲人假裝要回家出走以要求他「改邪歸正」，他更是信以為真，連忙答應襲人的所有要求。他是個真人，以真情對待一切人，因此，他除了「善不善」之外，還「真不真」，「佛不佛」。總之，他的個體價值不是在壓倒他者中實現，而是在信賴他者中實現。

2、「無爭」原則

老子的《道德經》提倡「不爭之德」。無爭，不爭，不是不可競爭、競賽，而是不可爭奪，不可為了一己之私而爭權奪利，聰明人的修煉應修到有點傻、有點「鹵」才好。探春稱寶玉是個「鹵人」。所謂「鹵人」，乃是愚魯而不開竅的人，至少是面對一大部份世事不開竅，例如，有人嘲笑他，嘲諷他，他就不知計較。因此，他除了「無敵」之外，還與世「無爭」，與人「無爭」，具備「不爭之德」。因為無敵、無爭，所以才能進入「無我」的佛界。處於這種境界，他就呈現了一種特別感人的個人對待他者的大原則。這一原則，可用弘一法師（李叔同）所說的「寧人負我，我不負人」這八個字來概述。寶玉只知道我如何對待他者，而不計較他者如何對待我。更簡約地說，重要的不是他者對我如何，而是我如何對待他者。在這種心靈原則的引領下，他展示的是大情大義、大慈大悲。父親把他打得傷筋動骨，他卻不說一句怨言——父親打我，這是父親的問題；而孝順父親，則是我的本份，我的品格。父親對我如何，並不重要，重要的是我如何對待父親。這裏我想引申一下。父親歷來可代表祖國的形象，賈寶玉啟迪我們：祖國如何對待我們，其實並不重要，重要的是我們如何對待祖國。賈寶玉不會作「我愛祖國而祖國不愛我」的悲嘆，因為對於他，祖國愛不愛我，那是祖國的事；而我必須愛祖國，這才是我的品質，我的責任，也才是我內心的絕對命令。我之所以不喜歡周作人，就因為他違反了這一絕對道德律，儘管我充份肯定他在「五四」運動中高舉過人文主義旗幟的歷史功勞。

3、「無待」原則

莊子的《逍遙遊》中提出了「無待」這一概念。「無待」就是不依賴、不依附，也就是個體的獨立不移、獨立思考、獨立選擇。有人說，知識分子只是「毛」，必須依附某張「皮」，即依附某個階級、某個黨派。其實，這不是真理。知識人的價值，完全取決於自己。惟有「無待」，才可能實現個體價值。《紅樓夢》第二十二回寫寶玉黛玉禪悟的故事。寶玉的禪偈寫道：「無可云證，是立足境。」黛玉一看，便知這還是「有待」境界，因此，立即加了「無立足境，是方乾淨」八個字。不求可依附的「立足境」，那才是「無待」的獨立境界。也只有在此境界中，個體價值才能充份實現。我給自己立下的座右銘是「山頂獨立，海底自行」，這也是一種「無待」精神。

二、個體主體性的確立

個人與他者的關係，本是實踐主體間性的核心內容，因此，許多思想家與哲學家都探討過這個問題。而在這一關係的論述中有兩個片面性命題，值得我們商榷。這兩個命題，一個是「他者是自我的地獄」，一個是「他者是自我的上帝」。

薩特的「他者是自我的地獄」這一命題，出自一九四五年薩特創作的寓言劇《禁閉》。戲劇的場景設置在密室之中，密室裏沒有鏡子。主人公加爾散一進入這間房子，就注意到「這兒沒有鏡子」，後來伊內絲稱他為「劊子手」時，他又說：「要是能夠照一下鏡子，我甚麼都捨得拿出來。」艾絲黛爾更是急切想要一面鏡子：「您要是讓我一個人待着，至少得給我一面鏡子呀。」鏡子在這裏為甚麼這麼重要呢？艾絲黛爾説：「當我不照鏡子，我摸自己也沒有用，我懷疑自己是否真的還存在。」沒有了鏡子，人就只能把他人當作鏡子，從他人那裏尋求自我存在的證據，通過他人的目光來認識自己。地獄裏沒有刑具、烈火，唯一的折磨和約束，是他們之間的相互關係。他們彼此暴露在他人的目光下，並且沒有黑夜。這種目光的注視是永恆的，不可逃避的。這樣，「他人的目光」就成了刑具與烈火，他們互相折磨，勾心鬥角，都不能獲得解脱與自由。因此加爾散高喊「他人就是地獄」。加爾散的怒語，後來脱離了密室的語境而普遍化，於是，「他人就是自我的地獄」成了普遍命題——描述個人與他者關係的命題。

作為普遍命題，説他者是自我的地獄，有一半是真理。因為自我一旦生活在與他者的關係中，就必然要受到他者的制約。存在主義探討自我成為自己的可能性，而自我一旦生活在他人的制約中，就確實難以成為自己。例如《紅樓夢》的主人公賈寶玉，他和林黛玉都想成為自己。他們都是性情中人，相互傾慕，一起作詩，一起説愛，一起遠離科場而醉心於《西廂記》。可是，他們的選擇受到他者的干預，這個「他者」，包括他的父親賈政、母親王夫人，也包括他的另一些戀人，如薛寶釵與襲人等。從這個層面上説，賈政、薛寶釵等，確實是賈寶玉的地獄，是賈政等他者剝奪了賈寶玉的自由。

然而，寶玉面對的他者不僅是賈政和薛寶釵等，還有林黛玉、晴雯等。林黛玉、晴雯的目光是柔和的，沒有強制寶玉選擇科舉道路的鋒芒，只有愛慕與理解的秋波。這些他者，當然不是地獄，而是天堂。人處於社會關係中，也就是處於他者的系統中。這個系統紛繁複雜，目光也各色各樣，其中既有監視的目光，也有激勵的目光。人無法脱離他者而生存，因此只能在尊重自己的同時也尊重他者的存在，即在確認自身主體性的同時也確認他者的主體性。相互確認主體性，便是健康的主體間性。因此，籠統地認定他者是自我的地獄，就勢必導致個人自外於社會，以致產生生存的危機。

與薩特「他者是自我的地獄」相反的命題「他者是自我的上帝」，是法國另一位哲學家列維納斯提出的。

列維納斯認為，他者具有一種無限和徹底的外在性，而自我缺少這種外在性。因此，自我的存在注定只能指向比自身更高大的無限，從而完成一種不求回報的對他人的絕對責任，也只有這樣，才能獲得生命的價值與意義。他的這一思想很容易得到像我這樣的大陸知識者的理解。我們在上個世紀下半葉的前二十多年中，接受的正是這種人生哲學，只不過我們不是從列維納斯那裏接受的，而是從馬克思主義那裏接受的。那時，我們不是把「群眾」、「國家」這些大集體稱作「他者」，而是稱作「大我」。把「大我」視為不容置疑的終極價值源，把「小我」對「大我」的獻身視為絕對責任，這是我們一代人的精神指向和生活理念。但是，經過一段時間的體驗與實踐，我們才明白，這種理念雖然具有崇高性，卻會剝奪自我存在的任何空間。而當自我喪失自己，即自我不能成為自我時，這種喪失了個體主體性的大主體也就沒有了生氣與活力。也就是說，當個體對這種大群體盡了絕對責任之後，不僅丟失了個體（包括自性、個性與個人語言、個人價值等等），同時也危害了集體這個巨大的「大他者」。列維納斯的思路，其盲點是忽視了個人主體與大他者之間仍然需要有一種相互尊重的主體間性關係。

中國知識分子從「五四」新文化運動開始，就崇尚尼采。為了反對奴隸主義，借助一下尼采的思想，完全可以理解。但尼采的浪漫自我在中國卻發生了變異，即從浪漫小我變成浪漫大我。上世紀六、七十年代中國的「文化大革命」，就是把浪漫大我（領袖、黨派、群眾）無限誇大，以為消滅小我或把小我完全化入浪漫大我之中（即列維納斯所希望的「不求回報地納入」），社會就可以得救。事實證明，這完全是一種幼稚病。經驗告訴我們：沒有個人主體性的確立，沒有獨立的人格，在與他者的交往中，就沒有力量扶助其他個人主體，更沒有力量幫助大他者（大我）主體贏得健康和正常存在。

三、「利己」原則和「利他」原則

「他者」乃是龐大的系統。若勉強劃分，至少可分為外系統（家庭親屬之外的社會系統）與內系統（內在的帶情感的親屬系統）。中國人以「家」為本，家國相連，所以其倫理要求側重於內系統。而西方人家國分離，其倫理要求側重於對待上帝、國家、社會等等，內在倫理遠遠沒有中國這麼仔細。例如，同樣一個「兄弟」（brother），西方就顯得籠統，而中國則要求「兄友弟恭」，即哥哥要把弟弟當作朋友對待，弟弟對哥哥要恭恭敬敬，唯其如此，才符合做人的原則。中國的倫理規範，實際上是內部的對待他者的倫理態度（也可稱作情感態度）。《禮記．禮運》中所講的「人情」、「人義」，大都是倫理情感態度。人義就有「十義」，即「父慈、子孝、兄良、弟悌、夫義、婦聽、長惠、幼順、君仁、臣忠」。在中國，如何對待內部的他者，是一門必須修煉一輩子的大學問。「五四」新文化運動「橫掃」了這些傳統倫理規範，批判了忠、孝、節、義等傳統觀念，但是，時隔不到一個世紀，這些倫理規範又「返回」了。為甚麼「橫掃」不掉？因為中國的內在倫理，不僅是「理」，而且是「情」，不管是「父慈」還是「子孝」，不管是「兄良」還是「弟悌」，全都深深植根於「血緣」情感之中。包括「君仁」與「臣忠」，也是家庭倫理的擴展與延伸。

「五四」新文化運動之所以「新」，是因為它引進了西方的新理念，如自由、平等、博愛、科學、民主等等。其中，「平等」的理念對內在倫理規範的衝擊尤其猛烈，於是，要求父子平等、兄弟平等、夫婦平等、君臣平等、長幼平等的思潮便佔了上風。但是，這種平等要求，於理可通，於情卻不順。例如父子之間，兒子一旦要求平等，父親就不高興。兒子高舉「非孝」的造反大旗，最後還是行不通。如今兒子還是得講「孝順」，社會也認定只有懂得孝順的兒子才是好兒子，因為父子關係乃是一種生理性的根深蒂固的自然關係。中國傳統的倫理規則，要求兒子要孝順父親，甚至在父子關係中要以「父」為綱，這看起來是「不平等」的，但這種「不平等」卻又符合人的自然情感。所以，中國的傳統倫理雖然不平等，卻能產生「和諧」。我們在討論對待內部他者的倫理關係時，就不能簡單地僅僅高唱「平等」原則，還需要理解「和諧」原則。在我們今天的人文課堂裏，必須討論一個問題，即在對待內部他者的關係中，到底是遵循平等原則對，還是遵循不太平等的原則對（以父為綱實際上並不平等）？中國傳統所認定的最重要的他者是「天地君親師」。君主制推翻後，又改為「天地國親師」。剛才講的內關係，實際上是「親關係」。如果把「親」擴展到「師」，也發生一個問題，即作為學生，如何對待「師」這個他者？傳統所提倡的並不平等的「尊師重道」是否還要堅持？上個世紀六十年代，中國發生了一場劇烈的「教育革命」，也是在「平等」的理念下，學生要求和老師平起平坐，甚至要把老師拉下講台。然而，這樣做的後果卻是教育的崩潰。所以不能肯定這種「革命」。但是，「師道尊嚴」如果被過份強調，甚至要求學生對老師三叩六拜，又會造成學生靈魂活力的窒息。那到底該怎麼辦？所以，得掌握好「分寸」。在困局中，我認為，對待他者有一個我們應當確認的文明原則，這就是「利他」原則。更具體地說，是自我與他者發生關係的時候，正確的選擇不是選「利己」原則，而是選「利他」原則。不管是老師對待學生，還是學生對待老師，也不管父對子或子對父，兄對弟或弟對兄，都應着眼於「利他」，而不是「利己」。

這也許可以作為普世性的「個人與他者」的基本關係準則。

但是，「他者」指涉的對象太廣泛、複雜，因此，同樣可以提出問題：他者是誰？這才是最重要的。如果他者是善，我們當然要實行利他原則；如果他者是惡，我們則不能對他實行利他原則。魯迅先生也說過，我只能「刀來刀擋，拳來拳擋」。他並不把利他原則視為絕對原則。在中國現代政治生活中，我們也聽熟了「誰是我們的敵人，誰是我們的朋友，這個問題是革命的首要問題」。朋友是「他者」，敵人也是「他者」，「利他」原則只適用於一方。這又如何是好？

面對上述的困境，我想起康德的一個思想。他認為，一個普遍性原則，當它實際應用到具體的歷史情境時，還有一段很長的距離。我們說「利他原則」是一個「自我與他者」關係的普遍性原則，但把它應用到具體場合，確實還需要具體情況具體分析、具體對待。就以對待「敵人」來說，固然在戰爭中要講「消滅」，但「優待俘虜」的舉措卻也是一種「利他」行為。因此，面對人類生存的諸多困境，面對「他者」的複雜狀況，並非只有一個放之四海而皆準的真理，但卻可以採取一種寬厚、尊重而且非常具體的態度。

四、「互為主體性」的哲學思考

上個世紀八十年代，我發表了論文《論文學的主體性》，引發了一場全國性討論，但也招致一些政治批判，導致我無法繼續進行這一課題下另一些角度的思考與寫作。

按照我的思想邏輯，《論文學的主體性》的寫作目的是恢復作家的獨立人格，也張揚一下業已被消滅的個體存在即自我的地位。接着，還得講「主體間性」。「主體間性」也可稱為「主體際性」或「互為主體性」，也就是說，個體都有主體性，不僅是自我有主體性，他者也有主體性，這就形成互為主體性。那就要進一步說明，張揚自我並非自我的無限膨脹，也不是個體存在的無限擴張，以至於侵犯他者的權利。「主體間性」和「互為主體性」在理論上應當探討：自我是權利主體，他者也是權利主體，兩個主體之間應該形成一種怎樣的交往、互動關係？自我除了具有「權利主體」的身份，同時還是一種「義務主體」，必須對支持他生活的社會、國家、他者等盡義務與責任。「他者」相對於「自我」是他者，但作為「自我」時也應當兼有「權利主體」與「義務主體」的雙重身份。總之，「自我」的主體性與「他者」的主體性同時存在並發生關係。自我生活在關係之中，如何處理這種關係，便形成倫理。每一個生命個體，都應當在此關係中實現某種人生意義。師法強者可以獲得意義（價值），扶助弱者也可以獲得意義（價值）；進取心是價值，同情心也是價值；謙卑是價值源，悲憫也是價值源；自我奮鬥是價值源，支援他者也是價值源。西方文化注重「信」，並由「信」派生出上帝、基督、天使、懺悔等價值單位；中國文化強調「誠」，並由「誠」派生出仁、義、禮、智等價值單位。每一個單位都是價值源。「信」更重理性，「誠」更重情感。信也有情感，但情感之源是「聖愛」；而「誠」的情感則是「親愛」、「友愛」。愛是全世界公認的共同價值，但西方的愛之源是上帝，而中國的愛之源是父母。

宗教學的本質通於教育學與倫理學。各大宗教其實都在講解主體間性，教育人們怎樣愛他人，愛鄰人，甚至愛敵人。但不同宗教所指明的愛之源即價值源並不相同，有的講「愛」，有的講「慈悲」，有的講「覺悟」。說法不同，但都在指明價值之路。文學藝術與宗教不同：宗教走向信仰，藝術走向審美，也都是在尋找價值實現之路。而科學家往往會把真理看得比審美和信仰更為重要，他們可以為真理而獻身。為了堅持真理，不惜與教廷對抗，質疑信仰。世上存在着各種各樣的他者，也存在各種各樣不同的主體間性與價值觀。所以需要我們具體情況具體分析，並運用品格與智慧去作具體選擇。選擇決定我們的本質。

第三講　個人與國家

個人與國家的關係中還有更複雜的層面，尤其是個人在通過「愛國」實現個人價值的時候，必須糾正一種誤解，以為「愛國」就必須無條件地謳歌國家。一百多年前，梁啟超就指出了這一點。他說，在當時的歷史情境下，愛國者已分為兩類：一類是傳統的愛國者；一類是憂國者，即敢於正視國家弱點，也敢於幫助國家糾正弱點的愛國者。梁啟超認為，這種憂國者才是更深刻的愛國者。

這個題目很大，但並不可怕。每個人都會遇到「個人與國家」的關係問題，即個人怎樣對待國家與國家怎樣對待個人的問題。下面分五個小標題講述。

一、何為「國家」

我們通常一講起「國家」，就想到「政府」。其實，政府只是國家機器，即只是國家的一部份。國家的結構十分複雜，但每個國家都包含顯結構（表層結構）與隱結構（深層結構）。也可以說，都包含着實體結構與精神結構。

顯結構又包括自然結構和人造權力結構。

自然結構包括山川、土地、森林、海洋等。每個人都會天生地熱愛這個意義上的國家，都會天生地把自己的血脈與祖國的山川土地相連。

權力結構則包含政府、軍隊、議會、警察、法院、監獄等等，有人稱它們為國家機器，有人稱它們為權力機構。由於國家制度不同，有的由國王統治，可稱為王國、君主國；有的實行憲政統治，可稱為共和國、合眾國；有的由一黨一派統治，可稱為黨國。這之外，還有君主立憲國，等於半王國半共和國。

國家的隱結構（精神結構）通常是指文化，包括文化傳統、民族習俗、宗教信仰、語言方式等，尤其重要的是文化與傳統的載體，或稱「人」，或稱國民、臣民、公民。

一百多年前，甲午海戰之後，梁啟超等思想啟蒙者在總結甲午大失敗的教訓之後指出，失敗的多種原因中，有一樣是「愛國觀念」不對，或者說，是「國家觀念」不對。梁啟超認為，正確的國家觀念應當分清三對不同的概念：一是國家與天下；二是國家與朝廷；三是國家與國民。首先要明白，國家只是民族國家，它不等於天下。所謂天下，乃是許許多多的國家所組成的世界，中國只是世界上眾多國家中的一個。以往中國人只有天下意識，沒有民族國家意識，以為「朕」即天下，「普天之下，莫非王土」，地球上只有我大清一個中央帝國，其他的不過是納貢的蠻夷。其次是要明白，國家不等於朝廷，朝廷不等於國家，「朕即國家」的觀念不對。大清愛新覺羅皇室不等於就是國家，反對朝廷不等於反對國家。第三是要明白，國家的主體是國民，而不是皇帝和王公貴族。要建設新國家，就得先有新國民。

二、政府與國家

政府雖然不等於國家，但它是國家的管理機構，負有保護國家、管理國家、保護人民、協調人民等種種重大功能。政府有統治型政府，也有服務型政府。現代政府愈來愈多地向服務型靠攏。

為了有效發揮政府的功能，政府有必要保持它的權威，即通過軍隊、法院、警察、監獄來行使它的權威。

失去權威，社會便會陷入無政府狀態，而「無政府」比「壞政府」更糟。壞政府至少還會維持社會的基本秩序；而「無政府」則會導致社會癱瘓，日常生活崩潰，不僅紅綠燈的交通管制癱瘓，連殺人放火也無人問津。當下世界就有一個國家完全陷入無政府狀態，這就是非洲的索馬里。無政府的結果是國家土地上只剩下戰亂、饑饉和搶劫，老百姓惶惶不可終日，生活在混亂與恐怖之中。而大批有生命活力的精英，只能鋌而走險，到公海裏做海盜。現在索馬里已成為地球上最大的海盜國家，危害世界的正常秩序。索馬里的教訓告訴我們，沒有國家的保障，個人價值根本無從實現。如果硬要「實現」，也只能淪為海盜。所以，每個公民，不管對政府有多大不滿，都必須維護國家與政府的基本權威。

上世紀「五四」新文化運動前後和三十年代，中國有些作家學者也鼓吹無政府主義，例如巴金，就是一個著名的無政府主義者，他的筆名乃是巴枯寧與克魯泡特金的縮寫，這兩個人都是無政府主義思潮的代表人物。但是巴金後來放棄了無政府主義。無政府主義在反抗專制極權時可以起到一時的破壞作用，但無論是對於社會還是對於個人，都不是長治久安之計。

三、不同制度下的個人困境

二十世紀下半葉，世界的國家制度各種各樣，但基本類型有兩種，一種是以蘇聯和中國為代表的社會主義國家，實行經濟國有化制度；另一種是以歐美為典型的資本主義國家，實行私有制。其意識形態和價值觀也與制度相呼應。當時形成兩大陣營的對峙，也影響了個人和國家的關係。今天，中國也在發展資本主義，歐美也在增添社會主義因素，但這是經濟層面上的變化；而在價值觀上，「兩個陣營」對峙時期的政治意識形態影響，至今還沒有消散。

在資本主義制度下，個人自由、個人權利可以獲得充份發展，尤其是在美國，個人不僅擁有購買土地、湖泊的自由，而且擁有購買槍支的自由。現在的美國，持槍協會的會員多達四百三十萬，共有二億七千萬支槍在美國的個人手裏。這種個人自由，也帶來自由的氾濫，於是，槍殺案不斷發生，甚至一再進入校園，連課堂也不安寧。在嚴重的流血面前，政府顯得非常無能。任何一個總統的禁槍考慮都會碰到兩個問題。一是利益的問題，即遭到製造槍支、售賣槍支的商人、企業家及其相關機構的反對。二是傳統問題，美國憲法修正案早就規定個人持槍的自由，這是美國個人擁有的巨大權利。美國可以消滅另一個國家，但動搖不了這個傳統。對於美國人來說，撼山易，撼此傳統難。一百年前，德國思想家斯賓格勒就發出警告：暴力、性、吸毒這三樣東西的自由氾濫，將導致「西方的沒落」。但西方忽視他的警告。現在，濫用自由的問題愈來愈嚴重，社會問題愈來愈多，有的問題已到了積重難返的地步，而這些問題與政府管理不力、過於放任不無關係。在民主政治蛻化為黨派政治和選票政治之後，沒有一個政黨的總統候選人敢於公開反對持槍自由，敢於對憲法修正案實行再修正，因為他一旦如此宣告，就會得罪千百萬持槍者和好槍者，就會喪失無數選票，就注定要在選舉中失敗。個人的「強大」，使得政府變得「弱小」，從而既造成政府保護個體生命的能力不足的困境，也造成個人缺乏安全的困境。

這是西方個人自由的困境，而東方（中國）則發生另一極的困境。中國在一九四九年取得革命成功之後，實行全民所有制和經濟國有化。這種制度與私有制相比，孰優孰劣，當由歷史作出評價。我這裏只說，經濟計劃化之後，確實發生了海耶克所說的隨之「精神計劃化」的問題。政府權力在經濟國有化之後就曾經一度強制性地進行個人「心靈國有化」的政治運動，或稱「交心」，或稱「鬥私批修一閃念」，或稱「思想深處鬧革命」，或稱「反右派鬥爭」，都是「心靈國有化」的繼續革命形式。這些運動的結果是知識階層的許多生命個體、生命價值不僅等於零（沒有任何自主權），而且等於負數（變成「非人」，即變成「黑幫」、「害人蟲」、「牛鬼蛇神」）。到了「文化大革命」進入高潮時期，「人間」變成「牛棚」，個人變成「牲口」，個人價值體系全面崩潰。這是東方個人的困境。這不是一般的困境，而是個人在社會中失去了全部個人權利和全部生活（沒有生活）的絕對困境。

四、國家與個人的「偏執」

無論是西方個人自由的極端化，還是東方國家權威的極端化，都是價值的陷阱。「極端」帶來嚴重問題的同時，也帶來「改革」的要求與「和諧」的期待。因此，個人與國家兩者的和諧，便成為當代世界的重大課題。我們暫時懸擱西方，着重講述東方的變革。

中國從上世紀七十年代末到今天的三十年改革，最根本的改革，也是最偉大的成就，是把「階級國家」變為「民族國家」。一九四九年之後的三十年，從國家體制的角度看，它是階級國家。這不僅是在政治意識形態上階級論統治一切，主宰一切，而且是在制度層面上把國家確定為一個階級對另一個階級實行專政的制度，簡稱為「無產階級專政」。鄧小平的歷史功勳是他以無與倫比的個人威望扭轉了乾坤，宣佈結束「以階級鬥爭為綱」的存在方式。這是一個劃時代的大變革。如此重大的變革，本來需要通過戰爭才能解決，但他以自上而下的和平變革獲得成功。這一成功與勝利，堪比一九四九年的成功與勝利，因此也可以視為共和國的新生。

當年的「無產階級專政」的中國對佔總人口的百分之五的國民實行專政。百分之五，在當時的中國也意味着幾千萬人，把這些人命名為「階級敵人」、「四類分子」、「走資派」、「反動學術權威」等等，便是剝奪幾千萬人（連同家屬則是幾億人）的個人尊嚴與個人權利。這部份人毫無個人價值可言，相當於印度的「賤民」。而沒有被界定為「敵人」的多數人，也往往被劃入為「資產階級」和「小資產階級」的範疇，連個人生產（如養豬養雞）和個人寫作（如個人發表文章）也被界定為資本主義行為。對於這種階級專政制度進行改革，自然具有巨大的歷史合理性。

結束階級專政的體制之後，實現的便是超階級的全民性的民族國家體制。這就是鄧小平之後提出的「三個代表」理念。這一理念宣佈：中國共產黨代表的是「中國最廣大人民」的利益，也就是說，不僅是代表一個無產階級的利益。從理論上說，這是一個巨大的進步。對於國家而言，它不再是一個階級壓迫另一個階級的工具；對於個人而言，他不再是階級「工具王國」的成員，而是個人「目的王國」的成員，個人重新獲得了實現自我價值的可能。這種可能性只是從理論上說，而可能性要化為現實性，則需要一個歷史過程。現在正處於這一轉化的進程中。在此進程中，個人與國家關係的老題目與新題目又浮出水面，例如，國家在當前的條件下是實行民主制（突出個人權利），還是實行開明專制（保護國家權威）？是實行法家的霸道，還是實行儒家的王道，或是實行儒法互用的「法嚴刑寬」？對於這些問題，我都無法作出本質性回答，但有三個關於「個人與國家」關係的思路，我個人認為是不妥當的，且提出來供大家思考與討論：

1、國家的全能主義

國家需要確立自己的權威和發揮自己的功能，這一點要給予尊重。但是，國家不可實行「全能主義」。所謂國家的全能主義是國家權力滲透到不該滲透的社會領域和個人領域，把權力功能覆蓋到社會的每個角落和每個人的個人生活空間。例如，以前連婚姻都要經過黨組織批准和認可，每條胡同和每間旅館都要設立嚴格的審查制度與審查關卡。國家不僅進入醫院、寺廟、學校，而且進入個人的花園、臥室、游泳池，完全襲佔生活空間，尤其嚴重的，甚至進入個人的隱私空間。「全能主義」這一概念是芝加哥大學非常同情中國革命的政治學講座教授（也是北京大學客座教授）鄒讜先生提出來的。他用這一概念非常準確地表明，國家權威絕對化之後就會產生的過度干預意識，從而剝奪了個人的全部自由，以至堵絕個體價值的實現之路。全能主義是國家價值至上主義的錯誤思路。

2、個人的本能主義

前邊說過，弗洛伊德發現個人乃是「本我、自我、超我」三者組合的有機體。而「本我」乃是本能之我。淺薄者往往會以為個人主義就是本我主義，就是個人的「我行我素」，就是不顧他人自由的個人絕對自由。他們不知道也不懂得，所謂自由意志，乃是個人不受「本我」控制的自由，是「克己復禮」（自我克服）的自由，是理性主宰感性的自由。健康的個人主義應是自由意志的理性呈現，而不是本能主義的妄言妄行。當下橫行於世的痞子哲學、流氓哲學，實際上就是本能主義和本我主義，「過把癮就死」，

「我是流氓我怕誰」，完全是一種本能的聲音。本能主義在反抗國家全能主義的時候，可以發揮作用，但這是以錯抗錯，以一個極端反抗另一個極端，這種反抗只能獲得情緒的宣洩，而無法達成個人與國家的和諧，既不能實現國家價值，也不能實現個人價值。

3、社會的無能主義

社會本是國家與個人之間的中介。社會中的報刊、學校、研究院、教堂、寺廟、醫院、電影院、劇院以及一切公眾空間，都可以在國家與個人之間起批評、協調、緩衝和教育等作用。社會的健康機能是療治政府全能主義與個體本能主義的最好醫師。但不管是東方還是西方，這種機能正在喪失，社會愈來愈無能，愈來愈無所作為。在西方，社會被實用主義、利己主義、極端自由主義所主宰，真的是「事不關己，高高掛起」。美國發生了那麼多起槍殺案，甚至是校園槍殺案，但學校除了開追悼會之外，沒有任何示威遊行等抗議活動，而總統、國會稍有一點禁槍動議，持槍者與好槍者倒是及時地集會遊行。報刊本是社會公器，它的生命力在於客觀、理性、公正，但是近幾十年來，卻染上或左或右的極端主義色彩。黨派競選只講淺近利益，不講長遠利益，報刊也往這一方向變質，「公器」正在蛻變為「私器」。報刊一旦失去獨立性，就成了宣傳工具，失去本來的機能。哲學也與社會無能主義相通，變成黨派意識形態。當然，社會的無能，政府應負主要責任，專制導致社會無聲。但是社會如果還有活力或還有靈魂，它就必須為發出獨立之聲、公器之聲而努力。

五、愛國者與憂國者

「五四」新文化運動是突出個人、突出個性的運動，當時的文化改革先行者發表了很多文章，抨擊那些阻礙實現個人價值的各種存在物。這些存在物就包括「國家」。陳獨秀的《偶像破壞論》一文提出，應當打破「國家偶像」。之後，郁達夫也提出，國家乃是藝術的敵人，也主張要打破國家對自我實現的障礙。應當承認，「國家」一旦過度權威化、偶像化，確實會阻礙個人價值的實現，包括阻礙文學藝術這類個人精神價值的創造。尤其是當國家實行專制極權統治而禁錮個人自由的時候，這種阻礙作用就更為明顯。但是，也不能認為，國家注定是個人的對立物，更不可武斷地認為國家乃是個人價值的負資源。其實，國家是個歷史性概念，即不斷變遷的概念。當它正常、健康存在的時候，它就可以起到保護個人，包括保護個人精神價值創造的作用。而個人的存在價值也可以在建設國家和保衛國家的行為中實現。例如，當國家遭到外族侵略與蹂躪時，個人為了保衛國家挺身而出甚至犧牲，就帶有極高的價值。中國的許多民族英雄，如岳飛、文天祥、史可法等，便是在外族入侵的歷史場合中實現個人價值的範例。再如英國偉大詩人拜倫，他甚至可以在支持外族反抗入侵與壓迫的事業（希臘反抗土耳其入侵的戰鬥）中實現個人的價值。所以，我們可以肯定，國家也可以成為個人自我實現的一種平台，一種資源，一種正價值之源。

這裏還應當說明的是，個人與國家的關係中還有更複雜的層面，尤其是個人在通過「愛國」實現個人價值的時候，必須糾正一種誤解，以為「愛國」就必須無條件地謳歌國家。一百多年前，梁啟超就指出了這一點。他說，在當時的歷史情境下，愛國者已分為兩類：一類是傳統的愛國者；一類是憂國者，即敢於正視國家弱點，也敢於幫助國家糾正弱點的愛國者。梁啟超認為，這種憂國者才是更深刻的愛國者。我國近代史上，就出現過許多這種憂國者，無論是孫中山等革命派，還是康有為、梁啟超等改良派，都是憂國者。他們把國家價值看得高於一切，但就個人價值的實現而言，他們也可以通過「憂國」來實現。

第四講　個人與家庭

平等理念之下是父與子、夫與妻的相互尊重，兩者之間沒有優劣之分，沒有綱目之別，沒有一方對另一方的主宰和統治。家庭中的每一個體，儘管角色不同，但都擁有人的尊嚴與人的價值。這一點，雖是西方文化的基本精神，但也符合中國文化的情理結構。

一、東西方家庭觀的差異

這個題目涉及自我實現與家庭和諧的矛盾與平衡的問題，也是個體價值源的重要內容。以往討論家庭的書籍和文章很多，但多數是討論家庭起源、婚姻起源以及戀愛、婚姻與家庭的道德倫理。我的講解，也涉及這些內容，但重心是從實現個人生命價值的視角來討論個人自由與家庭和諧的關係。

在中西文化的大框架下，中國家庭與西方家庭的形態與位置有所不同，最明顯的區別是以下四點：

（1）西方重小家庭，即夫妻家庭，以夫妻為主，但也包括幼年、少年時期的兒女。東方（中國）則重大家庭，這是包括夫妻和夫妻之外的父母、兄弟、子女的所謂「三代同堂」甚至「四代同堂」的大家庭。

（2）與此相關的是，中國人總是把親情放在第一位，把戀情、愛情放在第二位。中國古話說：「兄弟如手足，夫妻如衣服。」兄弟之情是手足之情，牢不可破，永恆永遠；而夫妻之情則是相逢之情，兩者畢竟不是同一血緣。兄弟尚且在夫妻之前，更莫論父母了。《紅樓夢》有一個反叛性理念，是把戀情放到第一位，把親情放到第二位。

（3）因此，中國的家庭，便形成「尊卑有別、長幼有序」的倫理，其代表性理念也即統治性理念便是「父為子綱，夫為妻綱」，這兩綱再加上「君為臣綱」，便是封建社會裏的中心理念了。與中國家庭的基本理念不同，西方講的是「父子平等」、「夫妻平等」，而且還有一種特別尊重孩子的理念。「五四」運動時魯迅寫了一篇《我們現在怎樣做父親》的文章，其主題是說我們應當放棄以長者為本位的觀念，而樹立以幼者為本位的觀念。這等於顛覆了「父為子綱」的傳統原則。

（4）東西方還有一大區別，是西方總是把「個人的自我實現」當作目的，即把個人的事業放在第一位，而把家庭當作手段，或者說當作實現個人價值的一種跳板。而中國則以家為本，把「家庭」本身作為目的，把「榮宗耀祖」當成個人成就的最大標誌。中國人講究「衣錦還鄉」，意思是個人在外有了功名、有了成就，最後要落實到鄉土裏的家庭和祖宗。中國的士人接受儒家的思想，講究「修身、齊家、治國、平天下」，而修、治、平的終極目的，是「齊家」，即榮宗耀祖。中國罵一個人罵得最狠的話是「數典忘祖」，即忘了祖宗這個「根本」。因此，不能齊家，等於沒有修好身；而治國、平天下也是為了齊家，為祖宗爭面子。

上述這四點，是東西方不同的家庭觀。但是東西方文化中關於家庭的認識也有共同之處。羅素在中國發表演講，說家庭實際上包含着個人的三種慾望，無論是西方的家庭還是東方的家庭，從人性的層面上說，都與這三種慾望相關。第一是性的慾望。婚姻與家庭使性合法化。在中國，婚姻、家庭之外的性是有罪的。但「性」是人性的性，不是牲口的性，所以現代的家庭倫理學總是告訴男男女女，只有在性中注入愛，這才是文明的性，文化的性。也就是說，性只是情愛的自然前提，即生理前提，只有真情真愛才是家庭的堅實基礎。

第二是延續的慾望。用中國人的話説，就是「傳宗接代」的慾望。沒有婚姻，就沒有延續；沒有家庭，就難以傳宗接代。這是常識，也是每個人正當的需求。羅素説破這一點，未必能打動西方人，但對於中國人來説，卻會覺得他説中了要害。中國人最怕的是「斷後」——沒有後人延續自己的家業與生命。「不孝有三，無後為大」，把沒有後裔、沒有養育出傳宗接代之人，視為最大的不孝。這一理念，也成了舊中國一夫多妻制的根本理由。倘若妻子生不出男孩，就等於「斷後」，等於最大的不孝，那麼，下文自然是娶小妾來生兒子，以成「延續」之功。如果大妾還不行，那麼，再納小妾也屬天經地義。而最怕斷後的是皇帝，如果皇帝沒有「後」，等於斷了江山命脈，這更是不得了的危機，因此，能不能給皇帝生兒子，便成了從皇后到皇妃的頭等大事，也是宮廷與國家的頭等大事。皇帝的眾多嬪妃也以兒子自重，能給皇帝增添兒子，等於給皇帝立了「延續」皇脈之功。宮廷裏的鬥爭，也總是與「後繼」——誰當太子的問題相關。中國人家國不分，在宮廷裏更是如此。朝廷等於家天下。

不管是平民百姓還是帝王將相，都把通過家庭而「延續」祖宗命脈視為大事，因此羅素指出，「性慾望」之後的「延續慾望」乃是家庭存在的根本原因，這顯然是個真理。

羅素還道破家庭的第三種慾望，這就是權力的慾望。剛才我們講宮廷裏嬪妃們靠兒子而爭寵、爭地位，這本身就包含着強烈的權力慾望。能生子才能延續，能生子才能保住權力和地位，這是帝王的女人們最明白的道理。而在普通的家庭裏，其實也充滿權力的慾望。在中國兩三千年的專制社會裏，首先是男人想把持「老大」的地位，所以才有「夫為妻綱」的理念產生。「五四」新文化運動後，婦女逐漸得到「解放」，社會地位日益提高，許多婦女還有自己的工資，不僅能自食其力，還能支撐家庭，這種女子往往也會產生擔當家庭老大的念頭，至少要和丈夫分享家庭的權力，不能讓丈夫一個人説了算。這種現象固然可以理解，但近百年來，中國家庭也從此「烽煙四起」了。而吵架的原因，究其根源，還是男方女方都有權力的慾望。

二、個人與家庭的和諧與衝突

羅素用個人的慾望解說家庭，乃是用生理原因與人性原因來解說家庭存在的理由和家庭衝突的原因。但是，羅素在中國作演講時，並沒有給中國開出家庭和諧的藥方，尤其是由「五四」新文化支撐的家庭如何達到和諧，這位西方哲人更沒有提供甚麼妙計妙法。

「五四」之前，中國的舊家庭模式基本上是男權統治的社會模式之縮影，男性思想家們給中國家庭開出了「三綱」的基本藥方。三綱是「君為臣綱，父為子綱，夫為妻綱」，意思是朝廷裏要確認皇帝為絕對老大，家庭裏則是父親或丈夫為絕對老大。有這種絕對理念的支撐和管理，兩千年來的中國家庭倒是達到了一種「和諧」，但這是完全剝奪了兒子與妻子的自由與發言權的和諧。如果兒子與妻子能忍氣吞聲，女人能忍受丈夫在外吃喝嫖賭和對內嬉笑怒罵，那也可能「和諧」一時；而如果丈夫抽鴉片、賭錢而拿老婆出氣甚至企圖典賣老婆，就不知道如何和諧了。還有，如果男人喪妻，再續一房，屬於天經地義；而女人則必須終身守節，不許再嫁，這又算甚麼和諧？「五四」新文化運動啟蒙人們，男人有「人的價值」，女人也有「人的價值」，兒童也有「人的價值」。男女是平等的，男人要通過家庭實現自我價值，女人也要通過家庭實現自我價值。「五四」新文化運動的偉大功績之一，就是打破舊家庭對婦女權利的剝奪，提供給婦女個人實現自我價值的可能性。

教育論壇

「五四」新文化運動既然發現了婦女的價值，也就自然地把批判的鋒芒指向舊家庭制度與舊家庭倫理。批判的重心包括以下內容：

1、批判「孝道」，打擊「父為子綱」

「五四」運動前夕，施存統（最早的共產黨人、最早的共產主義知識分子之一）在一九一九年就寫出《非孝》一文，震動了中國。「五四」運動在批判舊道德時也把「孝道」作為舊道德的主要內容之一進行批判與討伐。當時最有代表性的文章是魯迅對二十四孝圖的批判。魯迅指出，二十四孝中尤其是「郭巨埋兒」和「曹娥投江」二例，最使他害怕。郭巨為了保證父母吃飽，又擔心糧食不夠，竟把孩子活埋。這種行為顯然是反人性的。孝道的極端化與畸形化就會產生這種「殺子意識」與「殺子行為」，而這正是《狂人日記》中所指出的「吃人」現象。

2、批判節烈觀

魯迅寫《我的節烈觀》，為失去丈夫的守寡婦女請命，認為她們在丈夫死後有再嫁的權利。按照中國傳統中所規定的「準則」，婦女必須執行「三從四德」。所謂「三從」，就是嫁前服從父母，嫁後服從丈夫，丈夫死後服從兒子。所謂「節」，就是為丈夫守貞潔，不再嫁。另一條路便是陪丈夫去死，即殉夫而亡，這便是「烈」。「五四」新文化運動把「節烈」作為「吃」婦女的畸形舊道德批判，乃是人性的伸張和人性的勝利。

3、批判奴隸道德

「五四」文化改革先驅們指出，維護舊家庭的倫理，實際上是維護奴隸倫理；維護舊家庭的道德乃是維護奴隸道德。他們指出：中國人從來沒有經歷過做人的時代，只經歷過「做穩奴隸」和「連奴隸也做不得」（當牛馬）的時代。男人是奴隸，而女人則是奴隸的奴隸。「三綱」下的多數女人，等於牛馬牲口，根本沒有半點人的尊嚴與人的價值。

在批判舊家庭倫理的同時，文化先驅們給婦女指出一條道路，就是「走出家庭」，走出丈夫的牢籠。所以他們才會把挪威作家易卜生當作旗幟，演出他的《玩偶之家》。「五四」後巴金所作的《家》，也是鼓動「走出家庭」，但已不僅是走出丈夫牢籠，而是要走出封建宗法制度的牢籠了。《家》中的三兄弟——覺新、覺民、覺慧，老三覺慧最激進，最先出走，是破壞舊家庭的先鋒。在當時，敢於破壞舊家庭制度，就是敢於破壞社會舊秩序，敢於革命。許多青年就是因為讀了巴金的《家》，而與舊家庭決裂，走向革命。大哥覺新則在新舊家庭倫理之間徬徨。他是二十世紀中國最後的「孝子」，始終在新與舊、情和理、家庭傳統與社會革命之間搖擺與矛盾。他承受着家庭裂變的全部痛苦，象徵着新時代中舊倫理的困境。

三、個人對舊家庭倫理的反叛

高覺新在新舊倫理衝突中的徬徨與矛盾，是「五四」運動之後的普遍現象。「五四」摧毀了舊道德，批判了「孝道」，批判了對婦女的壓迫，但是家庭還必須存在。新家庭揚棄了「三綱五常」、「三從四德」，那父子、夫妻又該是怎樣的關係？該遵循甚麼樣的新道德原則才能達到新的家庭和諧呢？

即使在「五四」運動中，魯迅等啟蒙家也提出問題：鼓動娜拉走出家庭，可是娜拉出走後怎麼辦？她們如果不能自己解決吃飯問題，該怎麼辦？還有，舊家庭以長者為本位，父親是「老大」，那麼，兒子還要不要盡孝道？還要不要承擔起照顧老人、撫養老人的責任和義務？「五四」後，婦女的自由度增加了，兒子的自由度增加了，但怎樣才是個體價值的實現？

舊家庭有舊家庭的困境，新家庭有新家庭的問題。前邊我們講過「五四」運動期間高舉「非孝」大旗、反對「孝道」的先鋒施存統，後來卻發生另一番故事。我在《施光南紀事》一文中寫道，我的好友、當代著名的音樂家施光南（已故），正是施存統的兒子。施光南不僅是個大才子，而且是個大孝子，他知道父親寫過《非孝》這篇文章，卻不接受父親的理念，仍然非常孝敬父親。他父親早在一九七零年就去世了，可是，一九八七年，某報紙發表了一篇回憶錄，記載了一位元帥說過的話，說施存統在一九二七年因白色恐怖而「變節」。施光南認為這是對父親的誤解，其父只是退黨而不是叛黨，因為他沒有出賣戰友和出賣組織的行為。於是，施光南義憤填膺地給黨中央寫了為父親澄清事實的「陳情表」，並讓我幫助潤色。施光南為父親「陳情」也是個體價值的一種表現。這一事例說明了，「孝道」並不僅僅是個理念問題，不是幾篇批判文章可以批倒、批垮的。毫無疑問，新家庭仍然應當維持孝道，這不僅是維護家庭和諧的必要原則，也是實現個人生理情感的自我需求。我們贊成魯迅對二十四孝圖即對病態孝道的批判，但仍然要尊重父親母親，仍然要盡孝道，盡家庭義務。在盡孝道的過程中，我們感到愉快，感到心安理得，這正是價值。也就是說，在新的倫理體系中，仍然不能完全排斥舊倫理中一些合情合理的原則與規範。當然，也不能照搬舊倫理的全部原則。照搬，就意味着倒退。時至二十一世紀的今天，如果還堅守「三綱」及「三從」，那不僅是落伍，而且是可笑。

四、愛的源泉與中西文化的差別

講述過去，畢竟還是為了今天。對於今天，最重要的是尋找和確立「個人與家庭」的合情合理的新關係原則，或稱新的倫理原則。為了從宏觀上把握這種原則，我們不妨再重溫一下中國文化與西方文化的區別，以便吸收中西兩種文化的長處，既建構新的家庭，又實現個體價值。

中國文化與西方文化確有很多差別。從近代啟蒙思想家嚴復、梁啟超開始，一直到「五四」文化啟蒙家，總是在談論兩者的區別，並給我們留下許多啟迪。今天我們不可能詳盡地加以介紹，只能借助他們的思想作些自己的闡發。我們認為，中國文化與西方文化最大的區別大約有如下幾點：

（1）中國文化從血緣開始發生，從而形成祖先崇拜的宗法文化；西方文化從上帝那裏發生，從而形成上帝崇拜的宗教文化。前者可稱為縱向文化，後者可稱作橫向文化。

（2）與此相關，中國文化是「一個世界」的文化（人世界），西方文化是「兩個世界」的文化（人世界與神世界，此岸世界與彼岸世界），或者說是兩個世界並置的文化。這是李澤厚先生的概說。

中國文化正因為只有「一個世界」，所以人生立足點就不放在宗教所展示的「天堂」裏，而放置在現實世界的「家庭」中。中國人把「家庭」視為人生唯一的避難所、庇護所，視為唯一的天堂。

（3）與上述兩種文化的差異相關，西方把上帝視為愛的來源、情的來源，以「聖愛」為其他愛的總根，父母之愛也在「聖愛」之下。這種愛呈現的是由遠而近的走向。而中國文化則把父母之愛視為愛的第一源泉，中國人反對基督教的最主要理由是說它「無君無父」。曾國藩聲討太平天國的《討粵檄文》，並不是聲討太平軍企圖推翻朝廷，而是聲討它摧毀了中國文化的千年倫理體系，也就是無君無父。既然把父母親當作愛的源泉，那麼家庭倫理中的「孝道」、「三綱」之理自然就天經地義了。

（4）中西方還有一項最根本區別，就是前邊已提過的，中國文化重在講「合情」，以情為本體；而西方文化則重在講「合理」，以理為本體。西方政治以「正義」為目標、為理想，就因為它只講「合理」；而中國政治以「和諧」為目標、為理想，則因為它講「合情」。為了情，為了讓父母高興，讓妻子兒女高興，做一些違背常理的事也是可以的。例如，敬祝父母福如東海、壽比南山，敬祝父母萬壽無疆，這完全合情，但不合事實與邏輯。中國女人為了表示對丈夫的敬愛，給丈夫端來飯菜的時候把托盤舉得很高，竟會「舉案齊眉」，舉到「齊眉」的高度，這也是合情而不合理。魯迅嘲諷老萊子娛親，嘲笑年紀很大的老萊子為了讓父母高興（博父母一笑），裝作小孩跌倒，說這是「把肉麻當有趣」。但從另一方面說，這也是雖不合理，但還合情。

中國文化講合情，所以給個人帶來更多的家庭溫馨，也帶來家族內的相互支援，從而為社會減少了一部份負擔與壓力。例如，中國人的失業壓力就沒有西方人的失業壓力那麼大。因為在中國，一個人失業，不等於一家人失業，失業的個體，還會得到家庭的支援。西方父母親到成家的兒子兒媳婦家裏吃飯，還要算錢，這實在少了幾分人情溫馨；父母老了之後住養老院，兒女不管，能到養老院看望一下就不錯，這在中國人看來也極不合情。

中華文化已有三千年的歷史，它之所以不會滅亡，其根本原因恐怕就在於它大體上合情又合理，無論是家庭社會，還是個人心靈，都形成一種「情理結構」。但在這種長處之中，也有很大的問題。最根本的問題是缺少西方「人人生而平等」的核心價值，這種平等當然包括父與子、夫與妻、兄與弟在人格上的平等。平等理念之下是父與子、夫與妻的相互尊重，兩者之間沒有優劣之分，沒有綱目之別，沒有一方對另一方的主宰和統治。家庭中的每一個體，儘管角色不同，但都擁有人的尊嚴與人的價值。這一點，雖是西方文化的基本精神，但也符合中國文化的情理結構。我認為，家庭的價值理性，家庭真、善、美價值的實現，「人格平等」的原則是不能丟失的。在此原則下，我們對於傳統道德的優秀部份便可以自由地「拿來」，那些不平等的部份自然就會消弱，家庭與人生自然也就愈來愈美好。

第五講　個人與自我

叔本華和高行健關於自我的認知，是迄今為止人類對自我最清醒、最深刻的認知。這種認知不僅讓人懂得謙卑，而且讓人懂得創造人生意義和實現個體價值必須從正視自身人性的弱點開始。甚至可以說，人生意義的實現，其第一步就是對於自我擁有一個清醒的意識。把這一觀念進一步簡化，便是：意識即意義，清醒即價值。

一、自我的價值結構

個人不等於就是自我。自我是指個人的人格系統。一個民族會形成集體人格，通稱為「民族性」或「國民性」，魯迅就是研究中國集體人格的偉大作家。民族要自我認識，就得了解自己的民族性。如果說民族性是集體人格，那麼個性的核心內容則是個體人格。優秀人格的塑造，是實現自我價值的根本途徑。個體價值的內在源泉，就在於此。

關於自我的研究，二十世紀弗洛伊德取得了劃時代的突破。他第一次揭示個體的人格結構系統包括三個層面，即「本我、自我、超我」。「本我」是指個人本能，它反映人的原始需求。人有各種本能，例如性本能、食本能、攻擊本能、貪生本能、畏死本能等。弗洛伊德認為，性本能是本能系統中佔主導地位的本能。「自我」則是指人格系統中的理智之我，負責決斷各種行為的我。這部份「我」的功能是尋求「本我」的原始需求與社會生存規則的平衡。而「超我」則是理想之我和良知之我，它超越「本我」的原始需求和「自我」的安全需求而追求完美完善，追求理想。但是因為它的要求更高，所以就往往帶來煩惱和不安。「超我」的理想與渴望倘若未能實現，就會埋入潛意識之中，而以夢的形式出現。《紅樓夢》的「夢」便是曹雪芹的渴望、期待以及夢想被壓抑之後而浮現出來的審美形式。按照弗洛伊德的學說，文學往往是性壓抑的產物。但中國的許多偉大文學作品如屈原、杜甫的作品，卻很難用「性壓抑」來解釋。他們的悲喜歌哭，多半是良知壓抑的結果。而良知壓抑也是「超我」的功能，它是人格的高級呈現。

弗洛伊德把人主體內部劃分為「本我、自我、超我」，這很了不起，但這種劃分基本上是靜態的劃分。後來高行健把主體內部劃分為「你、我、他」三坐標，然後讓三者展開對話並形成複雜的語際關係，這就把人格結構動態化了，這又是一個劃時代的創舉。值得注意的是作為第三人稱的「他」，相當於弗洛伊德的「超我」。「他」往往是「你」和「我」的觀察者與評論者，有這個「他」在，「你」和「我」就更為冷靜。

除了弗洛伊德之外，關於自我的研究，最值得重視的應是美國心理學家馬斯洛。他的人本主義心理學理論，可視為「超我」理論的完善化。他的學說描述了一個人類需求的金字塔。這個塔的底部，是較低級層次的生理需求，這相當於「本我」的需求；往上高一些的需求是安全需求、歸屬需求、情感需求，這相當於「自我」的功能；而比這些需求更高的是認知需求、審美需求和自我實現的需要，這部份實際上就是「超我」的需求。個人生命價值的最高實現，就是自我實現。馬斯洛指出，自我實現者具有這樣的生命特徵：富有敏銳的認知能力、判斷能力，富有創造性與獨立性，而且在其人生中一定會經歷多次「高峰體驗」，在此種體驗中，他會把自己的潛力充份發揮，會完全超越平庸的自我而獲得高度的幸福感與成就感。個人的價值往往就在高峰體驗中得到充份的實現。有一些作家、詩人甚至科學家在談論自己的發現、發明時，總是講靈感的神秘與靈感的推動。這種靈感衝擊就是高峰體驗。馬斯洛發現「高峰體驗」是一種巨大的心理現象，也是一種心理事實，它對人的心理健康有可能產生積極影響，但他沒有說明這種心理現象來自何方。事實上，這種現象不可能是先驗現象，它倒是與卡西爾所說的「勞作」，即人的創造性實踐有關。只有在創造性的工作中，在持續不斷的精神生產中，才可能獲得此種體驗。禪宗的「頓悟」一派所強調的瞬間感悟，也是一種神秘的高峰體驗，它的發生正如辛棄疾詞所言：「眾裏尋他千百度，驀然回首，那人卻在燈火闌珊處。」驀然回首的瞬間，發現了尋找千百次的那個目標，這就是高峰體驗。然而，如果沒有千百次的尋找，千百次的閱歷，這種發現是不可能的。所以對於禪的頓悟，也曾有「憑空而悟」或「閱歷而悟」的爭論。我想，還是「閱歷而悟」較有道理。關於這一點，我們學校的許多科學家一定可以作證，而我們在座的同學，將來恐怕也會有所體驗和有所證明。既然必須仰仗「閱歷」而悟，那麼，頓宗與漸宗所持的兩端（一端強調漸修，一端強調頓悟）便各有道理。我們則可採取中道立場，既肯定量變又肯定質變，既肯定漸進又肯定飛躍，既肯定修煉功夫，又肯定高峰體驗。這恐怕也是自我實現、個體生命價值實現的切實道路。

二、自我實現的基本途徑

自我實現有時是瞬間的高峰體驗，但又是一生不斷努力、不斷奮鬥的過程，就像悟道，有小悟，有中悟，有大悟，有徹悟，但都不是一次性感悟，一次性完成。悟道沒有止境。雖是如此，但又必須承認，人生旅程中確實可能會有多次大徹大悟，多次發現，多次發明，那麼，從倫理學的角度就可以提出一個問題：人在得道之後，也就是在自我實現之後，應採取甚麼態度？關於這個問題，東方與西方有兩個大思想家作出截然不同的回答。

一是西方尼采的回答。他的哲學體系回答說，一旦得道，人就變成「超人」，即可以超人自任。這一答案影響了二十世紀無數人的人生，許多政客想當超人而變成狂人，如希特拉。也有許多藝術家也想當超人，於是便橫掃傳統的一切，宣稱一切從零開始，以自我代替上帝。這種自我當然是浪漫的自我，膨脹的自我。二十世紀出現了許多小尼采，從膨脹的自我變成瘋狂的自我，也就是瘋子。我把「超人」理念視為自我的地獄。「超人」以「重估價值」、「重整乾坤」、「改造世界」誤導人們走火入魔，於是，它就變成黑暗的地獄。

二是東方慧能的回答。作為禪宗六祖的慧能（也包括他之後的許多禪宗大師），他的回答則是：得道成道之後還當「平常人」，回到平常心。這種平常人與平常心，不是弗洛伊德的「本我」。慧能不是回到本能，而是把弗洛伊德的「超我」化作「忘我」與「無我」。也就是把理想之「我」具體化為與天地同在、與萬物不二的大慈悲之「我」，這完全不同於「我相」、「人相」，更是不同於「超人相」、「英雄相」、「聖者相」、「領袖相」。平常人，才是真實的人，有血有肉的人，有長處也有弱點的人，世界其實是平常人所支撐的。

平常人守持「平常心」，就意味着：

既不自辱，也不自大；
既不自卑，也不自戀；
既不自悲，也不自負；

既不自閉，也不自售；
既不自貶，也不自誇。

在過去的一百多年裏，我們向西方尋找自我實現的真理，也借鑒過尼采的「末人—人—超人」的理念，但是，今天我們卻要提出一個問題：到底是尼采的「超人」符合卓越人格，還是慧能的「平常人」符合卓越人格？同學們可以自己作出判斷與選擇。

三、破「我執」與對自我的清醒認知

慧能乃至佛教的整個體系，都在強調打破「我執」與「法執」。所謂「我執」，乃是假我之執，而非真我之執。假我之執，是固守自己主觀認定的一切，包括固守自我的偶像，自我的「癡、迷、貪、嗔」等妄心妄念；所謂「法執」，則是固守陳規，固守舊套，固守佛門教條和世俗教條。我們今天先討論打破「我執」。

如何打破「我執」，東西方均有許多論述，而近年來，在文學上獲得巨大成就的高行健，則通過他的小說、戲劇和理論給我們提供了最富有震撼力的思想啟迪。他的所有思想和創作都集中於一點，這就是對自我應有一個清醒的認知，而這種認知是最深最難的認知。高行健連結古希臘哲學家蘇格拉底所提出的最根本的哲學問題：「認識你自己。」這是對人類集體的認識，也是對每一個體的認識，高行健側重於後者。

高行健一再對我說，人有兩隻眼睛，應把一隻用於「觀天下」，一隻用於「觀自我」。他通過作品説明，自我實際上是一座地獄，而且是最難衝破的地獄。他在一九八九年發表的劇本《逃亡》，展示的正是這一主題。劇中的那個冷靜的、清醒的「中年人」告訴逃亡的學生：你們可以從政治專制裏逃亡，但很難從自我的地獄裏逃亡，這座地獄將時時跟着你，一直跟着你走遍天涯海角。當時有人誤解此劇為政治戲，其實完全是哲學戲。

高行健在其他劇本裏還一再表述這一思想，認定「自我具有一切惡的可能性」，戰勝這些惡，掃除主體的黑暗，是最困難的事。這種思想與王陽明的「破山中賊易，破心中賊難」是相通的。

高行健在強調對自我的清醒認識中有兩點特別值得我們注意：

1、自我的無知

《一個人的聖經》中的主人公，在「文化大革命」中充當激進造反派，好像很無畏，其實，無畏來自無知，即所謂「無知者無畏」。所以，當工宣隊審查他、判定他為「跳樑小丑」時，他欣然接受，認定自己正是無知的跳樑小丑。

認識到自己的「無知」，正是知的開始，也是一個人的生命價值實現的開始。關於蘇格拉底，有一個著名的故事。他的學生到神廟裏去請示神，詢問誰是最聰明的人。神告訴他：最聰明的人就是你的老師。學生非常高興地向老師報告此事，這時，蘇格拉底鄭重地告訴學生：你知道老師為甚麼最聰明？因為他比其他人多懂得一件事，即知道自己是無知的，而其他人卻不知道自己無知。蘇格拉底這是在教導學生：人貴自知之明。自知其無知，乃是真知；自明其未明，乃是真明。一個人的真價值，並不在於自吹自己知道很多，而是自明自己只是知識淵海中的一滴水，大宇宙中的一粒塵埃，「恆河沙數」中的一粒沙子。

2、自我的脆弱

除了認識自我的無知之外，還應當認識自我的脆弱。高行健在《夜遊神》等劇本中呈現的自我，既經不起壓力，也經不起誘惑；既經不起挫折，也經不起成功；既經不起逆境，也經不起順境；既經不起貧窮，也經不起富貴；既經不起質疑，也經不起讚揚。許多英雄豪傑，在一個紅包、一個美人、一顆糖衣炮彈面前就垮掉；許多才子佳人，在一次失戀、一次誤解、一次委屈之後就分崩離析，甚至以自殺來自我了斷。

人類的力量有限，個體自我的力量更是有限，所以不可有充當救世主等妄念，不可無限制地膨脹自我以至於以超人自居。現在有些所謂「公共知識分子」，動不動就申斥別人，把自己的道德見解標準化、權威化，甚至把自己打扮成「社會良心」、「社會正義」的化身，但從未想到自身（自我）也是一片渾濁。在「正義」的幌子下，背後燃燒的完全是人性的慾望，即充當領袖的慾望。

高行健的思想比較接近叔本華。叔本華在悲觀表述的背後是對自我最清醒的認知。在基督教認定人有「原罪」（人有問題）之後，西方對於人的發現實際上有兩次。一次是文藝復興時期發現人的優越、人的偉大、人的精彩、人的了不起；另一次發現是發現人的荒誕、人的脆弱、人的黑暗，即人沒有那麼好。以往的歐洲史家，只講頭一次發現，未講第二次發現。我們也往往誤認為西方只有一次人的發現，忘了另一次發現。第二次發現的哲學代表就是叔本華，他發現人被自己身上的一個頑固不化的撒旦（魔鬼）所控制、所掌握、所主宰，這個魔鬼就是人的慾望。慾望永遠不會止歇，舊的慾望滿足了，新的慾望而且是更大的慾望便會接踵而至，人在慾望的驅使下，左衝右撞，但始終是慾望的俘虜，慾望的人質。也就是說，始終無法解脱魔鬼的糾纏，所以說，從根本上說，自我是脆弱的，他在慾望面前總是個失敗者。

叔本華和高行健關於自我的認知，是迄今為止人類對自我最清醒、最深刻的認知。這種認知不僅讓人懂得謙卑，而且讓人懂得創造人生意義和實現個體價值必須從正視自身人性的弱點開始。甚至可以説，人生意義的實現，其第一步就是對於自我擁有一個清醒的意識。把這一觀念進一步簡化，便是：意識即意義，清醒即價值。

第六講　個人與宗教

我們可以認定：宗教的本質乃是心靈。這個結論的尖銳性在於，確認宗教的本質不是「神靈」，而是「心靈」，但又承認心靈的虔誠可以與神靈相通，即中國所說的「誠能通神」。

一、我對宗教的基本態度

（1）我不是任何宗教的教徒，但尊重宗教。

宗教的存在在人類社會中是一個偉大的存在，無法抹殺的存在。宗教只能自然地興衰，無法人為地打倒。基督教的十字軍東征和伊斯蘭的「聖戰」都打不倒他者。

西方的宗教覆蓋一切，不管你信不信，你都得面對宗教。連無神論思想家、哲學家，他們的體系也不能不面對「神」、面對「宗教」思索。不管信不信上帝，新當選的美國總統都必須手按着《聖經》宣誓，宣告接受上帝（另一種眼睛）的監督。尼采宣佈「上帝死了」，還得說明死的理由。

（2）我支持宗教自由，也支持不信教的自由。信教無罪，不信教也無罪。

（3）我尊重有組織的上帝（教會），但更尊重孤獨的上帝（可直接與上帝對話）。我能理解眾生燒香拜佛的行為，但個人只相信佛就在自己身上，佛性全靠自己開掘。

（4）我以愛因斯坦為楷模。他是二十世紀人類世界最偉大的科學家，也是最偉大的理性主義者，他雖然沒有皈依上帝，但有很強的宗教情結。因為對他來說，重要的不是有意志、有人格的上帝存在不存在，而是人需要不需要有所「敬畏」。

因此我們的課堂不是「佈道」，不是「唸經」，不是宣講宗教知識，而是探討個人價值與生命敬畏的關係。

二、「敬畏」才是價值之源

今天我講的總題是大題目，分題也是大題目。我之所以敢講，實在是不得不講，但是不是一種因為「無知」而產生的「無畏」，只能由同學們來鑒定。

關於宗教的本質，歷來就爭論不休。有神論者與無神論者們幾乎是你死我活的爭論且不說，即使是在無神論的哲學家、思想家中，也是眾說紛紜。我們自身經歷過的教育，就有的說宗教是鴉片，是麻醉劑，是騙局。關於上帝，有的說「有」，有的說「無」；更極端的是認為，不是上帝造人，而是人造上帝。後一論點是說人因為脆弱與虛空，所以要造出一個上帝來安慰自己。不用說無神論思想家各行其念，就連很多宗教內部也因為看法不同而吵鬧不休，甚至爆發戰爭。基督教到了近代就分解為天主教、東正教與新教三大教；伊斯蘭教至今還有什葉派與遜尼派的戰爭；而佛教，不僅有大乘、小乘之分，而且有八宗之別（在中國），即三論宗、天台宗、華嚴宗、淨土宗、法相宗、律宗、密宗、禪宗。

還有一個涉及宗教本質的大題目——宗教是不是科學的敵人？宗教與科學是不是勢不兩立、水火不容？這個問題在愛因斯坦之前，認定「是」的恐怕佔多數，而愛因斯坦之後，則讓許多人覺得「不是」。最偉大的科學家都認為不是勢不兩立，都可以尊重上帝、尊重宗教，那我們這些非科學家為甚麼還非得視上帝為仇敵呢？愛因斯坦的巨大行為語言值得我們思考，這也是我要講解的重點。

前邊我已說過，對於愛因斯坦，重要的不是上帝是否存在，而是人需要不需要有所「敬畏」。

我認為，「敬畏」才是關鍵，「敬畏」才是價值之源。

「敬畏」，就是承認人之外有一種比人更高、更神聖的存在，這是比人更偉大的另一種秩序、另一種尺度、另一種眼睛。用人的眼睛常常無法真正認識人，用比人更高的眼睛才能認識人。所以佛教才講「天眼」、「佛眼」，道教才講「道眼」，愛因斯坦才講「宇宙極境眼睛」。在天眼、佛眼看來，人不過是「恒河沙數」裏的一粒沙子（參見《金剛經》）；在宇宙極境眼睛裏，人不過是一粒塵埃。

「敬畏」不僅承認人身外有比自己更偉大的存在，而且認定這一存在無須實證，因為它看不見，既無法證明，也無法證偽，但它又可以感受得到，只要你把它放在心中，它就與你同在。

康德是西方最偉大的哲學家之一，他從不宣告自己是有神論者還是無神論者，也從未皈依上帝。但他把上帝視為一種情感，一種心靈。這是一種偉大的見解。有了這一見解，實際上就創造了他的四大二律背反之外的第五項二律背反。這一對二律背反應是：

正題：上帝存在

反題：上帝不存在

這兩個相反的命題都符合充足理由律。

說「上帝不存在」，對。因為人們無法用邏輯、用經驗，也無法用眼睛（包括超級望遠鏡）證明上帝的存在。

說「上帝存在」，也對。因為如果把上帝視為一種情感，一種心靈，它就存在，它就在我們的心中，它就覆蓋我們的一切。

孔子一方面說「敬鬼神而遠之」，另一方面又說「祭神如神在」，其思想也有類似的悖論，也是把神當作一種情感與心靈，一種形而上的假設。

佛教傳入中國，特別是到了中國的禪宗第六代宗師慧能，全部教義已簡化為一個「心」字。不是風動，不是幡動，而是心動。一切都由心生。佛就是心，心就是佛。佛不在寺廟裏，而在人的心靈裏。講的是徹底的心性本體論。慧能的《六祖壇經》說「自性迷，即是眾生；自性覺，即是佛」，所謂「覺」，就是心靈在瞬間抵達「真理」的某一境界，在心中與佛相逢，並與佛同一、合一。

綜上所述，我們可以認定：宗教的本質乃是心靈。這個結論的尖銳性在於，確認宗教的本質不是「神靈」，而是「心靈」，但又承認心靈的虔誠可以與神靈相通，即中國所說的「誠能通神」。

三、社會性道德與宗教性道德

如果不把宗教的本質視為「神靈」，而是視為「心靈」，那麼，面對宗教，最重要的就不是「神拜」，而是「心覺」；不是偶像崇拜，而是心靈自覺；不是神靈決定一切，而是心靈狀態決定一切。

關於這點，慧能早就認識到，只是他不能像我們今天這樣直截了當地表述。但他的「迷即眾生，覺即佛」，很明顯地就是以心覺代替佛，把佛教的外三寶（佛、法、僧）轉化為內三寶（覺、正、淨）。慧能把佛落實於「心」，把「心覺」視為佛的實現，這是很了不起的偉大的宗教改革。儘管闡釋佛教與禪宗的著述很多，但真正看到這是一場偉大的宗教改革的人並不多見。禪宗相當於馬丁·路德創立的新教。新教揚棄天主教的許多外部形式，讓信徒直接與上帝對話，重心實際上已從神覺轉為心覺了。

我認為，心覺是一種根本性的價值實現。它認定，人的心靈可以與上帝、基督、釋迦牟尼等達到神聖的同一與合一。於是，我們的行為、我們的道德便是一種絕對道德律令，我們稱這種道德為宗教性道德。

李澤厚先生把社會性道德視為民族、國家、集團、黨派對人的客觀要求，帶有強制性與服從性；而宗教性道德則是生命個體的自覺要求，它不是「我必須」，而是「我願意」，即不是不得不為，而是「我願意為」，我自覺地選擇如此為。李澤厚如此區分兩者的異同：

> 「宗教性道德」和「社會性道德」之作為道德，其相同點是，兩者都是自己給行為立法，都是理性對自己的感性活動和感性存在的命令和規定，都表現為某種「良知良能」的心理主動形式：不容分說，不能逃避，或見義勇為，或見危授命。其區別在於：「宗教性道德」是自己選擇的終極關懷和安身立命，它是個體追求的最高價值，常與信仰相關係，好像是執行「神」（其實是人類總體）的意志。「社會性道德」則是某一時代社會中群體（民族、國家、集團、黨派）的客觀要求，而為個體所必須履行的責任、義務，常與法律、風習相關聯。前者似絕對，卻未必每一個人都能履行，它有關個人修養水平。後者似相對，卻要求該群體的每個成員的堅決履行，而無關個體狀況。對個體可以有「宗教性道德」的期待，卻不可強求；對個體必須有「社會性道德」的規約，而不能例外。一個最高綱領，一個最低要求，借用康德認識論的術語，一個是範導原理（regulative principle），一個是構造原理（constitutive principle）。

李先生還說，你出生在一個沒法選擇的「人類總體」的歷史長河中，是這個「人類總體」所遺留下來的文明、文化將你撫育成人，因此你就生而欠債，就得隨時準備獻身於它，包括犧牲自己，這沒有甚麼道理可說，只有絕對服從，堅決執行，這就是宗教性倫理，也即所謂「良知」、「靈明」和「絕對道德律令」。但是，歷史行程總是具體的，所謂「人類總體」又離不開一時一地即特定時代、社會的人群集體，因此，絕對道德律令的具體內容又常常來自具體的時代、社會、民族、集體、階級等背景、環境，因而便與特定群體的經驗、利益、幸福相互關聯，帶有極大的相對性。由此也產生相應的倫理法則和道德原則。

這就是說，宗教性道德包含着以下幾種特徵：

一是自覺性，它是自己選擇的終極關懷。

二是絕對性，即屬於絕對的倫理主義，即人一出生就應當擔負的絕對義務，也稱作「絕對道德律令」。

三是至高性，即體現個人道德追求的最高價值。

與宗教性道德相應的社會性道德，則不帶自覺性，它一方面是具體時代、社會、民族、群體的強制性要求，另一方面是個人必須服從的規約、法則。這些規約、法則又隨着歷史的變遷而變遷，因此，又帶有相對性。最後，它不是宗教性道德的行為「最高綱領」，而是行為的底線。

因此，社會性道德體現為法律責任、行為準則，而宗教性道德則體現為良知責任、良知命令。「文化大革命」之所以不能肯定，因為它不僅違反了人道原則，傷害了千百萬民族精英，而且摧毀了中國的良知系統。而良知系統的摧毀，必定帶來兩個根本性的嚴重後果：

一是喪魂失魄，不知心靈方向。沒有良知系統的引導，就會變成做甚麼壞事全都天經地義。

二是造成流氓、痞子的興盛與橫行。既然沒有良心，那就甚麼都不怕，即無所「敬畏」。人一旦失去敬畏，就會走向流氓化、痞子化，最後喪失人禽之辨而禽獸化。

現代社會是人慾橫流的社會，要維護社會的健康，必須仰仗三樣東西：一是完善的法律系統，這是依據構造原理而給社會秩序的一種保證；二是民間道德系統，這是媒體所擔負的對社會成員行為規範的監督；三是宗教情操，這就是良知系統即社會的範導系統。美國也是一個人慾橫流的社會，它有活力，但又有序不亂，靠的正是這三樣東西。

第七講　個人與自然

人不斷追求知識、追求功名、追求財富、追求權力，最後卻忘了剛來到地球時本來是一個自然生命，一個嬰兒，一個質樸的存在，一種赤條條的自然。

一、「自然」的雙重內涵

我們在這裏所講的「自然」，包括外自然（即天地、河海、山川、草木、獸禽等大自然）與內自然（個人身內的人性，即生命自然）。

個人與自然的關係，在中國文化體系中，一直是一個重大主題。中國的儒道之分，「儒」側重於社會哲學，「道」則側重於自然哲學。儒的方向是「自然的人化」（理性化）；道的方向則是在完成「自然的人化」之後，又求索人如何與自然融合，如何求得大自由、大自在，即如同大自然一樣不受管轄，不受主宰，不被異化，所以其方向是「人的自然化」。《道德經》中講「人法地，地法天，天法道，道法自然」，就是「人的自然化」路線。而所謂「復歸於嬰兒」、「復歸於樸」，也就是復歸自然，實現「人的自然化」。人不斷追求知識、追求功名、追求財富、追求權力，最後卻忘了剛來到地球時本來是一個自然生命，一個嬰兒，一個質樸的存在，一種赤條條的自然。人追求物質享受，卻為物所役；人製造機器，卻被機器所統治；人追求財富，卻被財富所主宰；人追求功名，卻被功名所變形。人被人自己製造的東西所控制，這就叫作「異化」。道家自然哲學就是反異化的哲學。莊子在兩千三百年前就發現了人被異化的悲劇，這就佔領了自然哲學的制高點，很了不起。但是，「人的自然化」必須在「自然的人化」之後進行，或者說，「自然的人化」是「人的自然化」的前提。我們總不能對着未經世事的少年兒童講

「復歸於嬰兒」。所以我認為，老莊哲學屬於老年哲學，至少是成年人哲學。人處於兒童時代和青少年時代時，首先必須接受「自然的人化」，這是一個「克己復禮」的過程，即克服本能、克服動物性和自然性的過程。西方哲學老是講自由意志。所謂自由意志，就是這種「克服本能」、「克服自然」的能力。個體存在在生命初級階段要想實現自我價值，就必須具備這種克服能力。儒家學說就告訴我們如何實現這個過程。孔子是偉大的教育家，他明白，必須通過教育使個體生命理性化、規範化，個體生命必須懂得遵守社會所規定的基本行為規範，必須把這些規範內化為自身的自覺要求（即道德要求）。但是，如果個體生命只知服從規範而不知自我創造、不知個性飛揚，那也沒有出息。在《紅樓夢》中，我們看到的父（賈政）與子（賈寶玉）的衝突，實際上就是「自然的人化」和「人的自然化」的衝突。父親要求兒子理性化、規範化，這本是對的，但他要求得太苛、太嚴、太死板，還要求兒子八股化、仕途化，走一條讀書做官的道路；但賈寶玉卻不願意這樣做，他也讀書，但喜歡讀詩詞一類的書，他希望自己的自然生命得到尊重，他要愛其所愛，要追求真誠的戀情。賈政與賈寶玉的衝突，不是「代溝」，即不是兩代人的衝突，而是「自然人性化」和「人性自然化」的永恆衝突。

前邊已對中國文化的兩大主脈即儒之脈與道之脈的衝突內涵作了概說，認為孔孟一脈是重倫理、重教化、重秩序，而老莊一脈則是重個體、重自然、重自由。兩脈確實可以「互補」。孔子把人的教化、理性化、規範化講得嚴嚴實實，便沒有自我飛揚的空間。莊子補充了這一空間，使人的生活更有詩意。但是，人不能僅是逍遙，他還必須生存，必須謀求溫飽、發展，必須遵循社會必要的規則規範，因此，光有莊子不行，還得有孔子；而光有孔子也不行，還得有莊子。

二、個人對待自然的態度

世界進入現代社會後，對待自然的態度發生過巨大的迷失。這個迷失從兩個方面發生。一方面是對待外自然（大自然）的態度。中國人雖然早就有「人定勝天」的觀念，但主流文化還是倡導「天人合一」與「天人和諧」。而進入現代化歷程之後，卻過度地向大自然索取資源，並片面地發展「人定勝天」的理念，到了一九五八年，連在「五四」運動時寫作《地球，我的母親》的詩人郭沫若也鼓吹「向大自然開戰」。那個「大躍進」時期，為了通過大煉鋼鐵超英趕美，竟然濫砍山林。這種「向大自然開戰」、向大自然索取的理念，在西方工業革命時期和現代化時期也甚囂塵上。西方的生態意識一直到了二十世紀下半葉方才覺醒。德國以保護生態為旗幟的「綠黨」成立於一九七九年，它標誌着保護大自然已成為人類生存的一大中心意識。中國的生態意識正在覺醒中，但還沒有成為主流意識。

另一方面的迷失，是對內自然開戰。在我國，最典型的事例便是對「人性論」展開批判。所謂「內自然」，就是生命自然，就是人性。人性也只能愛護和因勢利導，不可以人為地壓抑、破壞和歪曲。政治運動的最大問題就是既調動「人性惡」，又人為地把人性底層那些基本訴求全部摧毀，包括對真、善、美的訴求，說真話的訴求。所謂「改造思想」，就是強行要求人們接受某些觀念；所謂「鬥私批修一閃念」，就是強行要求人們打破和熄滅內心深處僅存的一點隱私，一點人性幽光。在上世紀五、六、七十年代裏，強迫人們表態、交代、揭發、檢舉，都是對生命自然的巨大破壞。這不僅是對生命的直接摧殘，而且還造成一兩代人的價值混亂。

三、內自然的制衡

我們在譴責對內自然進行扭曲的時候，也同時發現，個人內部自然是一個極為複雜的世界，它與外宇宙一樣，也廣闊無邊，也極端神秘。所以內自然也可稱作內宇宙。

這個內宇宙有一個原動力，它推動內自然，賦予內自然以無窮的活力；可是它又是一個撒旦，一個魔鬼。這就是人的慾望。如何看待和對待這個慾望，是哲學家探求不盡的問題。

我國宋代的大思想家朱熹等，把「慾望」視為「天理」之敵，兩者不可共存，所以他提出「存天理，滅人欲」的主張。可是歷史證明，人的慾望不但消滅不了，而且會愈來愈膨脹。當代中國人就是如此，原來人們只要有兩三套衣服就夠穿了，現在擁有二三十套還不滿足，胃口愈來愈大。

理性的思想家發現，人的慾望不可消滅，只能因勢利導。十八世紀西方的啟蒙思想家一再探討慾望，最後他們的共識大體上是如下幾點：

（1）應當承認人的慾望的權利，即承認慾望的合法性，不可消滅。

（2）正視慾望的過度膨脹，它確實會影響個人的身心健康，也會影響社會的健康，因此，對慾望應當有所制衡。

（3）慾望既無法消滅，也不可使之自由氾濫，那麼用甚麼制衡慾望？思想家發現，可以「用慾望制衡慾望」。這就是不同利益集團互相制衡即多黨制的人性原理。比如美國，共和黨與民主黨各自代表某些利益階層、某些慾望集團，那就讓他們論辯競爭，相互監督。

中國三十年的改革，首先就是打開潘朵拉魔盒，把「魔鬼」即慾望釋放出來，允許一部份人先富起來。於是，中國便成了有動力的國家。鄧小平的偉大歷史功勳，也正是他以巨大的膽魄打開了潘朵拉魔盒。可是，他沒有完成另一歷史使命就去世了。那就是對「魔鬼」的制衡。這種制衡體系，外部是靠政治改革，內部則要依靠教育。通過倫理教育、道德教育，也就是通過修身養性，達到制衡。這是我們課程的目標之一。

第八講　個人與死亡

一個窮苦老人偷了一隻雞放在鍋裏燉。香味出來後，有人敲門，老人問：「是誰啊？」敲門者說：「我是上帝，我想吃點東西。」老人回答說：「我不能給你吃的，因為你對人很不公平。」過會兒又有人敲門，老人又問是誰，敲門者說她是聖母瑪利亞，老人又回答：「我不能給你吃的，你對人也不公平。」再過一會兒，又有敲門聲，敲門者說他是「死神」。老人便答應把雞分給死神吃，因為死神平等對待每一個人。

一、正確的「生死觀」

講人生，講價值，離不開個人對待死亡的態度。換句話說，正確的生死觀，也可以成為個人的價值之源。

我們常聽說，「人必有一死」。這就是說，死亡乃是一種「未定的必然」，不能不面對。為甚麼一定要面對呢？因為只有面對，才能更深刻地理解人生，真正明白人生的三個最重要的特點。

首先，應明白人生的「一次性」特點。因為會死，死後不可能復活，不可能第二次出現，所以是「一次性」。當然，這是從科學理性的角度來看。如果是宗教家，他們就不會贊成這種理念。例如，基督教就認為「復活在我，生命也在我」（《聖經．約翰福音》）。他們認定，只要信奉耶穌基督，死了還會復活，還能再次進入人生。

其次，應明白人生的「短暫性」特點，也可以說是「瞬間性」特點。因為會死，人只能存活幾十年，頂多一百多年。這一百年，在宇宙的大時空中，只是一剎那，一瞬間，如燈火一閃爍。所有的「真理」

可能都是相對的，但有一個真理是絕對的，那就是人生太短，時間不夠用。

第三，應明白人生終結的「同一性」特點，即在死亡面前人人絕對平等的特點。也就是說，不管你是帝王將相，還是平民百姓，是才子佳人，還是凡夫俗子，最後都一樣要斷氣，要進入墳墓或火化場。「縱有千年鐵門檻，終須一個土饅頭。」這是《紅樓夢》人物妙玉最喜歡的、范成大所作的詩句。「土饅頭」就是墳墓，死亡的象徵。此詩是說，即使你是千載豪門貴族，也必有一死，無可逃遁。美國一位作家寫過一篇小說，講一個窮苦老人偷了一隻雞放在鍋裏燉。香味出來後，有人敲門，老人問：「是誰啊？」敲門者說：「我是上帝，我想吃點東西。」老人回答說：「我不能給你吃的，因為你對人很不公平。」過會兒又有人敲門，老人又問是誰，敲門者說她是聖母瑪利亞，老人又回答：「我不能給你吃的，你對人也不公平。」再過一會兒，又有敲門聲，敲門者說他是「死神」。老人便答應把雞分給死神吃，因為死神平等對待每一個人。這篇小說說明，儘管人生千差萬別，但每一個人的終點都是「死亡站」。死神平等地對待每一個人，每一個人都不可心存僥倖，都必須面對。

明白人生的「一次性」、「短暫性」、「同一性」等特徵，意義十分重大。它能幫助我們安排好人生，讓我們更清楚地知道該怎樣活，怎樣在有限的人生中活得更好、更有詩意，也能幫助我們進行更正確的價值選擇。

明確「人必有一死」的意義，十本書也說不完，今天，我們只能說幾件與價值觀、人生觀最為密切的意義，講述三點：

（1）明確人生必有一死，人生只是「一次性」、「瞬間性」，那就得相應地明確我們到地球來一回，到底「要甚麼」。是要權力、財富、功名，還是要心靈、品學、人格、尊嚴？前一項重物質，後一項重精神。如果兩項都要，那麼，哪一項是優先選擇，哪一項價值更高？

要甚麼？求甚麼？這個問題才是人生的真問題、大問題，也是人一生的大學問。這不是聽了一堂課或讀了幾本書就會明白的，往往要到十年、二十年、三十年之後，甚至到了死神逼在眼前時才會明白，才會大徹大悟。傳説從馬其頓出發的亞歷山大大帝富有雄才大略，他在年幼時就想征服整個世界，所以從二十歲開始出征各國，打敗波斯，俘虜大流士國王、王后、王妃和公主，最後打到印度。可是年僅三十三歲時，他就染上瘟疫，不治而亡。臨終時，他留下三條遺囑：一是請醫生抬着他的棺柩回國；二是回到馬其頓後把他掠奪的全部珠寶鋪在通向他墳墓的路上；三是讓他的兩隻手伸向棺材之外。他是大哲學家亞里士多德的學生，想以此三項行為告知世界：一是醫生只能醫病，不能醫命，即無法阻止死神的到來，哪怕貴為一代天驕、三軍統帥，也得接受死亡；二是儘管征服了無數土地，獲得無數珍寶，但一顆也帶不走，一切都只能供人們在腳底踩踏；三是我兩手空空來到這個世界，來時空空，走時也空空。千軍萬馬，千花萬卉，征服、勝利、成功，但最後是凱旋的空無。儘管他是偉大的英雄，但結局與一個普通人一樣，只能歸宿於墳墓。

（2）既然生命短暫，那麼，在有限的時間中，就要「珍惜」。「死去原知萬事空」，人生的價值只能在活着的時候實現，所以要珍惜活着的時間。魯迅到了晚年，總是想着應當「趕快做」，就是得抓緊時間，與死神爭時間。其實，即便在少年時代、青年時代，也得珍惜時間，珍惜每一個早晨，每一個白天，每一個夜晚。曾國藩提出「治家八本」，其中有「居家以不晏起為本」，即不睡懶覺，每天都應當「黎明即起」。這不僅是爭取早晨的一兩個小時的時間，更重要的是保持一種朝氣蓬勃的生命狀態。無論是祖逖的「聞雞起舞」，還是曾國藩的「黎明即起」，都是珍惜生命與激活生命。李澤厚先生從哲學上提升「珍惜」，認為不可把「珍惜」視為一般性詞彙，而應該視為「人生哲學」的大範疇。他說要給「珍惜」加上一個定語，叫作「時間性珍惜」，意思是說時間很快就會過去，一旦消失就不會再出現。每個人都應有「時間性珍惜」的意識。

（3）既然每一個人都得死，那麼，死亡只是早與晚的問題，因此，應當看透死亡，看透「砍頭」、「殺頭」等各種威脅，守持高貴的人格。著名的民族英雄文天祥的千古詩句「人生自古誰無死，留取丹心照汗青」，其所以感人而且給我們永遠的啟迪，正是他把「死亡」與「人格」連在一起。連死都不怕，還怕強敵的威脅嗎？不怕死亡，才能守住丹心，守住氣節，守住人格。能做到「威武不能屈」，就是因為不怕死；許多叛徒之所以成為叛徒，就是因為怕死。

二、面對死亡的哲學思索

如何面對死亡，各種文化，尤其是大文化、大宗教，都有一套自己的哲學。例如，基督教就認為，人死了，但靈魂並沒有死亡；死了的人會進入另一世界，甚至是進入天堂。所以對於親者的死，不必悲傷。

佛教對於生死，則有一套輪迴哲學。它的總哲學觀在《心經》中作如此表達：「不生不滅，不垢不淨，不增不減。」即宇宙萬物都處於不生不滅的循環中。人生也不止一世，人的死亡也許只是對人生苦海的一次解脫，但重要的是要擺脫六道輪迴，避免入地獄，避免轉世時落入畜生道、惡鬼道。要避免，唯一的辦法就是生前修煉，積善積德。

我國的莊子，對死亡的看法與佛教較為相通，也是生死不二。所謂死，只是生轉換為另一種形式。所以他的妻子死了，他不僅不悲傷，反而鼓盆而歌。

面對死亡的哲學，在二十世紀取得了突出的成就、最著名的存在主義哲學家海德格爾關於死亡有以下幾個重大論點：

第一，死亡是一種必然。一切都可能是假的，但死亡一定是真實的。人早晚會死，確切無疑，只是不知道死神何時降臨。

第二，人既然必定要死，生下來就知道將來會死，但還是要生，因此，人生乃是「向死而生」。從終極意義上說，人生之路乃是通向死亡之路。從這個視角看人生，人只是一種走向死亡的存在者，這樣，人生自然帶有很大的悲劇性。

第三，動物只有空間意識，沒有時間意識，而人卻有很強的時間意識。死亡便是時間最重要的標誌。時間具有過去、現在、未來三個向度。人只有面向未來即死亡，此刻的存在才能充份展開，人生的意義才能充份展示。在第二次世界大戰的戰場上，人們發現許多納粹士兵身上都攜帶着海德格爾的《存在與時間》。海氏這套哲學，確實能激發士兵向前衝鋒的激情，因為他們都認為，存在的意義只有在死神面前才能充份展開。

海德格爾關於死亡的見解，其哲學思路的方向，與我國的孔夫子正相反。孔子的思路是：「未知生，焉知死？」海德格爾的思路是：「未知死，焉知生？」意思是說，你只有知道人必有一死，人生的時間有限，才能安排好現在還活着的此時此刻。海德格爾非常欣賞曾被遺忘一個多世紀的德國大詩人兼哲學家荷爾德林，他的名言是「人類應當詩意地生活在地球之上」。而要詩意棲居，就得清醒地面對未來（死亡），也要面對過去（虛無），使存在選擇當下，並以一種聚焦的力量展現出來。

海德格爾在《存在與時間》一書中，探討了人如何成為本真的自己。存在主義哲學乃是「成為自己的可能性」的哲學。人作為被拋入世界的存在物，生命脆弱，力量有限，而且總是處於從生到死的地帶中。這種狀態，使得人的內心充滿「煩」，即充滿對他人的牽掛；又充滿「畏」，即充滿內心的恐懼。因此，人便常常陷入「無家可歸」的孤獨之中。而要擺脫這種困境，只能超出現狀，「走出自己」，向未來籌劃。這一哲學，如果用禪來闡釋，便是人要從「我執」中走出來，從「假我」的困境中解脫而回到「真我」，才能擺脱煩惱與恐懼。

海德格爾關於「死亡」的思索和孔子關於「未知生，焉知死」的思索，誰更深刻，可以討論。孔子特別重視此生此世、此時此刻的哲學，也提示人們，「現世」最為重要，要充份熱愛現在的生活。生活得愈美滿，愈知道死亡的可怕；生活得牛馬不如，還不如死了好。關鍵在於「現在」這個維度。中國的輓歌文學特別發達，死時總有大悲傷，這顯然是儒家文化，知道死了甚麼也沒有了，至親的親人一去不復返了，怎麼能不痛哭？

三、「死亡」呈現個體價值的可能

儘管對於死亡有種種不同的見解與哲學觀，但有一點是相同的，這就是認識死亡乃是為了認識人自身，也是為了認識人生的價值到底在哪裏。

迄今為止，全人類都確認生命長久是一種價值。中國人求仙拜佛，其中有一項訴求，便是求長壽。

《紅樓夢》中有兩位典型的「富貴閒人」，一位是賈寶玉，一位是賈母。辦詩社時每個人都得起個號，相當於現在的筆名。薛寶釵給寶玉取了個「富貴閒人」的號，即又富又貴又閒。而賈母除了擁有這三項價值之外，還企求第四項，就是「壽」。她到廟裏燒香拜佛，求的就是一個「壽」字。中國歷史上有名的秦始皇尋求仙藥的故事，講的是秦始皇企圖長生不老，先後派徐福、侯生、盧生等人去求仙藥，求得走火入魔，也是為了一個「壽」字。金庸名著《笑傲江湖》中的日月神教教主任我行，本是草莽英雄，「與教下部屬兄弟相稱，相見時只是抱拳拱手而已」；而東方不敗篡位後，規定跪拜之禮，推行諛頌之辭。任我行被囚十二年後終於逃出生天，快意復仇，誅殺了東方不敗，這時，早已習慣東方不敗式禮儀的前下屬趕緊上前拍馬屁，祝願任我行「千秋萬載，一統江湖」。「任我行笑罵：『胡說八道！甚麼千秋萬載？』忽然覺得倘若真能千秋萬載，一統江湖，確是人生至樂，忍不住又哈哈大笑。」就此聽之任之，欣然接受了本來憎惡的仇敵規定的這句諛頌。可見，沒有人不希望長壽。

其實，「畏死」是人的一種生理本領。現代生命科學曾對投水自殺者進行過研究，最終發現這些決心自殺的人投入水中時還是會掙扎，還是會本能地求生。卡繆說，人為甚麼不自殺，這是最大的哲學問題。對此，我們可加以延伸而提問：為甚麼人會「畏死」？除了本能之外，還有別的原因嗎？例如有無心理原因？

如果說，「畏死」是一種消極的、負面的情緒，那麼從積極的、正面的方向上說，人則普遍有一種戰勝死亡、超越死亡的願望，並為實現這一願望而作了各種努力。我們至少可以看到四條途徑：

（1）通過藥物即通過科學技術延長生命；

（2）通過生育即通過傳宗接代延續生命；

（3）通過犧牲即自我獻身而弘揚生命；

（4）通過創造即通過功業而凝聚生命。

第一、二條好理解。第三條則需要個人作出選擇。「為有犧牲多壯志，敢教日月換新天」，確有一些人為了理想，為了改天換地而赴湯蹈火，勇於獻身，最終成為英雄烈士。這種英雄烈士表現出卓越的人格，具有崇高的價值，值得人們敬仰。這種人格帶有超越黨派也超越時空的絕對性，它是一種道德形式。中國所講的「氣節」也是一種道德形式，也具有絕對價值。在政治、軍事對壘中，敵我雙方都可能出現不怕死、不怕犧牲的英雄。這種英雄出現在敵方的時候，我們會想盡辦法去消滅他，但仍然會尊重他的氣概與人格，因為這種氣概與人格具有超政治、超黨派、超利害關係的獨立價值。

為社會進步、人類進步而犧牲、而獻身的個人，因為其行為的崇高與壯麗，通常被稱作「烈士」。許多紀念碑都是為烈士或英雄而建立的。

犧牲、獻身雖然是「死亡」，但可以界定為「積極死亡」。還有一種死亡則是「消極死亡」，這便是自殺。儘管「自殺」也常帶有積極性質，如在戰敗時不願意充當敵方俘虜而自刎自殺，這也屬於壯烈的犧牲與獻身，但多數自殺行為稱為「消極死亡」可能更為貼切。這種死亡往往是因為「絕望」，與前邊所講的那種因為「希望」（理想）而犧牲的態度不同。例如，屈原投汨羅江，是因為對楚國的黑暗政治感到絕望；王國維投昆明湖，是因為對清末民初的政治感到絕望。絕望中他們以「無」的行為批判「有」的現實，以「死」警示「生」的人群，其行為的內涵十分複雜，所以死後的評價總是眾說紛紜。例如，對於王國維，有人認為是悲劇（被時代拋棄），而有人則認為是壯舉（把時代主動從自己身上拋卻出去）；而對於屈原，則普遍認定是壯舉，是對昏聵現實的抗議，他的投江，給本是詩人的自身更增添了一分詩意。然而，應當特別指出的是，自殺行為往往是怯懦的表現，恐懼的表現，即「畏」的表現，許多自殺行為屬於「畏罪自殺」（即把自殺當作逃避苦難和責任的出路），其中許多是因為缺少承擔的勇氣、道德的勇氣甚至是生活的勇氣。人的成功，不僅需要知識、才能，還需要勇氣，需要韌性，需要征服困難的不屈不撓的精神。那種一見到困難就想逃跑、就想後退、就想一死了之的人，都是沒有出息的人，歷史統稱這種人為「懦夫」。所謂人生，其實就是拚搏。不是拚搏一回，而是拚搏千百回。拚搏中，有勝利，有失敗，有前進，有挫折。升升沉沉，起起落落，乃是生活的常態。所以人間有勝利的英雄，也有失敗的英雄。所謂失敗的英雄，是那些儘管遭遇失敗與挫折但仍然不失其剛勇精神和道德勇氣的人。真正的失敗者，是一擊即潰、未擊先潰、沒有生活勇氣的「懦夫」。所以，人世間所有的偉大價值創造者，除了有「識」之外，還有「膽」，二者兼備，方能構成「境界」，方能走向價值的制高點。

四、超越死亡的最寬途徑

前邊我們講述超越死亡的四條途徑中，第四條是人類選擇的征服死亡的最寬闊的道路。這條路乃是通過自己的勞動、工作和寫作，創造出比肉體生命更長久的生命。這種生命，通常被稱為「業績」與「作品」。例如，科技大學校園裏的設施，有「霍英東體育中心」、「田家炳廳」、「李兆基圖書館」等。霍英東先生已經去世了，但他的業績還在。他用自己的生命創造的業績，成了後人寄託緬懷和仰慕的永久紀念中心。這也是生命，是生命凝聚、創造的豐碑，它比肉體生命更長久。有詩云：「有的人死了，他還活着。」我們可以改動一下說：「霍英東先生雖然死了，但他還活着，活在我們的校園裏，活在我們的心坎裏。」人類社會中的傑出政治家、企業家、總統、將軍、元帥，都是通過「業績」讓其光輝的名字長存人間。我們不僅能記得他們的名字，而且能感受到他們的脈搏和我們一起跳動。他們的整個人生都在提醒我們：生命的價值應當化入有益於社會進步、有益於人類生存延續的事業中。

能超越死亡的，除了「業績」，還有「作品」。無數作家、詩人、畫家、藝術家、學者、教授、經師、記者，他們埋頭寫作，埋頭創作，其目的，歸根結底是為了讓自己的生命與心靈投射於作品中，讓作品活得比自己的肉體生命更久遠。杜甫說「文章千古事」，曹丕說文章乃「不朽之盛事」。無論如何，文章、藝術品，至少不會像肉體那樣容易速朽。好作品總是帶有永恆性。偉大的作品不是存在於時代之維中，而是存在於時間之維中。它不僅帶有時代性價值，而且帶有永恆性價值。所謂永恆，便是對死亡的超越。

第九講　個人與世界

見到一個孩子掉進水裏，自己的內心就會發出絕對命令：去關注一下，去救助一下。不去救，不去關注，並不犯法，但於心不忍，這就是「不忍之心」，這就是道德的絕對命令。我們可以把這種現象叫作道德絕對性。這種絕對性舉世皆通，所以帶有普世性。

這一課，講的是個人價值與普世價值的關係。也就是探討世界、國際、普世、天下（這些概念的意思同一的）是否可以成為自我實現的平台，個人與世界應有怎樣的正確關係。

我這一代新中國知識分子，從小就天天唱兩首歌：一首是《國歌》，一首是《國際歌》。這兩首歌提示了我們的價值之源。我們既要關心國家，也要關心世界。我們立足於國家的土地，但要胸懷世界，胸懷天下。高唱《國際歌》，這是我們最早接受的最質樸的世界理念，即最早最質樸的普世價值理念。這就是說，接受普世價值，個人通過普世價值體系實現自己的人生意義，這是無可爭議的，至少，它是個人價值的一個重大源泉，這是毫無疑義的。

但是，後來，要不要認同普世價值變成了一個問題。這是因為意識形態的時代結束了，用歷史學家黃仁宇先生的話說，現在是數字的時代取代了意識形態的時代。所謂數字是指經濟數字。意識形態時代結束之後，我們不再唱《國際歌》，而是突出《國歌》。每個民族都把自己的生存問題放在首要的地位，於是，民族價值與普世價值就產生了衝突。用以往的語言表述，便是民族主義與國際主義的衝突。在這種衝突的時代裏，個體價值應如何實現呢？現在，我就這個問題，講述幾個重要觀點，討論幾個問題。

一、普世價值與個體價值

《國際歌》原是共產主義運動產生的歌曲，它帶有鮮明的政治意識形態性。那麼，我們要討論的問題是：《國際歌》之外，人類世界是否還存在其他普世價值？

對於這個問題，我們的回答是「有」。就中國而言，兩千五百年前，孔夫子就在《論語》中提出「四海之內皆兄弟」的理念，這就是普世理念。其實，每一個大宗教，不管是佛教、基督教還是伊斯蘭教，都認定自己的理念是放之四海而皆準的真理，因為有此「法執」，才會出現十字軍東征、伊斯蘭教「聖戰」。這些戰爭，究其實質，都是想用自己的存在方式統一世界的存在方式。這也說明，儘管普世價值存在，但人們對於甚麼是普世價值的內涵總是存在着爭議。

與「普世價值」相反的命題通常是「本土價值」。換句話說，普世認同的另一面是本土認同。本土認同包括地域認同、民族認同、種族認同、國家認同、群體認同等等。而本土認同一旦固定化，就會變成一種陷阱，一種「法執」。上世紀三十年代德國的希特拉，之所以能走上歷史舞台，首先是高舉民族主義旗幟，自己確定日耳曼民族擁有最優秀的血統，即擁有最高的價值。其結果是日耳曼民族主義變成極端排他性的民族帝國主義，進而支持希特拉發動了第二次世界大戰，給人類造成巨大的災難。第二次世界大戰，歐洲經歷了六年，中國經歷了十四年，參與戰爭的國家超過六十個，死亡人數幾千萬，這種全人類的集體死亡體驗，從意識形態的層面上追究，就是起源於極端的種族主義和極端的民族主義。

二、近代中國知識精英的兩種路向

「普世價值」是否存在，這本不是問題。接着我們再討論一下：實現普世價值是否可能？中國近代史上著名的改良主義思想家康有為寫過一部《大同書》，提出人類大同的理念。所謂「大同」，便是「普世」。因此，我們也可以把「普世價值」是否可能的問題，表述為大同價值是否可能的問題。

中國近代思想史上，中國的知識精英分為兩脈。一脈以追求「大同」為中心，其基本追求是破家界、破國界、破種界的大同理想。這一脈以嚴復、康有為、梁啟超、胡適為代表。另一脈則視「大同」為烏托邦，他們強調的是本土道德、本土文化、本土價值建構，其思想方向是反對世界一體化、資本化，認為中國的出路在於「小同」，在於鄉村，在於農民，在於固有的道德。這一脈的代表人物是章太炎、孫中山、梁漱溟等。一九四九年中國新民主主義革命的勝利，從思想層面上說，是「小同」派的勝利，是本土派的勝利。然而，勝利主體屬於共產主義運動體系，所以又唱《國際歌》。這種現象可理解為他們口裏唱的是普世歌，心裏唱的還是本土歌。從中國近現代史看，認為普世價值是可能的，屬於大同派；認為普世價值是可疑的，屬於小同派。

三、文學藝術沒有國界

爭論世界是否可能實現大同理想，這是政治學、社會學的問題，也就是說，在政治層面上，確實存在着一個大同與否的問題；而在純粹精神層面，例如在文學藝術創作層面，這個問題卻不是真問題。因為文學藝術創造天然地超地域、超家界、超國界、超種界，它只面對人的存在、人性的存在、人類的真實處境。對於文學藝術而言，這種超越乃是它的天性。如果確認人性具有普遍性，那麼文學藝術就沒有國界。也因此，《紅樓夢》可以翻譯成各種外文而為世界不同民族的讀者所喜愛；而西方，從荷馬史詩到莎士比亞，到托爾斯泰，也讓全世界各民族，包括東方各國的人民所喜愛。這些文學經典，都帶有無可爭議的普世性。它是否具有普世價值？這是個假問題。出生於中國的漢語寫作作家高行健，是第一個獲得諾貝爾文學獎的華人，瑞典文學院在給他的頒獎詞中說，把獎頒給他，第一條理由便是他的創作具有「普世價值」。高行健面對的是普遍的人性和人類的生存困境，他的作品雖然是中國題材，然而，他卻用人類的眼光看中國，用世界的情懷呈現中國。討論高行健是中國作家還是法國作家，其實都是假命題，他就是這麼一個越界寫作的普世作家。他屬於全人類。

有些中國作家不像高行健這樣淡化中國背景、中國語境，而是具有鮮明的鄉土氣息和民族氣息，例如沈從文。他的作品帶有濃厚的湘西色調，然而，他的作品也同樣具有普世性，因為他「供奉」的是「人性」（朱光潛的評語），是可以和整個人類世界相通的人性。「條條道路通羅馬」，儘管高行健與沈從文的創作思路很不相同，但都實現了普世價值。如果要從社會學層面上說，那麼，沈從文以及托爾斯泰都屬民粹派，但是他們在洞察人性、見證人性時，都超越了民粹主義，抵達了普世高度，也因此擁有無可爭議的世界價值。這種現象啟示我們，不管作家在社會政治層面隸屬於甚麼派別，不管他們是普世派（大同派）還是民粹派（小同派），不管他們在理念上強調普世性還是本土性，只要他們不離開文學的本性，即不離開文學的自性、個性、審美性，那麼，他們的作品就會超越時間與空間的限定，而獲得普世價值與永恆價值。

四、道德的普世性與絕對性

還有一個領域的普世性可能比文學藝術的普世性更為複雜，這就是道德的普世性問題。到底有沒有道德的普世價值？

關於這個問題，我的答案是「有」。例如，我國的孟子說人與動物（禽獸）的區別在於人具有不忍之心，具有「惻隱之心」、「羞惡之心」、「辭讓（或恭敬）之心」、「是非之心」等仁、義、禮、智的萌芽，即「四端」。見到一個孩子掉進水裏，不會裝作看不見，總想去關注一下，救助一下。這種基本道德，中國有，西方也有，所以才會產生康德所說的「內心絕對命令」。他講絕對命令，用的也是孩子落水的例證。見到一個孩子掉進水裏，自己的內心就會發出絕對命令：去關注一下，去救助一下。不去救，不去關注，並不犯法，但於心不忍，這就是「不忍之心」，這就是道德的絕對命令。我們可以把這種現象叫作道德絕對性。這種絕對性舉世皆通，所以帶有普世性。基督教到中國、到東方傳播，為甚麼東方、中國許多人都能接受？就因為基督教教義中那種普遍的愛，普遍的人類關懷，中國人與西方人相通。同樣道理，佛教的大慈大悲，一旦傳入西方，那裏也會有許多人產生共鳴。因為基督教、佛教所蘊含的道德內涵都帶有絕對的善，這是人類生存延續所必需的絕對價值。我們通常所說的宗教性道德，正是指這種超越時間與空間的普世絕對倫理。

然而，並非所有的道德規範都帶有普世性。許多道德規範只是一時一地的外部行為準則。這些準則，或屬於一個國家，或屬於一個地區，或屬於一個朝代，或屬於一個時期，隨時空的變遷而變遷。例如一夫多妻，這在舊中國是合法的，也是道德規範所允許的；但在我們這個時代，它就是違法的，而且也被視為不道德的，儘管在當今世界上，還有一些國家與地區視一夫多妻為合乎道德的行為。「五四」新文化運動之前，中國要求婦女要殉夫守節，認為這才是婦女的道德準則。「五四」新文化批判了這種道德觀念，為婦女贏得在丈夫死後再嫁的權利。這些社會倫理規範不帶絕對性，它只具有相對意義，因此，也不帶普世性。

第十講　個人與傳統

傳統雖有弱點，但它又是我們的政治資源、思想資源和人生資源。還可以知道，傳統是一個巨大的體系，它包括許多子系統，每一個子系統裏又都有一些代表人物，因此，不可輕易地提出「打倒傳統」的口號或提出與傳統決裂的思想。

一、中國傳統的個體價值指向

這一堂課講的是個人與文化傳統的關係，也就是說，傳統是否可以成為個人的價值之源。這個問題，本來是不成問題的。我們現在讀《論語》、《孟子》、《老子》、《莊子》，孔孟老莊的這些書，還有其他一些古代的經典，都呈現我們的文化傳統。我們的一切帶有精神性的生活，也離不開傳統，這本是無可爭辯的。然而，我國「五四」新文化運動卻是一個反傳統的運動。如果我們把傳統稱為父輩文化的話，那麼，「五四」就是一場審父運動。當時的文化運動先鋒，也就是文化革新的主將們，都宣稱傳統害人，傳統「吃人」。魯迅在著名的《狂人日記》裏就宣稱，揭開傳統那些仁義禮智的表皮，裏面只有「吃人」二字，態度極為激烈。如果離開當時的語境，不管是哪一個中國人，都很難認同他的說法。可是，在「五四」時期，大家都覺得魯迅的話很新鮮，很正確，因為當時中國被西方列強打敗，一八九五年甚至被日本打敗，這種大恥辱引起了知識分子的大反省。從甲午海戰失敗那一年開始，知識分子在三個層面進行了反省。先是意識到器械（技術、兵器）上不如人，這是曾國藩、李鴻章、張之洞這些洋務派意識到的。接着又意識到制度上不如人，這是康有為、梁啟超這些維新派（改良派）意識到的。到了「五四」，則意識到文化上不如人。所謂文化上不如人，就是文化傳統有問題。這個文化傳統缺少西方文化中的邏輯與理性，所以不能接受世界現代化潮流的挑戰，也因此造成了大失敗和大恥辱。當時的文化革命先鋒，認定孔夫子就是這個傳統的代表人物，所以就集中火力「打倒孔家店」，把孔子說得一無是處。那時為了救國救亡，不能不採取這種激烈的態度。當時幾乎所有的新知識分子都跟着跑，都認同魯迅、胡適、陳獨秀的激進態度和他們那些矯枉過正的片面而深刻的觀點。「五四」反傳統的態度可以理解，但不等於「五四」對待傳統的態度是一種普遍的真理。中國文化傳統有「吃人」的一面，例如要求婦女守節，要求兒童學習二十四孝圖裏那些榜樣，都可以說是「吃人」。但是，中國文化傳統中也有育人、養人的一面，例如孔夫子，他的《論語》實際上是古代倫理學，它教育我們要怎樣做人。兩千五百年過去了，今天我們以平常心看孔子，覺得他講的那一套雖然未必是治國的好辦法，然而，至今還可以成為我們做人的準則。不能說每一句話都是準則，但從整體上看，孔子代表的儒家倫理準則仍然是當今世界最好的做人原則。不過，儒家倫理傳統也有明顯的弱點，例如，它給自我留下的空間太小，甚至可以說幾乎沒有，所以兩百年後才會產生重自然、重自由也是重自我的莊子哲學，從而形成中國的儒道互補的傳統。還有一個明顯的缺點，是儒家倫理在政治上缺少可操作性，所以才產生韓非子的法家學說，並從此形成中國的「儒法互用」的政治傳統。

從以上簡單的敍述，我們就可以知道，傳統雖有弱點，但它又是我們的政治資源、思想資源和人生資源。還可以知道，傳統是一個巨大的體系，它包括許多子系統，每一個子系統裏又都有一些代表人物，因此，不可輕易地提出「打倒傳統」的口號或提出與傳統決裂的思想。

但是，應當承認，中國傳統的個體價值指向有「偏頗」。這種偏頗在於，它只重個人人格，例如，它強調「三軍可奪帥也，匹夫不可奪志也」，強調「富貴不能淫，貧賤不能移，威武不能屈」，等等，這些均屬於精神性的人格指向。但它缺少西方價值觀所強調的物質性的「個體自由」和「個性解放」等理念，如戀愛自由、婚姻自由等。也因此，導致了「五四」的反傳統。

二、反傳統的功績與誤區

二十世紀中，中國在「五四」時期出現了一個反傳統的思潮，西方也出現了一個被稱作「現代主義」的反傳統思潮。

在中國的反傳統的潮流中，「五四」改革家提倡「個性解放」，爭取「戀愛自由」、「婚姻自由」、「讀書自由」、「遷徙自由」等個人權利，無疑具有極大的進步性，所以「五四」新文化運動之功永不可沒。「五四」提倡「科學」與「民主」，引入「自由」、「平等」、「博愛」等思想，都是對舊傳統的挑戰，並構成了新傳統。

從世界範圍着眼，反傳統思潮先是「現代主義」，之後又有「後現代主義」。現代主義的重心是對西方基督教文化傳統的反叛；而後現代主義的重心則是對西方十八世紀以來的理性文化傳統的反叛。後者的反傳統更為激烈，其主要關鍵詞是「解構」與「顛覆」。他們的目標全在於解構與顛覆十八世紀建立起來的形而上體系。這種思潮在二戰後非常時髦。這是因為，一直標榜理性的西方社會，在二十世紀出現了兩次世界大戰，迫使全人類經受兩次集體死亡體驗。兩次世界大戰都是極端的反理性。以兩次大戰為基本歷史事實，二十世紀還出現了奧斯威辛集中營、古拉格群島、南京萬人坑、「文革」之「牛棚」等巨大的反理性的象徵符號。所以，西方知識精英對此進行反省，並對理性主義提出質疑，是可以理解的。然而，後現代主義的致命弱點是只有「解構」而沒有「建構」，只有「顛覆」而沒有「建設」。在後現代主義的大思潮下，每一種理念的提出，都以否定傳統為前提，他們甚至宣佈傳統等於「零」，而把自己的新嘗試稱作從零開始的創世紀。因此，可以說後現代主義乃是一種傳統虛無主義。它們給世界造成的最大禍害，便是價值虛無與意義虛無。一切都只是言說，一切都看你怎麼說，怎麼闡釋。這實際上是否定基本事實和基本史實的革命思潮。

三、舊傳統與新傳統的衝突

「五四」之後，中國文化所形成的新傳統，可以稱之為「近傳統」。而這之前的傳統，則可稱為「古傳統」或「遠傳統」。這種劃分是因為中國文化傳統歷史很長，內容很豐富，即使產生了「五四」新文化傳統，其古傳統仍然存在。而俄羅斯的文化傳統就很難作這種劃分。他們稱自己的文學傳統乃是從果戈里、普希金一直到托爾斯泰的傳統，這一傳統既是遠傳統，也是近傳統。俄羅斯文化在彼得大帝之前十分單薄，也沒有形成傳統。而歐洲通常以古希臘文化、古羅馬文化為傳統。其文藝復興運動的大思路不是反傳統，而是回歸傳統，即回歸古希臘。我國的「五四」新文化運動與這種大思路正好相反。歐洲因為沒有發生過巨大的裂變式的反傳統的文化運動，所以就很難劃分出遠傳統（古傳統）與近傳統。把傳統分為遠近兩部份，是中國文化的特徵。

中國文化的遠傳統是以儒家文化為中心的傳統，這一傳統以文言文為載體。近傳統則是以科學與民主為核心理念的精神架構，其表述工具不是文言文，而是白話文。中國從二十世紀二十年代開始，便進入了兩個傳統或者説是兩種價值觀並立的時代。於是，有的人選擇遠傳統的價值觀為自己的立身依據，有的則選擇近傳統的價值觀為自己的立身依據。有的學人覺得兩者不能調和，有的學人則覺得可以調和。因為遠傳統以中國的本土文化為根本，而近傳統則以西方文化為根本，所以，遠傳統與近傳統的衝突又往往呈現為中西文化價值觀的衝突。在此衝突中，就產生了「中學為體，西學為用」（張之洞）的主張，也產生了「西體中用」的反命題（如李澤厚）。還有些學人，如錢穆先生，基本上是不承認新傳統。他甚至説，中國應當來個舊文化運動，以回歸舊傳統。他的思路倒是類似文藝復興，惟有返回才有出路。

而我至今認定，「五四」新文化運動很了不起，「反孔」也很了不起。「五四」所建立的以科學和民主為核心的價值觀，至今仍是我們最需要繼承和最需要發揚的。以新文化傳統為基準，我們也可以吸收遠傳統文化中的精華，但必須經過現代意識的過濾與翻新（再創造），才能適應新時代的挑戰。新傳統與舊傳統如何調和，始終是一個重大課題。中國正在走向現代化，即正在從傳統的鄉村時代走向現代的城市時代，這種大走向勢必要揚棄傳統的一些價值觀。然而，現代化無論如何進行，還得有傳統道德、傳統文化的支持。二者並非勢不兩立。

四、大傳統與小傳統的分野

前邊説過，每一個大民族都有自己的文化傳統，而這種傳統又是一個大系統，它總是包含着兩個以上的子系統。以中國文化傳統而言，它不僅可以區分出遠傳統（古典傳統）與近傳統（現代傳統），而且還可以區分出大傳統與小傳統，以及正傳統與負傳統。

在中國文化中，大傳統通常是指其文化的主流，即孔子、孟子、老子、莊子、荀子、韓非子以及宋代理學、明代心學等構成的文化主脈。這是由一個字一個字、一本書一本書、一個思想一個思想所構成的傳統。我們通常所說的中國文化傳統便是指這一大傳統。在這一傳統之外，中國還有一個小傳統，這就是暴力革命傳統。中國從春秋戰國開始就戰爭不斷，這是諸侯國之間的戰爭，中國大疆域內小國之間或民族之間的戰爭。除了這類戰爭之外，還有一類戰爭，就是被統治者反抗統治者的農民起義，也被稱作「農民革命戰爭」。從秦代的陳勝、吳廣起義到漢代的黃巾起義，從隋代的李密到唐代的黃巢，從宋代的宋江、方臘到明代的李自成、張獻忠，直至清代的洪秀全等，也形成一條歷史線索，一條驚天動地的巨流河，這也是中國的一種歷史傳統。一九四九年後，大陸的一些歷史教科書曾把這一傳統描繪成中國歷史的主流，誇大為中國的大傳統，其實，這不是主流，即不是大傳統，只能稱作支流與小傳統。因為影響中國數千年基本面貌和構成中國數千年社會生活基本內容的，還是大文化傳統及大傳統下的生存狀態。這個問題也涉及誰是歷史發展動力的問題，到底是大傳統為主要動力，還是小傳統為主要動力？這將是一個永遠爭論不休的問題。

為甚麼把革命戰爭也稱作文化？因為革命戰爭中的革命主體也有一套「理由」。這些理由與主流文化所宣揚的原則大體上是相反的。也就是說，它大體上不承認大文化所規定、所闡釋的社會秩序和倫理規範。但也有打着正統文化旗幟而起義的。情況較為複雜。總之，把歷代的農民革命戰爭界定為中國歷史的小傳統，可以自圓其說。

除了區別大、小傳統之外，還可區別正、負傳統。所謂「負傳統」並非小傳統。如果把農民革命傳統稱為負傳統，肯定會引起當代革命者的憤怒和抗議。我們從學理上着眼，也不能簡單地把「革命」界定為負面的事物。世界上的歷次革命都有其歷史的正義性與合理性，不可簡單地否定。人類的歷史進步，革命確實起到了巨大的作用，而且是正面作用。中國農民革命也是如此，也起了正面的巨大作用，所以不應當把歷代的革命傳統界定為「負傳統」。我們所説的負傳統，乃是指大文化傳統中的變質部份和偽形部份。各個民族的大文化都可能發生變質和「偽形化」現象。這是斯賓格勒在《西方的沒落》裏所使用的重大概念，我在《雙典批判》中沿用了這一概念，並把《水滸傳》文化與《三國演義》文化視為《山海經》文化的變質與偽形化。因為在《山海經》裏，其英雄如女媧、精衛、夸父等，都是建設性英雄，即救人的英雄；到了《水滸傳》與《三國演義》，英雄已變成殺人的英雄，即破壞性的英雄。這是英雄的偽形化，也是中國英雄文化的變質。從「傳統」的角度而言，中國原型的英雄文化屬「正傳統」，偽形的英雄文化則屬「負傳統」。再以女性文化為例，中國的原初文化講究陰陽互補，到了《道德經》，則形成一種尚柔（尚水、尚雌）的文化，這是原型，也是正傳統。可是到了後來，卻形成了一種蔑視婦女的大男權主義文化。「五四」新文化運動討伐的舊文化，就包括這種踐踏婦女權利的負傳統。在中國文學中，有些作品也在不同程度上反映着這一負傳統，例如《儒林外史》。

五、個人價值與傳統資源

最後一個問題是這堂課最核心的問題，這就是個體價值與傳統資源的關係問題，即個體價值在傳統的更新中如何實現的問題。

前邊所講的「傳統」諸問題，屬於傳統知識論。現在我們再講講傳統創造論。這也是個體價值的一個重大問題。

每一個人的精神價值創造，都面臨着一種選擇，即我是在反抗傳統中實現創造，還是在開掘傳統中實現創造？不管作何選擇，都無法繞過傳統。但也有人簡單化地把傳統視為「零」，根本不理會傳統，這種人我們在前邊已經說過。

第一種態度是通過反抗傳統實現價值創造。反抗包括批判、聲討和顛覆。這並不等於價值空無論。這一派的主要理由乃是不破不立，無破壞即無新建設。「五四」的文化改革者正是在批判和破壞舊道德、偽道德的過程中創造出個體價值和以幼者為本位的新文化。陳獨秀在《文學革命論》中宣佈要打倒的「山林文學」、「貴族文學」、「廟堂文學」，其實這三種文學正是中國傳統文學的一大部份優秀文學傳統。這種態度過於激進，屬於傳統打倒派。

還有一種態度是不以推翻傳統為前提，但也不是肯定傳統，而是認定傳統必須朝着現代化方向去轉變、去更新。這種態度較為溫和，屬於傳統改良派，但並不確認傳統本身就蘊含着價值創造的資源。

第三種態度，屬於傳統開掘派，也可稱為傳統創造派。這是以尊重傳統為前提，但又不沿襲傳統和固守傳統價值觀，而是在傳統中發現再創造的潛在可能性。這種態度完全揚棄傳統與現代的二元對立，既不固定於「現代」，也不固定於「傳統」。這一派認為，可以用現代思想、現代語言解說傳統，讓傳統更好地為現代人所接受，但無須一個「轉化」過程。他們強調的是在傳統中「開掘」潛在資源、未被充份發現與充份發揮發展的資源，即在傳統中發現新的生長點和新的創造可能性。高行健便是持這一觀點的代表人物。他在《沒有主義》、《另一種美學》、《論創作》以及《自由與文學》中，以三元哲學和多元哲學打破二元對立哲學，也批評「否定之否定」哲學。他認為，個人的價值創造完全可以在傳統中實現，無須顛覆，也無須轉化，只需「發現」與「革新」。革新不等於革命。革新的目標是建樹。傳統與現代不存在一種非此即彼的對立關係。他的精神活動，其重心在於從前人的創造（傳統）中找到隱藏的機制，即找到那些未被充份開發的地帶而加以開發，也就是捕捉傳統所蘊含的新的可能性並把它變成現實建樹。這樣，既立足於傳統，又不沿襲傳統。此一過程，沒有「破」，沒有「顛覆」，也沒有「轉化」，但有所發現，有所發明，有所革新，有所創造。我和李澤厚先生在十幾年前提出「返回古典」的思路，與高行健的大思路相通，即不是把「古典」視為革命對象，也不是視為「改造」對象（轉化），而是把「古典」視為創造基石、創造基地、創造對象。必須說明的是，我本人對待傳統的態度有一個變化過程。二十五年前（出國之前）我對傳統的態度基本點是批判的，大體上沿襲「五四」的思路，只是沒有「五四」那麼激烈。而出國後的態度則基本上是「開掘」的，即重新發現與重新認知，與高行健比較接近。

劉再復著作出版書表（整理：葉鴻基）

序	類別	書名	出版社	出版年份	備注
1	文學理論與批評	《性格組合論》	上海文藝出版社（上海）	一九八六	
2	文學理論與批評	《性格組合論》	新地出版社（台灣）	一九八八	
3	文學理論與批評	《性格組合論》	安徽文藝出版社（安徽）	一九九九	
4	文學理論與批評	《性格組合論》	中國人民大學出版社（北京）	二零零九	
5	文學理論與批評	《文學的反思》	人民文學出版社（北京）	一九八六	
6	文學理論與批評	《文學的反思》	福建教育出版社（福建）	二零一零	
7	文學理論與批評	《放逐諸神》	天地圖書有限公司（香港）	一九九四	
8	文學理論與批評	《放逐諸神》	風雲時代出版公司（台灣）	一九九五	
9	文學理論與批評	《罪與文學》	牛津大學出版社（香港）	二零零二	與林崗合著
10	文學理論與批評	《罪與文學》	中信出版社（北京）	二零一一	與林崗合著
11	中國古代文化與古代文學	《傳統與中國人》	三聯書店（北京）	一九八八	與林崗合著
12	中國古代文化與古代文學	《傳統與中國人》	三聯書店（香港）	一九八九	與林崗合著
13	中國古代文化與古代文學	《傳統與中國人》	人間出版社（台灣）	一九八八	與林崗合著
14	中國古代文化與古代文學	《傳統與中國人》	安徽文藝出版社（安徽）	一九九九	與林崗合著
15	中國古代文化與古代文學	《傳統與中國人》	牛津大學出版社（香港）	二零零二	與林崗合著
16	中國古代文化與古代文學	《傳統與中國人》	中信出版社（北京）	二零一零	與林崗合著
17	中國古代文化與古代文學	《論中國文化對人的設計》	湖南人民出版社（湖南）	一九八八	與林崗合著
18	中國古代文化與古代文學	《雙典批判》	三聯書店（北京）	二零一零	

19	中國古代文化與古代文學	《賈寶玉論》	三聯書店（北京）	二零一四	
20		《〈西遊記〉悟語 300 則》	中國藝文出版社（澳門）	二零一九	
21		《西遊記悟語》	湖南文藝出版社（湖南）	二零二零	
22		《紅樓夢悟讀系列》（六種）	三聯書店（上海）	二零二零	
23		《白先勇、劉再復紅樓夢對話錄》	中華書局（香港）	二零二零	與白先勇合著
24		紅樓四書　《紅樓夢悟》	三聯書店（香港）	二零零六	
25			三聯書店（北京）	二零零六	
26			三聯書店（香港）	二零零八	增訂版
27			三聯書店（北京）	二零零九	
28		《共悟紅樓》	三聯書店（香港）	二零零八	與劉劍梅合著
29			三聯書店（北京）	二零零九	
30		《紅樓人三十種解讀》	三聯書店（北京）	二零零九	
31			三聯書店（香港）	二零零九	
32		《紅樓哲學筆記》	三聯書店（北京）	二零零九	
33			三聯書店（香港）	二零零九	
34	中國現當代文學	《魯迅與自然科學》	科學出版社（北京）	一九七六	與金秋鵬、汪子春合著
35			爾雅出版社（台灣）	一九八零	
36		《魯迅美學思想論稿》	中國社會科學出版社（北京）	一九八一	
37		《魯迅傳》	中國社會科學出版社（北京）	一九八一	與林非合著
38			人民日報出版社（北京）	二零一零	
39			福建教育出版社（福建）	二零一零	

編號	類別		書名	出版社	年份	備註
40	中國現當代文學		《論中國文學》	中國作家出版社（北京）	一九九八	
41			《論高行健狀態》	明報出版社（香港）	二零零零	
42			《書園思緒》	天地圖書有限公司（香港）	二零零二	楊春時 編
43			《高行健論》	聯經出版事業公司（台灣）	二零零四	
44			《現代文學諸子論》	牛津大學出版社（香港）	二零零四	
45			《李澤厚美學概論》	三聯書店（北京）	二零零九	
46	思想與思想史		《橫眉集》	天津人民出版社（天津）	一九七八	與楊志杰合著
47			《告別革命》	天地圖書有限公司（香港）（共印八版）	一九九五—二零一五	與李澤厚合著
48				麥田出版社（台灣）	一九九九	
49			《思想者十八題》	明報出版社（香港）	二零零七	劉劍梅 編
50				中信出版社（北京）	二零一零	
51			《共鑒「五四」》	三聯書店（香港）	二零零九	
52				福建教育出版社（福建）	二零一零	
53			《教育論語》	福建教育出版社（福建）	二零一二	
54	散文與散文詩	散文	《人論二十五種》	牛津大學出版社（香港）	一九九二	
55				中信出版社（北京）	二零一零	
56			《漂流手記》	天地圖書有限公司（香港）	一九九三	漂流手記（1）
57				風雲時代出版公司（台灣）	一九九五	
58			《遠遊歲月》	天地圖書有限公司（香港）	一九九四	漂流手記（2）
59			《西尋故鄉》	天地圖書有限公司（香港）	一九九七	漂流手記（3）

編號	類別	分類	書名	出版社	年份	備註
60	散文與散文詩	散文	《獨語天涯》	天地圖書有限公司（香港）	一九九九	漂流手記（4）
61				上海文藝出版社（上海）	二零零一	
62			《漫步高原》	天地圖書有限公司（香港）	二零零零	漂流手記（5）
63			《共悟人間》	天地圖書有限公司（香港）	二零零零	漂流手記（6）與劉劍梅合著
64				上海文藝出版社（上海）	二零零一	
65				九歌出版社（台灣）	二零零四	
66			《閱讀美國》	明報出版社（香港）	二零零二	漂流手記（7）
67				福建教育出版社（福建）	二零零九	
68			《滄桑百感》	天地圖書有限公司（香港）	二零零四	漂流手記（8）
69			《面壁沉思錄》	天地圖書有限公司（香港）	二零零四	漂流手記（9）
70			《大觀心得》	天地圖書有限公司（香港）	二零一零	漂流手記（10）
71			《隨心集》	三聯書店（北京）	二零一二	
72			《我的心靈史》	三聯書店（香港）	二零一九	
73			《我的思想史》	三聯書店（香港）	二零二零	
74			《我的錯誤史》	三聯書店（香港）	二零二零	
75		散文詩	《雨絲集》	上海文藝出版社（上海）	一九七九	
76			《深海的追尋》	湖南人民出版社（湖南）	一九八三	
77				新地出版社（台灣）	一九八八	
78				廣東旅遊出版社（廣東）	二零一三	

編號	類別		書名	出版社	出版年份	編者
79	散文與散文詩	散文詩	《告別》	福建人民出版社（福建）	一九八三	
80			《太陽・土地・人》	百花文藝出版社（天津）	一九八四	
81				新地出版社（台灣）	一九八八	
82			《潔白的燈心草》	廣東旅遊出版社（廣東）	二零一三	
83				天地圖書有限公司（香港）	一九八五	
84			《人間・慈母・愛》	人民文學出版社（北京）	一九八八	
85				廣東旅遊出版社（廣東）	二零一三	
86			《尋找的悲歌》	天地圖書有限公司（香港）	一九八八	
87				廣東旅遊出版社（廣東）	二零一三	
88			《讀滄海》	安徽文藝出版社（安徽）	一九九九	
89				福建教育出版社（福建）	二零零九	
90	散文選本		《劉再復散文詩合集》	華夏出版社（北京）	一九八八	
91			《生命精神與文學道路》	風雲時代出版公司（台灣）	一九八九	陳曉林編
92			《尋找與呼喚》	風雲時代出版公司（台灣）	一九八九	陳曉林編
93			《劉再復精選集》	九歌出版社（台灣）	二零零二	
94			《我對命運這樣説》	三聯書店（香港）	二零零三	舒非編
95			《漂泊傳》（海外散文選）	青年書局（新加坡）、明報月刊出版社（香港）聯合出版	二零零九	
96			《遠遊歲月——劉再復海外散文選》	花城出版社（廣東）	二零零九	
97			《師友紀事》（散文精編1）	三聯書店（北京）	二零一零	白燁、葉鴻基編

98	散文選本	《人性諸相》（散文精編2）	三聯書店（北京）	二零一零	白燁、葉鴻基編
99		《讀海文存》	遼寧人民出版社（遼寧）	二零一二	
100		《歲月幾縷絲》	海天出版社（深圳）	二零一二	
101		《世界遊思》（散文精編3）	三聯書店（北京）	二零一二	白燁、葉鴻基編
102		《檻外評説》（散文精編4）	三聯書店（北京）	二零一二	白燁、葉鴻基編
103		《漂泊心緒》（散文精編5）	三聯書店（北京）	二零一二	白燁、葉鴻基編
104		《八方序跋》（散文精編6）	三聯書店（北京）	二零一三	白燁、葉鴻基編
105		《兩地書寫》（散文精編7）	三聯書店（北京）	二零一三	白燁、葉鴻基編
106		《天涯悟語》（散文精編8）	三聯書店（北京）	二零一三	白燁、葉鴻基編
107		《莫言了不起》	中和出版有限公司（香港）	二零一三	
108			東方出版社（北京）	二零一三	
109		《散文詩華》（散文精編9）	三聯書店（北京）	二零一三	白燁、葉鴻基編
110		《審美筆記》（散文精編10）	三聯書店（北京）	二零一三	白燁、葉鴻基編
111		《又讀滄海》	廣東旅遊出版社（廣東）	二零一三	
112		《天岸書寫》	廈門大學出版社（福建）	二零一四	
113		《四海行吟》	中華書局（香港）	二零一四	
114			中國人民大學出版社（北京）	二零一五	
115		《童心百説》	灕江出版社（廣西）	二零一四	
116		《吾師吾友》	三聯書店（香港）	二零一五	

117	學術選本	《劉再復論文集》	天地圖書有限公司（香港）	一九八六	
118		《劉再復集》	黑龍江教育出版社（黑龍江）	一九八八	
119		《劉再復——二〇〇〇年文庫》	明報出版社（香港）	一九九九	
120		《劉再復文論精選》上、下	新地出版社（台灣）	二零一零	
121		《人文十三步》	中信出版社（北京）	二零一零	林崗 編
122		《走向人生深處》	中信出版社（北京）	二零一零	吳小攀 訪談
123		《魯迅論》	中信出版社（北京）	二零一零	劉劍梅 編
124		《文學十八題》	中信出版社（北京）	二零一一	沈志佳 編
125		《感悟中國，感悟我的人間》	人民日報出版社（北京）	二零一一	對話集
126		《回歸古典，回歸我的六經》	人民日報出版社（北京）	二零一一	講演集
127		《高行健引論》	大山文化（香港）	二零一一	
128		《什麼是文學》	三聯書店（香港）	二零一五	
129		《文學常識二十二講》	東方出版社（北京）	二零一六	
130		《我的寫作史》	三聯書店（香港）	二零一七	
131		《什麼是人生》	三聯書店（香港）	二零一七	
132		《怎樣讀文學》	三聯書店（香港）	二零一八	
133		《讀書十日談》	商務印書館（北京）	二零一八	
134		《文學慧悟十八點》	商務印書館（北京）	二零一八	
135		《劉再復片段寫作選集》（四種）	香港城市大學出版社（香港）	二零二零	

136	劉再復文集	文學理論部	①《性格組合論》	天地圖書有限公司（香港）	二零二一	
137			②《罪與文學》	天地圖書有限公司（香港）	二零二一	與林崗合著
138			③《文學四十講》	天地圖書有限公司（香港）	二零二一	
139			④《文學主體論》	天地圖書有限公司（香港）	二零二一	
140		人文思想部	⑤《告別革命》	天地圖書有限公司（香港）	二零二一	與李澤厚合著
141			⑥《傳統與中國人》	天地圖書有限公司（香港）	二零二一	與林崗合著
142			⑦《教育論語》	天地圖書有限公司（香港）	二零二一	與劉劍梅合著
143			⑧《思想者十八題》	天地圖書有限公司（香港）	二零二一	
144			⑨《人論二十五種》	天地圖書有限公司（香港）	二零二一	
145		古典文學批評部	⑩《紅樓夢悟》	天地圖書有限公司（香港）	二零二一	與劉劍梅合著

（不包括外文版）

劉再復簡介

一九四一年農曆九月初七生於福建省南安縣劉林鄉。一九六三年畢業於廈門大學中文系，被分配到中國科學院《新建設》編輯部。一九七八年轉入中國文學研究所，先後擔任該所的助理研究員、研究員、所長。一九八九年移居美國，先後在美國芝加哥大學、科羅拉多大學，瑞典斯德哥爾摩大學，加拿大卑詩大學，香港城市大學、科技大學，台灣中央大學、東海大學等高等院校裏擔任客座教授、訪問學者和講座教授。現任香港科技大學人文學部客座教授。著作甚豐，已出版的中文論著和散文集有《讀滄海》、《性格組合論》等六十多部，一百三十多種（包括不同版本）。中文譯為英文出版的有《雙典批判》、《紅樓夢悟》。韓文出版的有《師友紀事》、《人性諸相》、《告別革命》、《傳統與中國人》、《面壁沉思錄》、《雙典批判》等七種。還有許多文章被譯為日、法、德、瑞典、意大利等國文字。由於劉再復的廣泛影響，冰心稱讚他是「我們八閩的一個才子」；錢鍾書稱讚他的文章「有目共賞」；金庸則宣稱與劉「志同道合」。

劉劍梅簡介

美國哥倫比亞大學東亞系博士，曾為美國馬里蘭大學亞洲與東歐語言文學系副教授，現為香港科技大學人文學部教授。出版過中文著作：《小說的越界》、《徬徨的娜拉》、《莊子的現代命運》、《共悟人間：父女兩地書》（與劉再復合著）、《狂歡的女神》，《共悟紅樓》（與劉再復合著），《革命與情愛》。英文專著：《莊子與中國現代文學》，《革命與情愛：文學史、女性身體和主題重複》，《高行健與跨媒體美學》（與 Mabel Lee 合編），《金庸現象：中國武俠小說與現代中國文學史》（與 Ann Huss 合編），另有中英文文章近百篇，發表於各種報刊。

「劉再復文集」

① 《性格組合論》 劉再復

② 《罪與文學》 劉再復、林崗

③ 《文學四十講》 劉再復

④ 《文學主體論》 劉再復

⑤ 《告別革命》 李澤厚、劉再復

⑥ 《傳統與中國人》 劉再復、林崗

⑦ 《教育論語》 劉再復、劉劍梅

⑧ 《思想者十八題》 劉再復

⑨ 《人論二十五種》 劉再復

⑩ 《紅樓夢悟》 劉再復、劉劍梅

天地
www.cosmosbooks.com.hk

書　　名　教育論語（「劉再復文集」⑦）
作　　者　劉再復　劉劍梅
責任編輯　陳幹持
封面題字　屠新時
美術編輯　郭志民
出　　版　天地圖書有限公司
香港黃竹坑道46號
新興工業大廈11樓（總寫字樓）
電話：2528 3671　傳真：2865 2609
香港灣仔莊士敦道30號地庫（門市部）
電話：2865 0708　傳真：2861 1541
印　　刷　亨泰印刷有限公司
柴灣利眾街德景工業大廈10字樓
電話：2896 3687　傳真：2558 1902
發　　行　香港聯合書刊物流有限公司
香港新界荃灣德士古道220-248號荃灣工業中心16樓
電話：2150 2100　傳真：2407 3062
出版日期　2021年8月／初版

（版權所有・翻印必究）
©COSMOS BOOKS LTD. 2021
ISBN：978-988-8549-22-1